송은일 지음

1판 1쇄 발행 | 2010. 8. 23

발행처 | **Human & Books**
발행인 | 하응백
출판등록 | 2002년 6월 5일 제2002-113호
서울특별시 종로구 경운동 88 수운회관 1009호
기획 홍보부 | 02-6327-3535, 편집부 | 02-6327-3537, 팩시밀리 | 02-6327-5353
이메일 | hbooks@empal.com

값은 뒤표지에 있습니다.
ISBN 978-89-6078-099-6 04810
      978-89-6078-096-5 (전3권)

송은일 장편소설

삼십 년을 기루며 살았으니 남은 나날을 함께해도 되지 않겠는가.
그쯤 하누님께서도 용인하시겠지. 설요가 스스로 자리를 벗고 나왔으므로
더 이상은 거리낄 것이 없었다. 무서운 것이 하나도 없는 새날이었다.

Human & Books

목차

일식

대화성 동쪽의 당도산(堂島山)에서 원인 모를 산불이 일어났다. 사월 스무이틀 새벽이었다. 우기가 시작되었음에도 맹렬히 번져간 산불이 닷새나 지속되어 당도산과 그 주변을 흐르는 대천강 일대의 거죽을 홀랑 벗겨놓았다. 그 산과 그 강 일대에 살던 백성들이 죄 집을 잃고 대화성 쪽으로 몰렸다. 이십육일 밤 큰 비가 내리면서 대화성까지 넘보고 들던 산불이 꺼졌다. 당도산 산불에서 대화성을 지키기 위해 징집된 백성만 하여도 일만에 가까웠다. 불이 꺼졌지만 성내에 있던 일만여의 사람과 성 밖에서 모여든 일만여의 사람들은 흩어지지 못했다. 기껏 흩어졌다가도 다시 대화성 앞으로 모여들었다. 새까맣게 비어버린 당도산 일대가 한눈에 건너다보이는 광장이었다. 나무가 없으므로 산은 이미 산이 아니었다. 당도산이 마주보이는 광장에서 맞이하는 일출은 일출이라기보다 오늘 지면 다시 떠오르지 않을 해인 듯 처연했다.

또 하나 사람들이 흩어지지 못하는 까닭은 머지않아 해가 사라진다는 소문 때문이었다. 그 소문은 사실 당도산 산불과 함께 일었다. 더불어 곳곳에서 흉조가 생겼다. 대천강이 범람하여 일대의 농지를 휩쓸었고 성안 곳곳의 우물들이 붉게 변하여 먹을 수가 없게 되었다. 급작스레 생계가 막막해진 일군의 백성들이 대화성에서 가장 가까운 관서부 변주성으로 움직이기 시작한 건 사월 이십칠일이었다. 관서성에서 양곡을 나누어 주더라는 소문 때문이었다. 조만간 사라질 해가 관서성에서부터 떠오를 것이라는 소문도 들불처럼 떠다녔다. 사월 이십구일 아침녘 관서성 인근에는 만여 명의 백성들이 운집해 있었다. 그날 오후 관서부 변주 오진이 관서성 앞에 모인 백성들 앞에 나타나 오월 초하루 오후 미시 즈음에 해가 사라질 것이라고 침통하게 선언했다. 더불어 오진은 오월 초하루 미시 즈음에 대화성 앞 광장에서 해를 되찾는 천신제를 올릴 것이니 백성들은 모두 대화성 앞으로 모이라 공표하였다.

오월 초하루였다.

미시가 넘어 신시에 가까워지자 과연 하늘이 어두워지기 시작하더니 반 식경 만에 천지가 캄캄해졌다. 뒤늦게 몰려들기 시작한 백성들까지 아울러 어둠 속에서 광장이 미어졌다. 한낮의 빛이 완전히 사라지자 응신군이 나타나 거대하게 쌓아올린 장작더미에 불을 붙였다. 어둠에 숨 막혀 하던 수만의 백성들이 일제히 장작더미를 향해, 화염을 등지고 선 응신군을 향해 무릎을 꿇고 엎드렸다. 해가 떠오르기를 기원하는 백성들의 마음을 담은 북소리가 울리기 시작해 컴컴한 천지간으로 퍼져나갔다. 어둠과 북소리에 제압당한 백성들의 흐느낌이 거센 물결마냥 퍼져나갔다. 해의 부활을 기원하는 천신제가 시작되었다. 응신군의 거듭되는 절을 따라 백성들도 절을 했다.

"불이다!"

누군가의 외침에 백성들이 고개를 들어 불길을 살폈다. 당도산 꼭대기에서 봉화인 양 솟아오른 불길이었다. 그뿐 해는 아니었다. 해를 간구하는 백성들의 기도소리가 한층 높아질 때 응신군이 외쳤다

"저 불길이 땅속 깊이 가라앉은 햇살을 살려내리니 백성들이여, 나를 따라 더 간절히 기도하라. 우리들의 해는 우리들이 길어 올리리라. 그리하여 우리는 한 시진 뒤에는 우리들의 해를 다시 갖게 되리라. 천신을 향하여 경배하라. 천신을 향하여 간구하라."

우리들이 해를 길어 올리리라.

그건 나 오진이 해를 되찾으리라가 아니었다. 우리들이, 우리들의 염원이 오진과 더불어 해를 길어 올리리라. 그 말의 파장은 컸다. 오진 번주 홀로 할 수 있는 일이 아니매 우리가 그를 도와야 할 일이었다. 오진을 돕지 않으면, 오진을 받들지 않으면 해가 떠오르지 않을지도 몰랐다. 백성들은 스스로를 믿고 오진을 믿으며 두려움을 떨쳐내야 했다. 하지만 쉽게 떨쳐지는 두려움이 아닌지라 어둠 속의 절규가 검은 땅을 가르고 검은 하늘을 뚫을 듯 높아졌다.

응신군의 외침과 백성들의 절규는 대화성 안에서는 잘 들리지 않았다. 한낮의 어둠이 한밤의 어둠보다 백배는 깊고 어두웠다. 눈이 멀어버린 듯이 어두웠다. 과연 해가 다시 떠오를 것인가. 해가 뜨지 않으면 어찌 되는가. 북소리가 한층 높아졌고 백성들의 비명도 더욱 커졌다. 군데군데 불을 켜기는 했으나 성안은 성 밖에서 들려오는 아우성으로 인하여 캄캄한 혼란에 휩싸였다. 무더위와 어둠으로 인해 왕궁 안의 모든 문들이 열렸음에

도 그것에 신경조차 쓰지 못했다. 당도산에서 솟아오른 불길이 해를 대신할 듯 터져 올라 그 불길이 어찌 움직일 것인가만 살폈다. 백미르가 궁인 복색으로 양지세자의 처소에 드는 것을 눈치 챈 사람은 더욱이나 없었다. 양지세자는 밖에서 무슨 일이 일어나는지, 자신에게 무슨 일이 벌어지는지 어차피 모르는 사람이라 미르가 그의 머리에 독침을 놓고 그 바늘을 빼내어 사라져도 주의하는 사람이 없었다.

하늘이 캄캄해지고 성 밖에 수만의 백성이 운집해 울부짖으니 이태 왕자는 자신의 처소 앞의 연못가에 나와 당도산에서 솟아오른 불길을 바라보았다. 주변에 호위들이며 궁인들이 함께 서성였다. 당도산에 불길이 올랐다고는 하나 궁 안은 암흑 세계였다. 곳곳에 켜진 등불과 횃불이 있어도 어둠이 빚어낸 어둠을 걷어내지 못했다. 그 와중에 취운파가 함께 서성대다가 이태의 머리통을 향해 피리 독침을 날리는 것을 아무도 보지 못했다. 벌레가 닿은 줄 안 이태가 벌레를 잡듯이 자신의 머리통을 쳐서 독침을 깊이 박는 것도 알지 못했다. 두어 숨참 뒤 비틀거리던 이태가 발을 헛디뎌 연못 안으로 떨어졌을 때에야 소란이 일었다. 연못은 그리 깊지 않았으므로 궁인들이 풍덩풍덩 연못 안으로 뛰어들었다. 취운파는 그 틈에 이태의 궁을 빠져나와 대화성의 동쪽 성루로 향했다.

성 밖 광장의 백성들은 공포에 휩싸여 머리를 찧으며 하늘을 향해 기도하고 있었다. 공포는 쉽게 전염되는 법, 백성들의 소리는 발악처럼 점점 커져갔다. 어느 순간 북소리가 뚝 그쳤다. 상대를 알지 못한 채 엉켜 있던 사람들이 서로에게서 떨어져 나와 제각기 땅에 엎드렸다. 사위가 고요해졌다. 다시 느린 북소리가 나기 시작했다. 차분한 북소리에 이어 오진의 목소리가 울렸다.

"이제 곧, 아침의 그 해가 다시 떠오를 것이다. 그대들이 모셔온 해님이시고 여느 날과 다를 것이 없는 그 해님이시다. 해가 떠오르면 그대들은 그대들의 자리로 고요히 돌아가 천신께 감사하며 살던 대로 살면 되는 것이다."

과연 해가 다시 떠오를 것인가. 반신반의 고개를 조아리며 숨을 죽이고 있는 백성들의 눈앞이 문득 희번해졌다. 햇살이 아주 약간 비쳐들기 시작한 것이다. 그 약간의 빛에 백성들이 감격할 제 서쪽 하늘에 해가 초승달처럼 나타났다. 감격의 울부짖음이 빛살처럼, 파도처럼 번지기 시작했다. 그 감격의 목소리들 사이로 하나의 목소리가 생기기 시작했다. 오진, 오진, 오오진.

"우리 왕님 오진! 우리 왕님 오진! 오진왕 만세! 오진왕 만세!"

해가 다 떠올랐을 무렵 백성들은 모조리 일어나 대화성을 향하여 서 있었다. 대화성 성문 앞에 오진이 서 있었고, 기다렸다는 듯 성문이 열렸다. 성문 안에서 한 무리의 왕족들이 나와 오진 앞에 엎드렸다. 엎드린 그들이 오진 앞에 아뢰었다. 한 시간 전에 양지세자가 서거했고 비슷한 시각에 이태 왕자가 실족하여 연못에 빠졌는데 너무 어두워 그의 목숨을 건지지 못했다는 것이었다. 왕숙의 말은 속삭임처럼 작은 소리였으나 그 내용은 금세 바람처럼 삼만여의 백성들 사이로 번져갔다. 응신군이 미처 성문 안으로 들기 전에 선언인 양 외침이 터져 나왔다.

"우리 왕님 오진! 우리 왕님 만세! 오진 만세, 만세, 만세! 오진 왕님 만만세!"

왕인은 대화성의 동쪽 성루에서 그 모든 광경을 지켜보았다. 곁에는 백미르와 취운파와 서비구가 있었다. 혹세무민이 이런 것이었다. 상대가 지닌 약점이 무엇인지만 알면 되는 일이었다. 저들의 약점은 숭배해야 할 대상을 기루는 마음이었다. 신공대비가 비운 자리를 채울 대상이었다. 피를 흘리지 않고 탄생해야 할 왕, 영웅이 필요했던 것이다. 산불을 내고 우물물에 붉은 물감을 타고 몇 가지 소문을 조작하기는 했으되 백성들이 이렇게 쉽사리 이끌려 들 것이라는 예상은 못했다. 지난 열흘간 도성의 모든 백성들은 왕인의 예상을 훨씬 넘어서서 움직였다. 웅신군은 자신의 손에 피 한 방울 묻히지 않고 왕이 된 것이다.

"이리 쉬운 전쟁은 난생처음이로군. 헌데 왜 개운치를 않지? 너무 쉬워 그런가?"

취운파의 중얼거림에 백미르가 왕인의 어깨를 툭툭 쳤다.

"산 하나를 태웠으나 금세 싹이 돋을 것이다. 두 목숨을 치웠으나 그로 인해 수천 목숨이 스러질 수도 있는 전화(戰禍)를 막았으니 명분도 없지는 않았다. 꺼림칙해 하지 마라."

꺼림칙해 하지 말라지만 꺼림칙했다. 천지에 드리웠던 어둠은 걷혔으나 왕인의 맘속에는 어둠의 씨앗이 새로 심긴 듯했다. 곁에서 묵묵하던 서비구가 세 사람을 향해 나섰다.

"며칠 안에 부아악호를 돌려보내야 할 테니 오늘은 신호림으로나들 가시지요. 술 좀 빚어 놓으라 했는데, 익었을 것입니다."

왕인이 앞서 성루를 내려왔다. 왜 꺼림칙한지 모를 일이었다. 웅신군은 왕으로서 넘치거나 모자람이 없는 사람이고 사사로이는 이미 동무가 되었을 만치 그의 사람됨이 마음에 들었다. 그러므로 웅신군을 왕으로 세운 사실이 꺼림칙한 것은 아니었다. 양지세자나 이태 왕자를 제거한 것이 마음에 걸리지도 않았다. 백미르의 말처럼 그 둘을 제함으로써 수천의 목숨을 살렸다는 명분이 충분했다. 함에도 마음이 개운치를 않았다. 왜 그러한가. 왕인은 대화성 북문으로 나와 용추에 오르면서도 생각을 멈추지 못했다. 사라졌다가 나타난 여름 해가 석양으로 변해가는 시각이었다. 숨이 막힐 듯이 더웠다.

목지형검주조연사

사루사기는 부여부를 황위에 올려놓은 뒤 전장을 떠난 셈이었다. 황상을 보좌하여 해야 할 정무가 넘쳤고, 끊임없이 제 세력을 키워대는 이들을 견제해야 하는 탓에 한성을 비울 틈이 없었다. 태후의 척족인 진씨들이 진두서와 진가모를 위시하여 새로이 자랐고 부여신계와 해지무가 자식들을 혼인시키면서 한 세력이 되었다. 해지무의 둘째 딸 우슬이 태자비가 되면서 태자도 그들과 한통속이 되었다. 황제 세력과 태자 세력으로 명백히 나누어져 가는 조정을 미봉하느라 바빴던 세월이었다. 한성을 떠나고 싶으면서도 떠나지 못했던 루사기가 스스로에 댄 핑계가 그랬다.

이번 출정에서 태자 세력을 와해시켜 놓을 참이었다. 해지무를 이번 출정의 상장군으로 만들고 태자친위군을 선봉군으로 세웠다. 선봉장은 물론 태자이고 그의 외숙인 병관좌평 진가모가 보좌할 것이었다. 지금쯤 대장군 부여설이 이끄는 황제친위군이 쌍현성 쪽에 거의 닿았을 터. 나흘 뒤 그들과 합세하여 쌍현성을 탈환한 뒤 그곳을 거점으로 이미 고구려의 속령이 된 말갈의 몇 성을 점령하며 고구려의 평양성으로 진격할 계획이었다. 지난달에 점령당한 적현성을 치겠노라 공표해 놓았지만 그건 평양성을 치기 위한 연막이었다. 적현성은 적현성을 잃고 나온 부여문과 유주자사 진서가 되찾을 것이고 황제친위군은 평양성으로 가서 담덕군의 허를 찌르며 전면전을 벌일 터였다. 몇 달, 혹은 몇 년이 걸릴 지 알 수 없는 대장정이 내일부터 시작이었다. 이번에야 말로 마지막이리라. 루사기는 출정 계획을 세우는 동안 내내 다짐했다. 이만했으면 충분하다고.

출정 전에 불안했던 적이 없었다. 지금도 불안한 것은 아니었다. 고구려의 어지지왕이 붕어하고 담덕이 즉위한 지 서너 달이 지났다. 머지않아 그가 움직일 것이라는 예상을 했고 이번 출정은 그에 대한 대비였다. 선수를 치자는 것인데, 루사기는 고구려의 새 태왕 담덕을 모르고 있다는 사실이 찜찜했다. 객관적인 것이야 왜 모르랴. 담덕은 선선태왕의 아우였던 어지지왕의 장남으로 열 살 무렵에 태자가 되어 지금 스무 살이다. 보통의 몸피를 가졌으나 어렸을 적부터 무술을 익혀 몸이 날랬고 총명하기로 당할 자가 없을 정도이며 호방한 성격이라 하였다. 그런데 그뿐이었다. 그에 대해 더 많이 알고 있어야 할 것 같은데 그 정도밖에 모르는 게 꺼림칙했다.

저들이 호로고루 성의 추장을 사주하여 쌍현성을 치고도 곧장 한성으로 내려오지 않은 까닭이 무엇일까. 물론 쌍현성을 잃은 이후 본국 국경의 수비가 그만큼 견고해지긴 했다. 하지만 쌍현성 공략의 여세를 몰아붙여 내려오는 게 정상이었다. 그즈음 담덕왕이 즉위한 직후였다고 해도 전쟁이란 왕을 대리한 자들이 하는 법이고, 고구려에는 무수한 장군들이 있지 않은가.

왜, 아니 내려 왔을까?

"누가 아니 왔다는 말씀이십니까, 주군?"

집사 유술의 물음에야 루사기는 자신이 혼잣소리를 했다는 걸 깨닫고 웃었다. 유술이 자리끼를 들고 들어와 침상을 손보고 있었다. 내일 새벽 인시면 일어나야 할 것이라 일찌감치 잠자리에 들기로 한 참이었다. 그래서 지품을 비롯한 호위들을 쉬게 했다.

"혼잣소리한 게야. 갑주는?"

"접객실에 준비해 두었습죠. 이 방으로 갑주 님을 모셔오리까?"

순기와의 사이에 병이를 비롯한 자식을 다섯이나 낳았고 손자가 열둘에 증손이 넷이나 되는 그였다. 그럼에도 유술은 어린 날 동무였던 루사기와 단둘이 있을 때면 예닐곱 살 아이와 같아졌다.

"실없기는. 되었어. 내일 새벽 인시에 입을 것이니 그때 입혀주게."

나이 탓인지 예전에 오래도록 입었던 갑주가 무거워 새로 장만했다. 예전 갑주에 비할 수 없게 가볍고 움직임이 편했다. 갑주 제작술이 그만치 발달한 덕분이었다.

"예, 주군. 하온데 주군, 어제 공주께서 다녀가셨지 않습니까?"

"그랬다며."

"좀 전에 병이어멈이 저한테 속삭이길, 공주께서 잉태를 하신 것 같다는 것이었습니다. 어제 공주께서 움직이는 몸짓이 아무래도 그리 보이셨다는 겝니다."

"배가 부르지 않아도 보면 안다는가?"

"우리 사내들은 몰라도 병이어멈처럼 아이를 여럿 낳아본 여인들은, 수태한 여인을 보면 안다는 것 같지요."

16

아사나가 수태를 하여 순기가 그걸 알아볼 정도면 스스로도 이미 알 텐데 왜 말하지 않은 것일까. 사루사기가 공주 자신만큼이나 그 자손을 기다리고 있음을 잘 알면서.

"간만에 자손이 생기시는데, 기쁘지 않으시니까?"

"아사나가 직접 소식을 전해 주어야 확실한 것이지. 그 사람이 말하지 않은 것은 까닭이 있기 때문일 것이야."

"그건 그렇지요. 하온데, 주군. 한 가지 여쭙고 싶은 게 있습니다."

사십여 년 전 루사기가 이구림을 떠나올 제 그도 따라와 송산집에서 심부름을 했고 이후 내내 루사기가 비운 집을 그가 지켜왔다. 젊은 날 유술이 있어 아이들을 걱정해 본 적이 없고 그와 순기가 있어 안살림해 줄 여인을 따로 찾지 않아도 되었다.

"말해보아."

"사흘 전의 일식 말이옵니다. 신궁에서 일식이 일어날 것이라 예견하시고, 일식이란 자연의 한 움직임일 뿐이라 공포하시어 소요가 거의 없었지 않나이까. 소요는커녕 강가에 모닥불을 수백 점이나 피워놓고 불놀이를 했지요."

"그랬지."

"헌데 과연 일식이 자연의 한 움직임일 뿐입니까?"

"그러하니 별다른 소요 없이 지나간 거 아니야?"

"하지만 그날 신궁에 모여든 백성이 일만여에 가깝다 하였습니다. 고천원 일대가 어둠을 짚으며 찾아든 백성들로 아수라장이었다고 하더이다. 중간나루 강변에는 아예 도성 백성이 다 모인 것 같았다 하구요. 일식이한 자연현상이라는 것을 거개의 사람들이 아는데, 알면서도 그렇게 신궁

이며 신궁에서 만든 강변 제단으로 몰려든 까닭이 무엇이리까? 소인은 지
난 사흘 내내 그게 궁금하였나이다."

"자네가 모르는데 난들 알겠나?"

"저는 몰라도 주군께서는 아셔야지요."

"그게 무슨 억지야? 나도 모른다 하지 않아? 굳이 생각해 보자면 사람
이란 족속은, 어딘가, 누군가에 의탁하고 싶은 속성이 짙다는 것이야. 홀
로는 견디기 어려워 무리를 짓는데, 무리란 언제나 떠받드는 대상이 있어
야 하지. 작금의 백제에서 가장 많은 무리, 충성스런 무리를 거느린 존재
는 신궁, 제일신녀일 것이야. 하늘이 시커메지니, 그게 한 자연현상이라는
말을 들었음에도 무서워 어쩔 줄 모르는 인사들이 찾을 곳이 어디겠어. 한
님이고 신궁이겠지. 한님과 제일신녀 앞에 엎드려 그 낯설고 무서운 하늘
의 현상이 한님이 마련하신 행사라는 걸 인정하고 나면 맘이 편해지는 것
이지. 아마도."

"하오면 하누님께서는 괜히 대낮의 하늘에 먹물을 들여놓으셨으리까?
아무 뜻 없이 그저?"

"자연현상이라고 했지 않아? 달이 해를 가리는 것이란 말이지."

"달은 밤에 뜨는 것인데 왜 대낮에 나타나서 해를 가리지요? 그러니 하
누님의 행사가 아니겠습니까?"

"이런 답답한 사람을 보았나. 해의 길과 달의 길이 같으니 그리된 게 아
니겠어?"

"그러니까요. 길이 같아도 주군과 단주님의 하시는 일이 다르시듯, 해
님과 달님의 하시는 일이 다른데, 왜 느닷없이 달님이 해님의 길을 가리냐
는 것이지요."

"그러게 자연현상이라지 않아. 그게 한님의 행사라 한다면 나는 모르는 일이고."

"아니, 어찌 역정을 내십니까? 세상 아니 가본 곳이 없으신 분이라 여쭙는 것인데요."

"어디 가든 사람 사는 건 다 비슷해. 황상 폐하와 말단의 병사가 천양지차의 삶을 사는 것 같아도 결국 비슷한 것이고. 집 안에 사는 자네와 집 밖에서 사는 내가 이리 똑같이 늙어가는 것이 그렇잖아."

"그리 비슷한데 주군께서는 어찌 그리 돌아다니셨답니까? 소군께서는 또 왜 그러시고요?"

"그러게. 혹여 다른 게 있나 하고 그랬을까?"

"그 다른 게 무엇인데요?"

"그건 나도 모르지."

"이놈에게 해주실 말씀이 정녕 그뿐이십니까?"

"정말이야. 모르겠어. 젊은 날엔 세상 모든 것을 다 알 수 있을 것 같고 더 많이 보고 더 많이 알기 위해 휘돌았는지도 모르지만 나이 들어서, 근자에 이르러서는 특히 모르는 게 점점 많아져."

"해도 한 가지만 더 여쭤볼랍니다. 젊은 날부터 가끔 의문이었는데 말입죠, 대체 왜, 뭣 때문에 전쟁을 하는 것입니까?"

"뭐?"

"가령 여누하 아씨가 저 멀리 바다 건너 왜국에다 우리 이구림을 개척하고 계시지 않습니까. 거긴 분명히 왜국이라면서도 주인이 없으니까 개척을 하여 이구림을 만든다는 것 아니오리까? 왜국에 주인 없는 땅들이 그리 많다면 대륙에도, 대륙 저 너머 이역에도 주인 없는 땅들이 쎘을 거 아닙니까? 땅이 그리 갖고 싶고, 땅을 그리 넓히고 싶다면, 전쟁을 하느니 차라리 전쟁할 군사들을 데리고 가서 주인 없는 땅을 개척해 가지고 주인이 되면 되는 거 아니겠습니까? 칼이랑 창 녹여서 쇠스랑이나 곡괭이, 쟁기 같은 거 만들고, 타고 간 말안장 내려놓고 멍에 씌워 땅 갈아서 말입니다. 여기서부터 여까지는 네 땅 해라. 저기서부터 저까지는 너 갖고. 그렇게 노나 가진 담에 같이 식구들 데려다 농사지으면서 집 짓고 짝 짓고 자식 낳고 살면 되지 않습니까."

유술의 말을 듣던 루사기는 어이가 없어서 웃음을 터트렸다. 웃다보니 정말 우습고도 통쾌해 웃음이 더 나왔다.

"제 물음이 그리 우습나이까?"

"우스워서가 아니라 재미있어서 그래. 답은 그대가 다 갖고 있었구먼그래."

루사기가 또 웃는데 유술이 뽀로통해서 푸, 입으로 바람 부는 시늉을 했다.

"계속 웃으시다 주무십시오. 저는 나가볼랍니다."

"앤가, 토라지기는. 이번 출정에서 돌아오면 짐 싸서 이구림으로 갈 것이야. 준비하고 있도록 해. 가부실은 마로하고 병이한테 맡기고 가자고."

마로는 병이의 지아비로 차후 가부실의 집사 노릇을 하게 될 것이었다.

"그 말씀은 몇 년째 철철이 하신 듯합니다만?"

"이번에는 틀림없어."

"그래도 짐은 주군 돌아오신 다음에 싸겠습니다. 편히 쉬소서."

"그래, 지나간 일식 따윈 잊고 전쟁을 왜 하는지도 잊고, 건너가 자. 낮살깨나 먹은 터수에 대체 그게 왜 궁금해? 하늘이 아주 깜깜해진 것도 아니잖아. 그 덕분에 가무 좋아하는 백성들이 춤추고 노래 부르면서 한바탕 놀았으니 되었고. 그날 아침에 뜬 해가 석양에 다시 떴듯, 어제 뜬 해가 내일도 뜰 것이란 말이야."

"어저께 뜬 해가 내일 뜰 해와 같은 해라는 걸 어찌 안답니까? 주군이 해 속에 들어갔다 나오셨나이까?"

유술이 볼이 부어 이죽였다.

"자네 하는 짓이 부여라하고 똑같구먼."

"라나 아기씨는 그래서 소인을 좋아합지요."

부여라가 할아비보다 저를 좋아한다고 으스댄 유술이 물러갔다. 지난달 여누하가 올 때 부여라도 왔다. 여누하가 대진상단과의 거래를 위해 구림호를 띄워 오면서 아이를 데리고 왔다. 일곱 살짜리 계집아이가 그리 앙증맞을 줄이야. 아이를 처다보며 애간장이 녹는다는 말을 처음으로 실감했다. 왜국에 있다는 아직기의 내자가 아이를 가졌다는 소식을 몇 달 전에 듣기는 했으나 아직까지는 유일한 손(孫)이 부여라였다.

─할아버님, 소녀는요, 할아버님이 그리웠답니다. 어찌 우리 곳에서 함께 사시지 아니 하셔요?

아이가 그리 물을 제 할 말이 없었다. 왜 할 말이 없는가 자문하다가 정당성이라는 단어를 떠올렸다. 내 삶에 정당성, 혹은 명분이 없어서인가. 그리 말할 수는 없어서 곧 함께 살게 되리라 대답했다. 이번 출정에서 돌아오면 이제야말로 사직하고 이구림으로 돌아갈 것이다.

불을 켜놓은 채 누웠던 루사기는 쉽사리 잠들지 못했다. 어제 뜬 해가 내일 뜨는 해와 같을지 어찌 아냐는 유술의 말이 머릿속에서 자꾸만 맴돌았다. 신궁을, 설요를 한번 찾아가 볼 걸 그랬는가. 기껏 만나자는 전갈까

21

지 해왔는데, 가지 않았다. 짬이 없기도 했지만 어쩐지 면구스러워 가기 어려웠다. 한 시절 누왕인의 정인이었으니 그의 전도에 대하여, 그 아비의 출정에 대하여 어떤 말이라도 해주었을지도 모른다. 일식이 나타난 까닭에 대해서도. 자연의 한 현상이라고 유술에게 강변했으나 설요는 일식에서 어떤 조짐을 읽어냈을지도 몰랐다. 하여 만나자고 했던 것인지도.

"돌아온 뒤에 찾아가 보기로 하지. 살아온다면. 전쟁을 왜 하는지도 물어보고."

중얼거린 루사기는 결국 일어나 서가에서《태산수렵관람기》와《목지형검주조연사》를 빼냈다. 잠이 오지 않는 밤이면 한 번씩 책을 읽는데 언제부턴가는 아들의 책만 읽었다.《태산수렵관람기》를 자주 읽었으나 지난달부터는《목지형검주조연사》를 되풀이 읽는 중이었다. 루사기는《태산수렵관람기》를 침상 맡에 놓고《목지형검주조연사》를 들었다. 누왕인은 벌써 삼도국에 닿았을 것이다. 여누하는 누왕인의 편지를 받고 월나호와 상대포호를 띄웠다고 했다. 그 두 선박에 이구림 식구가 자그마치 삼백여 명이나 함께 탔다던가. 처음부터 아예 학당까지 세울 작정인지 이림학당의 선생도 건너간 모양이었다. 여누하는 참으로 엉뚱하고도 대범한 아이였다. 그중에 백미르와 취운파도 끼었다고 했다. 저희들이 세운 황제고 백제고 다 내버리고 떠난 그 위인들이 왕인을 핑계로 삼도국 구경을 나선 것이다.

《목지형검주조연사》의 표지를 넘기고 속표지를 넘기려는데 잘 넘겨지지 않았다. 엊그제 내린 비로 습기를 먹었는가. 일식이 지난 뒤 그 밤 내 비가 내렸다. 장마가 시작되었나 싶어 걱정했더니 어제부터는 날이 말짱했다. 루사기는 손가락에 침을 묻혀 맞붙은 책장을 떼고 넘겼다.

추모태왕과 소서노 태비께서는 갑신년(甲申年) 삼월 초하루에 구려국 졸본성의 천신단에 향을 피우고 하늘을 향해 고구려 건국을 고하셨다. 오월에 태왕과 태비께서 함께 비류수변의 대장간에 납시었다. 태왕과 태비께서는 고구려의 기상을 만세 만방에 높일 수 있는 검을 만들라 명하셨다. 태왕과 태비의 명을 받은 대장장이 재사와 무골과 묵거가 삼베옷과 장삼과 띠풀옷을 벗고 비류수에 들어가 목욕재계한 후 천신을 향해 제를 올리며 천신의 계시를 기다렸다. 아흐레의 기도 끝에 무골과 재사와 묵거는 광맥을 보았다…….

재사와 무골과 묵거가 입었다는 삼베옷과 장삼과 띠풀옷이 나중에 그들의 성씨가 된다는 사실을 읽을 때마다 웃음이 났다. 미소를 지으려던 루사기는 책장 넘기던 손으로 문득 가슴을 퍽퍽 두드렸다. 가슴이 답답했던 것이다. 그러고 보니 눈도 침침했다.

루사기는 일어나 침상 맡의 자리끼를 병 채로 몇 모금 마시고는 침상에 앉았다. 숨이 몹시 가빴다. 급체한 것처럼 숨쉬기가 쉽지 않았다. 이런 적이 없었다. 일평생 몸살 한 번 앓지 않았다고는 할 수 없으나 이런 증세는 처음이었다. 이런 증세에 대한 징후를 느껴보지도 않았다. 예사로운 증세가 아니었다. 예사롭지 않은 일이므로 평소와 다른 무엇이 작용했다는 뜻이었다. 가슴을 퍽퍽 두드리던 루사기는 문득 오른손을 들어보았다. 엄지와 검지와 중지를 펼쳐 들여다보는데 방금까지 글자를 읽었던 눈이 침침하여 손가락들이 어른거렸다.

"독이 묻은 게로구나. 독을 먹었어."

중얼거리고 나니 기정사실이 되었다. 왕인의 《목지형검주조연사》 갈피에 독이 묻어 있었던 것이다. 신궁에서 만들어 내는 독은 식물의 독성을 증류하여 만들어내는 것으로 알려져 있었다. 백여 가지 식물들의 독성만을 추출해 만들어내는 그것은 보통 약으로 쓰이지만 독으로 사용할 때는 아무리 미량이어도 한 숨참이면 숨이 끊긴다고 했다. 즉사와 다름없었다. 이건 신궁 독이 아니었다. 신궁에서 루사기를 죽일 이유도 없었다. 설요가 지금 와서 새삼스레 원한을 품을 까닭이 없지 않은가. 그렇다면. 아사나였다. 책을 읽는 사람만이 책을 무기로 삼을 줄 아는 법. 아사나는 루사기가 날마다 《태산수렵관람기》나 《목지형검주조연사》를 읽는다는 걸 알아챘을 것이다. 최근엔 《목지형검주조연사》를 더 자주 읽는다는 사실까지. 어제 다녀갔다더니. 제 지아비의 아비, 제 몸속에 든 아이의 할아비를 죽이기 위해 책장에다 독을 묻혀 놓은 것이다. 제 아우 여해를 죽이려는 계획을 눈치 챈 게 틀림없었다. 아니 황후에게 내경고를 빼앗기지 않으려 한 것이다.

"자승자박(自繩自縛)인 걸 모르고. 백제가 너로 하여 어두워지겠구나. 어리석은 것 같으니."

뇌까린 루사기는 종 줄을 잡아 당겨 지품을 부르려다 줄을 찾지 못하고 침상 위로 넘어졌다. 베개가 머리 밑에 있었다. 소리를 쳐보려도 기운이 일체 없었다. 루사기는 미소를 지었다. 신궁에서 만든 독이라면 벌써 저세상으로 갔을 터, 신궁 독이 아니므로 어느 은밀한 처처에서 거래되는 독일 것이다. 대륙의 사막에 산다는 전갈의 독, 백제 산천 어느 곳에나 사는 독사의 독, 어느 바다에나 사는 복어 독, 깊고 깊은 바다에 사는 푸른점박이 문어 독. 그 모든 독들을 합성한 독일 수도 있겠지. 어쨌든 살인을 목적으로 한 독에 해독약은 없었다. 즉시 죽거나 천천히 죽거나 그뿐이었다.

누군가를 죽이기로 작정한 사람의 마음이 그와 같을 것이었다. 즉시 죽이거나 천천히 죽이거나, 아무 약이 없는 게 그 독심이었다.

　가엾은 것.

　아사나를 가엾다 말한 것이지만 스스로에 대한 탄식이기도 했다. 자승자박. 물러서야 할 때 물러서지 못하고, 놓아야 할 때 놓지 못했던 사루사기 일생이 그러했다. 스스로 놓지 못했음에 이제 타의에 의하여 이 세상에서 물러나게 되었다. 월나악 운무봉 동굴에 놓아둔 목지형검이 떠올랐다. 이구림으로 돌아가면 그 검을 누왕인도 모르는 곳에다 깊이 감추려니 했었다. 이제 구해국을 끌어안고 사는 것은 의미가 없으니 누왕인에게서 그 검을 거두어 아들을 풀어주려 하였다. 그런 연후 태어난 그 자리에서 눈을 감으려니 했다. 헌데 이리 죽게 되었다. 숨이 막히는 걸 느끼며 죽을 줄 알았더니 그건 아닌 것 같다. 잠들 때 아득함을 느끼는 것처럼 머릿속이 아득하고 막막해질 뿐이지 않은가. 그저 잠드는 것 같았다. 고마운 일이었다.

단오 사냥

　여름이 시작되는 날이 단오였다. 겨울이 전쟁을 벌일 철이 아니듯 여름
도 그러했다. 갑주를 입기가 답답하지 않은가. 하지만 단순한 사냥이 아니
므로 우선 헐겁게라도 갑주를 입어야 했다. 시종 류사가 상(上)에게 갑주
를 입혀주었다. 류사는 대방성에서부터 부여부를 따라와 대황전(大黃展)
에 임했다. 류사가 미소를 머금은 채 상에게 갑주를 입혀주는데 그 곁에서
황후가 손수 부채질을 해주었다. 후의 손에 들린 백우선이 시원하기보다
간지러운 바람을 일으켰다.

　"여보, 그만 하셔도 됩니다."

　여보라는 호칭에 화용황후가 우흐흐 웃었다. 열네 살 때 혼약하여 열일
곱 살에 왕자비로 들어왔던 후는 상과 나이가 같았다.

　"제가 사냥길을 뒤따라 다니며 부채질을 해드리려 했더니 그도 마다하
시겠군요?"

"황후께서 상 곁에서 부채질을 해대시면 신하들이며 병사들이 퍽이나 어여쁘다 하겠습니다. 오늘 황궁 행사나 잘 치르세요."

"제가 그리 어여쁘니 병사들의 사기가 높아지지 않겠어요?"

"대체 나이를 어디로 잡수시고 아이같이 구시는 겁니까?"

후가 또 소리 내 웃는데 밖에서 급한 전갈이 들어왔다. 대황전 내관수장 부차가 들어왔다. 선황대부터 대황전에 있던 그를 상은 그냥 있게 하였다. 엎드린 그가 아뢰었다.

"폐하, 가부실 좌평저에서 전갈이 왔나이다. 내신좌평 사루사기께서 간밤에 서거하셨다 하옵니다."

상은 아찔했다. 그러면서도 무슨 소리인지 알아듣지 못했다.

"좌평께서 뭘 하셨다고?"

"서거, 작고하셨다 하옵니다."

"그러니까 그분이 돌아가셨다, 그 말이야? 왜? 어제 저녁을 짐과 함께 잡숫고 가셨는데?"

"망극하옵니다, 폐하. 주무시다 돌아가신 듯합니다."

"가부실에서 누가 왔던가?"

"좌평 호위장 지품과 좌평저의 집사 유술이 왔나이다."

"들여보내라, 내 직접 들어야겠다. 아니, 아니, 아니다. 내 당장 가부실로 갈 것이니 차비하여라."

날이 갓 밝아오는 참이었다. 상의 출정을 위해 일찌감치 깨어났으나 고요히 움직이던 대황전의 궁인들이며 측위들이 벼락같은 상의 거동에 혼비백산하였다. 지품과 유술이 대전 마당에 엎드려 있었다.

"어찌 돌아가신 것 같으냐? 왜? 그분이 돌아가시는데 그대들은, 수하들은 뭘 하고 있었어?"

"망극, 망극하옵니다. 폐하."

지품은 그 말뿐 변명이 없었다. 루사기의 그림자 같던 그였다. 주인을 잃은 그림자는 금세라도 스러질 듯했다. 유술도 상전에게 생긴 변고로 넋이 나가 있긴 똑같다. 맨땅에다 이마만 찧어대고 있었다. 그들 탓이 아닌 것이다.

"두 사람 다 일어나라. 아사나 공주에게는 전갈을 했는가?"

"예, 폐하."

왕인을 왜국으로 보낼 일이 아니었다. 좌평이, 왜 아무도 가려하지 않는 그곳에 자신의 아들을 보내자고 하는지 깊이 묻지 않고 윤허했다. 왕인에게 왜왕 자리에 맞춤한 왕자를 세우되 필요하다면 그대가 왜왕 자리에 앉으라 하였으나 그가 왜왕 자리를 욕심 내지 않을 것은 이미 알았다. 그가 왜국의 왕이 되어 주저앉지 않는다면 반년, 길어야 일 년 정도면 다녀오지 않겠나 싶어 허락했다. 하여 왕인을 손쉽게 떠나보냈지만 그는 상에게도 가장 가까운 신하이자 동무이매 그가 한성을 떠나는 게 달갑지는 않았다. 그리 쉬이 보낼 일이 아니었던 것이다. 좌평에게 변고가 생겼는데도 당장 상주조차 없지 않은가. 아사나밖에 없었다.

대전 앞에 용마가 대령되었다. 상은 말에 올라 단숨에 궁을 벗어났다. 진시에 출정하기 위해 인황문 앞 광장에 도열할 친위군들은 아직 모여 있지 않았다. 한 식경도 못되어 가부실에 도착했다. 아사나 공주가 어느새 와 머리 풀고 곡을 하고 있었다. 루사기와 한 집에 살지는 않았어도 정이 깊었던가. 아사나의 곡소리가 사무치도록 깊었다.

사루사기는 아직 자는 듯이 보였다. 낯빛이 파리했으나 반듯하게 누워 이불을 가슴께까지 덮고 있었다. 새벽 인시에 유술이 불을 밝히러 들어왔다가 주검을 발견했노라고 아뢰었다. 상은 좌대를 침상 옆으로 끌어다 놓고 앉았다. 침상 밑에 《태산수렵관람기》와 《목지형검주조연사》가 놓여 있었다. 얼마나 여러 번 읽었는지 두 권이 다 두툼하게 부풀었다. 간밤 잠들기 전에 좌평은 또 아들이 쓴 책을 읽은 것이다. 《태산수렵관람기》에는 스물네 살의 부여부도 들어 있었다. 아들과 아들만큼 귀히 여긴 조카의 한때가 쓰인 책을 읽고 잠들었다가 그대로 떠나신 것인가. 상은 하릴없이 《태산수렵관람기》를 들어 책장을 넘겨보았다.

말과 무기를 시늉으로만 다루는 부여부와 왕인이 태산 아래에 이르러 등태산이소천하(登泰山而小天下)를 논하고 있었다. 왕인이 《태산수렵관람기》를 썼다 하여 읽었을 때 상은 재미나서 한참을 웃었다. 왕인이 얼마나 사랑스럽고 자랑스럽던지. 루사기가 아들의 책을 즐겨 읽는 까닭도 그 때문인 것이다. 《태산수렵관람기》를 내려놓은 상은 《목지형검주조연사》의 표지를 넘겼다. 목지형검이 이 백제로 들어왔다는 이야기가 전해 오지만 《목지형검주조연사》에는 그 검이 만들어진 과정만 세세히 쓰여 있을 뿐 목지형검의 행방에 대해서는 나와 있지 않았다. 상은 책을 덮어 침상 밑에 올려두고는 사루사기의 손을 잡았다.

"폐하, 그리하시면 아니 되나이다."

뒤에서 부차가 말렸으나 상은 내버려두라고 손짓했다. 무수한 주검들을 봐왔던 탓에 주검에 대한 거리낌은 조금도 없었다. 주검의 얼굴을 만지니 사늘하다. 그 사늘함이 상의 손끝을 저리게 하였다. 가슴도 저렸다. 외숙이면서 부친 같았던 그였다. 부황보다 더 아버지 같았던 분이었다. 비로소 울컥 눈이 매웠다. 부황께서 붕어하셨다는 소식을 듣고도 흐르지 않았던 눈물이 외숙의 주검 앞에서 흘렀다. 상은 눈물이 흐르도록 한참 내버려 두었다.

"폐하 성심을 다지시옵소서."

"부차, 국상을 선포하여라. 오늘 출정은 사흘 뒤로 미룰 것이라 전하고, 내법부에 국상을 준비하게 하라. 지품, 아사나를 이리 들라 하고 류사, 갑주를 벗겨다오."

상은 두 손으로 눈물을 훔치고는 일어났다. 부차와 지품이 황명을 전하느라 나가자 류사가 갑주의 고리들을 풀기 시작했다. 아사나가 들어와 엎드리더니 흐느꼈다.

"아사나, 네가 많이 놀랐겠구나. 짐도 황망하기가 그지없다. 이구림에 소식을 전하라 하였느냐?"

"폐하, 미처 생각을 못했나이다."

"그럴 겨를이 없었을 터이다. 이구림에 먼저 소식을 전하고 여름이니 화장을 한 뒤 유해를 이구림으로 보내드리도록 하자. 비류군에게도 소식을 전해야 할 테니 사자를 띄워야겠고."

"폐하, 황은이 망극하옵니다."

아사나는 간밤에 한 잠도 못 잔 터였다. 아니 그젯밤도 못 잤다. 일을 저질러 놓고서야 자신이 어떤 일을 저질렀는지 깨달았다. 황상과 내신좌평을 죽이기로 작정했으나 아무리 생각해도 방법이 떠오르지 않았다. 누군가에게 지시한 순간 누설될 게 뻔했다. 누설되지 않아도 발목을 잡힐 것이었다. 직접 하는 수밖에 없었다. 아니 처음부터 그리 계획했을 터였다. 선태후셨던 할마님에게서 물려받은 많은 것들 중에 손아귀에 들 만한 푸른색 병이 있었다. 앙증맞게 어여쁜 그 병 속에 푸른점박이 문어 독이 들었다는 것을 열일곱 살 때 이미 알았다. 그걸 떠올렸기에 작정했는지도 몰랐다. 삽사리 금강이에게 좁쌀만큼 먹였을 때 두어 숨참 만에 움직이지 않았다. 독을 먹은 흔적은 조금도 남지 않았다. 그렇게 시험까지 하고도 그제 낮에 와서 《태산수렵관람기》와 《목지형검주조연사》에다 그걸 묻힐 때 제정신이 아니었다. 궁으로 돌아가서야 정신이 들었다. 내가 무슨 짓을 했는가.

오늘 새벽 유시초에 연락이 올 때까지 내내 두려움에 떨었다. 그 책을 집사 유술이나 호위장 지품이 먼저 만진다면 어찌 되는가. 시녀장 병이가 먼저 만진다면? 하지만 좌평저의 시위들이 주군의 물건을 함부로 만지지 않는다는 것을 알고 있었다. 결국 의도한 대로 되었다. 주무시다 떠나신 듯 되지 않는가. 황상께서 이리 납실 줄도 예상했다. 한 시진 전 좌평의 침소로 들어와 책이 침상 맡에 있는 것을 보고도 치우지 않았다. 가령 상께서도 책을 만지셨다면? 속지를 만지셨다면? 일거양득인 셈인데 아사나는 차마 고개를 들어 황상을 살펴볼 수 없었다. 만약 책을 만지셨다면 아주 미량이라도 용체에 묻었을 것이고 그렇다면 쓰러지실 것이었다. 쓰러지지 않으시니 만지지 않았다는 뜻인데, 그렇다면 아사나가 저지른 짓이 언제 발각될지 몰랐다. 두려움에 떨리는 몸이 진정되지 않았다.

"안채로 건너가서 안정을 하고 집주인으로서의 소임에 임하도록 해라. 상주 노릇은 짐이 할 것이다. 여봐라, 공주를 안으로 모시어라."

가꾸미와 겨리가 들어와 양쪽에서 부축을 해주었다. 일어나는데 아사나의 허리가 몹시 결렸다. 아랫배가 찌르는 듯이 아팠다. 겨리가 등을 내밀었다. 안채에서는 병이를 비롯한 좌평저의 시녀들이 넋이 나간 채 서성거리고 있었다. 아사나는 비명을 삼킨 채 겨리에게 업혀 안채의 큰방으로 들어왔다.

"아이고, 각하!"

거리에게서 아사나를 받아 내리던 가꾸미가 비명을 질렀다.

"하, 하혈을 하시옵니다."

아사나는 그제야 자신의 치마 아래로 흘러내는 흥건한 핏물들을 보았다. 나흘 전 신궁 설요가 물었다. 근래 주검을 본 적이 있느냐고. 그리고 말했다. 주검이 남긴 독기가 사기로 작용하고 있으니 향을 피워 주검의 혼을 달래주고 독기를 걷어내라고. 아사나는 향을 피우지 않았다. 설요가 제 힘을 과시하며 으스대는 것이라고 여겼다. 듣고서 잊어버렸기도 했다. 대낮의 하늘이 검어지는 일식에 눈앞이 캄캄했을 뿐이었다. 지금도 눈앞이 캄캄했다. 아랫배에서 일어나는 극심한 통증으로 자신의 하체를 적시는 피조차도 보이지 않았다.

해독제가 있는가

　내신좌평 사루사기의 상(喪)을 당해 국상을 선포하고 출정을 사흘 뒤로
미뤘던 황상은 사루사기의 초상치레 첫날 밤에 쓰러졌다. 그리고 그 길로
혼수에 빠져버렸다. 황상이 쓰러진 뒤 백제 조정에서는 황상이 혼수에 빠
져들었음을 공표하지 않았다. 쌍현성 쪽으로 모여들어 황상을 기다리고
있던 오만여 병력을 원래 위치로 돌려보냈다. 적현성을 잃고 출정한 부여
문과 유주자사 진서를 우선 유주로 보냈고 부여설에게는 대방으로 돌아
가라 하였다. 부여설이 이끄는 황상의 친위군이 황상의 상태를 알면 곧장
한성으로 내려올 것이기 때문이었다. 태수황제의 아드님인 부여설은 대
방성의 성주이자 어린 좌현왕 부여찬을 받치고 있는 대륙백제의 실권자
였다. 그들이 진단에 주둔하고 있는 것 또한 께름칙했던지라 황상의 명을
빙자하여 그들을 돌려세웠다. 상의 급작스런 환후를 공표한 건 오만에 이
르는 병력이 제자리로 돌아간 뒤였다. 태자가 자연스레 상을 대리하게 되

33

었고 내신좌평의 자리에 태자의 외숙인 진두서를 세웠다.

백제의 혼란을 예상했던가. 혹은 면밀히 탐찰했던가. 칠월 중순, 치양성부터 시작된 고구려 대군의 침입이 대륙백제의 북쪽 열세 성에서 거의 동시에 이루어졌다. 청주성과 유주성에서 조선성까지, 한 성에서 다른 한 성으로 이동하면 맞춤할 이십여 일만에 열세 개의 성이 넘어갔다. 더불어 발해가 저들에 장악당했다. 부여설과 부여문이 대군을 이끌고 진단과 대륙을 이동해 다니는 사이에 일어난 일이었다. 그렇게 대방백제의 열세 성을 점령한 고구려군이 관미성 앞까지 이르렀다고 했다. 관미성은 대륙백제 발해만의 최대 요새였다. 점령당한 각 성에서 철군하거나 탈출한 장군들과 병사들이 관미성에 모여 오만 병력이 되었다고 했다. 성 밖에 사만의 고구려 정예군이 운집하여 대치중이라는 소식이 한성에 전해진 것은 구월 초였다.

상이 쓰러지매 상황이 이리 급변하게 될 줄을 전혀 예상치 못했던 백제 조정이었다. 아니 태자였다. 대륙군에게 제자리로 돌아가 다음 명을 기다리라고 황명을 내릴 때 흩어진 그들이 속수무책 고구려군에 점령당할 줄 어찌 알았으랴. 태자 여해는 급작스레 날아든 소식들에 연이어 조정을 열었다. 본국 병력 오만을 관미성으로 보내자는 의견이 모아진 참이었다. 청주성에서 조선성까지 점령당해 대륙백제가 양단되었으므로 오만 병력을 관미성을 보내기 위한 유일한 길이 황해를 통한 해상로뿐이었다. 해지무를 대장군에 봉하고 상장군에 진가모를 봉하고 좌군과 우군과 중군의 군장들을 명했다.

문제는 발해 수군 병력이 와해됨으로써 당장 오만 병력을 동시에 이동시킬 전함이 부족하다는 것이었다. 수군 총사령관 진도는 동시 이동이 불가하다면서 세 차례에 걸친 수송 전략을 전달해왔다. 상장군 진가모에게 이만의 병력을 붙여 배에 태워 관미성으로 향하게 했다. 남은 병력을 보내고 그들을 어떻게 지원할지에 대한 궁리로 백세전이 종일토록 시끄러웠다. 마침내 대장군 해지무가 육로로 쌍현성을 치기로 함으로써 관미성을 둘러싼 고구려군의 병력을 흐트러 놓기로 하였다. 해지무의 출정은 사흘 뒤인 구월 구일 중양절로 정해졌다.

대장군 해지무의 쌍현성 출정을 결정한 뒤 여해태자는 부아가 나 터질 것 같은 심사로 아사나궁으로 향했다. 측위들만 뒤를 따르는 예고 없는 행차였다. 이번에 관미성을 지키지 못하면 칠월에 잃은 열세 성을 되찾는 일이 요원할 것이었다. 관미성은 황상의 비인 이두나황비의 본성이었다. 부여설의 따님을 황후로 둔 황상 부여부가 우현왕 시절에 관미성에서 제 이비를 얻은 까닭은 대륙백제에서 관미성이 차지한 위치가 그만치 중요하기 때문이었다. 대륙백제 최고성(最固城)인 조선성까지 고구려에 점령당해 버린 현재에 이르러 관미성의 중요성은 한층 더했다. 더구나 이두나황비가 관미성으로 들어가 있다지 않은가. 관미성을 지켜야만 상실한 성들을 되찾을 수 있을 뿐더러 황하 이남의 영토도 지킬 수가 있는 것이다. 그런데 여해는 직접 출정하지 못했다. 출정하겠다 나섰을 때 내신좌평 진두서를 위시한 신료들이 황상의 환후가 위중할 제 태자가 도성을 비우는 것은 부당하다며 극력 말렸고 태자는 수긍했다. 수긍하면서 부끄러웠다. 황상이시라면 신하들이 말린다고 주저앉으시랴.

결국 아직은 황상이 계셔야 한다는 걸 태자 여해는 뼈아프게 느꼈다. 여해 스스로 상위에 오르고 싶었고 올라야 마땅하다 여겨왔으나 그러기엔 시기상조였던 것이다. 숙부인 상께서 아직 한창 나이셨기에 여해는 자신의 집권은 아직 멀었다고 생각했다. 사실 백제를 어찌 운영할 것인지에 대한 생각을 해본 일이 없었다. 내가 아니어도 너끈히 굴러가는 백제가 아닌가. 숙부를 보자면 즉위하는 그 순간에 즉각 임금이 되는 것이었다. 임금 노릇은 임금이 되고 나서 해도 무방하리라 여기며 한가하게 지내왔다.

헌데 아니었다. 스물여섯 살에 등극한 황상 부여부는 그 십여 년 전 대륙으로 건너간 즉시부터 임금 노릇을 배우고 훈련해왔던 것이다. 태자가 엄연히 따로 있음에 그는 임금이 될 가능성이 없었다. 그럼에도 그는 백제를 운영할 수 있는 자질을 이미 갖추고 있었다. 하여 선황 붕어 후 그가 즉위했다. 할마님이신 선태후의 명에 의한 것이었다. 헌데 여해를 비롯한 태자 측근에서는 황위를 찬탈당했다 여기면서 그를 밀어낼 생각만 하며 세월을 지내왔다. 황위는 부여여해의 것이로되 백제를 지키며 운영할 힘은 부여부에게 있었음을 여해는 근자에야 깨달았다. 작금의 이 사태를 타개하자면 황상께서 일어나셔야 했다. 하지만 쓰러진 황상이 다시 일어날 가망이 전혀 없다는 것을 누구나 알고 있었다. 몇 달째 숨만 쉬고 있는 그는 오늘 밤에라도 저세상으로 떠나갈지도 몰랐다.

내신좌평이 서거한 그날 밤에 대체 상이 왜 쓰러졌는가.

오늘 백세전에서 빈 황좌의 아래좌대에 앉은 채 여해는 그걸 궁리했다. 또 이튿날 출정하기로 하였던 사루사기는 왜 갑자기 죽었는가. 사루사기의 죽음과 상의 혼수가 연결되어 있음은 분명했다. 그렇다면 그들의 연결고리가 뭔가. 아니 누구인가. 비로소 깨달았다. 누이 아사나였다. 왜 하필 그날이었는가도 알 것 같았다. 출정 날 행해지기로 했던 황후의 단오 행사를 막기 위함이었다. 그 며칠 전부터 태자비 우슬까지도 단오 행사를 위해 출산으로 부숭부숭해진 몸을 추스르느라 애썼다. 황후가 황후 노릇을 하겠다 나서니 태자비도 태자비 노릇을 하겠다고 나섰다. 황후는 황후이므로 스스로 선포하면 황궁의 권력을 가질 수 있었다.

　내경고를 관장하는 내경각은 원래 황후의 것이었다. 황궁 내에 복무하는 오천여 명의 인사권은 물론이고 내경고의 재정을 각 궁에 할당하고 그 쓰임을 감찰하는 일이 모두 내경각주의 것이었다. 뿐인가 내경고 자체에 복무하는 관리들도 내경각주에 의해 결정되었다. 태자비도 태자비이므로 제 몫의 권력을 구사할 수 있었다. 태자궁에 관련된 사람과 살림은 태자비의 일이었다. 모든 일에는 관례가 있어 그에 따른다고는 하나 관장하는 사람이 엄연히 있으니 관장하는 사람이 권력자였다. 그 권력을 아사나는 선황 말년의 어지러운 정황 속에서 선태후를 대리하며 자연스레 다 물려받았다. 그동안 아사나는 권력의 맛을 알게 되었고 그걸 놓지 않으려 사루사기와 황상을 쓰러뜨린 것이었다.

　"전하, 느닷없는 행차를 하시었습니다."

　예고 없이 들이닥친 태자의 얼굴이 잔뜩 구겨져 있었다. 근 몇 달 새에 많이 야위기도 했다. 상이 중환에 들어 산송장인 양 누워만 있으니 그를 대리하느라 고심하는 흔적이었다. 지난 오월 아사나는 수태 중이던 아이를 잃은 뒤 열흘가량 앓았다. 그 열흘 사이에 백제와 황궁은 태자의 세상으로 바뀌었다. 아이를 잃었으나 아사나의 세상도 그대로였다. 화용황후는 황상이 혼수상태에 빠짐으로써 펼쳐보지도 못한 날개를 꺾인 채 황상의 간병으로 바빴다. 모후인 태후께서는 여전했고 태자비는 아직 제 세상을 실감치 못했다. 황궁의 권력은 아사나에게 그대로 있었다. 급작스레 대륙의 십여 성을 잃었다고는 하나 아사나는 대륙에 가본 적이 없으므로 상실감 또한 느끼지 못했다. 전쟁이야 늘 하는 것이니 이번에 대군이 출정하면 놓쳐버린 영토는 금세 되찾을 것이었다.

마음에 걸리는 유일한 일은 사루사기 서거 당시 머리맡에 있었던《태산수렵관람기》와《목지형검주조연사》가 어디론가 사라져버렸다는 것뿐이었다. 입관을 막 끝낸 때에 황상이 쓰러졌다. 하여 그가 책들을 만진 것을 깨달았고 그 책들을 찾기 위해 아픈 몸을 끌고 좌평의 처소로 들어갔다. 입관식과 스스로의 하혈과 황상의 혼절 등의 북새통 속에서 어디로 사라졌던가. 다른 책들은 사방탁자에 그대로 놓였는데 그 두 책만 보이지 않았다. 책들이 사라졌으므로 책을 잊고 지내다가도 불쑥불쑥 한 번씩 떠올라 심사를 어지럽혔다. 두 달쯤 지나서야, 입관할 때 관 안에다 책들을 넣었을 것이라는 짐작을 해냈다. 관을 태워 유골을 추스른 뒤 이구림으로 보냈으므로 아사나의 행적 또한 불길 속으로 사라졌던 것이다.

"전하, 표정이 어찌 그리 어두우십니까?"

이왕이면 태자가 직접 출정을 하면 좋으련만 그런 결정은 내려지지 않은 듯했다. 출정한다고 죽는 것도 아니련만. 나갔다가 돌아오면 새 임금으로서의 늠름함을 과시할 수 있을 터인데 신하들이 말린다고 주저앉다니. 때문에 태자의 심각한 얼굴이 아사나는 오히려 마뜩치 않았다. 선황들을 닮은 탓에 몸피가 큰 여해가 손을 내저으며 누이의 시종장 가꾸미까지 모조리 나가라 명하는 게 우습기까지 했다.

"전 내신좌평 사루사기와 폐하께 무슨 짓을 하신 게요? 아니, 그건 궁금치 않소. 폐하를 일으킬 해독약은 혹시 없소?"

아사나는 어이가 없어 웃었다. 웃다보니 억장이 미어졌다. 여해가 이리 나올 줄 몰랐다. 공모했지 않은가. 그래놓고서 지금 와 누이가 독단으로 한 짓으로 몰아붙이고 있었다.

"대체 무슨 말씀을 하시는 게요? 내가 누굴 어찌했다고요?"

"전 내신좌평에게 독을 먹여 죽이고 황상께 독을 먹인 게 누이잖소."

"참으로 기가 막히십니다, 태자. 전 내신좌평은 비류군의 부친이십니다. 비류군은 나의 지아비지요. 하여 사루사기 합하는 나에게도 아버님이셨소. 내가 그분을 독살하였을 것이란 생각을 어찌 하실 수 있단 말이오?"

"내 앞에서까지 시치미 떼실 것 없습니다. 공주께서 나의 누이인 바 임금도 아닌 내가 공주의 죄를 물을 까닭도 없구요. 대신 황상 폐하를 일으킬 방도를 말씀하시라는 겝니다. 어지간한 독에는 해독약이 있다고 들었어요. 폐하의 증세를 보건데 잠만 자게 한다는 그런 독을 드신 듯도 한데, 혹여 그렇다면 해독약을 내놓으시라 그 말입니다."

"왜요, 전하. 해독약이 있다면 폐하를 일으켜 다시 집권하시게 하게요? 폐하께서 일어나시어 잃어버린 대륙의 영토를 되찾으려 애쓰시는 동안에 전하께서는 사냥하고 계집질하며 지내시게요? 그리 재미난 일을 못하시고 날마다 백세전에서 지내시려니 불편하신 겝니까? 하여 그 분풀이를 애먼 누이를 향해 하시는 게요?"

"누이!"

"예, 전하. 제가 전하의 누이입니다. 제가 사루사기 합하와 폐하를 그리 만들었다고 가정한다면, 그것이야말로 전하께 임금이 되실 길을 열어 드린 것 아니겠습니까? 이미 받아놓은 밥상이구요."

"부탁한 적 없습니다."

"부탁은 아니 했을지라도 공모했을 수는 있지요."

"내가 언제 누이와 마주앉아 작금의 사태에 대해 공모했단 말이오?"

"이마 맞대고 소곤거려야만 공모랍니까? 누이를 향해, 누가 날 죽이려 한다고 한탄하고 하소하는 것은 공모가 아닌 줄 아시오?"

"누이를 향한 한탄과 하소가 어찌 공모가 됩니까?"

"치졸하십니다, 태자. 비겁하시구요. 그렇지만 어쨌든 나는 그 두 분께 어떤 일도 하지 않았습니다. 그걸 염두에 두시고 앞날을 생각하셔야 할 겝니다."

"치졸하고 유치하고 비겁하지요, 내가. 공주께서는 이런 아우를 이용하신 것이고요. 할마님께서 아드님을 억박지르며 이용하여 권력을 누리셨듯 말입니다."

"뭐요?"

"됐습니다, 그만 하지요."

"그만 하다니요. 그런 엄청난 말씀을 쏟아놓으시고 그만 하자면 그만입니까?"

"모든 독약에는 해독제가 있다 합니다. 폐하가 일어나셔야 작금의 사태를 해결할 수 있을 듯하니, 해독제를 내어놓으시오."

"상께서 쓰러지신 지 넉 달이 넘어서야 해독약을 찾다니 빠르기도 하시구려. 대륙의 성들을 고구려에 빼앗기지 않았더라도 해독약을 찾으셨을지, 참으로 궁금합니다. 헌데, 그런 것이 내게 있을 까닭이 없소."

"나는 지금까지 못난 사내, 못난 태자로 살아왔소. 선황들의 위대하심에 그 그늘 속에서 나의 못남은 눈에 띄지도 않았어요. 하여 응석부리며 태연히 살아왔겠지요. 그러다 급작스레 백제가 내게, 내 어깨 위로 왔어요. 내 어깨 위에 백제가 얹히고 보니 내게 아직 백제를 감당할 힘이 없음을 깨쳤어요. 부탁하리다. 방법이 있다면 누이, 폐하를 일으켜 주시오. 폐하를 보필하면서 제대로 임금 노릇을 공부한 뒤 나중에 임금 노릇을 제대로 하리다."

"임금 노릇에 나중은 없소. 태자께서 이미 임금이시니 지금 임금 노릇을 제대로 하세요."

"제대로 하기 위해서라도 상이 계셔야 하오. 폐하를 되살릴 방법을 찾아줘요."

"상께서 일어나시지 못할 걸 아시는 터수에 억지 부리지 마세요. 내가 한 일 아니라고 몇 번이나 말씀드렸지 않아요? 내가 한 일이 아니지만 분명한 건 상께서 독약에 중독되었다면 해독약은 없다는 것이지요. 황후께서 신궁에 청하여 의절들을 불러들이신 걸 아실 텐데요. 궁의들이 까닭을 모른다 하였듯이 신궁의절들도 그냥 물러났지요. 아니 그냥 물러난 것은 아니고 상께서 숨이나마 쉬고 계시는 건 신궁에서 처방한 약을 드시고 있기 때문이라지 않습니까? 천하 제일 신궁의절들도 폐하가 독에 중독되었는지 아닌지를 모르는데 전하께서는 어찌 그리 단정하시고, 또한 제가 그러한 짓을 하였을 것이라 단언하시는 겝니까. 아무도 모르는 일입니다. 저도 전하도. 모르는 사람들끼리 이런 얘기 백번 나눠봤자 소득은 없지요. 신궁에서도 모른다는 해독약을 궁리하시지 말고 비류군이 돌아오면 의논하시어 작금의 사태를 어찌 타개하실지나 궁구하세요."

비류군에 대한 말이 어찌 아니 나오나 했다.

여해가 왕인이라는 이름을 처음 들은 건 열세 살 때였다. 그가 열일곱 살에 문사시에 장원했을 때였다. 태손 시절의 여해는 글공부에 취미가 없었고 무술 훈련도 재미없었다. 헌데 웃전들께서 말씀하시기 시작했다. 왕인을 봐라. 그는 열일곱에 이미 학문에 일가를 이룬 셈이다. 그는 일개 학사이매 너는 장차 임금이 될 사람인데 공부를 게을리해서는 아니 된다. 열

다섯 살이 되어 치우당에 들었더니 거기서도 왕인을 끌어들이지 못해 안달이었다. 그 무렵 누이 아사나가 왕인을 지아비로 삼아달라고 부황께 요구하고 나서는 사태까지 발생했다. 급기야 그가 부마가 되었다. 부마 비류군이 된 그가 태자인 부여여해를 밀치고 제제 부여부를 황제로 만들고 난 뒤 누이를 버리고 대륙으로 가서 싸돌아다닐 때도 다르지 않았다. 대륙에서 수시로 벌어진 전쟁의 전공을 심사할 때마다 그의 이름이 거론되었다. 여해가 가장 싫었던 것은 전공을 논할 때마다 거론되는 비류군이 정작 행상(行賞)에서는 빠진다는 사실이었다. 왜? 황상과 내신좌평이 그를 제외시키기 때문이었다. 왜 제외시키는가. 그를 아끼기 때문이었다. 그는 비류군이기는 해도 수시로 책을 써서 내는 태학의 학사일 뿐이었다. 그게 몹시도 아니꼬웠다. 다방면에 출중한 그는 자유로웠다. 여해는 그의 자유를 질투했다. 그가 아주 몹시 싫었다. 어린 날부터 모후보다 믿고 의지했던 누이가 사랑해주지도 않는 그를 오매불망 기루며 신뢰하는 꼴도 심사가 꼬였다. 나이가 들어도 그를 죽이고 싶은 마음이 사라지지 않았다. 근래 임금에 버금가는 권력이 생기매 그를 죽일 방법이 천지에 널려 있다는 것을 알게 되었다.

"비류군이 오면 작금의 사태가 해결될 것이라 보시오?"

"지난 몇 년간 대륙에서 이뤄진 전쟁들에 비류군이 개입하지 않은 전쟁이 없다는 사실을 전하께서도 아실 겝니다. 비류군은 대륙 정세에 능통합니다. 그가 지은 책들, 짓고 있는 책들만 봐도 그가 대륙을 얼마나 훤히 꿰고 있는지 알 수 있지요. 그만큼 아는 사람도 많을 것이고요. 열세 살의 좌현왕 찬과 대방태수 부여설이 작금 대륙백제의 기둥들이라는 것쯤은 아실 텝니다. 대방태수는 대방성 이남의 모든 성들을 아우를 만한 부와 권력을 지니고 있지요. 그의 아들 부여연진과 비류군은 황상의 우현왕 시절부터 막역한 사이로 유명합니다. 광릉태수 취관후는 어떻구요. 비류군이 노상 함께 다니던 황상의 전 친위군 대장 취운파의 장형입니다. 만사가 인사에 달렸다 했습니다. 비류군에게는 인사가 있구요. 폐하는 신궁 제일신녀라 하여도 되살리기 어려울 것이에요. 비류군을 전하의 신하로 쓰세요. 당장 관미성을 잃는다 하여도 비류군이 나서면 잃어버린 영토를 되찾으실 수 있게 될 것입니다. 그런 뒤에 전하께서 다시 백제의 영토를 확장해 가면 되겠지요. 하여 전하께서도 비류군을 데리러 보내신 게 아닙니까? 내 신부 달솔을 제수하시면서요.”

“그러한 존재인 비류군을 처음에 어찌하여 왜국으로 쫓아 보냈습니까.”

“왜국을 다스리고 오라고 황상께서 보내셨지, 제가 보냈습니까? 돌아온 부아악호의 보고를 받은 분은 전하십니다. 폐하의 믿음대로 왜국의 왕을 세우고 벌써 학당을 세 개나 세웠다는 보고를 받으셨지 않아요? 그리고 지난 칠월에 비류군을 데려오라고 부아악호를 왜국으로 다시 보내신 분도 전하이시지요. 그가 떠나갈 때나 돌아올 때나 제 의지는 개입되지 않았습니다.”

“주변에 아무도 없습니다. 솔직하셔도 됩니다.”

“솔직하라니요. 제가 솔직하지 않을 까닭이 무엇입니까?”

“내신좌평 사루사기와 황상 폐하를 해하기 위하여 비류군을 치워놓으신 것 아닙니까? 누이의 뜻대로 이루어졌고요. 그걸 탓할 생각은 없습니다. 다만 아우인 태자를 위해 한 일이라, 백제를 위해 한 일이라고 핑계대지는 마세요. 내 경고 때문에 한 일임을 모르지 않으니까 말입니다.”

"괜한 말씀으로 애먼 누이를 핍박치 마시고 비류군 환국이나 서두르세요. 어차피 그도 이미 부친과 황상의 소식을 듣고 환국하고 있겠지만요."

아사나의 태연한 타이름에 여해가 급작스레 웃어댔다. 누이가 어처구니없는 눈으로 바라보는데도 한참을 웃고 난 그가 얼굴에 드리웠던 웃음기를 일시에 걷어냈다. 그 얼굴의 변화는 마음의 빗장을 걸듯 단호하고 써늘했다.

"사루사기 좌평이 서거한 게 지난 오월 초 닷새였지요. 그의 호위들에게 이구림으로 소식을 전하라 한 게 그날이었고, 화장한 유해가 이구림으로 출발한 것은 닷새 뒤였소. 아무리 늦었어도 오월 보름에는 이구림에 소식이 닿았을 것이오. 이구림에서 삼도국으로 배를 띄웠다면 오월 말경에는 비류군도 부친의 서거 소식과 황상의 환후에 대한 소식을 들었겠지요. 그리고 그가 곧장 돌아왔다면 칠월에는 이미 백제에 와 있어야 하지요. 또 칠월 초에 부아악호가 떠났으니 중순경에는 대판에 도착했을 것이고 그가 곧장 부아악호를 탔다면 지금쯤 한성에 와 있어야 합니다. 지금 구월 중순이 다 됐는데 그의 소식은 일절 없소. 그는 당장에 이 한성으로 돌아올 필요가 없어진 게요. 내신부 달솔 자리쯤은 그의 안중에 없겠지요. 그가 작금의 한성에 무슨 미련이 있어서 애써 돌아오겠소?"

비류군이 한성에 미련이 없을 것이라니. 그의 지어미인 내가 존재하고 있는데. 아사나는 여해의 단정에 비위가 상하지만 참는다. 내일이라도 등극할지도 모를 아우를 향해 화를 내어 득 될 게 없었다.

"소식이 늦어져서 그런 것일 게요. 부아악호가 떠난 뒤 며칠 뒤 태풍이 불었소. 부아악호가 백제 바다를 채 벗어나기 전이었소. 태풍을 피해 아무 데나 기항했다가 다시 출발했다면 그만치 늦게 대판에 당도했겠지요. 부친과 황상의 소식을 들은 그는 반드시 올 사람이오. 와서 나를 찾아 전말을 물을 것이고, 전하를 배알하고 황상을 뵐 것이오. 그는 그런 사람이오."

"그를 그리 믿습니까?"

"그가 그러한 사람이기에 그를 지아비로 삼은 겝니다."

"헌데 어찌 그를 그리 미워하셨소?"

"미운 것과 믿는 것은 다릅니다. 믿다고 계속 믿기만 한 것도 아니고요. 전하께서도 이미 지어미가 셋이나 있으니 아시겠지요. 내외간이란 그런 사람들인 것을요."

비류군을 미워하는 맘보다 그를 기루는 맘이 훨씬 컸다. 그의 자식을 낳고 싶었던 간절함도 그를 기루기 때문이었다. 그의 자식을 낳으면 그의 맘도 아사나 곁에 머물 것이라고 기대하는 비루한 마음조차도 마찬가지였다. 그의 자식을 가졌고, 잃었다. 그가 돌아오면 다시 그의 자식을 가질 수 있을 터였다. 왕인은 아사나가 사루사기를 향하여 한 일을 영원히 모를 것이므로 내외간이 새삼스레 어그러질 일도 없었다. 그가 돌아와 내신부 달솔에 임하면 만사가 해결되는 것이었다.

"헌데 비류군은 오지 않소. 아니, 오지 못하오."

"한 달이면 오고 갈 수 있는 곳에 있는 비류군이 왜 오지 못합니까?"

"부아악호를 보내며 그를 죽이라, 내가 명했기 때문이오. 부아악호에 자객들을 그득히 채워 보냈소. 물론 대방의 성들이 침탈당할 것이란 예상을 전혀 하지 않았을 때였지요."

아사나는 여해를 노려보았다. 눈빛으로 살인을 할 수 있다면 아우 여해를 죽이고 말듯 한 증오가 뿜어져 나왔다. 목소리는 낮았다.

"비류군을 왜요? 그이가, 전하께 무슨, 잘못을 했기에요?"

"그의 잘못이야 공주께서 더 잘 아시지 않아요? 그는 팔 년 전 우리의 부황께서 붕어하신 뒤 나, 태자가 아닌 제제를 옹립한 세력의 주역입니다. 작금에 전세가 역전되어 그의 부친이 죽고 황상께서 저리 되시었으나 그는 다시 우리의, 아니 나의 주적입니다. 그는 결코 나 여해의 신하가 될 수 없는 사람입니다."

"잘못 알고 계시는 게 있구려. 비류군이 있어 전하와 모후며 아우들이 산 겝니다. 그쯤도 모르시오?"

"나는 그리 생각지 않아요. 그리고 솔직히 누이도 그리 생각지 않으시지요. 작금에 벌어진 모든 사태의 원인은 비류군으로부터 비롯된 것이오. 헌데 그런 그가 돌아와 존재가 도드라지면 대륙의 황제 세력은 물론 본국에서도 그에 부화뇌동할 자들이 많지요. 비류군이 진단에 들어와 있는 대륙 세력의 뿌리이매 상께서 붕어하시기 전에 비류군을 제거해야 한다고 외숙 진두서께서 말씀하십디다. 나는 그 말씀에 수긍했고 그분이 자객들을 보내시자 하는 것에 찬성했소. 지금쯤 자객들이 대화성에 들어갔을지도 모르오. 혹은 부아악호에서 그가 스러질 수도 있겠고. 그를 데리러 갔으되 빈 배로 돌아오라 했으니 비류군은 돌아오지 못합니다. 또 혹여 자객들이 일을 성사시키지 못하여 그가 살아남는다 해도 그는 돌아오지 않겠지요. 아니 못 돌아오겠지요. 사루사기를 죽이고 황상을 저리 만든 게 누구인지 모른다 하여도, 저를 죽이려 한 나, 태자의 신하가 되기 위하여 돌아오겠소? 좌평의 아들이었고 황상에게 가장 총애받는 신하이자 부마인 그가 겨우 달솔 자리가 탐나서? 그가 그리 배알이 없는 사내입니까? 헌데 또, 그가 살아남고도 아니 돌아온다면 그는 황명을 어긴 반역자가 되는 것이오. 어쩌하여도 백제에 그의 자리는 더 이상 없소. 누이가 그를 기다리지 않아도 된다는 뜻이오.”

“비류군이 전하의 누이, 나 아사나의 지아비인 것에 대하여 생각을 해 보셨소?”

“누이는 비류군의 부친 사루사기를 해하면서 이미 비류군의 지어미 자리를 버리신 게 아니오?”

“뭐요?”

“지아비의 아비를 죽이고도 태연히 지아비를 섬길 수는 없지 않아요? 권력 앞에 인지상정 따위는 아무것도 아닌 걸 누구나 인정하는 바이니 새삼 사람의 도리를 따질 것은 없겠지요. 하여 나도 비류군이 누이의 지아비인 것은 감안하지 않았어요.”

“내가 아니 했다고 하지 않습니까. 내가 한 일이 아니란 말입니다. 대체 내게 왜 이러시는 게요? 대륙의 성을 잃은 분풀이를 나에게 하시는 겝니까? 전하 스스로의 부끄러움을 나에게 전가하시기 위해 이러시는 게요? 누이한테 이리 다 뒤집어씌우고 나면 면피가 되실 것 같소?”

“결국 상께서 일어나실 방법이 없다면 내가 미구에 상위에 오를 사람이매 누이 앞에서 면피 따위는 필요 없소. 누이와 나는 각자 한 일에 대한 응분의 대가를 치르면서 앞날을 감당하면 되는 것이오. 왕인과 아사나 사이에 자식이 있는 것도 아니고, 이름뿐인 지아비를 치워줬으니 누이는 내게 고마워하면 될 일이고요. 나는 누이가 나를 임금으로 만들어 준 것에 감사하면 되겠지요. 어쨌든 비류군이 죽었다는 소식이 오면 새 지아비를 모색해 보세요. 아, 내두부 은솔 진광이 내경각에 자주 드나든다 하던데, 작년 가을에 그의 내자가 아기를 낳다가 죽었다지요?”

싸늘하게 내뱉은 여해가 휘릭 옷자락을 날리며 아사나 앞에서 돌아서

나갔다. 홀로 남은 아사나는 자신의 손을 들여다보았다. 손이 부들부들 떨고 있었다. 몸도 덜덜 떨렸다.

감위수괘(坎爲水卦)

사루사기의 서거와 황상의 환후 소식이 대화성의 왕인에게 전해진 것
은 지난 유월 중순경이었다. 오월에 왕인을 만나고 돌아간 해리가 다시 오
면서 지품과 그의 아내 영사와 그들의 두 자식을 데려왔다. 다님 부인이
지품 일가를 솔가시켜 보내온 것이다. 지품과 영사가 한성과 이구림의 소
식을 전해주었다. 더불어 지품이 태학감 내지하 박사의 당부를 전해왔고
영사가 모친 다님 부인의 말씀을 전해왔는데 그 말씀들이 동일했다. 당분
간 귀국하지 말라. 그렇더라도 지품이 옷가지로 겹겹이 싼《태산수렵관람
기》와《목지형검주조연사》를 내놓지 않았더라면 당장 떠났을 것이다. 부
친의 유품을 만지려는 왕인을 향해 지품이 안 된다며 비명을 지르지 않았
더라면.

《태산수렵관람기》와《목지형검주조연사》는 근래 부친께서 밤마다 읽
으시던 책이라 했다. 부친의 침소에 들어가 본 기억이 까마득한 왕인은 그

러한 사실을 몰랐다. 아사나와의 혼인을 결정하신 뒤로 한성을 떠나 있는 시간만큼 부친과 멀게 지냈으므로 부친께서 아들의 책을 읽으시리라는 생각을 해보지도 않았다. 지품은 사루사기가 읽고 또 읽어 원래 두께보다 두 배쯤 부푼 책들을 황상이 쓰러지시고 난 뒤 거두어 숨겼다고 했다. 그리 감추었던 두 권의 책을 유해를 모시고 이구림으로 내려올 때 가져왔다. 그리고 삼도국으로 건너와 왕인을 만났을 때에야 두 책을 내놓으며 사루사기 서거 날의 정황을 풀어놓았다.

지품의 설명을 듣고 난 왕인은 자신의 저작인 《태산수렵관람기》의 속지 첫 장을 젓가락으로 집고 하단의 일부를 가위로 오려 항아리에 넣고 물을 붓게 했다. 그 안에 펄펄하게 움직이는 잉어 세 마리를 넣고 지켜보았다. 몇 숨참 지나지 않아 잉어 세 마리가 배를 뒤집고 떠올랐다. 믿을 수가 없어 세 마리를 더 넣었다. 마찬가지였다. 《목지형검주조연사》도 똑같이 해보았다. 웅신왕이 이림당 앞에 연못을 만들어 넣어주었던 잉어들 가운데 열두 마리가 눈앞에서 독살되었다. 부친과 상께서도 그렇게 독에 중독되신 것이었다. 부친은 치사량에 중독되어 즉사하신 것이고 상께서는 미량에 노출되어 혼수에 이르셨다는 것만 달랐다.

지품은 차마 아무 말도 하지 못했지만 그가 말하지 않아도 누구의 소위(所爲)인지 대번에 알 수 있었다. 그와 같은 방법으로 내신좌평과 황상에게 접근할 수 있는 사람이 누구이랴. 왕인은 아사나와 아사나를 둘러싼 세력들에 대한 원망보다 스스로에 대한 허탈감이 컸다. 사루사기와 사루왕인 부자는 잘못 살아온 것이다. 가장 무서운 존재는 내부의 적인데 부친께서는 당신의 내부로 적을 끌어들이셨고 그 적을 왕인이 키웠다. 지아비로한 일이 없음에도 지어미라 믿었던가. 적으로서의 아사나를 상상해 본 일이 없었다. 지나치게 영특하면서도 딱 그만큼 어리석은 그에게 맘을 주지 못하는 게 늘 미안하고 안쓰러웠다. 그에게 미안하고 그가 안쓰러운데도 그에게 다가들지 못하는 스스로를 책망했다. 벅수골에서 설요와 지내던 며칠 동안, 설요의 강요로 날마다 공주궁엘 들렀다. 나흘 동안 연속으로 아사나를 안으면서 비로소 두 여인을 지어미로 둔 사내가 되기로 하였다. 마음이 늘 설요를 향해 있을망정 앞으로는 아사나에게 지아비 노릇을 하려니 작정했다. 그가 적이 될 수도 있으리라는 생각을 하지 못했기 때문이었다.

자괴감과 동시에 자신의 손으로 해쳤던 숱한 사람들이 떠올랐다. 독으로 해쳤던 사람들이 귀신이 되어 찾아들었다. 칼로 흥한 자 칼로 망하고 독으로 흥한 자 독으로 망하리라. 십 년 전 이구림에서 독을 쏘아 죽였던 진수림 사병대의 강채와 적산이 찾아와 비웃었다. 지난 오월 독살했던 양지와 이태가 손가락질을 했다. 같은 병에 들어 있었던 같은 독이었다. 어쩌자고 그 독을 십 년간이나 품고 있었던 것일까. 왕인은 십 년 전 신궁에서 받았던 독병을 단지 속에 넣고 흙을 채운 뒤 다시 땅속 깊이 묻으며 오랜만에 오래도록 울었다. 울며 생각했다. 아사나는 대체 어떤 독을 얼마나 오래 품고 살았던 것일까. 그는 왜 독을 품고 살았는가. 아사나는 왕인의 탓이라 할 것이고 사실이 그랬다.

울음은 슬픔에서 비롯되는 것이 아니라 기억으로부터 발생하는 것인 듯했다. 길다면 길고 짧다면 짧은 스물여섯 해가 낱낱의 기억이 되어 몰려왔다. 울 만한 기억이 그리 많지 않았다. 그럼에도 울음이 났다. 울고 나니 무력감이 찾아들었다. 백제까지 되돌아갈 힘이 생기지 않았다. 모친이 마음에 걸려 아직기에게 내자와 백일이 갓 지난 아기를 데리고 이구림으로 돌아가라 명하였다. 해리에게는 본국 상황을 상세히 알아보고 되도록 서둘러 돌아오라 했다. 스스로는 신호림이라 부르게 된 신호 이구림과 대화성과 백제촌을 오가며 학당 선생 노릇이나 했다.

부아악호가 다시 온 게 칠월 하순이었다. 칙사는 내신부의 오품 한솔 임좌였고 선장 장평은 이월에 도해할 때와 같았다. 선부들도 거의 그대로인 듯하나 부아악호 수비대원들의 얼굴은 많이 바뀐 듯했다. 새로운 수비대장은 조행으로 서비구가 모르는 자라 했다. 한솔 임좌가 중환 중이신 황상을 대리한 태자의 명을 전했다. 전 내신좌평이 서거하시고 상께서 환후에 드셨는 바 백제국 부마인 비류군은 환도하여 내신부 달솔에 임하라는 것이었다. 아무리 부마라 하여도 지금까지 관직 없이 태학에만 소속된 채 지내온 자에게 내신부 달솔은 진의가 의심스러울 만치 어마어마한 자리였다.

태자는 아사나가 한 짓들을 모르고 있는 것일까. 아닐 것이었다. 아사나가 아무런 배경 없이 혼자 할 수 있는 일이 아니거니와 태자가 그렇게 불민한 사람도 아니었다. 불민하기는커녕 여해는 몹시 예민한 사람이었다. 자신이 감지하는 위기들에 대처하느라 한사코 겉돌았던 그였다. 황명의 근거가 어디에 있건 상관없었다. 황상이 환후에 들어 태자가 대리하면 태자의 명이 곧 황명이었다. 누구든지 황명은 조건 없이 받들어야 했다. 받들지 않으면 죽어야 했다. 그게 황명이었다. 언제까지 돌아오라는 날짜가 명시되어 있지는 않았다. 왕인은 팔월 한 달을 그냥 넘겼다. 구월 초에야 구월 보름에 한성으로 향하겠노라 공표했다. 처음 외국으로 올 제 작정했던 반년이 구월 보름 즈음이기도 했다.

월나호가 신호림으로 돌아온 게 구월 십일이었다. 해리가 대륙백제의 황하 이북 열세 개 성들이 고구려에 점령당했다는 소식을 전해주었다. 관미성에서 고구려와 대방백제가 대치중이라고 했다. 진단백제에 그 소식이 전해진 게 구월 초이니 지금쯤 한성에서도 관미성을 지원할 원군을 파병하였을 것이라 어림하였다. 소식을 전한 해리가 덧붙였다.

—주군, 지금은 진단이든 대륙이든, 여튼 백제로는 돌아갈 때가 아니야. 그렇지만 기어이 간다고 나설 터이지? 기어이 갈 것이면 주군, 대방성으로 가자. 월나호로 대방진으로 들어간 뒤 대방태수나 우현왕을 만나 보거나 상황을 보아 관미성으로 가자고. 관미성이 그때까지 남아 있을지 솔직히 의심스럽기는 하지만 말이야.

해리의 말이 타당하나 왕인은 따를 수 없었다. 태자 세력이 황상의 명을 빙자한 것이라 하여도 황명은 황명이었다. 황상이 부여부이매 왕인은 황명을 받들어야 하는 것이다. 고립무원의 지경에서 생사를 헤매고 있을 그가 가여워 그의 손이라도 잡아줘야 할 것 같았다. 그가 저세상으로 떠나갈제 배웅이라도 해야 하지 않겠는가. 부아악호를 타고 한성으로 가기로 하였다. 그리하여 구월 보름날이 되었다.

새벽이었다. 왕인은 신호림의 이림당에서 깨어났다. 이미 가을이 깊어 묘시쯤 되었을 텐데도 새벽어둠이 짙었다. 왕인은 이림당 마당 연못가의 화로에서 불꽃을 일으켜 등불을 밝혔다. 지난 유월의 땡볕 속에서 조성된 연못은 육갑산에서 흘러내리는 물이 고였다가 바다로 흘러나가게 만들어져 있었다. 연못이란 화재를 대비한 저수조의 역할도 하는 것이나 신호림에서 아직 연못까지 만들 여력은 없었다. 응신왕은 대화성의 인력을 오백 명이나 보내와 물길을 만들고 연못을 만들었다. 한편으로는 대화성 안에다 백제궁을 만들고 있었다. 전날의 이태가 죽음으로서 그의 일족을 서북

바다 쪽인 윤두반도로 이거 시킨 뒤 비게 된 이태궁을 백제촌에서 목수들이며 미장이들을 데려다가 백제궁으로 개축하는 참이었다. 신호림의 연못과 백제궁은 〈매화가〉에 대한 보답이며 향후 신호림을 지원하겠다는 무언의 약속이었다. 파인 지 석 달여가 지났을 뿐인데 연못은 원래 그 자리에 있었던 양 천연덕스럽게 새벽달을 드리우고 있다. 왕인은 연못에다 이림지(爾林池)라는 명칭을 붙였다.

"주군, 기침하셨습니까."

한 방을 쓰는 당주 세진구와 상리 선생이 벌써 일어나 있었던지 다가와 인사했다. 어느 사이엔가 왕인은 주군이 되었다. 주군이라는 호칭을 들을 때마다 목에 가시가 박힌 듯 불편하고 아팠다. 주군으로 불릴 날이 오리란 상상을 해본 적이 없는데 주군이라니.

"일찍 눈이 뜨였습니다. 저 혼자 잠시 할 일이 있으니 자는 사람들은 더 자게 두세요."

일대가 이미 이구림인지라 오백여 명의 백성들에 왕인의 호위들과 월나호의 선부들과 수비대들까지 칠백여 명이 아직 잠들어 있었다. 번을 서는 호위와 수비대 몇을 제외하고는 다 잠들어 있는 캄캄한 시각에 세진구가 서늘한 땅바닥에 무릎을 꿇으며 엎드렸다. 상리 선생이 당황하여 말리려다 물러섰다.

"아저씨, 왜 이러십니까?"

"주군, 부디 오늘 지품을 데려가사이다. 오늘 주군을 따르지 못하매 그가 견디지 못할 것은 자명하오니 주군, 부디 그를 데려가시어 예전 그의 모습을 되찾아 살 수 있게 하십시오."

지품은 호위하던 주군을 지키지 못했다는 자책으로 말이 없는 사내가 되었다. 눈을 멍하게 뜨고 허수아비처럼 한곳에 서 있기 일쑤고 웃지도 않았다. 그런 아들을 지켜보는 세진구의 심정을 알면서도 왕인은 오늘 환도 길에서 그를 제외시켰다. 지품이 자책에서 벗어나 이 신호림에 정착하여 상리 선생과 더불어 이곳에서 자라나는 아이들을 가르치길 바랐다. 환도 한 뒤의 상황이 어찌 될지 알 수 없기 때문이기도 했다. 왕인은 사루사기를 죽인 세력들의 가운데로 들어가는 길이었다. 한성에서 무슨 일이 기다릴지 어찌 알랴.

"지품은 이미 겪을 만치 겪었습니다. 그에게 또 다른 일을 겪게 하고 싶지 않습니다. 이 신호림에 그가 필요하기도 하고요. 하여 여기 남으라 한 것입니다."

"여기 남아 제 할 일 하면서 살 수 있다면 소인이 아비와 더불어 늙어가는 아들놈을 걱정하겠나이까. 저대로는 도저히 사람 노릇을 할 성싶지 않나이다. 하여 주군께 이리 간청 드리옵니다. 부디 지품을 데려가 주십시오, 주군."

그리 심각했던가. 왕인은 스스로를 돌아보느라 지품의 상태를 깊이 들여다보지 못한 게 사실이었다. 상리에게 물었다.

"스승님 의향도 당주님과 같으십니까."

"예, 주군. 그를 이대로 두셔서는 아니 될 듯하외다. 작금의 그를 되세우려면 당장은 주군을 따르게 하는 방법밖에 없지 않나 싶소이다."

상리는 이십여 년 전 다섯 살의 왕인이 버들 부인의 품에서 벗어나 이림학당에 들었을 때 처음 만난 스승이었다. 당시 그는 스물다섯 살로 문사시에 실패한 뒤 돌아와 갓 이림학당의 선생이 된 즈음이었다. 왕인이 학당에 들면서 그는 독선생이 되었는데, 왕인은 그에게 글을 배우는 시간보다 업혀 지낸 시간이 많았다. 어린 소군을 업은 그는 자장가처럼 하늘 천 자와 땅 지 자가 어찌 만들어졌으며 하늘이 왜 검으며 땅이 왜 누른지를 읊었다. 그의 등에 업혀 글자에 관한 이야기를 듣는 게 좋았던 것 같았다. 그의 등에서 내려왔을 때 왕인은 일천 자쯤 읽을 수 있는 아이가 되어 있었다. 그는 왕인의 첫 스승이었다.

"알겠습니다, 두 분. 조금 뒤에 제가 지품을 만나보겠습니다. 그와 이야기를 나눠본 뒤 결정하지요. 그가 일어나면 제게 보내십시오."

등불을 들고 처소로 들어온 왕인은 서죽을 꺼냈다. 난파진에서 한 달여를 묵었던 부아악호는 진작 출항 준비를 마친 상태였고 왕인은 응신왕에게 본국에 다녀오겠노라고, 반드시 돌아오겠노라고 인사와 더불어 약조했다. 그가 병력을 붙여주겠다는 것은 마다했다. 군사들을 데리고 가서 무얼 할 것인가. 작금 백제가 대륙의 십여 성을 잃었다고는 하나 진단을 지배하고 있거니와 대륙백제의 위세도 여전했다. 대방성은 한성보다 오래된 대륙백제의 도성이었다. 때문에 대륙백제를 칭할 때 흔히 대방이라 부르는 것이다. 대방성이 있는 한 대륙백제가 여전하고 제국백제도 여전했다. 왜국 병사 일천이든 일만이든 데리고 간들 반란을 획책하는 것도 아닌 바에 쓸 곳이 없었다.

아침을 먹은 뒤 난파진으로 가서 부아악호에 오르기만 하면 되었다. 태풍이 지나갈 계절은 아니로되 오늘 하루 바람이 어디로 부는지는 알아보고 싶어 펼친 서죽이었다. 그런데 감위수괘(坎爲水卦)가 나왔다. 난이 지난 뒤 또 난이 닥친다. 다시 펼쳤음에도 같은 괘가 나왔다. 한성에 닿았을 때의 괘가 아니라 출항하는 오늘의 괘를 살핀 것뿐인데 그와 같이 나온 것이다. 난이 지난 뒤 또 난이 닥치리라.

"주군, 접니다."

서비구의 기침 보고에 왕인은 그를 들어오라 하고는 서죽을 접었다. 해리가 서비구와 함께 들어왔다. 서비구가 맞은편에 앉는데 해리는 왕인 곁에 털썩 앉으며 크게 하품을 했다.

"점 치셨습니까?"

"심란하여 괜히 펼쳐보았어. 감위수괘라고 나오네."

"감위수괘가 뭘 의미하는 점괘인데요?"

"환란이 지난 뒤 또 환란이 닥친다는 괘야."

또 하품을 하던 해리가 손가락으로 찍듯이 서죽을 가리키며 나섰다.

"거봐, 거봐. 주군이 백제로 돌아갈 때가 아니라니까. 백제가 이제 우리한테는 환란처란 말이지. 우린 이제 월나에 있는 이구림을 통째로 이리 옮겨와야 한다고."

서비구가 노려보자 해리가 찔끔하여 입을 다물었다. 셋이 있으면 위계서열이 우스웠다. 해리는 왕인과 어린 날 동무로 만난 지라 주군에게 반말을 했다. 왕인은 그런 그를 당연히 여겼다. 주군에게 반말을 하는 해리가 운무대 선배인 서비구에게는 꼼짝도 못했다.

"주군께서는 스스로 펼치시어 만난 점괘를 얼마만큼 믿으세요? 다 믿으십니까?"

"아니 믿지 않아."

"믿지도 않은 점은 왜 보십니까?"

"내가 믿고 안 믿고는 중요치 않더라고. 일어날 일은 결국 일어나고야 마니까. 그래서 이따금 서죽을 펼쳐보는 거야. 나와 상관없이 내 주변에서 일어나는 일들, 그리하여 결국 나로 하여금 상관케 하고야 마는 일들이 어찌 펼쳐지나 싶어서. 오늘은 내게 지나간 환란이 다시 찾아올 것이라 하는데, 내게 오늘 생길 환란이 뭘까."

해리가 또 나섰다.

"오늘 주군이 부아악호에 오르면 열흘 이상 그 안에만 있어야 하는데, 주군한테 일어날 환란이 뭐겠어? 결국, 부아악호를 타지 말아야 한다는 점괘 아니냐고. 그렇지 않습니까, 선배?"

서비구는 왕인의 서죽점을 장난인 양 대해왔지만 허투루 여길 점괘가 아니라는 것은 잘 알고 있었다. 그가 이따금 서죽점을 칠 때는 사전에 어떤 예감이 있다는 뜻이었다. 그 예감을 확인하느라 서죽을 펼치고 예감과 점괘가 부합할 때 서비구에게 점괘에 대해 말했다.

"해리 선장 말이 맞습니다, 주군. 신중히 움직이도록 하지요."

"오늘 타겠다 했으므로 오늘 타야지. 오초시에 출발하기로 한 부아악호가 우리 나루로 오면 탈 것이니 나머지는 그대들이 알아서 해."

"정면 승부를 할 필요는 없지 않습니까? 출발을 며칠 뒤로 미루지요."

"아니, 예정된 대로 해."

"그러지 마시고 주군, 제게 사흘만 여유를 주십시오. 그 사이 부아악호의 선부들이며 수비대를 눈여겨보고 대비책을 마련하겠습니다."

"사흘 아니라 삼십 일을 지체하여도 여기서는 내게 무슨 일이 벌어질지 알 수 없지 않아? 가령 그들이 나를 죽이러 왔다면 두 달이나 지체한 까닭이 뭐겠어? 육지에서는 여의치 않다 판단하고 움직이지 않은 것이지. 그러니 배를 타지 않는 한 그들의 정체는 알아볼 수 없지 않아?"

"그들의 정체를 알기 위하여 위험을 자초할 필요는 없지요."

"허니 그대들이 대비하면 되는 것이야."

해리가 끼어들었다.

"진짜 말씀 안 먹히는 주군이시라니까. 그래요, 한성으로 갑시다. 가되 월나호로 가면 되는 것이에요. 부아악호에 타지만 않으면 되지 않겠습니까, 서비구 선배?"

왕인은 대답치 않았다. 고개를 약간 숙인 채 경상 위에 놓인 서죽에 시선을 주고 있을 뿐이다. 이미 작정했다는 뜻이다. 그의 고집 때문이기도 하지만 그는 백제 조정의 의도를 확인하려는 것이었다. 내신좌평과 황상에게 독을 먹인 게 아사나 공주가 독단으로 벌인 일인지, 태자 세력과 공모한 것인지, 그걸 알아야만 그가 향후 어찌 움직여야 할지를 결정할 수가 있는 것이다. 그리고 그걸 알기 위해서는 부아악호를 타야만 했다.

"알겠습니다, 주군. 그렇다면 더도 덜도 말고 하루, 딱 하루만 시간을 주십시오."

"그럼 그렇게 해. 내일 출발하겠다고 부아악호에 전하고. 아, 그리고 지품 선배와 함께 가야겠어. 그를 그대의 수하로 들일 수는 없으니 그대가 조심스럽겠으나 함께 움직이도록 해봐."

"그렇지 않아도 그리 주청 드리려던 참입니다. 하늘이 두 쪽 나도 주군이 주군이시듯 그가 제 선배이심에 서열이 이미 분명하니 조심스러울 까닭도 없습니다. 심려 마십시오."

서비구가 해리를 끌고 왕인의 처소를 나오니 마당 가운데에 지품이 뒷모습으로 우두커니 서 있다. 바다를 향해 서 있는 그의 뒷모습이 어둠 속에 선 장승같다. 그가 모시던 주군께서 그저 주무시다 돌아가셨다 해도 그의 자책은 만만치 않았을 것이다. 그런데 주군이 독살을 당했다. 그날 밤 그는 주군께서 집사와 더불어 웃으시는 소리를 침소 밖에서 들었다고 했다. 신분이 다르긴 하나 동무인 노익장들이 자리끼를 받아놓고 나누는 대화와 웃음소리를 듣다가 이제 주무시겠거니, 주변을 살피러 나갔다. 주군이 숨을 거둘 즈음 그는 마구간에서 다음 날 주군이 타실 말을 살폈다. 그리고 주군이 주무시는 줄 알고 수하들을 단속해놓고 자신의 처소로 가서 눈을 붙였다. 그날 밤 이후 그는 편히 누워 잘 수 없는 사람이 되었다. 왕인을 호위하게 되면서 한 번도 그보다 일찍 자거나 늦게 일어나 본 적이 없는 서비구조차도 지품이 어떤 마음인지를 다 짐작키 어려웠다.

"스승님!"

해리의 부름에 지품이 돌아보았다. 서비구에게 선배인 지품은 해리에게는 스승이었다. 해리가 운무대에 올랐을 때 지품이 이미 학동들을 가르치고 있었기 때문이었다. 서비구와 해리는 지품을 데리고 처소로 가서 왕인과 나누었던 이야기를 전했다. 듣는 동안 그의 눈빛이 차츰 살아났다. 앞으로 왕인의 호위로 함께 움직이게 되었다는 말이 끝났을 때는 예전 그의 눈빛이 되었다. 말투도 예전의 그와 같아졌다.

"그래서, 그대들은 부아악호의 수비대에 자객이 섞여 있을 것이라 여기는가?"

"섞여 있기보다 그들 모두를 자객으로 간주해야지요. 그들이 태자 세력으로부터 주군을 죽이라는 명을 받고 왔다면 백제 조정이 주군을 적으로 단정했다는 뜻이고 그렇다면 몇 명만 보내지는 않았을 것 아닙니까."

"그렇지. 부아악호의 수비대가 백이십 명이라 들은 것 같은데, 수비대장이 누구라고?"

"조행이라는 잡니다. 혹여 이름을 들어보신 적이 있습니까?"

"새 내신좌평에 누가 올랐는지는 알고 있나?"

그리 묻는 지품이 목이 막히는지 큼, 헛기침을 했다. 눈시울도 붉어진다.

"칙사로 온 임좌에 따르면 진두서가 내신좌평에 앉은 듯합니다."

"아, 그렇다면 조행은 태후궁의 수비대장으로 있던 자야. 원래 진두서 사병대에 있다가 태후궁 수비대장으로 간 게 두 해쯤 될 것이야. 그가 이번 일에 성공하여 돌아가면 황궁 수비대장이 될 수도 있겠지. 임좌도 한솔이 아니라 덕솔이나 은솔로 올라갈 수 있을 것이고."

임좌는 난파진의 큰 객점에 한 달 넘게 유숙하며 왕인의 출항을 기다리는 참이었다. 그러면서 수비대장 조행 등과 함께 신호림에 사흘이 멀다 하고 다녀갔다. 난파진에서 날마다 술 마시고 계집질도 하지만 그들에게는 목적이 분명했고, 목적이 분명하되 심심한지라 늘 바쁜 신호림에 들러 겨레붙이들과 노닥거리곤 난파진으로 돌아갔다. 그들도 신호림 일대의 지형지세에 이미 통달해 있는 것이다.

"하면 그가 살수로 뽑혀왔을 가능성이 높군요. 수비대는 그가 뽑은 자들로 이뤄졌을 것이구요."

"단언할 수는 없지만 그리 봐야겠지. 선장 장평은 어떤 자인 것 같은가? 그도 조행과 같이 움직이라는 명을 받았을까?"

해리가 답했다.

"선장은 선주에게 충성합니다. 부아악호가 황실 배이니 선장 장평이 태자 세력으로부터 직접 명을 받았든 받지 않았든 그는 황실 사람입니다. 제가 월나호에 있는 한 이구림 사람이듯이요. 저들이 우리 주군을 해하려 온 자들이면 그들을 구분하는 것은 의미가 없습니다. 저들의 수비대가 백이십에 선부가 팔십여 명, 노잡이가 백여 명입니다. 그러니 저들이 그와 같은 명을 받고 왔다면, 그럼에도 불구하고 우리 주군이 부아악호에 오른다면 선생님을 비롯한 열세 명이 최소한 이백여 명을 상대로 선상 전투를 벌여야 한다는 결론이 납니다. 그것도 노잡이 선노들이 전력(戰力)이 아니라 전제했을 때 말입니다. 월나호가 뒤를 따른다고 해도 장담할 수 없습니다. 결론은 주군이 부아악호를 타지 않는 것으로 나야 합니다."

"그대 말이 맞지만 주군께서 이미 결정을 하셨어. 그리고 주군께서는 괜한 억지를 부리시는 게 아니라 부아악호를 통해서 백제 조정의 의도를 알아보시려는 것이야. 우리가 막무가내 막고 나설 일이 아니라는 것이지. 때문에 우리는 주군께서 부아악호에 오르시기 전에 저들의 의도를 알아내야 해."

서비구의 말에 지품이 고개를 끄덕였다.

"그것도 오늘 안에 파악해야겠지. 이리 해보는 게 어떨까. 부아악호에다 우리 주군께서 편찮으시어 오늘이 아니라 내일 출발한다는 것을 알리면서 동시에, 내일 주군이 타실 배가 부아악호가 아니라 월나호라고 하는 거지. 부아악호는 주군이 타신 월나호에 근접하여 호위하며 따르라고 하고. 저들은 물론 우리도 당연하게 여겼던 것을 뒤집어 보는 거야."

"그렇군요. 저들이 주군을 해하려는 의도를 가지고 있다면 오늘 안에 움직일 수밖에 없겠습니다."

"그렇지. 그러니 우리는 저들이 오늘 움직일 것이라는 전제하에 일을 꾸려야지. 그런데 미르 님과 운파 님은 왜 아니 보이시는 게야?"

백미르와 취운파가 있다면 지금 당장 부아악호에 올라도 되긴 할 터이다. 그들의 동작에서는 소리가 나지 않았다. 솟구치거나 착지하거나, 무기를 휘두르거나 누군가의 목을 벨 때도. 문제는 그들이 세상사에 미련이 없다는 것이었다. 할 만큼 했다. 그리 여기는 그들에게는 어떤 것에도 애착

이 없었다. 더 이상 매인 곳도 없었다. 그래도 곁에 있다면, 지난봄 일식 때처럼 사루왕인을 위해 나서기는 할 터였다. 무얼 해야 할 필요가 없는지라 무얼 하지 않아야 할 필요조차 없는 그들이므로. 하지만 지금 그들은 부재중이었다.

"두 분은 한번 나가시면 언제 돌아오실지 그분들 스스로도 모르십니다. 북쪽 바다가 보이는 곳으로 가 보신다고 나가신 지 두 달이 넘었으나 언제 오실지 모르지요. 그분들은 아예 아니 계시는 분들로 치고, 작전을 꾸려야 합니다."

"대화성에 도움을 구하기에는 여유가 없지?"

"그럴 여유가 없거니와 주군께서 허락하실 리도 없습니다. 이건 백제 황실, 혹은 조정 내부의 일입니다. 저들이 자객으로 왔다면 비류군이 백제로부터 버려졌다는 뜻이지 않습니까. 지금 우리 주군은 생존보다 자존의 문제가 큽니다."

서비구의 말에 해리가 감탄하며 말했다.

"햐, 선배! 난 정말 우리 주군의 속을 알다가도 모르겠는데, 선배는 그 머릿속에 들어갔다 나온 사람 같구려. 정말 똑똑하시오."

"쓸데없는 소리 마."

십 년쯤 밤낮없이 오직 그를 위하여서만 살다보면 그쯤 내 손바닥 속처럼 알게 된다는 말은 하지 않았다. 지품 때문이었다. 넉 달 전에 사루사기를 놓친 그는 십여 년 전 이구림 전투 때는 보필하던 보륜사를 잃었다. 포구도 아닌 이림으로 곧장 치고 들어온 월나성 군사들과 정신없이 싸울 제 일흔여섯 살의 보륜사께서도 병든 몸으로 무기를 잡았다. 지품은 노스승을 말리지 못했고 노스승들이 적당들에 둘러싸인 것을 알면서도 자신이 맞이한 적당들의 수가 너무 많았던 탓에 두 스승에게 다가들지 못했다. 보류사와 사고홍은 그렇게 돌아갔다. 화살에 맞아 사경을 헤매는 왕인을 실은 이림호가 한 식경만 더 늦었어도 지품도 그때 죽었을 터였다. 근래의 지품을 보자면 그나 자신과 같은 자들은 최후의 순간에 주군보다 앞서 죽어야만 한다는 게 분명했다.

서비구는 신호림과 난파진 일대의 지도를 꺼내다 등잔불 아래에다 펼쳤다. 그간 돌아다니며 살핀 지형들을 호위대의 소하니에게 그리게 했다. 눈썰미만큼 손재주가 좋아 그림을 곧잘 그리는 그는 대륙에서도 숱하게 지도를 그렸다. 미완성일 수밖에 없는 지도들이되 세필로 그려진 두 장의 그림은 자못 세세했다. 신호림에서 대화성까지 삼백 리가량이었다. 육갑산 서쪽으로 들판이 펼쳐져 있으나 그 중간에 숲이 깊었다. 잘 걷는 사람이 쉬지 않고 걷는다면 하루 반쯤 걸렸다. 난파진까지는 백오십 리. 월나호가 바람을 잘 타며 움직이면 두어 시진쯤의 거리였다. 난파진에 있는 부아악호의 임좌와 조행 무리에게는 말(馬)이 없었다. 각 성이나 군마다 병마(兵馬) 사육장과 승용마(乘用馬) 사육장이 있는 백제와 달리 대화성에는 말이 워낙 귀해 쉽게 구하기도 어려웠다. 비류군 일행이 올 때 한성에서 타던 말들을 부아악호에 싣고 온 것도 그 때문이었다.

그들의 정체가 자객단이라면 그들은 결국 부아악호를 움직여 신호림으로 올 수밖에 없는데 인근에 거함이 닻을 내릴 만한 선창이 육갑곶밖에 없었다. 신호림이 육갑곶에 자리를 잡은 이유가 천연의 선창을 갖췄기 때문이었다. 부아악호에는 다섯 척의 쪽배가 갖춰져 있었다. 그들이 신호림 나루로 오지 않고 인근에 닻을 내리고 쪽배로 상륙을 한 뒤 신호림을 칠 계획을 세운다면 인근 유마산(有馬山) 아래 해안이 가장 맞춤했다. 보름 들물 때라 해안 가까이 닻을 내리면 쪽배를 움직여 상륙하기에 적당했다. 유마산 해안에서 신호림까지는 두 식경 정도면 닿을 수 있었다.

　서비구는 지도를 짚어가며 신호림과 난파진의 형세를 두 사람에게 세세히 설명해 나갔다. 밖이 차츰 밝아지면서 여기저기서 깨어나는 사람들로 수런거리기 시작했다.

　왕인은 이십여 년 동안 학생 노릇만 했지 선생 노릇은 왜국에 와서야 시작했다. 선생 노릇을 하면서 느낀 게 천자문을 막무가내로 외우는 첫 공부의 단조로움이었다. 가르침의 단조로움이기도 했다. 천자문의 사자성어 문장에 담긴 뜻은 글자를 갓 배우는 사람들에게는 지나치게 추상적이거나 모호했다. 내용이 어려우므로 학동들은 문장에 담긴 뜻은 보지 않고 낱글자 위주로 익히게 되는데 그러다보니 근기가 약한 학동들은 금세 공부에 물렸다. 글공부의 즐거움을 느끼는 단계에 이르기 전에 글공부는 어렵고 따분한 것이라 여기게 되는 것이다. 대화 왕실 사람들을 겪어보니 그건 노소가 다르지 않았다. 하여 왕인은 가르치기 쉽고 배우기에 어렵지 않은 책을 모색했다. 제목을 《소학(小學)》이라 짓고 누구나 알아듣고 고개를 끄덕일 만한 내용을 사자성어로 썼다. 물론 고학선현(古學先賢)들의 말씀들을 발췌하여 쓰는 것이었다. 《소학》의 첫 문장, '아버지가 나를 낳으시고 어머니가 나를 기르셨다(父生我身 母育吾腹)'는 말씀을 《논어》의 〈효행편(孝行篇)〉에서 가져다 쓰고, 마지막 문장, '만물의 원리는 모두 내 마음속에 있으니 스스로 돌이켜보아 참되면 즐거움이 더할 나위 없다(物皆借我反身而知)'는 말씀을 《맹자》의 〈진심편(盡心篇)〉에서 가져다 쓴 것과 같은 방식이었다.

천자문의 일천 글자를 다 익힐 수 있는 일백 문장을 만들고 보니 반복된 글자가 태반이었다. 어린 날 새로운 문장을 만났을 때 이미 익힌 글자가 끼어 있으면 뜻을 모른 채로도 이미 아는 듯 즐겁고 기꺼웠다. 그런 기억을 떠올려가며 짬이 날 때마다 문장을 써 모았다. 그렇게 써서 모았던 일백 문장 팔천여 글자를 정리하여 쓰는 데 종일 걸렸다. 교본이 될 책인지라 필체가 약간만 마음에 들지 않아도 다시 쓰기를 반복했다. 필사사들은 놀라울 만치 똑같이 베껴내지 않던가. 지난 이월 한성을 떠나올 때 가림, 제서와 더불어 온 태학 기술사들 중에 필사사도 있었다. 이번 황명은 비류군 왕인에게만 해당되는 것이므로 그들은 모두 왕인학당의 선생들로 남아 있을 터였다. 남아 있을 선생들에게 《소학》을 넘겨놓고 갈 참이었다. 가긴 가는데 되돌아와 《소학》이 대화성이며 백제촌이며 이 신호림의 학동들에게 어찌 소용되고 있는지, 살필 수 있을지는 장담하기 어려웠다. 아예 가지 못할 수도 있지 않은가.

서비구는 자신이 무슨 일을 계획하고 준비하는지 설명해주지 않았다.

─혼자서도 잘 노시지 않습니까. 홀로 노세요. 대신 오늘은 월나호 선실 안에서만 노십시오. 요강을 들여 드릴 테니 측간도 다니지 마시구요. 나중에 나오시라 말씀드리면 그때 나오시어 상황을 처결하시구요.

아침밥을 먹은 뒤 월나호에 갇혔으나 갇힌 줄 느끼지도 못한 채 종일 지냈다. 영사와 그의 딸 사미니가 점심과 저녁을 가지고 내려와 먹었고 요의를 느낄 때면 요강을 사용했다. 요강에 오줌을 눌 때 혼자서도 부끄럽기는 했으나 바깥의 사람들이 전쟁을 준비하고 있는데 부끄러움이 대수랴, 하였다. 서비구 등은 오늘 밤 저들이 쳐들어오는지 아니 오는지를 보려는 것이라 했지만 왕인을 월나호로 옮겨둔 그들은 본격적인 전투를 준비하고 있었다. 그러니 전투가 벌어질 것이었다. 그게 오늘 밤 언제일지를 왕인이 모를 뿐이었다. 왜 모르게 하는가. 왕인의 방식이 아닌 서비구 방식대로 전쟁을 치르겠다는 뜻이었다. 한 사람이라도 더 죽이는 전쟁이 아니라 한 사람이라도 더 살리는 전쟁을 하라는 왕인 식의 간섭 없이 전쟁을 전쟁답게 하겠다, 그 의미를 알아들었으나 왕인은 말리지 못했다. 누가 옳은지, 과연 옳은 게 무엇인지, 예전에도 몰랐고 지금은 더욱 모르는데 주장하고 나설 근거가 없었다.

밤바다는 보름달을 드리운 채 찰랑였다. 저만치 신호림에는 수십여 점의 불빛들이 보름달 빛과 함께 반짝였다. 왕인은 선장실, 해리의 방에 있었다. 선두(船頭) 쪽으로 난 창 위에 오색의 머리띠가 걸려 늘어져 있는데 흡사 서낭당에 걸린 오색 띠 같다. 오색실을 촘촘히 꼬아 엮은 머리띠이다. 아마도 해리의 아내인 다예의 작품일 터였다. 해리는 작년 가을에야 여누하의 호위인 다예에게 늦장가를 들었다. 왕인은 종일토록 홀로 보냈다. 종일 물결을 따라 흔들렸으므로 배 안에 있는 게 분명한데 바다로도 육지로도 갈 수가 없었다. 갇히긴 갇혔다.

"모르는 채로 있으라 하니 있을 수밖에."

중얼거린 왕인은 종일 문장을 써냈던 종이들을 순서대로 사렸다. 한 장에 두 문장씩, 오십 장이다. 네 학당의 학동들이 보기 쉽고 구분하기 쉬우라고 부러 글자들을 큼직하게 썼다. 다수의 책으로 필사하자면 종이가 많이 드는 문제가 있기는 할 것이나 그쯤은 필사사들이 형편 따라 재량대로 할 터이다. 사린 종이들을 묶어두면 좋을 텐데 그러자면 송곳과 실이 있어야 했다. 월나호에는 지품을 비롯한 네 사람의 왕인 호위와 이십 명의 수비대와 갑판장과 항해사를 비롯한 사십 명의 선부들이 있으나 송곳과 실을 찾아오라 하기에는 시각도 상황도 적절치 않았다.

어쨌든 바깥의 사람들을 불러들이는 게 수선스럽게 느껴진 왕인은 그냥 종이 하단에 쪽수를 썼다. 종일 그랬듯 느리고 정성스럽게. 쓰다 보니 부친이 떠올랐다. 며느리가 책갈피 하단에 독을 묻혀 놓은 줄 꿈에도 모르시고 손가락에 침을 묻혀가며 아들이 쓴 책을 한 장 한 장 넘기셨을 아버지. 왕인은 울컥 솟은 눈물이 흐르도록 내버려둔 채 등잔불을 바라보았다. 현실이 꿈속 같다.

"드디어, 마침내 나타나는군. 부아악호가."

밤바다 살피는 눈이 이리만큼이나 밝은 해리가 짓씹듯이 내뱉었다. 유마산 아래 해안가 숲 속이었다. 저들이 과연 이 유마 해안으로 들어올 것인가. 예측하고 계획하면서도 걱정했다. 병력이 많지 않으니 여러 가지 대비를 할 형편도 아니었다. 왕인을 월나호에 태워놓고 하시라도 배를 움직일수 있는 방안과 이 유마 해안에서 저들을 맞이한다는 계획은 한가지였다. 저들이 신호림으로 들어갈 수 없게 유마 해안에서 전투를 끝내자는 것도 같았다. 신호림 백성들 중 아녀자가 절반이었다. 그들에게는 신호림도 아직 낯선 곳이었다. 그런데 전투를 치르기 위해 그들을 더 낯선 곳으로 옮길 수는 없었다. 주군을 죽이러 올 자들이 있어 전투를 벌이려 하니 그대들은 달아나 어딘가에 숨으라. 그리 말해봐야 듣지도 않을 사람들이었다.

솔직히 호위군들로서의 자존의 문제이기도 했다. 적병이 몇 천, 몇 만명도 아니고 전력이 엇비슷한데 우리가 그대들을 지켜주지 못할 수도 있으니 일단 대피하여 있으라, 하기는 체면이 서지 않았다. 하여 백성들에게상황을 설명하고 만약의 사태 때는 백제성 쪽으로 대피하기로 한 채 그들을 신호림에 그대로 두었다. 저들이 신호림으로 들어간다면 아직 건설 중인 신호림이 오늘 밤 안에 와해되어 쑥대밭으로 남을 수도 있었다. 이 유마 해안에서 전투를 끝내야 했다. 끝내되 승리해야 했다. 저들이 이 밤에 유마 해안으로 들어옴으로써 사루왕인이 백제 조정으로부터 버려졌음이 확인되었다. 이구림은 이제 자생의 길을 모색해야 했다.

"반 식경 후쯤, 한 마장 거리쯤에 닻을 내릴 것이야. 쪽배 하나가 해안으로 들어오는 데에는 일각(一角)쯤이 걸릴 것이고."

해리가 서비구에게는 잘 보이지 않는 부아악호의 움직임에 대해 예보했다. 저들이 온다면 자초시 즈음에 상륙을 시도할 것이라는 사실도 해리 덕에 알았다. 오늘 난파진과 신호림 나루의 들물 시각이 자초시 즈음이므로 유마산 해안도 같은 시각에 들물의 높이가 가장 높아질 것이라 했다. 피차 부아악호나 월나호를 움직이지 않고는 척후가 오갈 수 있는 여유가 없었다. 낮에 배를 움직이면 서로의 눈에 띌 수밖에 없으므로 저들의 오는 시각은 이때쯤일 수밖에 없었다. 해리의 말을 들으며 바다를 노려보고 있으려니 과연 부아악호가 유마 해안을 향해 진입하는 것이 보였다.

서비구는 아침에 월나호를 타고 난파진에 나가 황실 칙사 임좌를 만났다. 비류군이 어제 먹은 음식이 탈이 났는지 간밤에 토사곽란을 일으켰다고 말했다. 약을 먹고 있기는 하나 탈진하였는지라 오늘 출항할 수 없다고 짧게 설명하고 길게 덧붙였다.

─내일 오초시에 출발합니다. 대신 비류군께서는 부아악호가 아니라 월나호를 타시게 될 겁니다. 신호림에서 월나호에 승선하시어 오초시에 난파진에 닿습니다. 연후 월나호가 앞설 터이니 부아악호는 월나호를 근접호위하면서 따라주십사, 수비대장과 장평 선장께 전해주십시오.

서비구는 의논치 않고 선언했다. 한 달이 훨씬 넘게 출항을 기다린 참에 하루 더 지체하는 것이 무슨 대수이랴, 그런 투로 말했더니 임좌가 눈에 띄게 당황했다.

—월나호는 사선(私船)이고 부아악호는 관선(官船)이매 황명을 받고 움직이는 비류군께서 관선을 타셔야 응당하지 않은가?

그의 당황을 모른 체하며 서비구가 응답했다.

—황명이 비류군에게 조정에 들라는 것이지 반드시 부아악호를 타라는 것은 아니지 않습니까. 월나호가 비류군의 사선인 바 몸이 편치 않으신 비류군에게 어떤 배가 더 편하시겠습니까? 응당함을 따질 계제이오리까?

임좌와의 짧은 대담을 끝낸 서비구는 선장 장평이며 수비대장 조행을 부러 만나지 않고 신호림으로 돌아왔다. 출항을 하루 늦추는 것쯤 비류군의 재량인 바 너희들 눈치 보지 않는다는 것을 평소처럼 보여주기 위해서였다. 그리고 저들이 마침내 왔다. 더 이상 움직일 수 없는 지점에 닿아 닻을 내렸다. 달빛에만 의지한 채 쪽배들을 내리고 내려놓은 쪽배에 사람들이 옮겨 타고 있었다. 쪽배 하나에 보통 열두 명이 탈 수 있는데 부아악호 쪽배의 노는 넉 대이므로 열두 명 중 둘이 노잡이다. 열 명을 내려놓고 두 명이 부아악호로 돌아갈 것이니 한꺼번에 오십 명이 해안에 상륙할 것이다.

"환장하겠네, 새끼들! 느려 터져가지고. 아주 날을 새라 새."

기다리기 갑갑한 해리가 적병들을 짓씹자 그의 수하들이 큭큭, 밤의 새들 웃짖듯 웃어댔다. 월나호 수비군은 백 명으로 작년부터 수비대장이 따로 없이 해리가 직접 지휘했다. 선부 겸 노잡이는 백이십 명으로 그들은 물론 해리가 고른 사람들이었다. 해리는 유사시에 모두가 수비군이 되고,

필요하면 모두가 선부나 노잡이가 될 수 있는 사람들로 월나호를 꾸려 훈
련시켰다. 인원을 최소화하여 기동력을 높인 것이다. 때문에 지금 월나호
에 있는 육십여 명과 봉화조 열 명을 제외하고도 백오십여 명이나 되는 병
력이 이 유마 해안에 있을 수 있었다. 왕인의 호위들과 신호림으로 건너온
장정들 중에서 수비대 경력이 있던 십여 명을 아울러 백팔십이 명이 오늘
밤 전투에 임했다.

쪽배에서 먼저 내린 저들이 해안가 숲 속으로 먼저 들어선다면 제압하
기에 더 쉬울 것이나 그들도 자객으로 뽑혀왔을 만치 전투를 아는 자들인
바 그렇게 움직이지는 않으리라고 예상했다. 예상대로 첫 번째 내린 적들
이 물가의 넓은 모래밭에서 반원형의 진을 치면서 쪽배를 돌려보내고 있
었다. 저들의 쪽배가 네 번을 오고 간다고 치면 한 시간이 넘게 소용될 것
이었다. 그 시간을 마냥 기다리느니 저들을 갈라놓자는 안건을 낸 사람은
지품이었다. 저들을 당황케 하여 진열을 흩어놓자는 것이었다. 세 차례 해
안을 다녀간 쪽배들이 네 번째로 사람들을 싣고 이쪽을 향해 나섰을 즈음
이 그때였다. 이백 명이 내리고 나면 노잡이 선노들만 남은 부아악호의 전
력이 상실되리라 예상했다.

해안에 백오십 명의 적병이 진을 치고 쪽배들은 해안을 향해 부지런히
노를 저었다. 저들의 대장 조행이 세 번째 파수(波數)에 들어와 진을 지휘
했다. 들물을 따라 그들의 진도 해안 안쪽으로 점차 옮겨졌다. 칙사 임좌
가 이번 파수의 쪽배들에 올랐을지는 미지수이나 선장 장평은 배 안에 남
을 것이었다. 들물 때라 해안에 근접하여 들어왔으나 날물이 시작되면 부
아악호는 뒤로 물러나야 했다. 부아악호가 병사들을 내려놓은 뒤 신호림
나루 쪽으로 움직여 해상에서 선창에 접안하라는 신호를 기다릴 것이라

는 예상도 했다. 부아악호에서 그 신호를 받는 것은 신호림이 스러진 후일 터였다.

"불을 올려라."

서비구의 명에 부뚜가 호각을 길게 세 번 불었다. 유마산은 높지 않아 대낮에도 호각 소리가 들린다는 것을 이미 실험했다. 유마산 꼭대기에서 피어날 불길을 해안가 숲 속에서는 볼 수 없으나 부아악호에서는 볼 수 있을 터였다. 그리고 육갑산과 신호림에서도 볼 수 있었다. 육갑산에서 피어날 불길은 다시 부아악호에 보일 수밖에 없었다. 봉화를 본 신호림이 경계 상태로 돌입하는 사이 월나호는 유마 해안 쪽으로 오기로 하였다. 한 식경 정도면 부아악호 근방에 닿을 터였다.

"활 준비!"

서비구의 명에 부뚜가 호각을 짧게 불었다. 호각 소리를 들었을 조행이 외쳤다.

"매복이다! 경계하라!"

그의 말과 동시에 백오십 명의 저들을 향해 육십 개의 화살이 날았다. 화살이 날아가 그들의 일부에 맞았다. 화살이 어디서 오는지 확인하느라 저들이 우왕좌왕할 때 다시 육십 개의 화살이 날았다. 육십 개씩 스무 차례를 연이어 쏘고 나니 저들의 절반이 쓰러지고, 쓰러지지 않은 자들은 마구 흩어졌다. 화살의 방향을 가늠한 조행이 좌측으로 향하라고 소리를 지르며 스스로도 좌측의 숲을 향해 움직였다. 해안으로 다가오던 쪽배들은 느닷없는 사태에 맴을 돌고 있었다. 부아악호는 이쪽에서 무슨 일이 벌어진 것은 눈치 챘으되 상황을 알지 못하는지 아직 별다른 움직임이 없어보였다.

"접전한다. 호각을 불어라."

명을 내린 서비구는 미처 호각을 불기도 전에 조행을 겨냥하여 뛰쳐나갔다. 호각이 울리면서 숲 속에 있던 일백 명의 이구림군이 모래사장으로 뛰쳐나왔다. 해리가 이끄는 오십 명의 병사들은 숨겨놓았던 쪽배들을 끌어내기 위해 숲 그늘을 의지하여 오른쪽 해안가로 내달렸다.

조행에게 다가들기까지 서비구는 대여섯 명을 상대하여 그들을 쓰러뜨렸다. 그들이 넘어지는 것을 보면서 서비구는 잠깐 잠깐씩 딴 생각을 했다. 한 사람을 지키기 위하여 백 명이든 천 명이든 만 명이든 죽일 수 있는 게 전쟁이다. 만 명을 살리기 위하여 한 사람을 죽이는 것도 전쟁이다. 왕인은 만 명을 살리기 위해 한 사람을 죽일 방법을 궁구하는 사람이다. 아니 그 한 사람마저도 살릴 방법을 찾는 사람이다. 나는? 나는 그러한 왕인을 지키는 사람이다.

서비구는 조행과 마주쳐 십여 합을 겨루었다. 조행도 장검이고 서비구도 장검이었다. 조행의 품새를 보니 그의 장기가 장검임을 알 수 있었다. 아홉 살에 운무대에 올라 열한 살이 되었을 때 보륜사께서 말씀하셨다.

—네 품새의 크기로 보아 네겐 장검이 맞겠구나. 허나, 얘야, 장기는 장기로 키우되 타인의 눈으로부터는 숨기면서 키워야 장기가 되는 것이다. 장검을 네 장기로 키우되 그에 버금갈 여타의 무술을 익혀야만 한다는 뜻이다.

하여 장검을 장기로 키웠지만 정작 장검을 대놓고 쓸 만한 기회는 많지 않았다. 왕인이 전쟁과 전투를 계획하되 백병전에는 끼어들지 않는 사람이기 때문이었다. 눈앞에서 벌어진 싸움판을 보면서 몸이 근질근질, 싸움판에 끼어들어 날뛰고 싶어도 주군이 머리로만 전쟁판을 움직이는 사람이므로 호위들이 주군을 내버려둔 채 칼을 빼어들고 전투판에 낄 수는 없었다. 오늘은 주군을 월나호에 모셔뒀다. 누굴 살리느니 마느니 하는 말을 듣지 않기 위하여 오늘 벌어질 일들에 대해 설명해 주지도 않았다. 하여 정말 모처럼 서비구는 자유였다. 몸이 원하는 대로 날뛸 수 있었다. 몸이 솟구치고 싶어 마구 달아올랐다. 그걸 참느라 서비구는 칼을 겨눈 채 조행의 눈길을 붙들었다. 마흔 살은 넘어보였다. 매복에 걸려 한순간에 절반의 병력을 잃고도 칼을 겨눈 그는 침착했다. 뜻밖에 그가 입을 열었다.

"서비구. 위시부 진무, 비류군의 호위대장! 그대를 얕보았던 것을 사과한다."

서비구는 대답치 않았다. 그의 수하들은 항복하면 살 수 있으나 그는 살 수 없었다. 그는 이 전투에서 패하면 자신이 어떠한 경우에도 죽을 수밖에 없음을 아는 사람이었다. 그건 서비구도 같았다. 어차피 한쪽이 죽을 것인데 말 섞어 무엇 하랴.

"오늘 밤 나를 죽이고 부아악호를 수장시켜도, 서비구 그대가 갈 곳은 없다. 우리는 비류군만 없이하면 된다. 비류군을 넘기고 그대가 살길을 찾지 않으려는가."

역시 칼을 들고 겨루는 자들끼리는 말을 나눌 필요가 없었다. 잠깐이나마 그의 말을 들었던 것에 새삼스런 분노가 생기지 않듯 상대의 사정을 살필 까닭도 없었다. 서비구는 몸이 움직이는 대로 움직였다. 마음이, 혹은 머리가 통제하던 것에서 벗어나니 자유로웠다. 거리낄 게 없었다. 수십 합을 겨루던 끝에 조행의 머리통이 몸체보다 앞서 모래밭에 떨어져 내렸다. 그리고 몸이 나중에 털썩 무너졌다. 머리통이 거세되고 난 뒤에 쓰러지는 몸통은 서비구에게도 몹시 낯선 광경이었다.

일단의 상황은 신호림군에 우세했다. 쪽배에 탄 오십여 명이 해안으로 들어오지 못하고 바다에서 헤매다가 부아악호로 돌아서고 있었다. 해리의 지휘 아래 움직이는 삼군(三軍) 병사들은 여덟 명씩 쪽배에 올랐다. 원래 쪽배에는 노가 넷뿐이나 해리는 이 전투를 위하여 월나호 쪽배에 열 개씩의 노를 준비했다. 열두 명이 타고 두 명이 노를 젓는 저들의 쪽배는 느려서 아직 부아악호에 닿지 못했다. 여덟 명이 올라 그들 모두가 노를 젓는 월나호의 쪽배들은 바람 탄 돛배인 양 움직여 나갔다. 저들이 부아악호에 오르기 전에 고립시키기 위해서였다.

서비구는 부뚜에게 호각을 불게 했다. 호각 소리가 짧게 세 번 울리는 사이에 모래 판 위의 움직임이 수그러졌다. 서비구는 부뚜의 창끝에 꿴 조행의 머리를 들어올렸다. 피가 뚝뚝 떨어졌다.

"부아악호 병사들은 보아라. 조행의 머리통이다. 조행을 따라 죽을 자들은 계속 싸워라. 이구림군이 응대할 것이다. 조행을 따라 죽지 않을 자들은 무기를 내던지고 엎드려라. 항복한 자는 살아남을 것이다. 비류군의 명이시다."

이미 저들의 백여 명이 죽거나 전투력을 상실하고 엎어져 있는 상황이었다. 아군 부상자도 열 명은 됨직했다. 아직 칼이며 창을 들고 있던 사십여 명의 저들이 무기를 내던지고 엎드렸다. 서비구는 창을 내려놓고 명했다.

"일군(一軍)은 저들의 무장을 해제시키고 포박을 지어라. 이군(二軍)은 다음 전투를 준비하라."

일군 오십 명이 저들의 무장을 해제시키는 사이 이군은 모래밭 몇 곳에 장작단을 쌓고 유황가루를 뿌린 뒤 불을 피워 올렸다. 그리고 모래 위에 떨어진 무기들과 화살들을 수거해 들이기 시작했다. 이곳 상황이 저들의 패배로 끝났음을 보여줌으로써 해리의 쪽배부대를 지원하려는 것이었다.

해리는 부아악호와 저들 쪽배의 사이로 끼어들어 일렬 대형을 이룬 참이었다. 부아악호가 전력을 상실하지 않았다면 치명적인 공격을 당할 수 있는 위험한 곳이었다.

"여기서 접전한다. 노를 거두어 올리고 닻을 내려라. 활을 들어라."

해리는 스스로 노를 거두고 활을 들면서 명령했다. 저들의 쪽배들에 다 들릴 만한 큰 목소리였다. 닻을 내렸으나 노 젓기를 멈춘 쪽배들은 파도 탄 나뭇잎마냥 흔들렸다. 겁날 게 없었다. 여기서 배가 훌러덩 뒤집힌다 하여도 무슨 걱정이랴. 걱정은 이 싸움에서 이겨도 갈 데가 없어진 왕인이었다. 처음 만났을 때 상대포 큰선창의 판자대기에 엎드려 있던 그였다. 뭐 하냐고 물었더니 바다 생각을 하고 있다고 했다. 바닷물에 손 한 번 담가보지 않았을 듯한 희멀건 얼굴로 바다 생각을 한다니 웃기네, 생각했던 것 같았다. 그가 천마호에 겁 없이 올라왔고 이튿날 새벽에는 부친을 깨워 선상반란에 대해 말했다. 당시 부갑판장과 항해사는 압주상단의 알력 싸움에 끼어 있었던가 보았다. 압주상단 단주의 아우가 그들의 배후에 있었다. 어쨌든 왕인이 아니었어도 아버지와 자신이 죽지는 않았을 것이었다. 때문에 해리는 왕인을 생명의 은인이라 여기지는 않았다.

희멀겋게 생겨 바닷물에 손도 담가보지 않게 생겼던 여덟 살의 왕인이 해리와 함께 매를 맞겠다고 나섰던 그때가 문제였다. 그때 해리의 일생이 꼬여버렸지 않은가. 평생 주인이 따로 있는 배나 몰며 건들건들 바다 위를 떠다니다 바다에서 죽을 수 있었을 텐데 그 때문에 이구림에 묶여버렸다. 이구림에서 공부를 하고 이구림의 배를 몰고 이구림에서 아내를 얻었으며 이구림에서 자식도 낳았다. 해리는 이구림 사람이 되었다. 이구림의 주군이 왕인이매 그는 해리에게도 주군이었다. 주군이 느닷없이 갈 데 없는 신세가 되었다. 그를 갈 데 없는 사람으로 만들어 놓은 세상에 화풀이를 하듯 해리의 목소리가 컸다. 흔들리는 쪽배 위에서 활시위를 당긴 채 해리가 외쳤다.

"나는 비류군을 모시는 월나호 선장 해리다. 내가 여기 있는 한 너희들은 부아악호에 승선하지 못한다. 조행이 죽었는 바, 상황이 이미 끝났음을 알 터. 무기를 바다에 버리고 두 손을 드는 자는 살 것이다. 비류군의 약속이시다. 길게 끌어야 피차 복잡하니 셋을 세겠다. 셋을 센 연후에도 무기를 든 자들은 화살받이가 될 것이다. 하나! 둘!"

셋을 세기 전에 무기들이 바다로 던져졌다. 해리가 남았던 셋을 셌다. 미처 무기를 던지지 못한 사람들을 향해 화살이 날았다. 마흔여덟 개의 화살이 날았으되 화살을 맞은 사람은 몇 되지 않았다. 치명상도 아니었다. 대신 그들 쪽배의 무장은 모두 해제되었다.

"비류군이 타신 월나호가 가까이 왔다. 부아악호는 비류군께서 접수하실 것이다. 너희들은 지금 해안으로 들어간다. 배를 돌려라."

월나호는 부아악호의 한 마장 거리에 이르렀다. 부선장이자 항해사인 시부기의 명에 따라 갑판장 오천이 선부들을 지휘했다. 돛을 조절하여 속력을 낮추고 있었다. 달려오던 속도로 부아악호에 다가들다가는 충돌할 위험이 있기 때문이었다. 반 마장쯤의 거리를 두고 월나호가 멈췄다. 해안쪽에서 미리 약속한 대로 불화살이 날았다. 작전대로 상륙한 적들을 제압했다는 신호였다. 불화살을 본 시부기가 왕인에게 다가와 간략하게 상황을 고했다. 왕인은 이미 짐작한 듯 아무 말이 없었다.

"혹여 모르는 저들의 공격도 그렇거니와 곧 날물이 시작될 것이라 더는 들어갈 수 없나이다, 주군."

"허면 부아악호는?"

"부아악호도 내일까지 묶여 있지 않으려면 지금 뒤로 물러나야 하지요."

"이 거리에서 저들과 이야기를 나눌 수는 없지 않소?"

"배들끼리의 수신호가 있기는 하옵니다."

"허면 백기를 내걸고 뒤로 물러나라는 뜻을 전달해 보시오. 상황이 이미 종료되었음을 장평도 알 것 아니오."

물러난 시부기가 호각수에게 호각을 불라 했다. 호각수가 길게 한 번 짧게 한 번, 세 차례의 호각을 부는 사이 시부기가 양손에 햇불을 들고는 나아가 신호를 했다. 네모를 그리고 동그라미를 그리고 왼손의 햇불을 뒤로 흔들고.

"불꽃이 춤추는 것 같나이다, 주군."

지품의 말에 왕인도 고개를 끄덕이며 미소 지었다. 멀리 부아악호 왼편을 돌아오는 쪽배들이 보였다. 해리 일행이었다. 물 위에 뜬 가랑잎마냥 흔들리면서도 빠르게 떠오고 있었다. 왕인은 그들이 월나호 아래에 도착할 때까지 그들을 마냥 쳐다보았다. 이제 어찌할 것인가. 해리 말대로 대방성으로 가야 하는가. 반역자의 낙인이 찍힌 상태로 대방으로 가서 이름을 숨긴 채 부여찬을 거들며 살아야 하는가. 한성으로 가야 하는가. 월나호를 타고 가서 부아악호는 만나지도 못한 척하며 여해의 신하로 살아야 하는가. 이구림으로 가서 운무봉의 동굴 속으로나 들어갈까. 목지형검을 꺼내 햇빛과 달빛에 벼리면서 이구림과 월나를 내려다볼까. 아예 죽었다 할 수도 있으리라. 죽은 것으로 알려놓고 세상에 나서지 않은 채 이 왜국에서 혹은 대륙 깊숙한 곳에 숨어 그림자인 양 사는 수도 있을 것이다. 어찌해야 할까. 어찌하고 싶은가.

왕인의 자문은 사다리를 타고 올라온 해리가 흠뻑 젖은 몸을 드러낼 때까지 계속되었다. 그가 수하들에게서 수건을 받아 머리며 몸을 털면서 외쳤다.

"주군, 오늘 내내 심심하셨지?"

"심심했어. 날 그리 가둬둘 필요는 없지 않았어?"

"그러게. 담부터는 그러지 않도록 서비구 대장한테 말해보겠소. 그가 주군만큼이나 빡빡한 사람이라 말이 먹힐지는 자신할 수 없지만 말이요. 어, 저것들이 백기 걸고 오네. 헌데 주군, 저것들을 다 어찌하시려오?"

"신호림에 살게 해야지."

"그러자니 일이 또 얼마나 많아요? 싹 다 바다에 밀어 넣어버리면 간단한데. 아이구, 해리 팔자야!"

해리가 수건을 든 채 선두로 나갔다. 왕인이 따르려 하자 지품이 앞을 막아섰다.

"부아악호에는 아직 백 명 가량이 있습니다. 그들 중 어떤 자가 섞여 있을지 모릅니다."

막아선 자가 해리나 서비구였다면 무시했을 것이나 지품인지라 왕인은 그의 말을 들었다. 왕인의 가슴팍 왼쪽에는 십 년 전 이구림 전투 때 화살이 박혔던 흉터가 선명히 새겨져 있었다. 그때 지품에게도 흉터가 새겨졌을 것이었다. 그 흉터 위에 넉 달 전에 또 흉터가 아로새겨졌다. 그의 마음의 흉터에서는 아직 피가 흐를 터였다. 왕인은 하늘을 올려다보았다. 달의 위치를 보아 자정은 넘었고 축시로 접어든 듯했다. 해수면 위의 소란과 달리 보름달은 고요하고 서늘하기만 했다.

어하라

다님 부인은 친가가 있었던 옛날의 불미국 발라군에 다녀온 뒤 기진하여 누운 뒤 두 달 동안 일어나지 못했다. 그의 생이 접히고 있음을 느낀 이구림의 당주들은 알게 모르게 초상치레 준비를 시작했다. 멀리 있는 누왕인은 어쩔 수 없으나 여누하와 아직기와 아직기의 내자 호올은 외유를 하지 못했다. 마침내 다님 부인이 숨을 거두었다. 을미년(395년) 사월 스무아흐레였다. 온 이구림 백성들이 이림으로 들어와 곡을 하는 바람에 닷새간의 초상치레가 온통 눈물 판이었다. 다님의 주검은 이림 뒷산 동녘 뫼에 사루사기와 합장했다.

다님에게는 손자손녀가 넷이었다. 여누하의 소생 부여라와 아직기의 아들 누한얼(婁韓竼)과 딸 이사야, 누왕인의 딸 어하라였다. 부여라는 열한 살, 누한얼과 이사야는 네 살, 세 살이고 어하라도 네 살이었다. 사 년 전 아직기가 내자와 난 지 녁 달 된 아기를 데려와 아기 이름이 누한얼이며 누왕인이 지은 이름이라 했을 때 다님 부인은 사뭇 섭섭해 했다. 왕인이 아직기의 아들을 자신의 대를 이를 사루로 만들어버렸기 때문이었다. 사내란 지푸라기 들 힘만 있어도 자식을 낳을 수 있다는데 겨우 스물여섯에 제 후계를 정해버리다니. 다님이 내색치 않아 다른 사람들은 모르지만 생애 말년의 십 년을 함께 보낸 효혜는 그의 심정을 짐작했다. 다행하게도 그 이듬해 첫봄에 어하라가 호금에게 안겨서 이림으로 들어왔다. 당시의 황상 부여부가 붕어하였던 동짓달 아흐레 새벽에 났다는 어하라는 참새만 한 제 품에다 아예 이름표를 품고 있었다. 漁霞羅. 어하라라고 주사로 쓰인 이름 밑에 같은 주사로 부 사루왕인(父 沙婁旺仁)이라고 적힌 흰 비단 조각을 아이 곁에 펼쳐놓고 다님은 그때 한참을 울었다.

—부디 오래 사시어 아이들을 돌봐주세요.

저세상으로 돌아가기 사흘 전 새벽에 다님이 효혜에게 남긴 말이 그랬다. 그의 말이 유언이라는 걸 느끼면서 한편으로 서운했다. 십 년 전부터 죽음을 준비해 온 사람은 나인데, 저는 육신을 버리고 훨훨 날아 떠나면서 날더러는 더 오래 살라니. 얼마나 더 오래 살라는 것인가.

"할머니, 제가 여쭸지 않아요?"

라나의 다그침에 효혜는 몇 달 전의 과거에서 깨어나 현실로 돌아왔다. 라나가 제 품속의 어하라를 어미라도 되는 양 추슬러 대면서 눈을 동그랗게 뜨고 있었다.

"이 할미한테 뭘 물었더니?"

"신호림호가 돌아갈 때 제가 따라가 신호림을 구경할 수 있도록 어머니께 말씀드려 주실 수 있느냐고 여쭸답니다. 대체 무슨 생각을 하고 계시어요?"

"생각을 한 것이 아니라 망념에 빠져 있었더니라. 이 할미만치 나이가 들면 때때로 그리 되는 법이다. 혜량하려무나."

"혜량해, 라나."

어하라가 효혜의 말을 따라 종알대는 바람에 효혜와 라나가 동시에 웃음을 터트렸다. 어하라는 제 아비와 어미를 고루 닮으며 커나갈 듯했다. 살결이 흰 것은 아비를 닮았고 눈이 큰 것은 어미를 닮았고 영특한 것은 어미아비를 동시에 빼었다. 같은 네 살인 누한얼이 아직 말이 임의롭지 않은 데 비해 어하라는 말이 술술 트였을 뿐만 아니라 글자도 익히기 시작했다. 누가 가르쳐서 익힌 글자가 아니라 부여라의 공부를 언어하면서 글눈을 틔워가고 있었다.

"그래서요, 할머니. 어머니께 말씀드려 주실 거예요, 아니 해주실 거예요?"

"네 어머니가 반대하시는데 이 할미가 말씀드린다고 들어주시랴? 네가 그리 신호림, 왜국 구경을 가고 싶다면 네 스스로 어머니를 설득해야지."

"어머니 설득해. 근데 라나, 신호림이 뭐야? 아까도 내가 물어봤잖아. 왜 대답 안 해!"

또 끼어든 어하라 때문에 부여라가 말문이 막히는지 하아, 한숨을 쉬었다. 그리고는 밖을 향해 소리쳤다.

"호금 할머니! 제발 어하라 좀 데리고 나가주세요."

몇 년 사이 백발이 성성해진 호금이 들어왔다. 호금이 어라하를 향해 두 손을 내밀었다.

"어하라 아기씨, 소인과 함께 포구 구경 나가지 않으시렵니까? 오늘 포구에 큰 배들이 잔뜩 들어와 있다고 하던걸요."

"월나호도 왔어?"

"월나호보다 웅장한 배들이 들어왔다 합니다."

"월나호 아님 난 싫어. 안 갈 테야."

"월나호가 어쨌기에 월나호 타령이십니까?"

어하라가 라나의 품을 헤집고는 머리를 숨겼다. 제 몸을 다 숨긴 줄 아는가, 호오, 한숨을 쉬더니 종알거렸다.

"월나호에 사루 있어. 사루는 어하라 아버님이야. 그님도 있어. 그님은 어하라 어머님이야."

효혜와 호금은 아차 하는 얼굴로 서로를 바라보았다. 곁에 아이를 두고도 아이가 어려 알아듣지 못할 줄 알고 둘이 나눈 대화를 아이가 다 알아듣고 있었던 것이다. 효혜는 호금에게 어서 아이를 데리고 나가라고 손짓했다.

"그러니까요, 아기씨. 나가서 월나호가 왔는지 한번 살펴보지요. 아니 나가시겠다면 소인이 홀로 가뵙지요. 아기씨는 라나 님 품에 계속 숨어 계시구려."

어하라가 라나의 품을 버리고 나와 호금의 등으로 가 업혔다. 그들이 방을 나가자마자 라나가 숨넘어갈 태세로 물었다.

"그님이라니요? 어하라의 어머니 그님이 누구시어요?"

"그님이 제 어미라고 어하라가 말하지 않느냐? 그님이 어하라 어미인 게지."

"그러니까요, 그 그님이 어떤 분이시냐고요."

"한 가지만 택해라. 내가 네 어미한테 널 신호림에 다녀오게 말해보라는 것이든지, 그님이 누구인지 말하라는 것이든지."

"할머니, 유치하세요."

"나이 들면 어려지는 법이다."

"어린 것과 유치한 것은 다릅니다."

"어림은 어리석은 것과 동색이고 늙어 어리석어짐은 어림과 동색이 되므로 그게 그거다."

효혜의 억지에 라나가 몸부림을 쳤다. 그런 라나가 귀여워 효혜는 사뭇 젊어지는 듯했다. 다님이 아이들을 돌봐달라고 했던 뜻을 아이들을 대할 때마다 알 것 같았다. 아이들에게는 이렇게 비빌 언덕이 필요함을 다님은 알고 있었던 것이다. 여누하는 단주로, 실질적인 영주로 사느라 어미 노릇할 겨를이 없었다. 아직기는 여누하와 더불어 이구림을 꾸리면서 왜로 대방으로 다니느라 일 년 사철이 바빴다. 호올은 셋째를 수태한 채 이림의 안살림을 경영하느라 삐쩍 말랐다. 네 아이는 하루에도 몇 번씩 효혜의 처소인 대모당(大母堂)으로 들어와 놀다가 나갔다. 아이들마다 보모들이 따로 있으매 그들 품에서 살면서도 아이들은 효혜에게 와서 재롱을 부렸다.

"그래, 어떤 것을 택하겠니?"

"그님이 누구인지는 장차 어찌하여도 알게 되겠지요. 하오니 그님에 대한 비밀은 그냥 두시어요. 저는 신호림 구경을 가고 싶습니다. 그러니 할머니께서는 어머니께, 라나한테 도움이 될 것이니 라나를 신호림에 다녀오게 하라, 해주시어요."

"신호림이 작은 이구림이라는 것을 누구나 아는데 신호림이 어째 그리 보고 싶어?"

"소녀가 신호림만 보고 싶어 하는 것이 아님을 할머니도 아시잖아요. 소녀는요, 할머니. 진정으로 넓은 세상이 궁금하와요."

"이 할미가 옛날에, 세상 모든 곳을 다 돌아다녀 본 듯한 어떤 이에게 넓은 세상이 어떠하더냐 물었더니 그이가 말하길, 세상은 어디 가나 똑같더라, 그리 말하더라. 누구든지 자신이 사는 자리에 세상의 모든 것이 펼쳐져 있다는 말이었다. 세상의 중심은 내가 아니라고 하지만 사실은 누구나 자신이 세상의 중심이라는 말이기도 했어. 그래서 라나, 네가 사는 이 이구림이 세상의 중심이기도 하다는 말이다. 넓은 세상을 궁금해 하여 봤자, 결국 신기할 것 하나 없다는 뜻이지."

"어른들의 그런 말씀을 소녀는 이해할 수 없사와요. 어른들께선 스스로 살아보니 이렇더라 말씀하시지만, 그렇다면 소녀나 소녀와 같은 아이들은 어른님들 말씀만 듣고 이 이구림 안에서만 살라는 말씀이시어요? 이리 갑갑한데 어떻게요?"

겨우 열한 살 난 계집아이가 세상이 좁고 답답하다고 울부짖고 있었다. 세태가 변한 것인가. 부여라가 특별한 것인가. 효혜는 그걸 판단하기 어려워 머릿살이 어지러웠다.

"우선은 알았으니라, 라나. 네 어머니와 상의해 보련다."

"신호림호 출항이 사흘 뒤인데 할머님께선 사뭇 한가하십니다. 당장 어머니를 불러들이시든지, 할머님이 어머니를 찾아 나가시든지 하셔야지요."

"내가 네 어머니한테 말하여 네가 신호림에 간다고 치자. 아무리 왕래가 잦다고 해도 신호림호가 한 번 오가는데 석 달은 걸리기 일쑤다. 허면, 눈만 뜨면 너만 찾고 네 품에서만 살려 드는 어하라는 어찌한다니? 어하라가 널 석 달이나 못 보면 가엾지 않아?"

"데리고 가지요."

"그 어린 것을 데리고 가?"

"어하라보다 어린아이들도 부모 따라 건너간 경우가 숱하지 않아요? 누한얼만 해도 난 지 반년도 안 되어 건너왔구요. 무슨 걱정이에요. 빨리요, 할머님. 포구 단주당으로 사람을 보내시어요."

아기 때부터 사람 볶아 대는 재주가 있더니 클수록 더한 부여라였다. 어린 어하라를 볼모로 막아보려 했더니 아예 데리고 가겠다고 나서지 않는가. 제가 원하는 것을 기어이 하고 말겠다는 의지가 그렇게 강한 아이였다. 아이고 하느님! 속으로 뇌까린 효혜는 고개를 끄덕였다.

"그래, 내가 단주한테 할 말도 있으니 나가서 네 어머니한테 사람을 보내고, 너는 어하라를 찾아봐라."

"알겠어요. 어머니를 오시라고 할게요."

환희에 찬 아이가 바지 자락으로 바람을 일으키며 달려 나갔다.

보통날의 여누하는 낮이면 포구의 단주당에 있거나 이구림의 마을들을 돌아다니거나 인근한 군들의 저자에 있는 이구림 점포들을 찾아다녔다. 오늘은 처결할 일이 많아 포구 단주당에 있을 것이라 들었다. 신호림호에 실어 보낼 사람과 물품들을 점검하는 게 오늘 여누하의 일이었다. 신호림호는 원래 황실선박 부아악호였다. 사 년 전 신호림 전투 뒤 왕인이 접수하여 외관을 바꾸고 신호림호로 만들었다. 신호림호는 이구림과 신호림만 왕래하였다. 특별한 일이 없는 한 난파진에도 들어가지 않는다던가. 신호림의 육갑나루는 정신없이 커지고 있다. 하였다. 진단의 배들이 난파진보다 육갑진에 기항하는 일이 많아지고 있기 때문이었다.

한성에 비치는 해가 대륙에도 비치고 이구림에도 비치듯 신호림에도 비칠 텐데 부여라는 어찌 그리 그곳으로 가고 싶을까. 의문을 갖지만 육십 년 가까운 옛날 겨우 여덟 살에, 신궁신녀가 되고 싶어 모친을 들볶았던 스스로를 떠올리면 효혜는 고개 끄덕일 수 있었다. 부친 보륜사께서 이거를 명하시어 모녀가 한성으로 옮겨간 지 일 년 남짓 되었을 무렵이었다. 당시 송산에서 고홍 박사의 식구들과 한 식구로 살았다. 온 식솔들이 출동하여 신궁제를 보러갔다가 효혜는 신궁에 사로잡혔다. 고천원 근방에 이르렀을 때부터 몸이 떨렸다. 신궁 큰마당에 들었을 때는 울음이 쏟아졌다. 신녀들이 춤을 출 때 구경도 못했다. 울음을 그치지 못해 모친에게 끌려나온 탓이었다. 큰마당은 벗어났으되 신궁을 벗어날 수는 없었다. 효혜가 소도 앞에서 뻗댔기 때문이었다. 모친은 소도에다 효혜를 부려놓고 같이 울었다. 먹지도, 자지도 않고 사흘을 울자 당시의 제일신녀 부소께서 내려오셨고, 모친께서도 손을 드셨다. 하나뿐인 자식을 신궁에 바치고 물러나신 젊은 모친의 심사가 어떠하셨을지 효혜는 아직기를 낳고서야 겨우 가늠했다.

부여라가 열어놓고 나간 문으로 들어온 초가을 오후 햇살이 방 안에 드리워져 일렁였다. 비자나무들 너머 저만치에 이림단주당이 있었다. 다님이 떠나고 난 뒤 비어 있는 단주당을 건너다보는 일이 허전하여 여누하에게 처소를 옮기라 권하였다. 홀로 있을 때면 이따금 다님의 목소리며 움직임 같은 것을 환청인 양, 환영인 양 느끼곤 했다. 홀로여서 슬프거나 쓸쓸하거나, 그런 애상은 없었다. 걱정인 것은 효혜가 저보다 오래 살 것이라는 십 년 전쯤 설요의 예시였다. 당시에는 농담으로 여겼던 설요의 말이 요즘 가끔 생각났다. 딸보다 오래 살 것이라니. 설요의 그 말이 효혜의 수명에 대한 예시가 아니라 설요 스스로에 대한 예시였던 것만 같았다. 낳은 정보다 기른 정이 깊다는 걸 이구림에 와서 살면서 알게 되었다. 아직기는 든든하고 자랑스럽되 마음이 아프지는 않았다. 그는 온갖 사랑을 다 받으며 제 하고 싶은 일 다 하며 자랐다. 설요는 수시로 마음을 에였다. 설요가 왕인을 몰랐다면 신녀로 살기가 훨씬 편했을 터였다. 설요가 누왕인을 만난 것은 제 운명이겠으나 운명은 사람에 의해 지어지는 법. 결국 효혜 자신 탓이었다.

"대모님! 대낮에 어쩐 일로 저를 보자 하시었어요?"

여누하는 다님 부인이 떠나고 난 뒤 효혜를 이모가 아니라 대모라 불렀다. 여누하가 그리 부르니 이구림이 사람들이 죄 효혜를 대모(大母)로 호칭했다. 무무당도 대모당으로 불렀다. 말년에 듣게 된 큰어머니란 호칭이 황송했으나 효혜는 받아들이기로 하였다. 호칭은 곧 존재였다. 존재는 호칭에 걸맞은 값을 해야만 하는 것이었다. 남은 생이 얼마나 되는지 알 수 없으나 살아 있는 동안 호칭 값을 하기로 마음먹었다.

"부여라한테 들들 볶이다가 오시라 하였소. 부여라가 신호림 구경을 가고 싶다며 저리 성화를 부리니 어찌해야 할까. 그 아이 어미인 단주와 그 아이 할미 노릇을 하는 내가 상의를 해야 할 듯하여 말이오."

"그건 불가하다, 라나한테 말해 주었는데요, 대모님."

"그야 나도 아는 바이나 라나가 수긍을 못하여 나를 들볶으니 내가 어쩌겠소."

"아이를 신호림으로 보내라는 말씀이시어요? 그 천방지축을요?"

저는 어땠는데, 싶어서 효혜가 빙긋이 웃었다. 웃음의 의미를 알아들은 여누하가 두 손으로 제 얼굴을 쓸어내리며 웃었다. 효혜가 물었다.

"밖엔 누가 있소?"

"제 수하들이 있지요. 왜요?"

"허면 되었소. 음, 부여라가 보챈 걸 핑계로 단주를 불러들였으나 그대 자식에 대한 문제는 그대가 알아서 할 일이고, 나는, 약간 다른 얘길 하려 하오."

"무슨 말씀을 하시려 이리 뜸을 들이셔요? 겁납니다."

"나는 이구림에 들어오면서 속세와의 인연을 다 접은 셈이오. 세상이 어찌 돌아가는지 관심 없었고 지금에 이르러서는 세상 읽는 눈도 거의 사라졌소. 하여도 전력이 있는 탓에 어쩔 수 없이 보고 느끼는 게 있어요. 어하라가 들어왔을 제부터 알게 된 사실이 있는데, 신궁이 웅진주로의 이궁을 준비하고 있다는 것이오. 한수 이북에는 부아악하며 마니섬, 더 위로는 고드늑주 등에 모두 여섯 군데에 신궁 영지가 있는데 말이오, 영지마다 일천에서 오천에 이르는 신궁인들이 사오. 헌데 신궁에서 그 영지들에 있던 신궁인들을, 일부가 아니라 전부를, 웅진주 쪽으로 이거를 시키고 있답디다. 신궁이 수백 년, 짧게는 백 년씩 된 영지를 그냥 버리고 있는 것이오."

"농토 한 필지, 밭 한 뙈기를 만들려 해도 얼마나 공을 들여야 하는데, 세상에, 대체 왜요?"

"웅진주에 새 신궁을 짓고 있고 영지 백성들은 그 신궁 건설에 동원된 것으로 보이기는 하나 그건 이거를 위해 겉으로 내세운 핑계일 것이고, 왜 그리하는지 그 깊은 까닭은 나도 모르오. 아무도 모르고 신궁 성하를 비롯한 신궁의 고위들만 알겠지요. 그래도 짐작을 해보자면 말이오, 신궁에서 한수 이북을 살 만한 곳이 아닌 땅으로 판단했다는 의미일 게요. 신궁에서 그리 판단했다면 그리되어 갈 것이에요. 그건 결국 이 진단백제에 위기가 닥칠 것이라는 뜻이오."

"말갈이, 아니 말갈은 곧 고구려라 했으니 고구려가 백제를 죄다 고구려로 만든다는 뜻이오리까?"

"설마 그렇게까지야 되겠소만 백제에, 한성에 위기가 닥치고 있는 것이라 가늠해 볼 수 있겠지. 내가 단주한테 하지 않아도 좋을 말을 굳이 하는 까닭은 앞으로 이구림이 위보다는 아래쪽으로 뻗어나가는 쪽을 모색해 보라는 뜻이고, 그러자면 신호림이 더 넓어져야 할 듯해서요. 신호림이 더 넓어지매 이구림과의 왕래는 더 잦아져야 하겠지요. 그건 어쨌건 단주가 세상 돌아가는 것을 살펴본 뒤 생각해 보실 일이고, 할 말이 더 있소. 몇 년 전 어하라가 들어올 때 제 이름 말고도 호금 편에 가져온 전언이 따로 있었소."

"무엇입니까?"

"어하라를 왜국으로 보내라는 것이었소."

"예?"

"그것도 여섯 살이 되기 전에 보내라 했소."

"아무리 그님의 말씀이라고는 하나 말이 됩니까? 저 어린것을? 어미 얼굴도 아비 얼굴도 모르고 크는 아이를 어찌 그곳으로 보내요? 그님이 그리 독한 사람이었사와요? 아, 하기는 갓난애 등에다 문신 찍어 보냈을 때부터 알아보긴 했어요. 아기 몸에다 칠지화를 찍을 것이면 끼고 살다 신녀로 만들 것이지 왜 이리로 보내고, 또 신호림으로 보내라는 것입니까?"

여누하는 어린아이를 떼어 보내라는 소리에 독이 올라 퍼붓는 것이었다. 어미 마음으로 어하라를 가여워하는 것이다.

"그 자리에 있는 사람들은 다 독하오. 지독하지. 하지만 아무 때나 그리 하는 것이 아니고 필요에 따라 결정하는 사람들이 그들이오. 무엇도 허투루 하지 않지. 어하라의 신도혈에 칠지화를 찍은 것도 그 아이에게 필요하여 그리한 것일 테요. 또 그님이 아이를 호금이들에게 안겨 보내온 것은 자신이 아이를 안고 온 것과 진배없소. 세속에서는 이해하기 어려울 수도 있으나 그곳의 법은 그렇소. 어하라는 계집아이인지라 신궁에서 얼마든지 키울 수 있소. 한데도 그님이 아이를 떼어내 이곳으로 보낸 까닭이 무엇일까. 호금에게 아이를 안겨 보내면서 두라미를 비롯한 수녀를 여섯이나 딸려 보낸 까닭이. 두라미며 구니, 나희, 언이, 수니, 미려는 덕성스러울 뿐더러 각기 재주가 남다른 사람들이오. 두라미와 구니는 사절부에 속했고, 지금 이림서고에 있는 나희와 언이는 서장각에서 뼈가 굵었고, 포구의소에 가 있는 수니와 미려는 의절부에서 뽑혀 왔소. 그들을 왜 어하라에게 붙여 보냈겠소. 그러니 그곳에도 아이를 위한 예비가 되어 있을 것이오. 언제 보낼 것인지는 여누하, 그대에게 달렸지. 이제쯤 그 궁리를 시작해야 할 것 같아 그대에게 알려주는 것이오.”

“어지럽습니다. 당장은 이도저도 어찌할 수 없으나 생각을 해보지요.”

“그러시오. 부디 어하라의 어미를 가여이 여겨주시고.”

지금 아이 어미의 가여움이 문제인가. 속으로 뇌까린 여누하는 효혜의 처소를 나왔다. 잠깐 사이에 너무 어마어마한 소리들을 들은 탓인지 마당에 드리워진 햇살이 감당키 어려울 만치 눈이 부셨다. 잔뜩 찡그리며 이림 앞의 마장(馬場)으로 향하는데 부여라가 어하라를 업고 들어오다 어미를 발견하고는 혀를 빼물었다. 부끄러울 때 하는 버릇이었다. 두 아이 주변에 두 명의 호위와 두라미와 구니가 있었다. 그럼에도 부여라한테 아이를 업힌 게 민망한지 두라미가 쑥스러운 얼굴로 인사를 했다.

“단주님, 황송합니다. 아기씨가 라나 님께만 업히겠다고 해서.”

“아이들 하는 짓을 내가 모르겠소? 그리 말씀하시지 않아도 되오. 어하라, 큰엄마가 좀 업어주련?"

어하라가 라나의 등에서 종알댔다.

"큰엄마는 이소가신데스요. 돈 벌어."

호올이 자주 왜어를 쓰니 부여라도 따라 쓰곤 하는데 아이도 그걸 따라 큰엄마가 돈 버느라 바쁘다고 종알대는 것이다. 아이들의 시위들과 여누하의 호위들이 쿡쿡 웃는데 두라미가 몸 둘 바를 몰라 쩔쩔맸다. 아이의 말도 말이려니와 말투 때문이었다. 아이들이 말을 배울 제 으레 경어부터 배우는데 어찌된 영문인지 어하라는 말문을 연 이래 경어를 쓰지 않았다. 두라미는 아이의 보모이자 선생이라서 아이 말버릇이 황송한 것이다.

"그래, 큰엄마는 나가서 돈을 벌어오마. 햇볕이 따가우니 어하라, 라나하고 안에 들어가 놀아라."

여누하가 걸음을 옮기자 라나가 소리쳤다.

"어머니, 저는요?"

여누하는 짐짓 모른 체하며 물었다.

"너, 뭐? 너도 어하라처럼 업어다 주랴?"

"할머님하고 말씀 나누시지 않으셨어요?"

"아, 할머니께 네 소망에 관해서는 잘 들었다. 생각해보마. 생각을 해보겠는데, 어쨌든 이번엔 불가하다. 다음 파수에나 고려해보마. 그러니 할머니 그만 보채. 알겠느냐?"

"하지만요, 어머니."

"어허! 엄마가 다음 파수에 고려해보겠다 하지 않았어. 하였으면, 예, 하여야지."

여누하의 엄한 얼굴에 라나가 고개를 숙이는데 그 등에서 어하라가 소리쳤다.

"예, 큰엄마. 다음 파수에 고려해."

여누하는 어이없어 웃는데 라나 등에 엉겨 붙은 아이가 덧붙였다.

"여누하, 갠기데네"

라나가 당황하여, 잘 다녀오시라고 말해야지, 아이를 가르치며 도망치듯 걸음을 옮겼다.

덥다, 더워!

여누하는 손부채질을 해대며 마장으로 걸음을 옮겼다. 이림엔 담이 없었다. 하여 문도 없었다. 이림 진입로 수위당 옆에 잠깐씩 말의 고삐를 매어두는 곳을 마장이라 부를 뿐이었다. 신궁에서 한수 이북의 영지들을 버리고 있다는데, 그건 진단백제에 위기가 닥치고 있다는 뜻이라는데, 우린 성벽은커녕 담장도 없다. 살았는지 죽었는지! 만날 전쟁판만 쫓아다니는 주군이란 사람과 그 곁의 사람은 돌아올 줄을 모르고. 하늘만치 높은 곳에 앉은 아이 어미라는 사람은, 고모를 큰엄마라 부르는 토끼만 한 아이를 왜국으로 보내라 하였다질 않나. 아이고, 어머니. 아이고, 하누님. 여누하는 소리 내어 한숨을 쉬었다.

일진일퇴

관미성을 취한 고구려의 담덕왕(광개토대왕)이 관미성과 대방성 사이에
다 일곱 개나 되는 성을 쌓아 방어진을 구축했다. 황상 여해(아신황)가 이
끄는 백제군이 성 하나를 뚫고 돌아서면 뒤에서 다른 성이 치고 들어왔다.
그 전쟁을 치르다 보면 고구려의 말갈이 본국 국경을 침범했다는 소식이
들렸다. 그쪽으로 병력을 나누어 보내고 나면 수곡성으로 고구려군이 밀
려들었다. 수곡성을 잃고 패하성으로 옮아갔더니 담덕왕이 직접 이끄는
이만 병력이 패하를 넘어 패하성으로 밀려들었다. 조부이신 휘수황제께
서 태자 시절에 고구려로부터 패하성을 지켜내셨던 전사(戰史)는 얼마나
눈이 부시던가. 갈대숲을 이용하였다던 그 화공술. 황상 여해는 조부에 미
치지 못했다. 진가모를 대장군으로 삼아 열흘 동안이나 전투를 치렀으나
팔천이나 되는 병력을 잃고 물러나고 말았다. 작년이었다. 패하성을 되찾
기 위해 절치부심하다 지난가을에 패하성 인근의 청목령에 진을 쳤더니

폭설이 쏟아졌다. 그렇게 많은 눈을, 상은 이십오 년 평생 처음 만났다. 병사들을 얼려 죽이지 않으려면 철군을 할 수밖에 없었다. 일진일퇴. 거의 네 해를 대륙에서 보냈건만 상은 얻은 게 없이 물러났다.

물러나되 밝알성으로 가야 한다는 비류군의 주장을 뿌리치고 한성으로 돌아왔다. 한겨울임에도 한성은 대륙에 비할 수 없게 따뜻했다. 눈이 내려 천지를 뒤덮어 가고 있음에도 춥지 않은 한성. 병신년(丙申年, 396년) 설이 다가오고 있었다. 설이 지나고 봄이 되면 출정할 것이다. 한성에서 전력을 가다듬으며 봄을 맞이한 뒤 다시 관미성을 칠 계획이었다. 대륙군은 부여설을 대장군으로 삼고 진단군은 해지무를 대장군으로 삼아 병사를 징집하고 전력을 재정비하라 명했다. 지금쯤 파발들이 사방으로 달리고 있을 터였다. 몇 해 동안 헛걸음만 한 셈이었으나 얻은 것이 아주 없지는 않았다. 임금이라고 본국의 황궁에 앉아 놀기만 한 것이 아니라는 것을 만방에 보여주지 않았는가. 상 스스로는 자신의 제국을 일일이 확인하고 다녔다는 보람이 있었다. 선황들의 업적이 참으로 위대하셨다. 대방의 태산에 올라 동명성왕의 제단에 엎드렸을 때의 감개와 비감은 말로 형용키 어려웠다. 비로소 임금으로서의 책임을 통감했다.

그리하여 현재로서는 크게 마음에 낄 것이 없는데, 인황문 누각에서 눈이 쌓여 흰 벌판같은 인황대로를 내려다보고 있으려니 착잡하기만 하다. 비류군의 중앙군단 차군장(中央軍團 次軍長) 직위를 해제한 것이 잘한 일인지 의심스러웠다. 이긴 전쟁 뒤에 논공행상을 하듯 패한 전쟁 뒤에는 책임을 지는 자가 있어야 했다. 대륙의 남방군과 서방군, 진단의 동방군, 북방군, 중앙군. 각 군마다 쓸모없는 사람들에게 책임을 지워 물러나게 했듯 중앙군에서는 차군장인 비류군에게 책임을 물었다. 중앙군 총군장이 황상인지라 황상이 책임질 수는 없으므로 사실상 비류군이 스스로 물러나겠다 하였고 상은 그걸 받아들였다. 그는 무관(無官)의 백면이 되어 물러나면서 모친의 별세 소식을 들었다며 귀향의 뜻을 밝혔다.

지난 사 년 간 비류군이 있어서 도움이 되었는가. 생각하기 나름이었다.

사실 사 년 전에 죽이기로 했던 그였다. 비류군을 죽이라고 자객을 이백이나 보냈더니 풍랑에 휩쓸렸는지 종무소식이 되었고 그는 죽어가는 황상을 모시기 위해 돌아왔다. 부아악호는 만나지 못했으며 부친의 별세와 상의 중환 소식을 듣고 돌아왔다고 했다. 그가 돌아와 태자 여해에게도 신하의 예를 갖췄으므로 그를 다시 죽일 필요는 없었다. 그가 필요해진 때이기도 하였다. 그 덕분에 그나마 대방성이 아우르는 서방군이며 광릉성이 아우르는 남방군을 임의롭게 움직일 수 있었는지도 모르고, 아닐 수도 있었다. 대륙백제 각 성들에 선황의 죽음에 대한 의혹을 없애고 진단백제에 있던 선황 세력들을 다스리는 데에 그가 가장 적합한 인물이었을 뿐이다. 전쟁과 전투를 치를 제 서생이 무슨 소용이랴. 그런데도 그를 한사코 곁에다 묶어둔 채 전쟁마다 끌고 다녔다. 그에게 차꼬를 채워 싣고 다닌 형상이었다. 그를 곁에 둔 동안 양 백제는 황상 부여여해를 중심으로 통일되었다. 이제 비류군이 곁에 없어도 되었다.

비류군을 곁에 둔 동안 내내 불편했다. 지난 시월에 청목령으로 나가려 할 때도 겨울이라 전쟁이 불가하다고 극구 말렸던 그였다. 그가 전쟁의 불가함을 말하는데 황상은 그렇다면 적들도 전쟁에 대한 대비가 없을 것이라 여겼다. 기어이 출정했다. 그리고 눈에 갇혀 청목령을 넘지 못하고 회군했다. 회군할 때도 비류군은 밝알성으로 가서 이른 봄에 곧장 평양성을 치자 하였다. 고구려의 중심으로 들어가 그들의 허를 찌르자는 것이었는데, 대장군 해지무를 비롯한 막료들이 평양성은 태수황제 때부터도 넘지 못한 성이라고 반대했다. 해지무를 비롯한 막료들은 휘수황제 시절부터 대륙의 전쟁판을 따라다닌 사람들이 아닌가. 그들보다 비류군의 의견을 따라야 할 필요가 무엇인가. 황상은 막료들의 뜻을 받아들이고 한성으로 돌아왔다. 돌아오긴 했으나 마음이 불편했다. 듣지 않았으면 좋았을 말을 듣고 난 불편함이었다. 그는 끝끝내, 내치고 난 뒤에도 불편한 사람이었다.

"하여 비류군이 월나로 갔다고?"

상의 물음에 측위대장 발하사가 대답했다.

"예, 폐하. 어제 아침에 가부실을 떠났다 하옵니다."

"수하를 얼마나 데리고?"

"늘 그렇듯이 호위 열둘이 따랐다 하나이다."

"이번에도 공주궁에는 들지 않았고?"

"그에 관하여서는 소신이 따로이 알아본 바가 없는지라……. 알아보오리까, 폐하?"

"됐어. 그들 내외간의 일인걸."

"폐하, 일기가 차옵니다."

상은 춥지 않았다. 눈이 덮인 한성은 희고 고요했다. 평화로웠다. 섣달스무아흐레. 환도한 지 보름이 지난 터수였다.

"아사나께서는 어찌 지내시고?"

"직접 뵌 지가 오래되었는지라. 아사나 각하의 근황을 알아보고 오오리까."

"내일모레 설이면 뵐 것인데, 그도 되었어."

환도한 뒤 그를 한 번 보았다. 네 해 전 공주궁에서 독대한 뒤로 다시 독대한 적이 없었을 뿐더러 황실 일들 때문에 보는 것도 불편했다. 비류군이 불편한 존재인 만큼 아사나도 그러했다. 그래도 황궁은 여전히 아사나의 세상이었다. 선황의 붕어 뒤 태후가 된 화용태후는 대방성으로의 이도를 청했고 상은 윤허했다. 그를 볼모로 잡고 있다는 인상을 풍기고 싶지 않았다. 졸렬하지 않은가. 한편으로는 대방성의 부여찬을 감싸고 있는 세력을 움직이려면 그게 낫다 판단했기 때문이었다.

화용태후가 자리 잡아보지 못한 채 대방으로 건너간 뒤에도 우슬황후는 아사나에게서 내경고를 되찾으려 애쓰지 않았다. 아사나가 누이이매 상은 그를 용인할 수밖에 없었다. 사실 아사나의 내경고 운영으로 황실 살림이 튼튼한 것이긴 했다. 아사나는 스스로를 위한 축재를 하지 않았다. 할머니로부터 물려받은 재물들은 물론 공주궁으로 들어오는 온갖 선물과 뇌물들을 대자원으로 내보내 빈한한 백성들을 구휼하는 데 쓰고 있었다. 아사나가 체면치레를 할 정도로만 검소하게 지내니 황실 여인들도 사치를 하지 못했다. 아사나가 내경고를 운영하므로 황상의 전쟁비용의 일부가 내경고에서 나오는 것이었다. 헌데 그를 떠올리면 답답했다. 아니 모든 일들이 답답했다. 술을 마신다고, 계집을 품는다고 풀릴 답답함이 아니었다. 누군가와 흉금을 터놓고 이야기를 나눌 수 있다면 좀 좋으랴. 하지만 그럴 만한 존재는 세상에 없었다.

"폐하, 안으로 드시옵소서."

"발하사!"

"예, 폐하."

"정말 답답할 제 사람들은 어찌하지?"

"한숨을 쉬는 것 아니겠습니까. 여인들은 흔히 아이구, 하누님! 외치는 것 같기도 하고요. 그게 곧 한숨소리라 여기나이다."

"그런 연후엔?"

"그야 사람마다 다르겠지요."

"그대는 어찌하는데?"

"소신은 폐하께오서 대황전(大黃殿)에 계실 때는 후원의 만월지(滿月池)를 도나이다. 서너 바퀴 걸어 돌고 나면 소신이 왜 만월지를 돌고 있나를 잊게 되지요. 사가에 있을 적이면 마당을 거닐기도 하옵니다."

"시방 만월지는 얼었지 않아?"

"그렇지요."

"하누님은 어디 계시는데?"

"하누님은 어디에나 계시다고 들었나이다."

"어디에나 계시는데 왜 어디에서도 뵐 수가 없지? 아, 신궁에 가면 뵐 수 있으려나?"

"폐하, 신궁에야 성하와 신녀들이 계실 뿐⋯⋯."

"그래, 신궁! 신궁이 계시지. 신궁엘 가자."

"예? 갑자기 신궁엘 어찌. 이궁으로 가시던 길이었사온데."

황비 누리나에게 가던 참이기는 했다. 아니 아들 부여혈을 보러 가던 참이었다. 황후와 삼비(三妃) 다림이 해씨 일족인데 반해 누리나비는 진씨라서 그런지 궁 안에서 은근히 소외되어 있음을 이번에 돌아와 느꼈다. 태자 영보다 한 살 아래인 혈이 제 형제들 사이에서 겉도는 것도 그런 탓인 듯했다. 아까만 해도 대안전에 두 여인과 태자를 비롯한 두 여인의 아이들이 모두 모여 있는데 누리나 비와 혈이 빠져 있었다. 불쾌했다. 선황세력을 몰아냈다고 여겼더니 황실은 해씨 일족과 진씨 일족으로 나뉘어 있는 것 같지 않은가.

"누리나 궁에는 이따 가기로 하고 신궁으로 가자. 아, 제일신녀의 이름이 무엇이라 했지?"

"소신이 미, 미처 그님의 존함을 알지 못하나이다 폐하."

"그님의 존함을 알지 못한다? 가서 알아보도록 하지. 말을 타고 갈 것이니 소란 떨 거 없어. 발하사! 신궁으로 가겠다."

소란 떨 거 없이 가겠다고 하나 황상이 움직이니 측위 일백이 동시에 움직였다. 고천원까지의 삼십여 리 길에 황색깃발을 나부끼는 일백여 필의 말이 지나갈 때 설을 준비하며 오가던 백성들이 서둘러 비키느라 소란스러웠다. 그에 비해 눈에 덮인 신궁은 차분했다. 한발 앞서 달려간 측위들이 황상의 행차를 알렸는데 마중 나온 신궁인들이 이십 인쯤 되는가. 큰 마당에 도열한 그들의 수장이 나와 허리 수그리며 황상을 맞이했다. 신녀들이 황상을 맞이하매 땅에 엎드리지 않는다는 신궁의 예법쯤은 상도 알고 있었다. 그들은 천신과 제일신녀를 향해서만 엎드린다. 그들 뒤편으로 대신전 계단 한가운데에 붉은 멍석이 깔려 길을 내놓고 있었다. 붉은 멍석 위로 또 눈이 사르라니 덮여가는 참이다.

"소인은 사절부의 신녀, 치리라 하옵니다, 폐하. 제일신녀께서는 천인각에 계시옵니다. 안으로 드시오소서."

스무 명의 흰옷 입은 신녀들에 비하여 검은 옷을 입은 황상의 측위대는 위압적이고 무례해 보이기까지 했다. 황상은 측위대장 발하사를 비롯한 네 명만 따르라 하고는 신궁의 예법을 따라, 붉은 계단을 걸어서 천인각으로 올랐다. 천인각이 처음일 뿐더러 신궁도 처음이지만 제일신녀는 처음이 아니었다. 십여 년 전 문장대에서 천신단을 오르는 일행을 구경한 적이 있었다. 선황의 장례며 선황릉 봉인제 때도 그를 보았다. 대중 앞에 나설 제 너울을 드리우는 제일신녀들의 관례가 있어 그의 얼굴을 다 본 적은 없었다. 그저 먼발치에서 캄캄한 그의 눈만 보았을 뿐이다. 그런 제일신녀가 오늘은 얼굴을 내놓고 황상을 맞이했다. 제일신녀가 황상을 향해 차린 예법인 듯한데, 상은 제일신녀가 여인이라는 걸 난생처음 안 것처럼 생소한 기분이었다. 제일신녀의 신녀가 어떤 존재인지 생각해 본 기억이 없지만 막연히 할마님이셨던 선황태후와 같은 늙고 무서운 존재일 것이라 여겼던 것 같다.

"어서 오십시오, 폐하."

느리고 나지막한 목소리로 인사하는 제일신녀에게서 상은 눈을 떼지 못한 채 좌대에 앉았다. 큰 방만 한 넓은 탁자가 가운데 놓여 있는데 저 맞은편에 제일신녀가 앉았다. 그의 시위들이 화로며 다기들을 들여와 차를 우리기 시작했다. 그러고 보니 실내 기온이 차지 않다. 사람이 거하는 방이 아니므로 노상 불을 들이지는 않을 터인데, 혹시 이 행차를 미리 예감하고 준비했던 것인가. 상의 마음이 다사로워졌다.

"급작스레 들이닥쳐서 실례가 되지 않았는지 모르겠소."

눈처럼 흰옷에 옷만큼 흰 얼굴, 오래 마주보기 어려울 만치 크고 깊은 눈에 잔잔한 미소를 띠고 있는 그는 아주 몹시 가녀렸다. 세속적인 욕망 같은 것은 전혀 알지 못할 듯이 하얗다.

"실례를 하셨지요."

인사로 실례를 거론했을 뿐인데 그는 실례하였다며 상을 책망했다. 하지만 웃고 있었다. 농담을 하고 있는 것이다. 한 시위가 황상 앞에 찻잔을 놓고, 다른 시위가 제일신녀 앞에 찻잔을 놓고 있었다. 상의 찻잔에서 노란 국화 한 송이가 피어나 향을 풍겼다.

"차후에 또 신궁에 올 일이 있으면 미리 기별하고 오겠습니다."

"그리해 주십시오, 폐하. 폐하께오서 행차하신 덕에 제가 만나고 있어야 할 백성들이 마냥 기다리게 되었으니 가엽지 않습니까."

"매일 백성들을 만나십니까? 몸소?"

"그게 저의 소임인지라 소임을 다하려 애쓰고 있나이다."

"백성들과 만나 무얼 하십니까?"

"그들의 말을 들으며 이야기를 나누지요."

"어떤 이야기를요?"

"그게 궁금하시옵니까?"

"궁금합니다."

"하오면 한 가지 예만 말씀드리지요. 아까 폐하 납신다는 소식을 듣기 전에 만난 한 백성은 금마저군에서 온 마흔 살 가량의 남정네였습니다. 그는 젊은 날 이십여 년을 전장에 불려 다녔다 하였습니다. 한번 나가면 한두 해는 보통이고, 사오 년 동안 집엘 돌아오지 못한 경우도 있었습니다. 지난번 폐하께오서 환도하실 제 그도 돌아왔던 듯합니다. 나이가 들어 징집에서 벗어난 그는 비로소 자유로워져 귀가하였사온데, 사 년 만에 향리엘 갔더니 집이 흔적도 없이 사라졌던 모양입니다. 처자도 간 곳을 모르게 되었구요. 동네 사람들에게도 물어도 어느 밤에 그 집에 불이 났는데, 동네사람들이 합심하여 불을 끄고 보니 정작 사람은 없었다, 하더랍니다. 원래 식솔이 많지는 않았던 모양입니다. 그가 외자였고 부모는 그가 전장터에 나갔다가 들어왔다가 하는 사이에 돌아갔고, 집에는 열 살 안팎의 자식

둘과 지어미가 있어야 하는데 집도 식솔도 종무소식이 된 것입니다. 며칠간 식솔들의 행방을 백방으로 수소문하였으나 알 수 없고, 집도 없는지라 한성으로 되돌아온 그는 그 식솔들이 어디로 갔는지 묻기 위하여 저를 만나고자 청했습니다. 하여 만났지요. 그런 이야기를 나누는 것이옵니다."

"허면, 신궁께서는 그의 얘기를 듣고 어떤 답을 주셨습니까?"

"사찰들을 파견하여 그 동네의 내막을 알아보겠노라 말했을 뿐 아직 답을 주지는 못했나이다. 폐하시라면, 그 백성의 말을 듣고 어떤 답을 주시겠습니까?"

"혹여 그가 전답깨나 물려받은 자라 하더이까?"

"원래 전답깨나 있던 자라면 노복이 있었을 것이고 외자였던 그가 직접 전장에 나가지는 않았겠지요. 평민들은 일 가구 일 인 징발이 원칙이라 노복이 있는 자들은 노복을 내어보내지 않나이까."

"하면 그 지어미의 용모가 아름다웠으리까?"

"유난할 정도는 아니었던 듯합니다. 지어미가 유난히 아름다웠다면 지아비인 그가 당장에 그 의심부터 하였을 것인데, 그는 지어미가 집에 불을 지르고 달아났으리라는 상상은 아예 하지 않더이다."

"하면 신궁께서는 그의 처자식이 사라진 원인을 어찌 보신 겝니까?"

"보이지 않아 내막을 알아오라고 사찰들을 보냈습니다."

"그는 어디 있고요?"

"당분간 그가 있을 곳이 필요한데, 아픈 백성들이 들어 사는 천혜당에 마냥 있으라 할 수도 없고 하여 한 달 약정으로 신궁 영지로 보냈나이다."

"짐이 해야 할 일을 신궁께서 하고 계시는 게로군요. 고맙습니다."

"신궁에 찾아드는 사람들의 일은 저의 소임이니 폐하께서 인사하실 일이 아니옵니다. 그러한 저의 일은 일상이옵고, 폐하께서 납신 일은 유다른 까닭이 계실 듯하온데, 말씀하소서."

유다른 까닭이 뭔가.

인황대로에 소복소복 쌓이는 눈을 보며 답답해 하다가 갈 곳을 몰라 신궁을 떠올렸다. 답답한 참에, 누군가와 이야기를 나누고 싶은 참에 떠오른 기억에 그래, 신궁이라는 곳이 있었지, 하고 온 것이었다. 말을 달려오던 중에 십여 년 전 문장대에서 신이궁이 비가 오리라는 예보를 남기고 사라진 뒤 정말 비가 내렸음을 기억해냈다. 그때 열다섯 살 태자였던 여해였다. 술에 취해서 신이궁인지, 신궁인지도 모른 채 결례를 했다. 그때 싸늘하던 부황의 그 눈빛. 아직 젊으셨던 부황께서 머지않아 승하하실 수도 있다는 생각을 꿈에도 하지 않았으므로 철이 없었다.

"폐하?"

제일신녀의 다정하고 낮은 목소리에 상의 가슴이 두근거린다. 분명히 나이가 많을 터인데, 나이 많은 것은 눈에 들어오지 않고 그가 아리따운 여인으로 보이지 않는가. 황상을 어려워하지 않고 얘기를 풀어가는 그의 그윽한 품새며 어투가 탁자 위를 건너가 가까이에서 말을 들으며 만져보고 싶을 정도다. 이름이 무엇일까. 궁금한데 이름을 묻기 어렵다. 해우슬 황후에 황비가 둘이고 자식이 일곱이거니와, 그간 안은 여인들은 셀 수도 없을 만치 많았다. 가슴이 두근거리는 여인을 만나본 기억은 없었다. 황후나 황비들은 자리에 따라 생긴 사람들이고, 나머지 여인들은 일시적인 욕망의 대상들이었다. 하룻밤이나 사흘 밤쯤 품고 내보내고 나면 다시 떠올릴 필요조차 없었다. 그런데 저 신궁을 품으면 어찌 될까. 그도 한차례 지나갈 여인일 수 있을까. 아닐 것 같았다. 그런 생각을 하다가 황상은 이 무슨 턱없는 발상인가, 도리질을 했다. 제일신녀를 품겠다니. 임금이란 자가 이리 막돼먹어서 어찌하자고? 게다가 지금 그런 생각이나 할 때인가. 상은 제일신녀를 향한 호기심을 애써 눌렀다.

"봄이 되면 고구려에 앗긴 영토를 탈환하기 위해 출정하려 합니다. 그 시기를 삼월 초로 잡고 준비하고 있어요. 그에 대한 생각들을 하다가 문득 어느 달 어떤 날의 출정이 좋을 것인지를 신궁께 여쭤보고 싶다는 생각이 들어 온 것입니다. 언제가 좋으리까."

"제가 하는 일이라야 백성들의 하소연을 들으며 고개나 끄덕이는 정도인데, 감히 국사에 관하여 언급하오리까. 언급하려도 아는 것이 없나이다. 혜량하소서, 폐하."

"짐이 임금이기는 하나 오늘은 사사로이 온 셈입니다. 임금이 사사로이 왔다는 건 그만치 절실하여 도움을 구하기 위함이 아니겠습니까. 짐의 할마님이셨던 선황태후 폐하께서는 자주 신궁에 납시었다 들었습니다. 대방성으로 환도하신 화용태후께서도 신궁께 도움을 청했다 하고요. 그와 같이 황궁이 신궁에 의지해왔는 바 짐도 오늘 신궁께 도움을 청하고자 온 것입니다. 물리치지 마시고 도와주십시오."

몇 해 전 선황의 장례며 능원제 때 보았던 그때의 황상이 아니었다. 황상은 훨씬 깊고 넓어졌다. 임금이 되어 있었다. 설요는 황상을 향해 미소지었다.

"누구나, 신녀들이 하는 말은 듣고 싶은 대로 듣지요. 믿고 싶은 사람은 믿고, 믿고 싶지 않은 사람은 듣는 즉시 한 귀로 흘리기 마련입니다. 신녀의 말을 듣는 그가 누구이든, 그는 이미 스스로가 갈 길을 정해놓았기 일반이라 그렇지요. 자신이 갈 길, 자신이 행할 일이 이미 정해져 있으므로 신녀의 말은 소용이 없는 것입니다. 그러면서도 신녀들에게 예시를 청하는 이들이 드물지 않습니다. 폐하께오서도 장차 행보를 이미 다 결정해 놓으셨겠지요. 더구나 그 결정은 폐하 홀로 내리신 게 아니라 막료들과의 의논 끝에 결정하신 것이라 뒤집기도 어려울 것입니다. 가령 폐하께오선 봄에 출정하시려는데 제일신녀인 제가, 삼월까지 기다리시지 마시고 당장 출정을 하시라 말씀드려도 폐하께서는 그리하실 수 없지 않나이까. 준비가 아니 되셨거니와 당장은 움직이시고 싶지도 않기 때문이지요. 그러니 제가 폐하께 짧은 소견으로 국사에 관해 말하는 게 무슨 소용이 있사오리까.”

“봄이 아니라 당장 출정하는 것이 나을 것이라 보시는 겝니까? 천지간이 꽝꽝 얼어붙고, 얼어붙은 천지간에 눈이 저리 내려 쌓이는데 출병을 하는 것이 낫다고요?”

“하여 가령이라 전제하지 않았나이까. 일례를 들어봤을 뿐이옵니다.”

“당장은 물론 어렵고, 어렵다는 걸 신궁께서도 아실 겝니다. 하니 차선이라면 언제가 좋겠습니까.”

“들어도 듣지 않을 말은 아니 듣는 게 낫지 않겠나이까.”

“듣고 나면 들을 수도 있지요. 말씀해 보십시오.”

“출병을 기어이 하시겠습니까.”

“못다 한 숙제가 산적해 있습니다. 출병하지 않을 수 없습니다.”

“그 숙제를 밖에서 아니하시고 안에서 하실 수도 있지 않나이까.”

“밖에 있는 숙제를 어찌 안에서 합니까.”

“안과 밖은 한가지일 수도 있지요.”

“물론 그러하나 명백히 안은 안, 밖은 밖인 경우가 있습니다. 출병을 언제 하면 좋으리까.”

"오는 정월 말에 하십시오."

"출병에는 기나긴 준비가 필요합니다. 불가합니다."

"그러하실진대 제일신녀의 말이라 한들 무슨 소용이 있겠나이까. 폐하께오선 삼월 출정에 대하여 잘 결정하셨다고, 기필코 승리하시리라고 제가 말씀드려 주기를 바랄 것이오나 국사에 관한 저의 앎이 얇은지라 드릴 말씀 또한 없나이다. 혜량하소서."

"시급한 출정에 대한 말씀이 진정이신 모양이군요."

설요는 미소를 지으며 찻잔을 들어올렸다. 진정으로 거듭하여 건넨 말이지만 상에게는 아무짝에도 쓸모없는 말이 될 것을 예상했다. 예시, 예감에 대한 말은 듣고 싶은 자만 듣는 게 아니라 같은 예감에 의해 이미 준비된 자만이 받아들이는 것이었다. 상은 그에 대한 예감이 없고 준비도 되어 있지 않았다. 그러니 아무 소용없는 말이었다.

"예, 폐하. 폐하의 기세가 작금에 하늘을 뒤덮고 계시므로 그 기세로 움직이심이 좋을 듯하여 드려본 말씀이옵니다. 하오나, 사실 이 한겨울에 어찌 움직이시리까. 겨울에 전쟁이 어려움을 누군들 모르고요."

황상이 올 듯하여 천인각을 데워두라 명하여 맞이한 그이지만 설요는 황상과의 대담 자리가 지루했다. 제가 듣고 싶은 말 이외에는 듣고 싶어 하지 않는 그와 더불어 더 이상 나눌 말이 없지 않은가.

"신궁께 사사로운 질문 한 가지 하겠습니다. 존함이 어찌 되십니까."

"제 이름은 설요라 합니다. 제 이름은 어찌 물으시는지요."

"아까 황궁에서 출발하기 전에 신궁을 뵈러니 존함이나 알아야겠다 싶어, 수하에게 신궁의 존함이 어찌 되시냐, 물었더니 모른다 하더이다."

"폐하께서 폐하이시듯 저 또한 신궁에서는 사사로운 이름이 필요 없지요. 내일이 설날이온데, 그만 환궁하셔야 하지 않으시옵니까, 폐하."

그를 사내로서 대하고 있는 것은 아니나 그가 사내인 바 황상은 설요의 사내 기준에 미치지 못했다. 설요가 사내를 보는 기준은 왕인이었다. 사내라고 아느니 왕인뿐이어서 생긴 기준이라는 것은 모르지 않았다. 나를 알아주는 사내. 나를 품어주는 사내. 그의 자식을 낳고 싶은 사내. 만난 지 이십 년이 되어도, 그의 자식을 낳고도 여전히 그리운 사내. 그런 게 어찌 기준이 되며 그런 기준에 맞출 사내를 어찌 또 만날 수 있겠는가. 그런 왕인을 만나지 않고 또 떠나보냈다. 오 년 전 벅수골 안가에서의 만남을 마지막, 이라 여겼고 그래야만 했기 때문이다. 이생에서 그를 다시 만날 수는 없을 것이라 여기고 그와 며칠을 보내지 않은가. 그걸로 끝이었다. 끝임을 인정하지 않고 다시 그와의 만남을 시도하는 것은 그에게도 그의 자식 어하라에게도 해가 될 수밖에 없었다. 어하라! 난 지 백 일만에 떠나보낸 아기.

"차 석 잔을 겨우 마셨을 뿐인데, 가라는 말씀이십니까?"

"만인지상의 폐하이심에 제가 감히 가시라 하겠습니까. 더 하실 말씀이 계시오면 하소서."

"나누고 싶은 말이 너무 많아서 어찌 시작해야 좋을지를 모를 지경입니다. 하니 당장 가라고 채근치 말아 주세요."

만인지상의 자리인들 한 오라기의 쓸쓸함도 달래주지 않는다. 젊은 황상의 고적함이 설요에게도 느껴졌다. 이번에야말로 마지막임을 빙자해서라도 왕인을 만났어야 했는데. 그가 떠났다는 소식을 들은 어제부터 그를 만났어야 했다는 후회로 마음이 미어졌다. 한 번만, 딱 한 번만 더 그를 볼 것을. 그리운 그. 가여운 그. 설요는 왕인을 향해 미소 짓듯 황상 부여어해를 향해서 미소 지었다.

아버지, 왜 울어?

왕인은 환도한 뒤 가부실에서 모친의 별세소식과 어하라의 이구림 입
성 소식을 들었다. 어머니의 돌아가심에 가슴이 저렸고 어하라의 등장에
가슴이 설레면서 아렸다. 아들 노릇을 못하여 어머니께 죄송하고 아비 노
릇을 제대로 못할 것이라 딸에게 미안했다. 당장 이구림으로 향하고 싶었
으나 형편이 아니었다. 황상과 조정에서 물러난 뒤에야 한성을 떠날 수 있
었다.

이림에 닿은 왕인은 선친들의 묘소에 절하고 대모당(大母堂)에 들었다.
두 아이가 효혜 곁의 아랫목에서 늦은 낮잠을 자고 있었다. 누한얼과 어하
라였다. 누한얼은 모로 누워 얌전히 자고 어하라는 이불 밖으로 두 팔을
내놓은 채 만세를 부르듯 자고 있었다. 조막만 한 아이였다. 눈이 감겨 있
으나 이목구비가 영락없는 설요였다. 왕인은 아이에게서 눈을 떼지 못한
채 효혜께 절을 하고 앉았다. 마주 절한 효혜가 물었다.

"주군, 그 아기가 누군지 알아보시겠습니까?"

"물론입니다. 제 어미를 닮았군요."

"생김새는 어미아비를 반반 닮았습니다. 성정은, 단주 말에 따르면 아비를 닮았다 합디다. 이제 깨어나면 보시겠지만 고집이 여간 아닙니다."

"제가 무슨 고집을 부린다고요."

"하이고오!"

여누하가 옆에서 코웃음을 쳤다. 웃음소리가 왁자해졌다. 방 안의 소란을 느꼈는지 꼼지락거리던 어하라가 불쑥 일어나 앉았다. 해질녘이라 방 안엔 석양이 비쳐들었다. 방 안에 여누하와 부여라와 호금을 비롯한 십여 인이 앉아 아이의 반응을 기다렸다. 누한얼은 여전히 자는데 먼저 일어난 아이가 왕인을 지나쳐 문을 향해 가더니 외쳤다.

"두라미, 방이 어둡잖아. 문을 열어야지."

두라미가 황급히 문을 열었다. 마당에 정월의 미약한 석양이 펼쳐져 있었다. 밀려든 바람이 아주 몹시 찼다. 부르르 소스라친 아이가 비로소 잠이 깼는지 문 앞에서 돌아서 방 안을 살폈다. 두라미가 살며시 문을 닫는데 인의 눈이 아이의 눈과 마주쳤다. 아이의 큰 눈동자가 깜빡조차 하지 않은 채 인을 쳐다보더니 방긋 웃었다. 왕인이 물었다.

"아가, 내가 누군지 알겠느냐?"

기다렸다는 듯 아이가 읊조렸다.

"사, 루, 왕, 인!"

아이가 한 음절 한 음절 아비 이름을 외쳤다. 자식과의 상봉에 가슴이 이리 뛸 수도 있었다. 그 자식이 아비 이름을 외치니 눈물이 솟구칠 수도 있었다. 처음 마주친 아비를 단박에 알아보는 아이를 향해 왕인은 두 팔을 벌려보았다. 아이가 낯가림을 할 것이라 여겼으므로 기대치 않았다. 자신이 서른한 살에 맞이한 딸자식임에 갓 다섯 살 된 아이가 아비를 반기랴. 그냥 내밀어 본 두 팔이었다. 그런데 어하라가 아무 망설임 없이 다가오더니 왕인이 벌린 팔 가운데로 쑥 들어와 안겼다. 그 작은 머리를 왕인의 가슴에 부비며 종알거렸다.

"사루왕인은 어하라 아버지야."

이와 같은 감격을 무엇이라 형용할까. 낳았다고 하여 아버지가 아니었다. 자식이 아비를 아비로 인정해야 아비가 되는 것이었다. 어하라가 왕인을 제 아비라 하여 왕인은 비로소 아비가 된 것이었다. 참새도 강아지도 안아본 적이 없어 어찌 안아야 하는지도 조심스러웠다. 품 안에 든 아이는 그저 작았다. 너무 작아서 꼭 끌어안을 수도 없었다. 아이가 다칠세라 애써 살살 안으려니 눈물이 났다. 만나기를 청했다가 설요로부터 거절을 당하고 온 참이었다. 사실 오 년 전에 이미 마지막 만남인 걸 알았다. 그럼에도 그리움을 떨치지 못하고 그에게서의 기별을 기다리다 만남을 청했다. 아무 소식이 없었다. 이 아이를 떼어내 이구림으로 보낼 때 설요는 모든 답을 했던 것이다.

품속의 아이가 아비를 올려다보며 종알거렸다.

"왜 울어, 아버지?"

"네가 반갑고 어여뻐서 눈물이 난다. 많이 자랐구나, 어하라."

왕인의 목소리가 울음기에 젖어 쉬어 나왔다. 아이가 머리를 들고 방문 밖을 내다보듯 돌아보며 말했다.

"애들은 밥만 잘 먹으면 크는 법이야. 그렇지 할머니? 그치 큰엄마?"

효혜와 여누하가 아연실색하여 왕인을 바라보았다. 효혜가 말했다.

"황송하오, 주군. 애들 앞에서 무슨 말은커녕 한숨도 쉬기가 어렵습니다."

"그러실 것 없습니다, 대모님. 어하라를 이만큼이나 키워주시면서 이구림을 돌보고 계시는 은혜를 제가 모르지 않습니다. 어하라 너도 알지? 할머님 은공을?"

"어, 아버지. 근데 아버지, 신호림에 언제 가? 라나가 진짜 진짜로 가고 싶대. 큰엄마가 아니 보내주지?"

이번엔 라나가 기겁했다. 지난가을부터 시작된 신호림 타령을 어머니나 할머니 앞에서는 못했을망정 어하라를 놓고서는 수시로 해온 참인데 그걸 애가 까발린 것이다. 라나가 몸부림을 치고 어른들은 아이들이 귀엽고 장하여 웃었다.

"부여라!"

"예, 주군."

왕인의 부름에 부여라가 시침을 뚝 떼며 응대했다. 어른들이 또 웃어대니 부여라가 몸서리가 나는 듯 어깨를 흔들었다.

"너는 나를 주군이라 부르지 않아도 된다. 내가 네 외숙이기는 하나 이구림이 너의 집인 바, 너는 나를 숙부라 불러도 좋겠구나. 어하라가 네 어머니를 큰엄마라 부르기도 하니 말이다. 음, 그리고, 공석에서는 나를 아비로 부르도록 하여라."

"공석이라 하심은 어떤 자리를 말씀하시는 것이옵니까?"

"네가 더 크면 우리 이구림을 벗어나서 살게 되거나 우리 이구림을 대표하는 한 사람으로 살 수도 있느니, 그럴 시에 쉽게 그리하자는 뜻이다. 무슨 말인지 알겠느냐, 부여라?"

"예, 숙부님."

"신호림엘 가고 싶은 게냐?"

"예, 숙부님."

"넓은 세상을 보고 싶어서라면 한성도 있고 더 넓은 대방도 있는데 신호림은 왜?"

"장차는 한성에서도 살 수 있고 대방 구경도 하고 싶지만, 우선 신호림에 가고 싶은 이유는 우리 사람들이 그곳에 많이 건너가 있기 때문이에요. 신호림은 곧 우리 이구림이지 않나이까? 제 동무들 중에서도 이피와 소담이, 둘이나 갔사와요. 저는 그들처럼 아주 가서 살려는 것도 아니고 구경하고 돌아오겠다는 것인데, 어머니께서는 한사코 저를 아니 보내주시잖아요. 할머니께서도 모르쇠 하시구요."

여누하가 딸을 향해 한마디 했다.

"아주 물 만났구나, 물 만났어."

또 웃음이 파다해지는데 밖에서 서비구가 이림당에 당주들이 모였노라고 전해왔다.

"그래, 라나. 네 어머니와 의논하여 이번에 숙부가 갈 제 널 데리고 가는 방법을 찾아보겠다."

"약속하시어요?"

"그래, 약속하마. 어하라 데리고 있거라. 숙부는 이림당으로 나가봐야 겠다. 어하라, 아버지가 이림당에 다녀오마. 예서 라나 언니하고 할머님하고 있거라."

"싫어. 난 아버지하고 있을래."

"바깥이 아주 추워. 자칫하면 고뿔 걸린다. 누한얼이 일어나면 함께 놀아."

"싫어. 난 아버지한테 있을 테야."

여누하가 고개를 저으며 말했다.

"한번 싫다 하면 천하없어도 싫은 아이오. 더구나 그리 기루다가 이제 막 만난 아버지와 떨어지고 싶겠소. 당주들도 날마다 아이를 궁금해 하니 안고 갑시다. 두라미, 아기 옷 챙겨 주군을 따르세요."

여누하는 먼저 대모당을 나왔다. 이림당으로 나가기 전에 옷을 갈아입고 싶었다. 지난 세모(歲暮)와 정초를 즈음하여 이구림 일대에서는 일제히 닥나무를 베어 넘기는 참이었다. 바깥에서는 아직 농사가 시작되지 않아 한가할 이 무렵에 이구림은 영지 안에서의 수확과 인근에서 구메구메 몰려든 닥나무와 인부들로 날마다 북적였다. 오늘만 해도 여누하는 오천 근의 마른 닥나무껍질을 사들인 참이었다. 단으로 묶인 마른 수피들을 일일이 확인하느라 옷 꼴이 험했다.

"주군께선 아니 나오십니까?"

서비구의 물음에 여누하는 괜한 심술이 났다. 두 시진 전쯤 왕인 일행이 이림에 들어섰을 때부터 생긴 심술이었다. 내심 왕인보다 서비구를 더 반기는 스스로를 느낀 탓이었다. 그를 그리워했다. 오래전 부여벽을 떠나온 이래 사내들이라고는 가뭄에 콩 나듯 만나왔다. 천지에 사내들이 넘쳐도 여누하의 사내는 아닌 까닭이었다. 언젠가부터 여누하의 사내는 서비구 뿐이었다. 그게 화가 나는 것이다.

"마기 님은 예서 주군을 수행하시고 서비구 님은 절 좀 따라오세요. 따로 물을 게 있으니."

단주당은 이림당을 남쪽에 두고 대모당과 삼백 보 거리쯤에 마주 서 있었다. 드문드문 서 있는 비파나무들이 정초의 매서운 바람 속에서도 푸르게 몸을 떨고 있다. 다님 부인은 쓸모가 많고 벌레가 끼지 않는 데다 사철 푸른 비파나무를 온화하고 현명한 나무라고 좋아하였다. 늦가을에 꽃이 피고 한여름에 열매가 익는 덕에 과실과 약으로 함께 쓰였다. 그 덕분에 대모당과 단주당 부근에는 크고 작은 비파나무가 많았다. 여름엔 그늘을 드리워 좋은데 겨울엔 그늘이 많은 게 단점이었다. 서비구는 묵묵히 따라왔다. 단주당 지미간이 주군을 맞이하기 위한 채비를 하느라 소란했다. 주군의 귀환을 반기러 온 당주들에게 저녁을 대접할 참이라 시녀들과 이림의 여인들까지 가세하여 잔치 준비를 하고 있었다. 끓이고 지지고 볶는 고소한 냄새들이 마당까지 꽉 찼다. 여누하를 수발하기 위해 따라 들어오려는 시녀장 두리를 말리고 여누하는 방 안으로 들어갔다. 안살림을 주관하는 호올은 아기를 낳은 지 열흘밖에 되지 않아 아직 제 처소에서 나오지 못했다. 삼칠일이 지나야 밖으로 나올 수 있을 터였다. 서비구는 토방에 선 채 집 안을 둘러보고 있었다. 우물가에 줄줄이 걸어놓은 가마솥들에서 밥과 국이 끓고 있었다.

"아니 들어오고 뭐 하십니까?"

여누하의 목소리에 심술이 묻었다. 다섯 해만에 만나서 왜 심통을 부리는지 모르겠구먼. 집 안에 사람이 이렇게 많은데 어찌 들어가? 속으로 뇌까린 서비구가 댓돌 위에 신을 벗어두고 방 안으로 들어갔다. 문을 열어놓은 채였다.

"찬 바람 드는데 왜 문을 아니 닫습니까? 나이 들었다고 내외하시는 게요?"

고슴도치가 따로 없구먼. 중얼거린 서비구는 문을 닫았다. 단주 처소의 풍경은 서비구가 기억하는 한 거의 그대로였다. 전실에 탁자와 좌대가 있고 그 옆 벽에 월나와 진단의 지도가 걸렸고 맞은편 벽 쪽으로 사방탁자와 궤들이 있었다. 서비구는 탁자에 앉았다. 여누하는 중간 문을 열어놓은 채 침소로 들어가 겉옷을 벗는 참이었다. 서비구는 지도에 눈을 둔 채 말했다.

"하실 말씀이 계시다 하지 않았습니까? 하세요."

"주군이 금세 왜국으로 갈 태세인 것 같은데, 왜 서두르죠?"

"제가 어찌 압니까?"

"장차 백제는 어찌 될 것 같아요?"

"이제 이림당에 나가시어 주군께 여쭤보십시오."

"주군 말씀은 주군 말씀이고 당신 생각은 어떠냐, 그 말씀이에요."

"헛발질을 해대고 있지요. 그 헛발질에 우리 주군이 걷어차였구요."

"신궁에서 한수 이북의 영지들을 모조리 소개시켰다는 소문은 들으셨어요?"

"환도한 지 한 달도 채 아니 되었습니다. 금시초문입니다."

"그랬답니다. 작년에 대모께서 하신 말씀이세요. 웅진주 우금산 영지에 신궁이 건설되고 있는데, 그보다는 서장각을 먼저 옮기고 있다 해요. 어하라를 따라온 나희, 언이에 따르면 서장각 원본을 모조리 우금산서고로 옮겨가기 위해서 필사를 해대고 있다더군요. 태학감 내지하 박사하고 그님이 만나 의논까지 해서 태학원 필사사들까지 동원되었다는데, 지금쯤은 다 옮겼을 것이라고요."

"예."

"예?"

"대모께 여쭤보고 따로 알아보기도 하겠다는 뜻입니다."

"이번에 한성에서 아사나를 보았어요?"

"뵈었지요."

"여전합디까?"

"여전하십디다."

"사루는 공주궁에 들었구요?"

"아니 드셨습니다."

"사루하고 그님은 만났어요?"

"아니오. 기별은 했으나 그님 측근들이 전해오기론 아무 말씀이 없으시다는 것이었습니다."

"멍청이."

"예?"

"당신 주군이 멍청이라는 말이에요."

"하루 이틀 일이라고 새삼스럽게!"

"당신도 멍청이고."

"그 또한 새삼스럽군요."

"이리 오세요."

"예?"

"이리 들어오라구요. 이뻐해 줄 테니까."

이뻐해 준다는 건 안아주겠다는 여누하 특유의 표현이었다. 이뻐해 준다는 말에 비로소 서비구가 돌아보았다. 옷을 갈아입는 줄 알았던 여누하는 알몸이 되어 있었다. 오 년 전이나 십 년 전이나 늘 한밤중에 서비구를 부르거나 침소로 찾아들어 오던 여누하였다. 부르건 들어오건 서비구 품속에 들 때마다 여누하는 이뻐해 주겠다고 속삭였다. 그 말이 얼마나 예쁘고 색정적인지 그 스스로는 모를 터였다. 하지만 서비구는 여누하의 알몸을 온전히 본 적이 없었다. 이번이 처음이었다. 마르지 않았으나 군살도 없는 흰 몸에 실오라기 하나 걸치지 않은 채 머리채를 늘어뜨렸다. 살빛이 저리 희었구나. 서비구는 여누하에게로 걸어가 그를 안으며 그 이마에 입술을 댔다. 이 몸이 그리웠다. 때로 기회가 닿으면 여인들을 안지만 그들은 이 몸의 대신이었다. 대신하여 안는 것이되 안고 나면 쓸쓸했다. 그들이 여누하가 아니기 때문이었다. 여누하의 두 팔이 서비구의 목을 감으며 깊이 안겨들었다.

이구림에서 열흘을 머문 뒤 왕인은 부여라와 어하라를 데리고 월나호에 올랐다. 열흘간의 여정 끝에 신호림에 닿았다. 다섯 해 전에 비해 신호림은 다른 동네이다 싶게 달라져 있었다. 상주인구가 천여 명에 이르러 가구 수가 삼백여 호로 늘어났거니와 육갑진에 기항하는 배들이 많아지매 점포들까지 생겼다. 그리고 또 봄이 와 있었다.

"주군, 대화성에 아니 가십니까?"

신호림에 당도하여 대화성에 곧 뵈러 가리라는 전언을 해놓고 스무 날가량이 지나니 서비구는 답답했다. 어쨌든 인사는 하고 와야 할 것 아닌가. 학동들 글 읽는 소리나 듣고 있을 때인가 싶은 것이다. 한성에서 떠나고 이구림에서 떠나온 것은 이해했다. 서비구도 한성과 백제에 넌더리가 났다. 하여 온 곳이 여기였다. 그러니 돌아왔노라고 응신왕에게 고하고 오며가며 살아갈 준비를 해야 하지 않은가. 권력이란 잡기 전과 잡은 뒤의 사람을 다르게 만들기 십상이다. 권력을 잡은 자들은 자신을 권좌로 밀어올린 이들을 내치기 일쑤다. 그게 권력의 속성이다. 응신왕이라고 다를 것인가.

응신왕은 지난 몇 해 동안 신라를 두 번이나 공격했다. 신라가 백제의 부용국인데, 백제황제가 대륙에서 전쟁을 벌이는 동안 그는 백제의 뒤통수를 갈기듯 신라를 쳤다. 두 번째는 서라벌까지 들어갔던 모양이었다. 인근 백제의 자곡성에서 신라를 구원하러 온다는 소식에 신라왕성을 넘지는 못하고 퇴각하였으나 그로 하여 신라 왕실은 백제로부터 등을 돌렸다. 응신왕으로서는 전쟁을 벌일 수밖에 없었다. 응신왕은 자신의 치세를 시작함에 각 번주들의 병력을 소진시켜야 할 필요가 절실했다. 하여 전쟁을 시작한 것이고, 그 대상이 대화성에서 가장 가까운 신라였다. 속국, 부용국의 왕이라 해도 자신들의 필요가 먼저였다. 응신왕도 다르지 않았다. 하지만 응신왕이 한 일은 그 자신을 왕으로 세운 사루왕인에게 전혀 득이 되지 않았다. 백제 조정에서 저희들 필요에 따라 왕인을 걸고넘어질 수 있는 사안이었다. 권력의 속성이 그러니, 응신왕도 왕인이 와서 인사하기를 바랄 것이었다.

"연못 속이 사람 사는 세상 같지?"

서비구는 조급한데 아침 연못을 들여다보는 왕인은 태평하기만 하다. 연못 속의 잉어들은 붉은 것, 흰 것, 검은 것, 붉은 얼룩이와 검은 얼룩이, 검고 붉은 얼룩이, 희고 검은 얼룩이들이 뒤섞여 있었다. 오 년 전, 백여 마리였던 것들이 저희들끼리 섞여 나고 자라길 반복하며 수가 늘어 물 반 잉어 반이다. 주군의 연못이라고 먹이를 듬뿍 준 덕일 것이다. 먹이가 모자랐으면 서로 잡아먹느라 수가 늘지 않았을 테니까. 그러므로 연못을 굳이 사람 사는 세상에다 비교한다면 이림지(爾林池)는 바깥세상이 아니라 현재의 신호림과 같을 것이다. 하지만 서비구는 그 말은 하지 못한다. 연못을 들여다보는 주군의 쓸쓸함을 아는 까닭이었다.

"그러니 다른 연못도 보러 가자는 거 아닙니까."

"지품 선배는 어디 계시지?"

"학당에 계시겠지요."

"좀 있다 뵙겠다고 전해."

"그분은 왜요?"

"용과 구름 좀 찾아보시라 하려고."

"그분들은 또 왜요?"

"뵙고 싶어서."

백미르와 취운파는 이따금 신호림에 들러서 며칠씩 묵고 난 다음에는 또 나간다고 했다. 그들은 왜국으로 건너오면서 자신들을 따르던 무절들을 모두 대방으로 돌려보냈다. 그런데 이번에 지품의 말을 들어보니 그들에게는 이미 따르는 무리들이 생긴 듯했다. 제자를 자청하며 한사코 그들을 좇는 이들이 꽤 되는지라 복정(福井)이며 능산(能山) 등지에 백미르와 취운파를 스승으로 삼은 무사 집단이 생겨 있다고 했다. 복정이며 능산이 어디에 있는지 지품은 설명하지 못했다. 하지만 신호림에서 그들의 거취를 짐작이라도 할 만한 사람은 지품뿐이었다.

"알겠습니다. 여하튼 오늘 대화성에 다녀오시지요."

"오늘쯤 그가 올 거야."

"누가요?"

"응신이 이 신호림으로 행차하실 것이란 말이지. 그러니 성화 부리지 말고 맛 좋은 술이나 이드거니 준비하라고 영사한테 일러둬."

"새벽에 서죽점 치셨습니까?"

"어, 귀인이 납신대. 내게 오늘 올 귀인이 누구겠어. 헌데 라나가 왜 아니 보이는 게야? 벌써 일어나 지저귀고 있을 시각인데?"

"라나는 사미니하고 백제촌에 갔습니다. 어하라 깨기 전에 가겠다고 성화를 부리기에 샛마와 날살을 붙여 보냈습니다."

어하라는 안쓰러울 만큼 부여라에게 집착했다. 눈 뜨고 있는 동안은 부여라에게 붙어 있으려 하였다. 부여라는 어린 날의 여누하만큼이나 활달한 아이로 천지로 싸돌고 싶어 하는데 아이가 매달리니 노상 업고 살았다. 저희들 주변에 보모며 시위들이 잔뜩 있건만 소용없었다. 신호림에 닿은 뒤로는 좀 덜한 것 같았다. 그래서 부여라도 어하라를 떼어놓고 백제촌으로 놀러갈 생각이 든 것이다. 성가신 아이를 떼어놓고 형처럼 여기는 사미니와 함께 호위들에 안겨서 신나게 말을 달리고 있으리라.

"벌써 두 번이나 다녀왔는데 또 백제촌엘 가고 싶어 안달했어?"

"이구림에서는 신호림에 가고 싶다 안달하고 신호림에서는 백제촌에 가고 싶어 안달하고. 어디로든지 가고만 싶은 시절인가 보지요. 그 나이가."

"혹여 그곳에 부여라의 인연이 있는 것일까?"

왕인의 중얼거림에 서비구의 가슴이 덜컥 내려앉았다. 서비구에게 부여라는 딸자식 같았다. 혼인을 하지 않았으나 이따금 여누하를 안듯이, 부여라를 낳지 않았으나 딸 같은 것이다.

"인연이라니요?"

"기각성주 아들 이름이 대유(帶有)였지? 그 아이가 라나보다 한 살이 많지 않은가? 정혼을 했을까? 했겠지? 열세 살이면."

"아직 어린아이를 데리고 무슨 말씀을 하시는 겝니까?"

"아직 어리지만 가고 싶은 곳이 많을 만큼 자랐기도 하잖아. 대유를 보면서 그대로 자라면 쓸 만하지 않을까 했는데, 그대는 어찌 보았어?"

"그 아이를 그러한 눈으로 본 적이 없어서 저는 모르겠습니다."

"라나를 혼인시키기 싫은 게로군. 아깝다는 게지. 알았어. 라나가 싫다는 상대, 그대가 아니 된다는 녀석한테는 절대 보내지 않을게. 내가 그 약속은 지킬 사람이란 건 그대도 알 테지."

왕인은 아사나와의 악연이 억지 혼인에서 비롯되었던 것을 말하고 있었다. 라나에 관해서는 자신이 한 말을 지킬 사람이었다. 서비구는 연못가에 왕인을 둔 채 당주당으로 향했다. 세진구에게 오늘 웅신왕이 행차할 것이라 하니 주변 정리를 좀 해놓으라 이르고 우무로에게는 신호림 수비대를 모으라 하였다. 신호림이 어엿한 하나의 성임을 과시하고, 신호림이 이러할 제 이구림이 얼마나 할 것인가를 짐작케 하고 싶은 것이다. 그러한 자신의 생각이 비루하여 화가 치밀지만 어찌할 것인가.

오 년 전에 한성으로 가지 않았어야 했다. 백제가 어찌되든 내버려뒀어야 했다. 이용당하고 짓밟히며 굴욕의 세월을 보냈으나 백제를 구한 것도 아니었다. 어디로 가야할지, 어찌 움직여야 할지 서비구의 눈에도 뻔히 보이는데, 왕인의 말이라면 한사코 뭉개던 황상 여해. 지금쯤 밝알성에 있어야 할 황상이었다. 아니 평양성을 쳐서 고구려를 흔들고 있어야 마땅했다. 그런데 삼월에 출정한다던가. 삼월에 본국에서 출정하면 이래저래 사월이나 되어야 관미성에 이를 것이다. 관미성이 고구려로 넘어갈 때 석 달이나 걸렸다. 양쪽에서 이만이 넘는 병력이 스러진 뒤였다. 그렇게 견고한 관미성을 무슨 수로 넘을까. 좌현왕 부여찬이 열일곱 살이 되었다. 대방태수 부여설에게 좌현왕은 외손자일 뿐만 아니라 찬이 존재함으로써 대륙백제에서의 그의 권력 또한 존재했다. 그들 사이에 화용태후가 있었다. 화용태후는 대방성으로 돌아가기 전에 상이 독살되었다는 것을 알았다. 그에게 그걸 알려준 사람은 서비구였다. 사루사기가 어찌하여 급사했는지, 황상 부여부가 어찌 혼수에 들었는지 세세히 고하고 난 뒤 청했다.

─태후 폐하, 폐하께오서 한성에 게심은 좌현왕 전하의 거취를 어렵게 할 것이옵니다. 모후께오서 볼모가 되어 게시매 전하께서 어찌 자유로이 움직이실 수 있사오리까. 하오니 폐하, 부디 자연스레 대방성으로 이도하소서.

서비구는 화용태후가 내막을 알아야 한다고 여겼다. 그가 한성에 볼모로 남음으로써 좌현왕은 물론 왕인의 거취를 어렵게 할 터여서 독단으로 한 일이었다. 화용태후가 다 알고 갔음에도 지금까지 대방성은 여해황제에게 충성했다. 앞으로는 어떨지. 신라는 작년에 고구려에 왕의 장조카인 실성을 볼모로 보내 부용국을 자처했다. 왜의 응신왕이 두 차례 신라를 침으로써 내물왕이 백제로부터의 독립을 선언하고 고구려에 볼모를 보내면서 원군을 청한 것이었다. 고구려가 신라의 구원요청을 어떻게 받아들이고 어떤 빌미로 써먹을지 몰랐다. 후연은 고구려에 원한을 품어 백제와 동맹을 맺은 상태이기는 하지만 진단백제까지 신경 쓸 여력은 없었다. 이래저래 백제는 위기였다. 황상은 그걸 몰랐다. 아니 비류군을 비롯하여 여러 사람이 간언을 했음에도 무시했다. 왜 무시했는가. 그들은 아직까지도 선황의 그늘에서 벗어나지 못했고 오직 거기서 벗어나기 위해서만 움직이기 때문이다. 그 마지막 작업이 비류군을 조정에서 완전히 몰아내는 일이었다. 비류군을 진단 조정에서 몰아냄으로써 그들은 대륙 세력도 다 제거한 셈이었다. 서비구는 어찌 되어 가는지 지켜볼 참이었다. 백제를 저주할 수는 없으나 백제 조정과 황상을 위해 승리를 기원할 맘은 털끝만치도 생기지 않았다.

응신왕의 아들에게 인덕(仁德)이란 이름을 지어준 사람은 왕인이었다. 다섯 해 전인 임진년 사월 하순 관서성에서였다. 같은 해 동짓달 초순에 한성 벅수골에서 어하라가 태어났다. 다섯 살이 된 두 아이가 신호림 이림당에서 만났다. 인덕은 귀신을 속이려는 왜국의 관습에 따라 아직 계집아이 복색이었다. 분홍 바지저고리에 청색 배자를 걸친 어하라가 오히려 사내아이 같았다. 아이들은 아이들답게 낯가리지 않고 어울렸다. 각기 다른 언어로 종알대는데 서로 알아듣고 고개 끄덕이며 웃었다. 그러더니 인덕의 왜어에 백제어가 뒤섞였다. 어하라의 백제어에 왜어가 섞였다. 왕인과 응신왕은 술잔을 나누면서도 두 아이에게서 눈을 떼지 못했다. 두 아이는 잉어에 대해 얘기하고 있었다. 대화성에 잉어가 많은지 이림지에 많은지 서로 주장하다가 잉어를 만져봤는가 하는 문제에 이르렀다.

"난 만질 수 있어."

어하라가 말했다. 인덕도 말했다.

"아아, 나도 만질 수 있어. 나는 사내잖아."

"사내가 뭔데?"

어하라의 반문에 인덕이 제 엄지손가락을 물었다. 어하라가 키키 웃더니 종알댔다.

"나처럼 계집사람 아니니 사내지 뭐야."

인덕이 웃고 어하라를 향해 손을 내밀었다. 두 아이는 술잔을 마주 한 아비들을 이림당 대청에 두고는 손을 잡고 토방으로 내려가 마당을 가로

질러 연못가로 갔다. 두 아이가 잡은 손을 놓고 연못의 돌계단을 엉금엉금 기어 내려섰다. 두 아이의 시위들이 잔뜩 긴장하여 연못가로 따라가 아이들을 지켜보았다. 서비구가 수신호로 수하들을 연못가에 둘러 세웠다. 주변에 있던 사람들이 슬금슬금 모여들었다.

"내기합시다, 비류군. 당신 딸과 내 아들 중 어느 아이가 잉어를 먼저 만지는지."

"내기란 조건을 둬야 하지 않습니까. 무슨 조건을 걸지요?"

"비단 한 필씩 겁시다."

"아이들이 어린데 비단 한 필은 과하지 않습니까? 지는 아이가 홀로 감당할 만한 것이어야지요. 꽃이나 꺾어 이긴 아이한테 주라 해보지요."

"그럼 그리하지요. 비류군, 자신 있으시오?"

"전하께오선 자신 있으십니까?"

"나는 전혀 가늠할 수 없습니다."

"소생 또한 그렇습니다. 솔직히 두 아이가 저리 쉬이 어울리는 것만으로도 놀라는 참입니다."

마주 웃은 두 사람도 대청을 나가 연못가로 슬며시 다가들었다. 대화성에서 나온 사람들과 이림당의 사람들이 황황히 길을 텄다. 이림당과 연못 주변엔 백여 명의 사람들이 두 아이를 지켜보는 중이었다. 느닷없이 생긴 구경거리에 숨을 죽인 채 긴장했다. 그러거나 말거나 두 아이는 천지간에 저희들뿐인 양 연못가의 바위들을 기어 내려가 물가에 닿고 있었다. 연못이 넓고 연못가에는 수천의 크고 작은 바위들이 층계를 이루어 둘러져 있지만 두 아이는 이웃한 바위에 있었다. 인덕이 먼저 바위에 엎드렸다. 그 옆 바위에서 어하라도 똑같이 엎드렸다. 서비구의 신호로 우무로와 양교가 아이들 양쪽에서 연못으로 들어섰다. 가장자리 연못물은 두 사람의 허벅지에 닿았다. 아이들은 사뭇 신중하고 엄숙했다. 그 모양새가 우스운 어른들은 손으로 입을 가리며 웃음을 참았다. 연못에 빠질 위험이 없게 엎드렸으니 팔을 쭉 뻗어 제 곁을 지나는 잉어의 등을 손가락으로 찍어보기만 하면 될 듯했다. 물 반 고기 반이라 손만 들이밀면 잉어가 닿게 되어 있었다. 헌데도 두 아이는 일어나고 엎드리기를 반복할 뿐 연못 안으로 손을 뻗지 못했다.

"우고쿠나."

인덕이 잉어를 향해 움직이지 말라 명했다.

"멈춰 서. 서랬잖아."

어하라가 물고기들한테 떼를 썼다. 잉어들은 먹이를 주려는 줄 알고 모여들었다가 맴을 돌며 지나갔다. 두 아이는 잉어들에 손을 뻗었다가 물고기가 다가오면 소스라쳐 거둬들였다. 그럴 때마다 둘러선 두 아이의 시위들이 탄식했다. 한순간 어하라가 연못 속으로 손을 쑥 넣었다. 손가락이 아니라 두 손으로 흰 잉어를 꽉 잡으며 소리쳤다.

"내가 잡았어."

그 순간 인덕도 붉은 잉어를 들어올렸다. 선후를 가리기 어려울 만치 동시에 일어난 일이었다. 잉어들이 아이들의 두 팔을 합친 것보다 컸다. 두 아이의 시위들이 저희들 상전의 우위를 주장하듯 서둘러 박수를 쳐대는 찰라 어하라가 잡은 잉어를 놓쳤다. 놓침과 동시에 균형을 잃고 연못 속으로 빠졌다. 인덕은 감당키 어려운 잉어를 놓치지 않으려다 잉어를 잡은 채 연못 속으로 딸려 들어갔다. 양쪽 시위들이 놀라서 연못으로 달려드는데 응신왕이 소리쳤다.

"우고쿠나. 훗도이데."

모두 꼼짝 말고 아이들을 내버려두라는 명이었다. 아이들을 건져 올리려던 우무로와 양교가 두 손을 뻗은 채 정지했다. 두 아이가 발버둥을 치며 허우적거렸다. 몸피가 약간 더 자란 인덕이 먼저 섰다. 물이 아이 가슴팍에 닿았다. 어하라가 물속에서 파닥거리는 걸 본 인덕이 어하라를 붙들며 소리쳤다.

"다이쇼부, 어하라. 괜찮아. 일어서."

인덕이 어하라를 세우려 기를 쓰는데 어하라는 쉽게 균형을 잡지 못했다. 그래도 인덕의 도움으로 일어서기는 했는데 품에 버둥거리는 잉어를 끌어안고 안 돼, 소리를 하며 앙앙 울어댔다. 잉어를 놓치지 않으려고 몸부림을 치고 있는 것이다. 서비구가 낮게 소리쳤다.

"왕자님과 아기씨를 모셔라."

우무로가 한 손으로 잉어를 잡으며 어하라를 안아 올렸다. 양교가 한 팔로 인덕을 안는 동시에 잉어를 잡아 아이에게 안겨주었다. 환호성과 박수가 요란하게 터졌다. 이월 열엿새였다. 햇볕이 따스한 봄날 오후라 하나 물은 아직 차가웠다. 아이들은 새파랗게 질려 바들바들 떨었다. 호금이 면포를 벌이고 있다가 어하라를 감싸 안고, 두라미가 똑같이 인덕을 받아 안고 황급히 안으로 들어갔다. 우무로와 양교가 아직 꼬리를 쳐대는 잉어 한 마리씩 든 채 어찌하냐고 왕인과 응신왕에게 여쭈었다. 응신이 당신 것이니 당신 알아 하라는 듯 손을 펼쳤다.

"그 둘은 연못에 놓아줘. 음, 그리고 연못을 비우도록 해. 사분지 삼쯤은 걷어내야겠어. 그걸로 오늘 저녁 전하의 병사들을 대접하고 신호림 사람들도 다 같이 배불리 먹을 수 있게 해."

서비구는 잘못 들었는가 하여 왕인을 바라보았다. 그는 어느새 돌아서 웅신왕의 등을 밀며 대청으로 오르고 있었다. 잘못 들은 게 아닌 것이다. 서비구는 세진구를 돌아보았다.

잉어를 잡으라 하신 게 맞나? 세진구가 입 모양으로 물었고 서비구가 고개를 끄덕였다. 고개를 갸웃한 세진구가 소쿠리며 망태 등을 가지고 나오라고 지시했다. 함지박이며 항아리들까지 연못가에 세워지는 동안 웅신왕의 호위들과 왕인의 호위들이 연못 속으로 들어가 잉어들을 잡아 항아리며 함지박을 향해 내던졌다. 소쿠리들이며 망태들이 주어지자 한꺼번에 몇 마리씩 건져 올렸다.

오십여 명이 연못 속에 들어가 있고 그보다 많은 사람들이 둘러서서 고기를 받아내는 진풍경을 바라보다 웅신왕이 말했다.

"내기는 비류군께서 이기셨습니다."

웅신의 말에 왕인이 고개를 저었다.

"아니지요, 인덕 왕자가 잉어를 잡지 않은 건 어하라를 세워주기 위함이었으니, 전하께서 이기신 겝니다."

"그렇지 않습니다. 인덕이 세워주지 않았어도 어하라는 혼자 일어날 아이였습니다. 홀로 너끈히 설 수 있는 동무를 돕느라 제 목적을 잊은 것이니 인덕이 진 것입니다."

"인덕의 눈에 동무가 위험해 보여 그를 위해 움직인 것 아니겠습니까. 그에 비해 어하라는 잉어밖에 보지 못했습니다. 어하라가 진 것입니다."

아이들을 놓고 두 아비가 나누는 대화가 사뭇 한심했다. 대청 앞에 선 양측의 수하들이 고개를 외로 꼰 채 웃음을 참고 있었다. 보다 못한 상리 선생이 나섰다.

"소인 상리 삼가 아뢰옵니다, 전하. 그리고 주군. 왕자님과 공녀님께서는 승부를 겨루신 게 아니라 놀이를 하신 것이옵니다."

응신왕이 응대했다.

"승부엔 놀이의 습성이 많지 않소? 우리도 아이들과 마찬가지로 놀이를 하고 있는 게요. 여하튼 선생, 어하라와 인덕 중에 누가 이겼소? 선생께서 승부를 가려보시오."

"두 아기씨들께서 승부를 겨루신 게 아닌데 어찌 승부를 가리라 하시나이까, 전하."

"거참 딱하신 선생이시구려. 아이들이 어찌하였든 선생 보시기에 누가 이긴 것 같다, 말씀하시면 되실 일이오."

"굳이 가름해야 한다면 전하, 그리고 주군, 소생은 가름키 어렵사오니 두 분 아기씨들께서 나오시면 두 아기씨들에게 물으시오서."

"하면 그렇게 하지요."

두 사람이 술 한 잔씩을 더 마셨을 때 아이들이 호금에게 밀려서 대청으로 나왔다. 어하라는 흰 치마저고리에 분홍 배자를 걸쳤고 머리에는 분홍 꽃띠를 드렸다. 인덕은 청색바지에 흰 저고리, 청색 배자를 걸치고 청색 댕기를 드리우고 있었다. 어하라의 옷인데 사내아이가 입으니 인덕은 백제의 사내아이가 되어 있었다. 어하라가 곧장 왕인의 무릎으로 올라앉았다. 인덕은 상머리 한켠에 무릎을 꿇고 앉았다.

"오호사자키, 춥지 않았더냐?"

응신이 아들을 향해 물었다. 오호사자키는 인덕의 아명으로 굴뚝새라는 뜻이었다. 사내아이에게 계집아이의 옷을 입히는 것과 같은 아명이다. 굴뚝이나 뒤지고 다니는 새처럼 눈에 띄지 않는 생명이니 귀신들이여 탐내지 마시라.

"하이, 미코토."

"여기는 백제다. 백제에서는 백제말을 하는 게 예의다."

"예, 아버님."

"네 스승이신 비류군과 이 아비가 너와 어하라의 잉어잡기에 대하여 승부를 논하던 참이다. 너와 어하라 중에 누가 이긴 것 같으냐?"

"어하라가 이겼습니다."

"그렇지. 이 아비도 그리 여긴다. 장하다. 허나 어하라에게도 물어봐야지. 애야, 어하라!"

아비 품에서 아비의 옷고름을 만지고 있던 어하라가 방시레 웃으며 대답했다.

"응, 전하."

"예, 전하, 라고 상답하여야지."

왕인이 어하라에 귀에 대고 주의를 주었다. 응신이 그냥 두라고 손짓했다.

"너와 인덕이 아까 잉어잡기를 했다. 기억하느냐?"

"예, 전하."

"그 잉어잡기에서 너 어하라와 인덕 중에 누가 이긴 것 같으냐?"

"왜에?"

어하라의 맹랑한 반문에 응신왕이 헛, 웃음을 터트렸다.

"누가 이긴 것 같냐고 물었는데 왜 묻냐고 반문하면, 아가, 내가 네게 뭐라고 물어야 하지?"

"전하 말씀 이상해. 잉어가 물에 빠졌는데 내가 잡았어. 인덕이가 나를 잡았어. 우무로랑 양교 아저씨가 우리 건졌지. 잉어도 건졌지? 잉어가 막, 잉어가, 아! 서비구 아저씨, 우리 잉어 어딨어?"

두리번거리던 어하라가 연못에서 진행되는 풍경을 비로소 발견했는지 소리치며 왕인의 무릎을 벗어났다.

"저기서 뭐 해? 대체 뭐 하는 거야?"

의문에 찬 어하라가 연못을 향해 내달았다. 대청마루가 연못까지 연결돼 있는 줄 아는 듯 거리낌 없이 내달렸다. 마루 끝에서 서비구가 어하라를 담쑥 받아 올렸다. 아이가 몸부림치며 손으로 연못을 가리켰다.

"뭐해, 저기서 뭐들 하는 거야."

"우리 이림지에 잉어가 너무 많아서 이사를 시키고 있습니다."

"왜에?"

"잉어들을 대화성의 연못으로 보내서 넓은 데서 살게 하려 그러지요."

"왜에?"

"대화성 연못은 이림지보다 훨씬 넓답니다. 잉어들 먹이도 많고요. 그래서 보내려는 게지요. 넓은 데서 부족함 없이 자유롭게 살라구요. 그러니 아기씨는 걱정 마시고, 안에서 노세요. 가만, 우리 어하라 아기씨, 미열이 있는 성싶은데요? 찬물에 들어갔다 나오시어 그러신 게지요. 인덕 왕자님이랑 방 안에 들어가시어 노세요. 낮잠 주무실 때이기도 하네요."

낮잠 소리를 들은 어하라가 하품을 했다. 서비구가 어하라를 호금에게 안겨주었다. 정말 졸렸던가, 어하라가 또 하품을 하고는 호금의 품을 파고들면서 중얼거렸다.

"인덕아, 자자. 애들은 낮잠을 자야 해. 우리 라나가 그랬어. 우리 라나는 백제촌 갔는데."

인덕도 하품을 했다. 졸리는데 부왕이 어려워 애써 참고 있었다. 왕인이 두라미를 불러 인덕을 안아가게 하였다. 두라미가 인덕을 안고 안으로 들어가자 어하라의 일곱 시녀들이 두 아이가 어여뻐 몸서리를 쳐대는 기색이 새어나왔다.

응신이 한차례 소용돌이에 휘말리고 난 얼굴로 하릴없이 술잔을 들어 마셨다. 왕인이 그의 빈 잔에 술을 채워주고 스스로의 잔에도 술을 채웠다.

"비류군, 오 년 전의 약속을 기억하시오?"

"소생이 어떤 약속을 드렸습니까?"

"인덕이 태어나던 날이었지요. 그날 비류군께서 인덕의 이름을 지으셨고, 어하라에 대해 말씀하시지 않았습니까."

"아아! 그날의 일, 기억합니다. 헌데, 전하, 제가 그날 약속을 드렸습니까?"

"하셨지요."

"제 기억과는 약간 어긋나는 듯합니다만, 전하의 말씀이니 수긍해야지요. 예. 약속 드렸습니다."

"그때의 약속을 이행합시다."

"아이들이 너무 어립니다. 특히 제 여식은 아직 걸어 다니기보다 업혀 다니는 데 익숙합니다. 십 년쯤, 최소한 오륙 년 뒤에 거론해야 할 이야기입니다."

"대화성에서 키웁시다. 거기 백제궁도, 비류군이 드시지 않아 내내 비어 있지 않습니까."

"전하의 말씀대로라면 혼약은 이미 맺은 것이니 각자 키워서 혼인을 시키면 되지 않겠습니까. 아이가 어린 것도 문제려니와 제가 당장은 아이를 떼어낼 자신이 없습니다. 전하께서도 아시다시피 내내 대륙에 가 있었는지라 근자에야 아이를 만났습니다."

"누가 떼어내시랍니까. 백제궁에 함께 드시어 키우시면 될 일입니다. 왕사이시매 인덕과 어하라를 동시에 가르치시면서요."

"오랜만에 만나 이리 서두르시는 까닭이 따로 있습니까."

"인덕을 세자로 세우려 합니다."

"헌데요?"

"우리 대화국에는 십오 세 관례를 치렀거나 혼인을 했을 경우에만 세자가 될 수 있습니다. 왕의 장자일지라도 어린아이를 세자로 세워놓지 않으려는 까닭은 물론 각 세력들의 견제에 의한 것입니다. 언제라도 왕이 될 수 있다는 믿음, 혹은 자신의 아들을 왕의 양자로 들이밀 수 있는 가능성을 남겨놓기 위한 것이지요. 내가 왕이기는 하나 모든 번들이 나에게 진심으로 승복하여 충성하는 건 아닙니다. 각 번의 세력을 약화시키느라 두어 차례 서라벌을 치기도 하였으나 소기의 목적은 달성치 못했습니다. 균형을 깨뜨리지 못했어요. 그들은 내게 아들이 인덕뿐인 바 아직 어린 인덕에게 어떤 일이 일어날지는 아무도 모른다 여기고 있지요. 하여 인덕을 혼인시킴과 동시에 세자 책봉을 해놓으려는 것입니다."

설요가 예비한 어하라의 미래가 이것이었다. 인덕과의 인연과 대화성에서의 삶. 갓난 몸에다 칠지화를 새겼으나 신녀를 만들려는 것이 아니었고 백제에서의 삶도 아니었다. 어하라는 신기를 지니고 태어난 아이였다. 다른 이들에게 영특함으로 비치는 딸아이의 그 기질에 신기가 포함되어 있음을 평생 신녀를 마음에 품고 살아온 왕인은 첫눈에 알아보았다. 아이가 강한 신기를 지녔으매 신녀가 되지 않고도 살아내려면 권력을 행사해야 할 터였다. 그 때문에 설요는 어하라를 이 자리에 보낸 것이다.

"허면 전하, 그 시기를 언제로 잡고 계시는 겝니까."

대청 아래 선 채 대청 위 두 사람의 담화를 듣던 서비구는 얼굴을 찌푸렸다. 언제면 어쩌시려고? 정말 다섯 살짜리 아이를 혼인이라도 시키시려고? 서비구의 불만이 끓든 말든 대청에서의 담화는 진행되었다.

"오월 초하루가 어떨까 싶습니다만. 그날이 신공대비가 서거하신 날이라 말씀드린 적이 있지요? 하여 백성들 중에는 그날을 기리는 사람이 많다고요. 백성들에게 그렇게 의미가 있는 날이자 과인이 즉위하게 된 날이기도 하지요."

"그때 말씀하시길 신공대비를 상징하는 나뭇가지가 있노라 하셨는데, 그 나무가 혹여 일곱 가지입니까?"

"그렇습니다. 칠지도를 의미하거니와 신공대비의 몸에 그와 같은 형상의 붉은 무늬가 있었다는 전설에 따른 것입니다. 왜요?"

"칠지도와 칠지화 등이 떠올라 여쭤본 것입니다. 전하, 전하의 뜻을 따르겠습니다. 어하라를 백제궁에서 키우도록 하지요."

미쳤소? 대체 왜 그러시오? 바락바락 소리 지르고 싶은 걸 참느라 서비구는 연못 쪽으로 돌아섰다. 부여라와 대유를 짝지어 주고 어하라를 인덕과 짝지어 놓은 뒤 주군은 뭘 하시려고? 설마 또 백제엘 가시겠다는 게요? 봄에 출병한다는 황상을 도우러? 밸도 없소? 내뱉지 못한 말을 삼켜대다 보니 기정사실이 되었다. 그렇구나. 백제로 돌아가기 위해서 주군은 신변 정리를 하고 있다. 신호림으로 서둘러왔던 까닭도 그 때문이었다. 와서는 스스로 대화성으로 가지 않고 응신이 오길 기다리고, 그가 오면 인덕과 어하라에 관한 문제를 거론할 것을 예상했다. 아이들에 대한 문제에서는 이쪽에서 나설 일이 아니었기에 기다렸다. 그리하여 마침내 제 몸에 칠지화를 지니고 있는 어하라를 대화성 안의 가장 밝은 곳에 놓게 된 것이다.

이해하니 수긍할 수 있었다. 그렇다고 울분이 누그러지지는 않는다. 또 백제엘 가야 한단 말인가. 또! 그리하느니 차라리 이구림에다 구해국을 다시 건설하겠다고 나서는 게 낫지 않은가. 왕인이 간들 백제가 달라질 수는 없었다. 지금은 관미성을 되찾으려 할 때가 아니거니와 관미성을 되찾을 수도 없을 터였다. 관미성을 되찾지 못하면 다른 성들도 되찾기 어려웠다. 더구나 대방성의 부여설은 패하성이며 청목령에서 패전 이후 진단백제 조정을 거의 포기했다. 선황의 죽음에 얽힌 내막을 알면서도 백제를 양단시키지 않기 위해 황상을 부단히 따랐던 그는 대륙백제 세력을 조정에서 거의 몰아낸 황상이 백제를 아우를 능력이 없다고 판단했다. 황상이 능력이 없다면 부여찬을 황상위로 올리는 수밖에 없었다. 아니 그는 그걸 위해 좌현왕 찬을 키워왔다. 이제 그는 진단백제와 황상 여해를 위해 전력을 허비할 필요가 없었다.

석양이 드리워지는 참이었다. 연못에서는 이제 그만 하라는 세진구의 명에 따라 건져내다시피 한 잉어들을 함지박이며 소쿠리채 지미간 쪽으로 옮겨가고 있었다.

태풍, 한성으로 불다

삼월 초로 예정했던 출정이 두 달이나 늦었다. 몇 년간의 병력 손실이 컸던지라 병력 징집이 용이치 않았거니와 군을 재편하느라 시일이 지체되었다. 대륙에서의 움직임을 용이하게 하기 위한 준비이기도 했다. 마침내 해지무를 대장군으로 삼고, 동방군장에 진가모, 북방군장에 평류를 세워 조직된 고구려 정벌군 삼만이 큰나루를 떠났다. 오월 초사흘 새벽이었다. 닷새 뒤 새벽에 황상이 친위군 일만을 이끌고 육로를 통해 밝알성으로 진격하기로 했다.

진단백제의 서해에서 급보가 날아온 것은 병신년(396년) 오월 오일 새벽이었다. 전날 한밤중에 미추홀군의 해안에 고구려의 대군이 상륙했다는 소식이었다. 담덕왕이 이끄는 고구려군 사만이 황해를 건너 서해로, 진단백제의 심장부를 겨냥하여 진격해왔다. 미추홀을 통해 상륙한 고구려군은 한수 이북의 백제 영토를 보자기를 씌우듯 점령해 나갔다. 뒤늦게 본국에 닥친 태풍을 알게 된 해지무 대장군이 진가모의 동방군 일만을 아슬라나루 쪽으로 회군시켰으나 고구려 수군의 매복에 걸려 칠천여 병력을 잃었다. 고드늑주 해안으로 회군하던 평류의 북방군과 미추홀 쪽으로 들어오던 해지무의 병력도 패전했다. 삼만의 병력 중 한성으로 돌아온 군사는 일만이 채 되지 않았다. 황상은 사방에서 정신없이 날아드는 파발들 때문에 여기저기로 병력을 나누어 보냈으나 보낸 병력은 패전 소식만 전해왔다. 그리하여 백제군은 대방성과 가야와 왜국으로 원군을 청하는 한편으로 황성 앞에다 방어선을 치는 어처구니없는 처지에 봉착했다. 황제친위군과 동방군과 북방군을 다 합쳐야 당장은 이만이 못 되었다.

고구려군이, 오 년 전에 국경이 그어진 밝알성 이남에서 북한성의 화산산성까지 쉰여덟 개 성과 칠백구십이 개의 마을을 점령하는 데에 고작 한 달이 걸렸다. 진단백제 절반이 한 달 동안에 넘어갔다는 건 전투다운 전투조차 없었다는 의미였다. 고구려군이 지나가매 그저 엎드려 고구려왕의 백성이 되고 고구려군이 성문 앞에 이르면 성주란 자들은 그냥 문 열고 맞이해 고구려왕의 신하가 되기로 한 것이었다. 백성들이란 그런 존재들이었던가. 나라의 이름이 바뀌건 말건, 임금이 달라지건 말건 저희들 목숨만 구하면 되는 자들이었던가. 그렇다면 임금이란 대체 무엇이란 말인가. 황상은 허망하고 또 허망했으나 허망조차도 사치스러운 게 지금 상황이었다.

한수 이북의 백제 땅을 도륙하고 다녔던 고구려군이 다목나루로 집결하기 시작한 게 사흘 전이었다. 오늘 밤이라도, 아니 당장이라도 저들의 공습이 시작될지 모를 위태로운 지경에서 황상은 고립무원에 빠진 듯한 아득한 절망에 사로잡혀 홀로 신음했다. 자신이 치세를 시작한 지난 육 년

간에 선황들께서 이룩한 영토의 절반을 잃었다. 이제 어찌할 것인가. 유두
날이었고 바깥엔 장대비가 쏟아지고 있었다. 사방의 문을 열어놓은 탓에
빗소리가 백세전을 무너뜨릴 듯이 울렸다. 황상의 가슴속 백세전은 이미
무너져 있었다.

"이제 어찌할지 말씀들을 해보세요."

오십여 신료들을 다그치는 황상의 어투에는 힘이 없었다. 지난 한 달여
동안 백 년을 산 듯했다. 신료들이라고 다를 것인가. 나라의 주인은 임금
이나 임금을 보좌해야 할 임무는 신료들에게 있었다. 대륙백제의 선황 세
력을 진단백제에서 모조리 몰아낸 그들이었다. 출정 때를 놓치고 허를 찔
리게 된 까닭은 선황 세력을 몰아낸 자리를 메우고 메운 자리의 판을 다시
짜느라 시간을 허비했기 때문이었다. 신료들은 꿀 먹은 벙어리들처럼 백
세전 바닥에 머리만 조아렸다. 황상은 그들의 머리통을 죄다 베어내 인황
문 성루에 내걸고 싶은 심사이나 기진하여 움직일 힘이 없었다.

"어찌할 것인지, 아무 하실 말씀들이 없습니까? 짐이 통곡을 하여야겠
습니까? 아니면 저 빗발 속으로 들어가 자진이나 해야 하리까."

어릴 때부터 사내이며 태손이므로 울 수 없었다. 장차 임금이 될 것이므
로 울면 안 된다고 배웠다. 울 일도 없었다. 웃전들이 승하하셔서도 슬픔을
느끼지 않았으므로 울지 않았다. 임금이 될 몸이므로 울지 않는 게 당연했
다. 임금이 되고 임금 노릇을 하며 울게 될 줄 상상이나 했으랴. 장대처럼
쏟아지는 비가 황상의 울음을 대신하고 있었다.

"망극하옵니다, 폐하. 소신 내신좌평 진두서 한 말씀 아뢰나이다."

"말씀해 보세요."

"고구려의 어진영(御陣營)으로 사, 사자를 보내야 할 때인 듯하여이다."

"사자를 보내어 뭐라고 합니까. 너희들이 차지한 우리 백제 영토들을 고이 내놓고 물러가라 하리까? 물러가지 않으면 도성 백성들을 모조리 내세워서라도 도륙을 하겠노라 엄포를 놓으리까?"

"망극하옵니다, 폐하. 화친을 제의해야 할 때이옵니다."

"화친이라니요. 항복하자 그 말씀이십니까?"

"대방성의 좌현왕과 태수가 언제 원군을 보내올지 미지수입니다. 가락국의 원군이 정촌군에 이르렀다는 소식을 들은 지 사흘이 지났으므로 한성에 가까워졌을 것이나 그 병력이 고작해야 삼천입니다. 신라는 고구려에 스스로 볼모를 보냄으로써 고구려의 속국을 자처했습니다. 그들은 국력이 약하여 당장 우리의 적이 아닐 뿐 우리와는 갈라선 것입니다. 왜국군도 언제 올지, 오기나 할지 모르는 상황입니다. 전날의 응신왕이 폐하의 허락 없이 신라를 친 것은 명백한 도발행위인 바 응신을 믿을 수도 없습니다. 하여 작금 일만 오천의 군사와 오천의 도성수비군으로 저들에 맞선들 승산이 없거니와 황성에서 전투가 벌어지면 도성 전체가 전장이 되고 마옵니다. 최악의 경우 본국을 통째로 저들 손에 넘겨주는 참극이 일어날 수도 있습니다. 그러니 우선 화친을 한 연후에 다시 국력을 키움이 마땅하지 않겠나이까."

진두서는 황상의 외숙이었다. 어린 날 황상은 그의 품에서 자랐다. 하여 그나마의 간언이라도 할 수 있었다. 다른 신하들은 감히 간언조차 할 수 없었다. 황상에게 적국에 항복하자는 간언을 누가 할 수 있으랴. 백세전에는 빗소리만 가득 찼다. 황상은 용좌에서 그대로 땅속으로 스러졌으면 싶은 심정이었다. 항복이라니. 대백제국의 제왕이 항복이라니.

"우리 도성군이 결사 항전태세를 갖추고 있음을, 또한 머지않아 원군이 올 것을 저들도 모르지 않을 것이옵니다, 폐하. 더구나 장마가 시작되었습니다. 하여 저들도 더 이상의 피 흘림 없이 전쟁이 끝나기를 바랄 것입니다. 우선 화친함이 마땅한 줄 아옵니다."

황상은 항복하라 말하는 진두서의 목을 당장 베라고 소리치고 싶었으나 소리칠 힘이 없었다. 사실 한성이 고구려군과의 결전을 치르며 결딴나지 않으려면 항복밖에는 방법이 없었다. 한성이 넘어감은 백제가 넘어가는 것과 같았다. 하여 외숙이라는 사람이 황상에게 자존을 버리고 목숨을 구하자고 말하고 있는 것이다. 작년 초겨울 대륙의 청목령에서 한성이 아니라 밝알성으로 가야 한다는 비류군의 말을 들었더라면 작금의 상황이 달라졌을까. 신궁의 제일신녀가 정월에 출정하는 것이 좋겠다 하였을 때 그 말을 들었더라면 달라졌을까. 후회가 없지는 않지만 이미 놓쳐버린 징후이며 예시들이었다.

"폐하, 소신 내신부 은솔 해충 삼가 아뢰나이다."

"말씀하시오, 해충 은솔."

해충은 황후 해우슬의 사촌오라비였다.

"전 중앙군장 차군장이자 백제국 부마이신 달솔 비류군이 엊그제에 한성에 돌아왔다고 들었나이다."

황상도 어제 저녁나절에 아사나 공주를 통해서 비류군의 소식을 들었다. 그는 공주궁이 아닌 가부실로 들었다고 했다. 황상은 비류군의 그러한 행태도 몹시 괘씸했다. 아무리 황상이 내쳤다 한들 그길로 귀향하더니 왜국으로까지 건너가버린 그가 아닌가. 그리고 올 양이면 더 일찍 와 힘을 보태든지, 더 늦게 오며 응신의 군사들이라도 데려올 것이지, 백제가 이 지경이 된 다음에야 한성에 빈 몸으로 왔으면서도 황궁으로 오는 것이 아니라 제 사저로 들어가 버렸다. 부르러 오는지 아니 오는지 보자고 뻗대고 있는 것이다.

"그래서요, 해충 은솔?"

"고구려의 진영으로 사자를 파견해야 하는 바, 비류군을 불러들여 사자로 보내심이 어떠하올런지요, 폐하."

"작년 말에 그를 내쫓으라는 말씀을 가장 크게 말씀하신 분이 해충이셨던 것 같은데, 그를 불러들이라는 목소리도 제일 크십니다그려?"

"망극하옵니다, 폐하."

"망극하다는 그 입에 발린 말들 좀 그만 하세요. 여하튼 이제금, 항복을 한다면 짐이 무릎을 꿇으러 나서야 할 것이매, 그와 같은 사실을 알리러 사자를 파견하는 것인데, 짐더러 비류군과 담덕에게 이중으로 항복을 하라, 그런 말씀이시오?"

"폐하, 망극하여이다. 현 조정에서 고구려의 담덕 앞에 나설 자로 비류군이 가장 적합한 듯하여 올린 말씀이옵니다. 혜량하시옵소서."

"짐이 경들을 혜량할 형편이 아님을 다들 아실 겝니다. 하여 경들의 속내가 짐과 다르지 않을 것 또한 짐작합니다. 차치하고, 비류군이 사자로 적합한 까닭을 말씀하여 보세요. 왜 경들이 사자 노릇을 아니하시고 기껏 내몬 비류군을 불러들여 그 일을 시키지요?"

작년에 환도하여 비류군이 더 이상 조정에 필요 없다는 말을 입이 열 개씩 달린 듯 부지런히 해대던 신료들이었다. 그들이 같은 입으로 비류군이 얼마나 필요한 인사인지를 열심히 읊었다. 비류군은 선황뿐만 아니라 황상과 함께 대륙을 주유했던지라 대륙의 정세에 능통하다. 그는 대방어는 물론 요동어와 말갈어를 자유로이 구사하므로 고구려 신료들과 의사소통이 임의로울 것이다. 그는 또한 월나에 영지를 두고 있으므로 진단백제의 정세도 파악하고 있을 것이다. 뿐만 아니라 비류군은 왜국에 새 왕을 세웠을 만큼 왜국 정세에도 밝은 바, 차후 왜국 병력을 끌어들이기에 적합하다. 등등. 막료들의 말은 백 가지여도 내용은 한 가지였다. 비류군을 앞세워 항복하겠다는 뜻을 담덕왕에게 전하게 한 뒤 황상이 담덕 앞에 나아가 백제의 미래와 목숨을 구걸한다는 것이었다. 그들 또한 황상의 뒤에 엎드려야 할 것이나 그들은 고개만 처박고 있으면 될 일이었다. 저들을 다 내어주고 한성을 지킬 수 있다면 응당 그리하리라, 작심할 만치 눈앞의 막료들이 한심하고 미웠다. 그건 황상 자신에 대한 미움이기도 했다.

한심한 스스로와 막료들에 대한 미움은 나중 문제였다. 당장 담덕의 진영으로 보낼 사자가 필요했다. 항복을 하되 어떤 양상으로 항복을 할지, 포로를 얼마나 되돌려 받으며 누굴 볼모로 보낼지, 재물은 얼마나 내놓아야 할지. 패전국의 향후 운명이 사자의 수완에 달려 있었다. 저들이 항복을 받아들이지 않고 황궁을 치고야 말겠다는 의지를 가지고 있다면 사자는 그 자리에서 목이 베어져 목만 이쪽으로 돌아올 터였다. 화친에 대한 거절의 표시가 원래 그러하므로 비류군 왕인의 운명도 그 자신에게 달려 있었다. 그런 자리인지라 신료들은 또다시 비류군을, 정세에 밝다는 것을 빌미로 저희들의 방패로 내세운 것이다. 황상에게도 다른 방안이 떠오르지 않았다. 비류군을 불러들이고 화친 문서를 작성하라 명했다.

해질녘이 다 되어 비류군이 들어왔다. 반년 만에 조정으로 들어온 그는 많이 야위어 있었다. 비에 젖은 옷을 벗고 조복(朝服)으로 갈아입었으나 머리는 아직 젖었고 수염이 자라 얼굴이 까칠했다.

"황명을 받자와 소신 왕인 들었나이다, 폐하."

"마침 경이 한성에 들어와 계시다는 소식을 듣고, 오시라 했습니다. 작금의 상황에 대해서는 물론 듣고 오셨겠지요."

"월나를 나서 웅진주에 이르렀을 때 소식을 들었나이다."

"어느새 게까지 난리가 미친 모양이구려. 도성 백성들이 무수히 남하하고 있다는 소식은 짐도 듣고 있소. 짐의 후회나 반성은 때가 늦어 거론하기조차 늦었으므로, 차치하겠습니다. 신료들이 고구려에 화친을 청하자합니다. 경의 생각은 어떠시오."

"현재로서는 달리 도리가 없으니 제신(諸臣)들께서 그리 의견을 모은 것 아니겠나이까."

"경께서도, 항복하는 수밖에 도리가 없노라 하시는 겝니까? 그리 쉬이?"

왕인을 고와한 적이 없고 그에게 맘 준 적 없는데도 그에게 작금의 난국을 타개할 방안을 기대했던가. 화친을 제의하는 패전국의 절차에 따라 항복문서를 작성하고 있었다. 백제는 귀국 고구려의 신하의 나라로 복속할 것이며 백제의 왕은 고구려 태왕의 신하로 충성하겠노라. 덧붙여 황상 부여여해를 비롯한 황족의 이름을 죄 쓰고, 내신좌평을 위시한 각부 대신들과 각부 삼품인 은솔들의 이름까지 밝히는 항복문서를 만들고 있는 참이지만, 비류군의 항복하자는 말은 막료들의 그 말보다 더 서운하면서 밉다. 그가 항복을 반대해주길 바랐다. 얼마간만 버티면 원군이 당도할 것이니 설령 도성을 넘기는 한이 있더라도 그때까지 싸우자고 말해주길. 대백제국의 황제가 어찌 고구려의 태왕 앞에 무릎을 꿇을 것이냐고, 울부짖으며 말려주길. 하지만 그는 눈을 내리뜬 채 예의 나직하고 담담한 목소리로, 이미 항복을 결정했으면서 저에게 묻느냐, 책망하고 있었다. 황상은 자신의 비루한 속내를 그가 읽고 있으리란 생각에 진저리가 났다.

"그래요. 도리가 없으매, 화친을 할 수밖에 없게 되었습니다. 짐이 겪을 굴욕, 혹은 짐의 목숨이 달아나는 것은 나중 문제이고 우선 저들이 화친 제의를 받아줄 것인지가 당면한 문제임을 알 것이오. 하여 경을 사자로 삼아 고구려 진영으로 보내자는 논의가 있었소. 아직은 짐의 명이 아니오. 논의는 했으나 경이 자신 없다 하면 물릴 수 있소. 경의 의견을 묻는 것이오."

"소신 또한 그곳으로 가고 싶지는 않나이다. 관직이 있는 몸도 아니고 이대로 물러나 멀리 달아나고 싶은 것이 솔직한 소회입니다. 하오나 소신이 그럴 수 있는 사람이 아닌지라 황명이 내리실 줄 짐작하고도 한성으로 들어온 것이옵니다. 하명하오소서, 폐하. 받들겠나이다."

어떤 겸양의 언사도 섞여 있지 않다. 황상에 대한 충심이나 백제에 대한 애국심은 다른 자들과 다를 것 없이 자신을 중심으로 흐르는 것이다. 하지만 저는 스스로 왔으니 다른 자들과 다르다. 그렇게 뻐기고 있었다. 지금껏 보아왔던 비류군의 언사와 분명히 달랐다. 그는 지난겨울의 내침으로 인하여 변한 것이다. 지금까지는 어쩔 수 없는 것들에 쫓겨 살아왔을지라도 이제는 제 자신의 명분으로 살 것이라고 선언하고 있는 것이다. 누군들 그리 살고 싶지 않은 줄 아느냐. 나는 너만 못하여 이러는 줄 아느냐. 황상은 터지려는 분노를 가만 누르며 말했다.

"하면 비류군 사루왕인 경을 백제와 고구려의 화친 사자로 명하겠소. 비류군이 수장이 되어 화친 사절단을 꾸리시오. 내일 이른 아침에 한수를 건너도록 하시고."

"받들겠습니다, 폐하. 하온데, 소신 삼가 한 말씀 올리겠나이다. 이왕 화친 사절단이 갈 것이라면 내일 아침이 아니라 지금 출발하여야 할 것입니다. 저들이 이미 화친 제의를 기다리고 있다면 내일 아침이 늦사옵고, 저들이 우리의 화친 제안을 감안치 않고 있다면 더욱, 내일 아침은 늦사옵니다. 늦장마가 시작되었는 바 저들도 하루라도 빨리 이 전쟁을 끝내려 하지 않겠나이까. 때문에 오늘 밤 지나 이 비가 그치면 저들이 도하를 시작할 것으로 봐야 합니다. 또한 사절단이 강을 건널 시 백기를 꽂고 건너야 하매, 우리 백성들의 눈도 의식해야 할 것이옵니다. 혜량하시옵소서."

이래서 이자(者)가 싫었다. 하는 말말이 다 맞아 황상의 자존을 뭉개어 놓기 때문에. 황상은 자신의 속내에 진저리를 치며 왕인에게 사절단을 꾸리라 명했다. 비류군은 해충을 비롯한 각 부의 은솔들 일 인씩을 사절단원으로 지명했다. 내신부의 해충, 내두부의 진광, 내법부의 연각, 위시부의 실조, 조정부의 이렴, 병관부의 유이도 등 비류군에게서 지명 받은 자들의 얼굴이 사색이 되었으나 비류군 스스로는 아무 표정 없이 화친문서를 검토했다. 매해 조공하며 신하국이 될 것이고, 상국이 원하는 볼모를 보낼 것이며 다시는 고구려의 영토를 침범치 않을 것이며 그 모든 서약의 징표로 백제의 임금 부여여해가 고구려의 태왕 앞에 나서서 엎드릴 것이다. 그렇게 쓰인 화친문서를 들여다보는 비류군의 표정은 여전히 담담했다. 내용이 과하다거나 모자라다거나 일절 내색치 않았다. 황상은 그런 왕인이 참으로 싫었다. 차라리 담덕이 그의 목을 댕강 잘라 보내며 전쟁을 시작해 주었으면 싶을 정도다. 그리 되면, 그 덕분에, 황상이 죽고 도성 백성이 모두 죽을지라도 고구려와 전면전을 펼칠 수 있을 것이었다.

온 도성이 북쪽에서 밀려와 쏟아지는 장대비를 맞을 때 아사나는 내경각(內瓊閣)에서 창밖을 내다보고 있었다. 벌써 공주궁으로 돌아가야 할 시각인데 멍하니 밖만 쳐다보는 아사나 때문에 가꾸미는 안절부절못했다. 저녁 진지를 잡수셔야 할 텐데. 어찌할까. 태후궁이 가까우니 태후궁에 청해서 여기다 상을 차리라 할까. 그리 귀여워하시는 태자 전하가 대안전에 계실 텐데, 그리로 가시자 해볼까. 아홉 살의 태자 영은 아사나 공주를 유난히 따랐다. 자식이 없는 공주는 자신을 따르는 영을 귀애했다. 가꾸미가 상전의 뒷모습을 보며 갖은 궁리를 하고 있는데 거리가 다가와 속삭였다.

"신궁에서 사람이 와서 수위(首衛)님을 찾습니다."

"날? 신궁에서 날 왜?"

"저는 모르지요. 나와보셔요."

가꾸미는 따라 나오려는 거리를 자신의 자리에 세워두고 수하들을 경계시키고 내경각 밖으로 나섰다. 웬 비가 종일토록 한 번 그치지도 않고 내린단 말인가. 한탄하며 두리번거리는데 저쪽 처마 밑에서 우장을 둘러쓴 네 사람이 다가왔다. 흰옷 차림의 신궁무절들이었다. 덥지도 않은가. 눈만 빼꼼히 내놓은 한 무절이 말했다.

"아사나 각하의 수위 가꾸미 님이십니까."

"그렇습니다, 신녀님. 저를 찾으셨다고요."

"신궁께서 뵙자 하십니다. 아사나 각하를 위한 말씀이 계실 것입니다."

"이 난리 통에 저하를 모시고, 더구나 이미 어두운데 이 비를 뚫고 어찌 신궁으로 가겠습니까. 내일 찾아뵈오리다."

"아니오. 각하 모르시게, 수위님을 뵙고자 하십니다."

신궁 성하께서 공주도 모르시게 날 보자 하신다니. 이건 또 무슨 난린가. 가꾸미는 떨리는 맘을 애써 진정시키며 한 수하에게 배가 아파 공주궁

146

으로 먼저 돌아가노라 일러놓고는 그들을 따라 나섰다. 온 한성이 폭우에 젖었듯 우장을 쓰고 신궁의 말에 올라 길을 달리는 가꾸미도 젖었다. 장차 백제는 어찌 될 것인가. 대체 고구려는 그 넓다는 영토를 다 놔두고 어찌 이 진단까지 차지하려 할까. 그 많은 사람들을 죽게 한다는 전쟁을 어찌 그리들 해대는지. 가꾸미는 알 수가 없었다.

신궁에 도착하여 안내된 곳은 놀랍게도 지화합이었다. 지화합의 시위들이 가꾸미에게 여염 복색을 내주고 옷을 갈아입으라 하였다. 속옷들까지 일습이 갖춰져 있었다. 젖은 몸을 닦고 옷을 갈아입고 나니 간단하나마 요기 거리가 나왔다. 기장이 반나마 섞인 밥과 장국과 물쑥나물과 석이단자와 짐채와 무왁적지가 조금씩 차려진 상이었다. 지화합의 밥상이 이렇구나. 설마 성하께서야 이리 소박하게 드시지는 않을 터이지, 생각하는데 상을 들고 온 신녀가 나가지 않고 건너편에 앉았다.

"가꾸미 수위님. 저는 신궁 성하를 모시는 깃브미라 합니다. 놀라셨을 거예요. 천천히 꼭꼭 씹어 잡수시어요. 다 드신 연후에 성하께로 모시겠습니다. 수위님의 궁복은 지금 한창 손질 중이니 이따 가실 때 갈아입으실 수 있을 텝니다."

"고맙습니다, 깃브미 님."

모든 게 신기하긴 하였으나 무슨 맛인지 모르는 채 가꾸미는 저녁을 먹고 신궁 앞으로 나서게 되었다. 배석한 신녀가 셋뿐인 것을 보고는 또 몸이 떨렸다. 호랑이 굴에 들이와 있는 것 같았기 때문이다. 물론 신궁을 처음 뵙는 것은 아니었다. 공주의 열일곱 살 때부터 몇 차례나 뵌 신궁 성하였다. 단독으로 알현한 적이 없으므로 떨렸다. 가꾸미는 신궁에게 큰절을 하고 엎드렸다.

"긴히 할 말이 있어 불렀으니 일어나 좌대에 앉으오."

"어, 어찌 감히 마주 앉으오리까. 말씀하소서, 성하."

"내 그대에게 예우를 받고자 부른 것이 아니오. 아사나 각하의 미래에 대해, 백제의 미래에 대해 얘기코자 부른 것이니 편히 앉으오."

가꾸미가 좌대로 올라앉으니 성하께서 몸소 사절부장신녀 치리와 의절부장신녀 사금과 무절부장신녀 미하수를 소개했다. 가꾸미는, 난리 통이라 신궁도 제정신이 아닌 것이라고 여길 수밖에 없었다. 그렇지 않다면 이런 엄청난, 기이한 광경이 벌어질 리가 없지 않은가. 아사나 공주의 시위일 뿐인 자신이 신궁의 가장 깊은 곳에 홀로 들어와 신궁의 하늘이며 기둥들인 신녀들과 마주앉아 있을 턱이 없었다.

"내가 있어 가꾸미 그대가 불편할 것이니 나 없이 얘길 나누도록 하오."

신궁께서 일어나 옆방으로 옮겨 가셨다. 가꾸미는 어지러운 꿈속에 들어와 있는 듯했다. 방금 성하를 뵌 것이 맞나. 스스로의 눈을 믿기가 어려웠다. 좌대에 앉기는 했으되 떨림이 쉬 멈추지 않았다.

미하수는 가꾸미가 황당해 할 만하다 이해하였다. 이 상황이 벌어진 건 조정에서 비류군을 불러들였다는 사실이 전해져 온 까닭이었다. 어쩌면 왜국에 있을 줄 알았던 비류군이 한성으로 들어와 가부실로 들어갔다고 했을 때부터 예시된 일이었을 것이다. 두 시진 전 미하수를 부른 설요가 말했다.

─아무래도 아사나 공주를 살려야 할 거 같아.

이해하기 어려운 말씀이었다. 조정이 고구려와의 결전을 포기하고 항복을 한다 쳐도 아사나 공주가 죽을 까닭은 없지 않은가. 더구나 아사나가 누구인가. 설요가 세상에서 유일하게 경계하는 여인이 아닌가. 그런 아사나를 살리겠다니. 까닭을 물었더니 아사나의 수명이 다했노라고 했다. 고구려로 인해 그가 죽게 될 것이라고.

　―아마 자진을 하려 들겠지. 자진을 할 거야. 헌데 그가 죽으면 비류군이 살고 그가 살면 그와 비류군이 함께 죽게 돼. 어찌할까, 미하수.

　보통 때 미하수는 설요가 하는 말의 대부분을 대개 단번에 알아들었다. 알아듣지 못하는 말은 설요 스스로가 어떤 일에 대한 느낌은 날카롭되 그 어떤 일이 어찌 진행될지는 모를 경우였다. 때문에 미하수는 자신이 이해할 수 없는 설요의 예시를 온갖 상황들을 다시 분석하여 현실에 적용했다. 지금과 같은 경우였다. 설요는 백제가 고구려에 넘어가게 되리란 예감을 십여 년 전부터 가져왔고 한성 이북까지 고구려에 잠식당하리라 느낀 탓에 한수 이북의 신궁영지들을 모조리 소개시켰다. 그 예시가 한 치의 어긋남이 없는 까닭에 한수 건너까지 고구려가 밀고 내려와 진을 쳤다. 서장각의 책들을 필사본들만 남긴 채 우금산서고로 모조리 옮겨간 까닭은 아직 모르나 그것도 고구려와 관련된 것임이 분명했다. 그러니 아사나가 고구려 때문에 죽게 되리란 예시 또한 맞을 것이었다. 어찌 죽으며, 죽을 이를 어찌 살려낼지는 미하수를 비롯한 치리 신녀와 사금 신녀 등에 달려 있었다. 아사나는 선황과 전 내신좌평 사루사기를 독살했다. 그에겐 독이 있는 것이다. 고구려 때문에 실권(失權)하게 될 아사나가 자진키로 작정한다면 그 방법은 필연적으로 독일 수밖에 없었다. 설요는 그걸 막으라 명했고 미하수는 그 방법을 찾아야 했다. 가꾸미를 불러온 까닭도 그 때문이었다.

　가꾸미는 열 살에 궁녀가 되었고 열다섯 살 때 세 살 아래인 아사나 공주의 시녀가 되어 현재에 이르렀다. 십칠 년을 오직 아사나를 위해서만 살아온 그였다. 설요가 죽게 되면 미하수가 이미 죽어 있을 것이듯 아사나가 죽으면 가꾸미도 죽은 목숨이었다.

의절부장 사금이 입을 열었다.

"아사나 각하께는 독이 있을 것인데, 그걸 아오?"

이 무슨 부당한 말씀이신가. 가꾸미의 얼굴이 하얗게 질렸다.

"우리 각하께 독이 있다니요?"

"아마도 지니고 계실 것입니다. 수위께서 모르셨더라도 곰곰이 생각해 보면 아시게 될 겁니다."

"아니오, 그런 무서운 것, 우리 각하께는 없습니다. 있다면 각하를 십 수 년이나 모셔온 소인이 모를 턱이 없습니다."

극구 부인하면서도 가꾸미는 섬광처럼 지나가는 생각에 아찔해졌다. 육 년 전 가부실 좌평저에서 일어난 일이 혹시 공주에 의한 것이었던가. 독살이 아니라면 그리 허무하게 무너질 분들이 아니셨다. 헌데 보통으로 는 그들을 독살시킬 수 없었다. 황상과 내신좌평을 보필하는 자들은 그분 들이 젓수시는 모든 음식을 먼저 먹었다. 물 한 잔도 그냥 올리지 않았다. 그럼에도 그들이 독살을 당했다면, 하늘 아래 그리할 수 있는 사람이 누구 일 것인가. 가부실에서 그 난리가 나기 이틀 전에 공주는 좌평저의 좌평 침소에 홀로 들어가셨다. 좌평의 침소를 몸소 살피시겠노라고. 아아, 맙소 사. 공주한테는 독이 있다.

"없다면 다행이십니다. 여하튼, 조정의 화친 사자들이 다목행궁으로 건 너가게 될 것입니다. 지금쯤 건너가고 있겠지요. 헌데 그로 하여 황족들 특히 아사나 각하께는 피치 못할 일이 생기게 될 것이라 신궁 성하께서 예 시하시었어요."

"피, 피치 못할 일이라면?"

"아사나 각하의 죽음과 관련된 것이지요. 하여 가꾸미 님을 오시라 한 것입니다. 아사나 각하를 살리기 위해서요. 그를 살려야 차후 백제가 살 것이라 보시었기 때문에요. 물론 가꾸미 님도 살 수 있는 길이지요."

쉰 살은 넘어 보임직한 의절부장신녀의 말투는 높지도 낮지도 않았다. 어마어마한 말을 하면서도 그저 차분했다. 가꾸미는 그의 말을 믿지 않을 도리가 없었다. 공주가 과거에 무슨 일을 하였고, 앞으로 어떤 일을 하든 가꾸미는 공주와 묶여 있었다. 아사나는 가꾸미에게 없는 혈육이며 동무이며 삶이었다. 그가 살아야 가꾸미도 살았다. 공주 없이 살 수 없거니와 살고 싶지도 않았다.

"소인이 어찌해야 하나이까."

가꾸미는 사금 신녀를 쳐다보며 물었다.

왕인을 비롯한 칠 인의 사절단이 들어간 곳은 다목행궁이었다. 황실 사람들의 여름 놀이터. 정면으로 중간 나루가 마주보이고 중간 나루 왼편으로 황성의 불빛이 반짝이고 황성 안 황궁의 높은 누각까지 보이는 곳에 담덕왕의 행궁이 되어버린 다목행궁이 있었다. 우중에 백기 들고 나타난 화친 사절단인지라 당장 목이 잘리지는 않았으나 담덕왕의 막료들이 나와 맞지도 않았다. 왕인을 비롯한 해충, 진광, 연각, 실조, 이렴, 유이도 등 일곱 명의 사자들은 다목루 뜰 한가운데에 그냥 버려졌다. 안으로 들라거나 무릎을 꿇으라거나 등의 지시 없이 기다리라 하더니 내버려두었다. 뜰 주위로 고구려군의 막사들이 줄지어 선 채 비를 철철 맞고 있었다. 전각들의 처마마다 옷이 젖은 병사들이 서서 온몸으로 비를 맞는 패전국의 젊은 신료들을 구경했다.

그 와중에도 강 건너에서 이경을 알리는 종이 울렸다. 황성 종루에서 대종을 울리면 동서남북 종루에서 그 종소리를 이어받아 종을 울림으로써 백성들에게 시각을 알려주었다. 한성이 아직은 백제의 도성인지라 수백 년 해오던 대로 하고 있는 것이었다. 평소에 덩, 하고 울린다 싶던 종소리가 빗소리 때문인지 딩, 하며 들려온다. 딩, 딩, 딩. 이경이라 아홉 번의 종소리가 나는 동안 왕인은 지난 오월 초하루의 대화성을 떠올렸다.

대화성의 혼인 예식은 간단했다. 붉은 옷을 입은 신랑과 신부가 대화성 내에 있는 신당에 들어 천신께 칠 배하고 마주 삼 배한 뒤 나란히 손잡고 신당을 나서면 혼인이 성사된 것이었다. 다섯 살배기들이 혼인을 알랴. 인덕과 어하라에게는 혼인예식이 연못의 잉어를 잡는 것과 같은 놀이였다. 세자 책봉식도 다르지 않았다. 천신과 조상들에게 세자의 탄생을 알리고 길이 보살펴 주시라 간구하는 기도를 드리고 왕실 사람들과 신료들에게서 충성 맹세를 받는 게 책봉식인데, 충성 맹세를 받던 두 아이가 꾸벅꾸벅 졸았다. 졸더니 잠이 들어버렸다. 미처 충성 맹세를 못했던 사람들은 두 아이가 깨어나길 기다려야 했다. 낮잠에서 같이 깨어난 두 아이는 남은 사람들의 충성 맹세를 들으며 놀았다. 두 아이가 어찌 저리 잘 노는가 의아해 하다가 깨달았다. 둘은 서로에게 처음 만나는 동무였던 것이다.

백제에 다녀오겠노라 했을 때 어하라가 물었다.

―백제에 왜 가, 아버지?

왕인은 딸의 질문에 잠깐 말문이 막혔다. 왜 가는가. 부르는 사람 없고 부르는 사람이 없으므로 맡은 일도 없어 가서 할 일도 없는데, 왜 가려 하는가. 아이에게 답할 말이 생각나지 않아서 꼭 만나야 할 사람이 있어 간다고 하였다.

—언제 와, 아버지?

그 물음에도 쉽게 대답치 못했다. 말끝마다 아버지를 부르는 버릇이 생긴 딸이었다. 언제 딸 곁으로 돌아올 것인가. 돌아올 수는 있을 것인가. 오래지 않아 돌아올 것이라 답해주고 떠나왔지만 오래지 않아 딸 곁으로 돌아갈 수 있으리라고 스스로는 믿지 못했다.

이 컴컴한 비는 언제 그칠지.

"백제왕의 사자들은 다목루로 오르시오. 백제왕의 사자수장(使者首長) 달솔 사루왕인은 욱리하전으로 오르시오."

한 고구려 신료를 따라 나온 역관이 사자 일행에게 또렷한 백제말로 전했다. 패전국왕의 사자들인지라 사자 일행을 갈라놓는 법이 어디 있느냐 따질 수도 없었다. 왕인은 해충을 비롯한 은솔들이 다목루로 향하는 것을 보고 반대편의 욱리하전으로 향했다. 욱리하전에 들어서자 수건과 갈아입을 옷이 주어졌다. 머리를 털고 옷을 갈아입으려 펼치던 왕인은 우두망찰 옷을 들여다보았다. 희고 검은 무명옷인데 흰색엔 검은 삼족오 무늬가, 검은색 부분엔 흰 삼족오 무늬가 새겨져 있지 않은가. 천계(天鷄)가 백제의 문양이라면 삼족오(三足烏)는 고구려의 문양이었다. 백제의 조복을 입고 온 백제 신하에게 고구려의 옷이라고 명백하게 새겨진 옷을 내놓은 것이다. 왕인은 옷을 접어 다목행궁 속종에게 되돌렸다. 행궁이 고구려로 넘어가매 그도 저절로 고구려 사람이 되었다.

"패전국 임금의 사자로 왔으니, 젖은 옷을 굳이 갈아입을 필요가 없겠다. 수건이나 한 장 더 달라."

그가 속삭였다.

"비류군 저하, 이왕 젖으셨으니 마른 옷으로 갈아입으소서. 고구려 태왕 앞에 나서는 자리이옵니다."

패자에겐 말 한마디도 맺히는 모양이다. 이왕 젖었으니 마른 옷으로 갈 아입으라는 속종의 말이 이왕 고구려에 항복키로 하였으니 고구려의 옷을 입으라는 말로 들리지 않는가.

"그대의 마음 씀이 고맙다. 허나 괜찮다. 나나 강 건너는 그대로 두고 그대의 목숨을 소중히 하도록 하라."

"저하! 하오면 일단 겉의 조복이라도 벗으소서. 짜서나 입으셔야지요."

눈시울이 붉어진 그가 왕인이 조복을 벗어주자 비틀어 짠 뒤 탈탈 털고 손다리미질을 하여 입혀주었다. 수건으로 머리를 털어 새로 묶어주고 관모를 씌워주었다.

빗물을 대충 걷어낸 왕인은 욱리하전의 큰방으로 안내되었다. 열아홉 살의 이련자가 스물여섯 살의 태왕이 되어 요하국으로 쳐들어와 십여 인의 막료와 십여 인의 호위들을 거느린 채 좌대에 앉아 있었다. 한소손은 서른한 살의 패전국 사자 비류군으로 그 앞에 엎드려 절했다. 담덕은 한소손이 비류군임을 몰랐던 모양이었다. 왕인이 고개를 들고 일어나니 좌대에 앉았던 담덕이 허리를 곧추세우며 왕인을 바라보았다. 둘의 시선이 마주쳤다. 왕인은 임금의 눈길을 맞받지 않는 만국공통의 예법을 따라 고개를 약간 숙이며 눈을 내리떴다. 잠시 침묵한 담덕이 주변에다 무엇이라 나직하게 명했다. 백제어가 들렸다.

"백제왕의 사자 비류군 사루왕인은 좌대로 올라앉으시오."

왕인은 담덕왕의 맞은편에 놓이는 좌대에 앉았다. 앉으니 네모난 탁자가 들어와 앞에 놓였다. 둘 사이의 거리가 십여 걸음쯤 되었다. 같은 높이의 좌대에 앉음은 상대국 사자로서 예우하겠다는 뜻이었다. 역관을 통하지 않으려 함인지 담덕왕이 입을 열었다. 말갈어였다.

"비류군 사루왕인, 귀국 조정에서 건네온 화친에 관한 문서는 우리 신료들이 검토하였고 그에 관한 대답은 시방 다목루에서 벌어지고 있을 회담 결과에 따라 나올 것이오. 당신을 그들에게서 분리해 낸 까닭은《태산수렵관람기》의 저자 왕인과 당신 비류군이 같은 인물인지 확인하기 위해서요.《목지형검주조연사》를 주해한 그 왕인인지 말이오. 같은 인물이오? 비류군 사루왕인과 태학박사 왕인이?"

"예, 태왕 폐하. 소인이 왕인이옵니다."

"《목지형검주조연사》의 원본은 어디에 있습니까?"

"태학 서장고에 여느 책들과 함께 꽂혀 있나이다."

"백제의 태학에는 책이 몇 권이나 있지요?"

"원본과 해석본과 필사본들을 아울러 이십오만여 권인 것으로 아나이다."

"황궁 장서고에도 책이 많다 들었습니다. 장서고에는 책이 얼마나 있습니까?"

"십여만 권이라 들었나이다."

"신궁 장서각에는 얼마나 있습니까?"

왕인의 가슴에 장대비가 아니라 우박이 쏟아져 내리는 듯했다. 담덕은 황궁을 차지하지 않고도 백제를 통째로 가질 방법을 알고 있었다. 사백여 년 백제가 고스란히 담긴 세 서고를 가져가는 것은 백제를 다 가지는 것과 진배없는 것. 왕인의 손이 덜덜 떨렸다. 책이 없어진 태학을 어찌 상상하랴. 책을 품은 태학이 없는 백제를 또 어찌 상상할까. 왕인은 허벅지 위에 놓인 두 손을 꽉 맞잡았다.

"신궁은 범인이 무시로 드나들 수 없는 바 장서각의 서책 권수는 소인이 알지 못합니다. 소문 듣기로는 장서고와 비슷한 규모인 듯하였습니다."

"허면, 목지형검은 어디에 있습니까?"

"목지형검의 행방은, 소인은 물론 아국(我國)의 누구도 알지 못하는 것으로 알고 있나이다."

"태학박사이신 비류군께서는 그 검이 어디에 있을 것이라 유추하십니까?"

"저를 비롯한 누대의 태학 학인들이 이따금 유추해 보기도 하였으나 실물의 행방을 알지는 못하였습니다."

"언젠가는 그 행방을 알 수도 있으리라 보시오?"

"황송하오나 폐하, 그 또한 소인이 짐작하기 어렵습니다."

"박사 왕인이 주해한 《목지형검주조연사》를 보면 그 검이 고구려에서 만들어졌다고 명시되어 있습니다. 헌데 어찌하여 백제국에서는 목지형검을 가지고 있지도 않으면서 목지형검을 백제의 것이라 규정하고 그걸 칠지도로 재현하였지요?"

"믿음에 근거한 재현이었을 것이라 여기나이다. 그 믿음의 연원에 역사적인 사실이 있겠지요. 아국에서 성모로 숭앙하는 소서노 태비께서 그 사실의 근간에 계시기 때문이고요."

"수백 년에 걸친 고구려와 백제의 전쟁은 단순한 영토 전쟁이 아니었음을 비류군께서도 아실 겝니다. 목지형검이 백제에 있을 것이라는 백제 사람들의 그 믿음이 끊임없이 전쟁을 유발한 것이지요. 비류군께서도 진실로 목지형검이 백제에 있을 것이라, 있었다고 믿습니까?"

"폐하께서도 《백제서기》를 보셔서 아실 터입니다. 《백제서기》에 역사의 모든 사실이 나와 있지는 않으나 기술한 내용들은 왜곡하지 않으려 애썼지요. 직접 기술을 못할 시엔 은유나 상징으로라도 표현을 하고 있습니다. 소서노 태비께서 남하하실 제 그 일족들에게 목지형검이 있었음은 부인할 수 없는 사실이라고 소인은 믿고 있습니다."

"태비라는 존칭은 우리 고구려의 것인데 백제에서도 그분을 태비라 칭합니까?"

"백제국에서는 그분을 소서노 성모로 모셔왔사옵고, 태비라는 호칭을 병행하게 된 까닭은 《목지형검주조연사》를 발견하였기 때문인 것으로 알고 있나이다. 전설인 양 구전되어 오던 옛일들이 옛 기록들의 새로운 발견에 의하여 사실로 명시되매, 그러한 사실을 부정하거나 왜곡하지 않으려 애쓰는 자들이 백제 태학의 학인들이옵고, 학인들의 본성이 원래 그러하므로 어느 나라에서나 학인들의 의견을 인정하는 것이 아니올런지요."

"비류군이 학인이시니 그 말씀을 인정하리다. 비류군이 무관(無官)의 학인이시므로 그 어떤 사람보다 객관적인 사고를 하시리라 믿고 묻지요. 화친이 성사되었다 가정하고, 짐이 철군을 했다 칩시다. 하면 귀국의 임금께서 스스로 화친문서에 서명한 대로 나 담덕의 신하로, 백제가 고구려의 신하국으로 살 것이라 믿습니까? 화친 문서의 먹물이 마르기도 전에 돌아서서 상실한 영토의 탈환을 획책하지 않을 것이라 보십니까?"

"소인은 백제임금의 신하이자 백성으로서 그 명을 받들어 고구려의 태왕 폐하 앞에 이르렀나이다. 신하에게 임금의 명이 곧 목숨일제 신하가 임금을 믿지 아니하오리까. 또한 소인의 임금께오서는 백성을 생각하시는 성심의 깊음으로 태왕 폐하께 삼가 엎드려 화친을 청하는 것이옵니다.

임금의 일신만 위할 것이라면 이만의 군대와 온 도성 백성들을 고구려의 태왕 폐하 앞에 방패로 세워놓고 달아나실 수 있습니다. 달아나지 않아도, 이만 병사와 도성 백성들이 목숨을 걸고 싸운다면, 태왕 폐하의 군사를 이길 수는 없을 것이나, 임금 스스로의 굴욕을 감수하지는 않아도 될 것입니다. 역사는 백제임금 부여여해를 자신의 나라를 지키기 위해 싸우다 죽은 장렬한 임금으로 기록할 것입니다. 작금 아국의 임금께는 죽는 것이 훨씬 쉬운 일입니다. 하오나 그는 백성을 사랑하는 임금인지라 죽기보다 어려운 일을 하시고자 하는 것입니다. 죽기보다 어려운 일에 사심이 깃들 여력이 있사오리까. 그러한 까닭에 소인은 소인의 임금을 믿나이다."

"비류군 당신의 말은 믿어 의심치 않으나 당신 임금에 관한 말씀을 다 믿기는 어렵소. 당신 임금을 믿을 수 없기 때문이오. 하여 백제국이 보내온 화친의 조건이 강화되어 제시될 것이오. 새로이 작성한 화친문서를, 한시진 뒤 당신을 비롯한 백제 사자들에게 보일 것이니 비류군께서도 다목루로 물러가시어 일국의 사자로서 하룻밤 지내시기 바라오. 그걸 기반으로 한 정식회담은 내일 아침 진초시에 재개할 것이오. 덧붙여, 한소손께 이련자가 마지막으로 한 말씀만 드리리다. 이러한 양상으로 뵙지 않았더라면 좋았을 것입니다. 유감입니다."

왕인은 담덕왕에게 인사를 하고 그들의 어전에서 물러났다.

비가 수그러졌다. 잠시 그친 것이었다. 장마 중에 전투를 할 수는 없는 법. 늦게 시작된 장마는 고구려군에게도 예상치 못한 복병일 터였다. 무기들을 제대로 쓸 수 없음은 물론 까닥하면 돌림병이 돌아 자멸을 초래할 수 있었다. 백제 조정이 존망의 기로에서 더 이상 버티기를 포기했듯 고구려군도 현재로서는 더 이상 얻을 것이 없다 판단하고 화친을 받아들였다. 받아들이되 조건을 강화하겠다는 것이다. 투항하는 자는 죽이지 않는다는 것이 상례였다. 투항 받은 나라에서는 물러가는 것도 상례였다. 한소손이 겪어본 이런자는 상례와 도리에 어긋날 무리한 요구를 할 사람이 아니었다. 하지만 그는 임금이었다. 임금 노릇은 임금 혼자 하지 않는다. 임금을 둘러싼 신료들과 더불어 하는 것이었다. 담덕의 신료들이 어찌 나올지는 인도 알 수 없었다.

줄줄이 늘어선 고구려의 병사들 사이를 걸어 다목루에 이른 왕인은, 그를 맞이하느라 일어선 은솔들의 희고 검은 복색에 눈을 치뜨다 고개를 돌렸다. 그들도, 후줄근히 늘어져 빗물을 줄줄 흘리는 인의 자색 조복을 발견하고는 외면했다. 적진에 사자로 온 사람들이 젖은 옷을 갈아입는 것이나 젖은 옷을 그냥 입고 있는 것이나, 잘잘못을 따질 일은 아니었다. 서로 마주 보지 못하는 것이 문제였다. 젖은 옷을 입은 자는 마른 옷을 입은 자를 보매 자괴감을 느끼고, 마른 옷을 입은 자들은 젖은 옷 입은 자로 하여 스스로를 민망해하는 것이. 하여 같은 편이면서 같은 편이 아님을 느끼는 것이.

비가 그친 하늘에 별이 뜨는가 싶다가 사라졌다. 다목루로 고구려의 화친문서가 전달되었다.

백제는 영구히 고구려의 신하국으로서 봉속하며 매 신년마다 고구려에 조공한다. 조공 내역은 아래와 같다.

백제는 금번 전투에서 발생한 포로 일만여의 상환을 포기한다.

백제는 이후 영구히 고구려의 영토와 고구려의 속령을 침범치 않는다.

백제는 황궁 내 서장고와 태학원 장서고와 신궁 서장각의 모든 책자를 고구려에 이양한다.

백제는 이후 목지형검의 소유권을 주장하지 않으며 목지형검이 발견될 경우 고구려로 이양한다.

백제는 예전 백제의 영토 고드늑주에 고구려의 하평양성 건설의 모든 책임을 맡으며 그 규모는 아래와 같다.

백제는 삼십 인의 왕족과 삼십 인의 조정신료와 삼십 인의 태학학사를 고구려로 보낸다. 왕족은 부여씨족과 부여씨족의 배우자들로 한하며, 그 대상은 아래와 같다. 조정신료는 백제조정의 등급 체계에서 삼품 은솔 이상으로 하며 그 대상은 아래와 같다. 태학학사는 백제왕의 지명에 의하여 선별하되 시과에 급제한 자들에 한한다.

그 모든 서약의 징표로 백제 임금 부여여해는 고구려의 태왕 앞에 나서서 엎드려 맹세한다.

백제는 화친조약을 병신년 유월 보름 진시에 고구려의 다목궁 아리수전에서 이행한다.

백제의 다목행궁이 고구려의 다목궁으로, 욱리하전이 아리수전으로 바뀌었다. 고구려에서는 한성의 욱리하를 아리수라 부르기 때문이었다. 화친 조약의 요건이 조목조목 적힌 문서 하단에 각종 내역들이 상세히 적혔다. 볼모로 가야 할 삼십 인의 황족과 삼십 인의 신료들 이름도 나열되어 있었다. 황족 명단에는 대방성의 좌현왕 부여찬과 그 일족 십 명, 대방태수인 부여설과 그 일족 팔 명, 아홉 살의 태자 부여영과 황자 부여명, 부여구, 황상의 아우 부여홍해와 그의 처자 다섯 명, 부여 아사나와 그의 부

(夫) 사루왕인까지 서른 명이 명시되었다. 고구려의 화친조건 문서를 돌아가며 읽던 이들의 얼굴이 흙빛이 되었다. 특히 여섯 중의 셋, 해충과 연각과 실조의 얼굴이 일그러졌다. 자신들의 이름이 신료 볼모의 명단에 올라 있는 탓이었다. 해충은 태자비 해우슬의 사촌이고 부여연각은 대장군 해지무의 큰사위이자 황상의 손위동서였다. 위시부 은솔인 실조는 북방군장 평류의 아들로 위시좌평 해자상의 사위였다. 해자상이 해지무의 아우인 바 실조는 황상과 사촌 동서지간이었다.

"비류군 저하, 이건 화친하지 않겠다는 뜻과 다를 바 없지 않습니까?"

해충이 비분한 어투로 외쳤다. 연각이 거들어 소리쳤다.

"태자 전하를 볼모로 보내라니요? 이게 말이 됩니까?"

실조도 말했다.

"대방성에 있는 황족들을 어찌 보내라는 겁니까?"

치사하게 서장고와 장서고와 장서각의 책들을 전부 가져가겠다니. 목지형검이 어쨌다고 이 난리라느니. 진단에다 저희들의 도성을 세우면서 왜 그걸 우리더러 건설하라니. 고드늑주에 있으면 고드늑성이지 왜 하평양성인가. 진광과 이렴과 유이도가 연이어 외쳤다. 흡사 왕인에게 따지고 드는 품새였다.

그들이 분개하는 소리를 들으며 왕인은 누각 바깥을 내다보았다. 다목루 주변은 물론이고 행궁 인근의 모든 땅에 셀 수도 없을 고구려군의 막사들이 있었다. 하루 이틀 후면 진단백제에 들어와 있는 고구려군이 다목행궁 쪽의 한수변으로 다 모여들 것이었다. 그들도 백제 곳곳에서 전투를 치르는 동안 일만여 병력을 잃었다. 하지만 삼만여 고구려군과 이만여 백제군이 백제 도성에서 전쟁을 벌이매 담덕왕은 아쉬울 것이 없었다. 한성에서 전투가 벌어지는 것은 한성의 모든 백성들을 전쟁의 수렁 속으로 밀어넣는 것이므로 어떠한 경우에도 백제의 패배였다. 담덕은 여해와 다를 것 없는 임금이었다. 임금이란 존재들에게는 도리가 무용했다. 도리는 임금들을 위한 것일 뿐이었다. 이련자가 임금이 되었는데, 그 임금에게 도리를 기대했던가. 아니었다. 육 년 전 차리성의 대리각에서 한소손이 처음 만났던 이련자는 이미 임금이었다. 그때 한소손은 오늘과 같은 사태가 벌어지리라는 것을 예감했었다. 예감이 소용없었을 뿐이다.

이제 패자들의 비분을 가라앉히고 내일 아침의 회담을 준비해야 할 때였다. 태자와 내신좌평을 볼모의 명단에서 제외시키면서 볼모의 수를 줄여야 할 것이고, 고드늑주에 건설하라는 하평양성의 규모를 줄이고 기한을 늘려야 할 것이고, 일만 포로를 상환시켜야 할 것이다. 하지만 세 서고의 책들은 어찌할까. 숱한 전쟁사를 읽었어도 승전국이 패전국에서 책을 빼앗아 갔다는 이야기를 본 적이 없었다. 전례 없는 일이므로 그건 담덕왕 자신의 결정이었다. 육십여 년 전 고구려가 연나라와의 전쟁에서 도성을 도륙 당한 적이 있었다. 당시 사유왕이라 불렸던 고국원태왕이 태비와 태왕모를 연왕 모용황에게 빼앗기는 수모를 당했던 전쟁이었다. 사유의 부황릉까지 파헤쳐 관을 떠메고 갔던 그 전쟁에서 평양성 내에 있던 국서고(國書庫)가 화마를 입었다. 그때 수백 년 묵은 서고를 잃은 고구려는 비로소 태학을 만들었다. 잃어버린 역사와 문물의 기록을 되세우기 위해 애썼을 것이나 국서고에 사백여 년간 쌓아왔던 것을 몇 십 년 동안에 채울 수는 없었다. 그걸 채우기 위해 고구려는 백제의 서고를 실어가려는 것이다. 담덕은 볼모의 수는 줄여줄지라도 백제 서고를 가져가겠다는 뜻은 굽히지 않을 것이었다. 포로를 포기하더라도 서고는 가져가려 하겠지.

담덕의 의중을 헤아려보는 왕인은 아득했다. 마음이 한없이 가라앉았다. 대화나 타협보다 전쟁이 쉬운 일이었다. 왜 세상 모든 곳에서 전쟁이 일어나는지 비로소 알 것 같았다. 왕인도 내일 아침 회담에 응하느니 당장 다목루를 빠져나가 한수를 헤엄쳐 건너서라도 황상에게 전쟁을 계속하자고 말하고 싶은 심정이었다. 이미 항복을 작정한 황상에게는 물론 통하지 않을 말이었다. 그의 항복 결심이 죽음보다 더한 고통을 거친 뒤의 것이었으니.

아사나의 잠

　아사나는 아침의 땅이란 뜻의 옛 백제말이고 아침 땅에서 태어난 계집 아이라는 의미였다. 지상에서 가장 밝은 땅 백제의 황궁 안에서 공주로 태어난 부여아사나가 고구려의 도성 평양성으로 볼모로 가게 되었다. 저들이 요구한 서른 명의 황족 볼모를 열 명으로 줄였다는데 아사나와 왕인은 명단에 그대로 남았다. 황후 해우슬은 어린 두 아들 명과 구가 고구려로 끌려가매 아사나가 함께 가는 것을 그나마 다행이라 여기는가, 날마다 공주궁으로 찾아와 아사나에게 평양성에서의 어미 노릇을 당부하며 눈물바람을 했다. 아사나가 볼모에서 빠지지 못한 것도 사실 그 두 황자의 보모 노릇을 시키기 위한 사루왕인의 처사였다. 그럴 것이었다.

　왕인을 만나지 못했으므로 그가 한 일과 그가 한 말은 전해 들은 것들뿐이었다. 하지만 아사나는 자신에게 닥친 불운을 모두 그의 탓인 것마냥 느꼈다. 지아비가 함께 간다고 하나 그가 지아비 노릇을 한 적이 있던가. 그는 고구려로 가서도 책들 속에나 파묻혀 살 것이었다. 백제의 세 서고를 통째로 실어간다지 않는가. 왕인은 고구려에서, 예전 태학의 속종 쇠지레 영감처럼 서고지기로 늙어가도 불평 없을 사람이었다. 백제는 세 서고의 책을 고구려에 모두 내주고 일만 포로를 돌려받기로 한 모양이었다. 내 것을 돌려받기 위해 내 것을 내주는 것이지만 포로들은 돌아오게 되었다. 볼모들은 백제가 고드늑주에 하평양성 건설을 마치면 본국으로 돌려보낸다던가. 성 하나를 쌓기 위해서는 최소한 십 년의 세월이 필요했다. 아사나가 십 년은 고구려에 볼모로 잡혀 있어야 한다는 의미였다.

아사나는 그런 화친 조건을 받아들일 수 없었다. 제나라 제 백성을 지키지 못한 임금과 지아비를 둔 죄가 없지 않으나 그 죄는 그들이 받아 마땅했다. 아사나가 보기에 그들은 싸우지 않아도 될 때 쓸데없이 나가 싸웠다. 쓸데없이 힘을 낭비하고 정작 싸워야 할 때는 항복한다고 나섰다. 나라의 미래와 백성을 위하여서라고 했다. 그리 백성을 위할 것이면 애초에 신중했어야 하지 않은가. 그들이 죄인이었다. 아사나는 그들이 저지른 죄를 감당하고 싶지 않았다. 고구려로 가지 않으려면 도망쳐야 했다. 하지만 갈 데가 없었다. 아무 데로나 가려도 나갈 수가 없었다.

황성 성벽은 일만의 군사에 에워싸여 있었다. 황성 안 황궁은 오천의 군사에 둘러 싸였다. 볼모로 가야 할 황족들은 황궁 안에서 나갈 수 없음은 물론 각 처소의 밖으로도 나갈 수 없었다. 황상의 아들 부여명, 부여구, 황상의 아우 부여홍해와 그의 처자 다섯 명, 황상의 누이 부여아사나와 그의 부(夫) 사루왕인 등 볼모로 확정된 황족 십 인은 각기의 궁에 연금되었다. 볼모로 확정된 신료 열 명과 학사 열 명도 각자의 집에 연금되었다. 비류군이 타협하여 줄이고 줄였다는 볼모들의 면면을 보았을 때 아사나는 헛

웃음이 나왔다. 대방에 있는 족속들은 당장 잡아다 볼모로 바칠 수 없으므로 볼모에서 빠졌거니와 태자 영은 백제의 미래이므로 볼모에서 빠졌다. 누리나비(妃)의 아들 부여혈은 이비의 자식인 데다 황상이 자식 중에서 제일 귀애하는지라 빠졌다. 결과 황상의 두 아들과 아우와 그 식솔과 누이 부처가 볼모로 남았다. 부자지정과 형제지애라는 인지상정만 떠올리지 않는다면 볼모들은 백제에 있어도 그만, 없어도 그만인 존재들이었다. 그러므로 백제가 고구려의 하평양성을 세우는 일도 없을 터이다. 황상은 그리 밸 빠진 사람이 아니었다. 자식들쯤이야, 설령 그 자식이 태자라 해도 내버릴 수 있을 정도로 오기와 자존이 센 사람이었다. 볼모들은 없어도 아쉬울 것 없으므로 이 화친에 한번 쓰이고 나면 그 가치를 다하는 존재들이었다.

이번 한 번에는 쓰여야 하므로 아사나는 도망칠 수 없었다. 궁을 빠져나갈 수 없거니와 빠져나간다 해도 갈 곳이 없었다. 처음으로 이구림을 떠올렸다. 진단 서쪽바다 맨 아랫녘에 있다는 그곳. 한 번도 가본 적 없는 지아비의 원향. 나들이 삼아서라도 한번 가볼 법했건만 생각조차 해본 적 없었다. 아니 생각은 했지만 황궁을 비우지 못했다. 못해도 한 달은 소요될 터인데 황궁의 그 많은 일들에서 어떻게 손을 뗀단 말인가. 그 한 달 사이에 내경고가 어찌 될 줄 알고. 하여 아무 데도 못 갔다. 그렇게 지켜온 황궁과 내경고는 결국 원주인인 우슬황후에게 넘어갔다. 나라가 넘어간 것도 아니건만 아사나의 모든 것은 수중에서 다 빠져나갔다.

황상이 다목궁으로 건너간 지 두 시진이 넘었다. 비류군은 볼모이면서 신료인지라 항복하러 가는 황상을 따라갔다. 포로 일만이 돌아오고 있을 것이고, 세 곳의 서고들이 비워지고 있을 터이다. 백제는 고구려의 속국으로 변해 있을 것이었다. 하지만 이 난국을 비켜가기 위한 미봉책인 것을 누가 모르랴. 유사 이래 전쟁은 언제나 벌어져 왔고 앞으로도 벌어질 터. 선조들께서도 백제를 일구실 때 고구려의 담덕처럼 막무가내 밀고 들어가 그 땅 임금들의 목을 베거나 무릎을 꿇리며 영토를 늘려왔지 않은가. 임금 일족을 몰살시키기도 다반사로 해왔다. 황상도 오늘이 지나면 다시 담덕과 같은 임금이 되어 백제를 늘려갈 것이다. 비어버린 서장고나 장서고나 서장각은, 시간이야 걸리겠지만 언젠가는 원래와 같은 서고가 될 터였다. 황족과 귀족들의 저택마다 서고가 있고, 어지간한 평민들의 집에도 한두 권씩의 책은 있었다.

"각하, 빈 화장구 병들을 어찌하오리까?"

가꾸미가 조심스런 기색으로 물어왔다. 볼모들은 내일 아침 중간나루에서 황실배를 타고 다목나루로 건너가 고구려군의 수군 배로 옮겨 탈 것이다. 연후엔 고구려군의 첫 번째 철군부대와 고구려로 향한다고 했다. 황족 볼모 일 인당 시위 열 명, 신료 일 인당 시위 다섯 명, 학사 일 인당 시위한 명이 따르게 되었다. 아사나와 함께 가게 된 공주궁의 시녀들은 공주의 짐과 자신들의 짐을 꾸리느라 며칠 내 서성였다. 가꾸미는 지금 마지막으로 고구려로 실어갈 아사나의 지밀살림살이를 챙기는 참이었다. 많이 가져갈 수 없거니와 가져갈 게 많지도 않았다. 아사나는 열두 해 동안 내경고를 움직였지만 스스로를 위한 축재는 하지 않았다. 패물들을 모으지도 않았고 비싼 신궁 화장구를 얼굴에 발라대느라 내경고 살림을 허비하지도 않았다. 소용품은 체면치레를 할 정도로만 갖추고 살았다.

"그깟 것들 다 버려."

중얼거리던 아사나는 문득 돌아보았다. 가꾸미가 손에 들고 있는 건 연

분홍빛의 빈 미안수 병이었다. 신궁 화장구 병이 어여뻐 빈 병을 모아왔다. 연둣빛, 분홍빛, 흰빛, 푸른빛, 붉은빛. 신궁 화장구 병이나 분첩접시들은 한결같이 꽃 색깔을 닮아 그 자체로 장식물이 되었다. 가꾸미가 치우려 하는 몇 개의 빈 병 사이에 그 병이 있었다. 깊은 바다색깔처럼 푸른 바탕에 흰 점이 점점이 찍힌 독약병. 깊은 바다에서 산다는 푸른점박이 문어가 죽기 전에 내뿜는다는 독액. 할머니로부터 물려받은 게 내경고와 황궁을 장악할 수 있는 권력과 작은 나라 하나 세울 만한 재물이라고 여겼을 때 기뻤던가. 할머니로부터 물려받은 게 누군가를 죽이고 스스로도 죽일 수 있는 독기였음을 깨달았을 때 두려웠던가. 기억나지 않았다. 겨우 십여 년 전이건만 천 년 전쯤의 일인 것 같았다.

"이건 아직 쓸모가 있겠어."

아사나는 가꾸미가 버리려는 병들 중에서 흰 점이 찍힌 푸른 병을 집어냈다. 한 손아귀에 쏙 들어올 만큼 앙증맞은 병이었다. 이 모든 사태는, 인정하고 싶지 않지만 이 병에서 비롯되었다. 이 병을 열겠다 마음먹던 순간부터. 아니 그 훨씬 전 할마님께서 이게 화장수가 아니라 독액임을 암시하셨을 때부터. 어찌하여 그걸 남기셨던가. 헌데 할마님은 그걸 왜 지고 계시었던가. 황후의 친가에서 태어나 열여섯 살에 황궁으로 들어오신 이후 내내 황궁의 주인으로 사셨던 분이, 태자비 시절부터 진단백제를 수중에 두시고 군림하셨던 분이 어찌 그런 독기를 품고 사셨으며 그걸 손녀에게 물려주셨는가.

가꾸미는 아사나가 그 병을 집어 드는 것을 보며 떨리는 속을 다스리느라 애썼다. 과연, 과연 그랬다. 십 수 년에 걸쳐 이따금 보면서도 그게 공주가 유난히 어여뻐 여기는 미안수 빈 병인 줄 알았지 독병일 것이라고는 꿈에도 생각지 못했다. 아사나는 지분 냄새를 좋아하지 않아 미안수도 드물게만 썼다. 신궁 미안수 한 병이 쌀 반 가마니 값에 해당하는지라 멀리하는 것이었다. 그러므로 빈 병조차도 버리지 않았다. 열흘 전 신궁에 갔을 때 의절부장 사금이 생각을 해보라 다그쳤다. 아사나의 물건 중에 오래된 작은 병이 있는가. 늘 곁에 있으면서도 뚜껑이 열리지 않는 병이 혹시 없는가. 생각해보니 그런 병이 있었다. 아사나의 경대 속에서 다른 빈 병들과 함께 옹기종기 소꿉놀이하듯 놓인 흰 점이 찍힌 푸른색 병. 그걸 이튿날로 사금 신녀에게 가져다 보여주었다. 사금 신녀는 그와 똑같이 생긴 병을 내주며 말했다.

　─이 병은, 가꾸미 님이 가져오신 것과 함께 오십여 년 전쯤에 신궁에서 만든 미안수 병이오. 허나 아사나 저하의 병에 든 독은 우리 신궁의 것이 아니오. 어떤 독인지는 우리 의절부에서 분석을 해볼 것이오. 새로 드린 병에도 일종의 독이 들어 있소. 미혼독(迷魂毒)이오. 미혼독은 쉬이 죽는 독은 아니오. 맥이 실종된 듯, 죽은 듯 보이게 될 독일 뿐이지. 물론 그걸 흡수한 상태 그대로 놔두면 보름 안에 죽긴 죽소. 일반 독과 다른 점이라면 해독약이 있다는 것이오. 아사나께서 이걸 찾지 않으시면 그대로 볼모로 고구려에 가시어 사시게 될 것이고 아사나께서 이걸 찾으시면 죽은 듯이 될 게요. 혹 아사나께서 자진을 결심하시고 실행을 하시게 된다면, 그 주검은 고천원으로 올 것 아니오? 허면 우리가 아사나 저하를 깨워 일으킬 것이오. 가꾸미께서 아사나 저하를 위한다면 나를, 우리 성하를 믿어야 하오.

　가꾸미는 사금 신녀와 제일신녀를 믿어야 했다. 믿을 수밖에 없었다. 하여 바꿔친 병을 가져다 놓았다. 그리고 아사나가 그 병을 챙겨 허리춤에 꽂는 것을 못 본 체했다. 병을 바꿔치기 할 때는 아사나가 볼모로 확정된 뒤였다. 아사나는 볼모가 된 것에 대해 일체 내색이 없었다. 분노하지도, 울지도 않았다. 헌데 아사나는 볼모로 가기가 죽기보다 싫다는 의중을 독병 챙기는 것으로 가꾸미에게 드러냈다. 죽기보다 가시기 싫다면 가시지 않아야 하는 것이다. 가지 않을 유일한 길은 아사나의 죽음뿐이다. 물론 아사나는 가꾸미가 병을 바꿔놓은 것을 몰랐다. 가꾸미는 아무에게도, 한 처소를 쓰는 거리에게조차 말하지 않았다. 아아, 하지만 깨어나시지 못하면 어찌 되는가. 임시 죽음이 진짜 죽음이 되고 만다면, 다 알고서도 상전을 지키지 못한 나의 죄는 어찌해야 할까.

"각하, 점심 진지 차려났다 하옵니다. 나가시어요."

"밥 생각이 없어. 술이나 한 잔 줘."

"요 며칠 드실 때보다 아니 드실 때가 많으셨나이다. 얼마나 야위셨는데요. 드시어야 기운을 내시지요."

"힘써 걸어갈 것도 아니고 배에 실려갈 것인데 애써 기운내서 뭘 해. 술이나 한 잔 마시고 오늘 하루 쉬이 보낼 테야. 한 잔 마시면 한숨 자고, 석 잔 마시면 한나절 잘 터이지. 한 병 마시면 내일 아침에나 눈이 뜨일 것이고. 그렇지 않느냐?"

"각하께서는 젊으십니다. 고구려도 사람 사는 데인데, 고구려는 높고 밝은 세상이라는 뜻인데 컴컴하기야만 하겠나이까? 더구나 비류군께서도 함께 가시니 그곳에서 아기씨도 낳으시며 얼마간만 지내면 좋은 날이 올 것이와요. 부디 힘을 내소서, 각하."

비류군이 명단에 끼어 있는 까닭은 그 자신의 삶의 명분 때문일 뿐이었다. 그 잘난 명분과 자존심이 아니라면 그는 한성으로 거듭하여 돌아올 필요가 없었다. 돌아오지 않았으면 명단에 있었을지라도 볼모로 가지 않아도 되었다. 대방 사람들이 한성에 없어서 볼모가 되지 않은 것처럼 그가 이구림에만 있었어도 그는 이 난리를 직접 겪지 않아도 됐을 사람이었다. 도망칠 수 있는데 도망치지 못하는 그는 바보였다.

다섯 해 전쯤, 삼도국에서 돌아왔던 비류군이 황상을 따라 출정하기 전에 공주궁에 와서 말했다.

─아버님께서는 마지막 순간에 저의 책을 읽으셨던 것 같더군요.

그가 한 말은 그뿐이었으나 그걸로 충분했다. 이후 그는 두 번 다시 공주궁에 들지 않았다. 아사나도 그가 그립지 않았다. 그의 다정이 어디로 향하였든 그의 무정이 어디로 쏟아졌든, 원인과 결과를 다 따져보아도 그는 그저 비류군일 뿐 더 이상 지아비는 아니었다. 참 허무한 내외간이었고 그보다 허무한 아사나의 일생이었다. 회한이 없지 않지만 후회는 없었다. 열일곱 살에 황궁 살림을 맡은 게 자의가 아니었듯 이후의 모든 일도 다 원해서만 한 건 아니었다. 그럴 수밖에 없었기에 그러했다. 사루왕인도 그러했을 터이다. 하지 않아도 될 일을 할 수밖에 없고, 가지 않아도 될 곳에 가지 않을 수 없는 삶. 부여아사나를 향해서는 겨울 달빛처럼 무정하던 그. 어쨌든 여기였다. 스물아홉 살의 여름. 생일이 두 달 가량 남았는가.

"그래 그럴 터이다. 그러니 오늘 하루는 쉬이 가도록 하자."

가꾸미가 밥을 더 권하지 않고 나가서 술상을 차려왔다. 말린 가리맛살 무침에 더덕북어 볶음에 콩비지탕까지. 점심상에 올렸던 것들을 술상에 다 옮겨온 것을 보고 아사나는 미소를 지었다.

"고맙구나. 나는 되었으니 나가서 수하들과 점심들 먹도록 해."

"제가 술을 따라 드릴 것이니 젓수시어요."

아사나는 말리지 않고 가꾸미가 따라주는 술을 마시고 집어주는 안주를 받아먹었다. 몇 잔 마시고 나니 심심이 풀리면서 편해졌다. 간밤에 못 잔 탓에 졸렸다. 어제도 그제도, 아니 화친조약 문구가 전해진 여드레 전부터 거의 못 잤다. 잠깐 졸다가도 소스라쳐 일어나곤 했다.

"진작 이리 마실 걸 그랬어."

"졸리시옵니까?"

"음. 한숨 자야겠어."

"그러시어요. 머리채를 풀어 드릴까요?"

"됐어. 나중에 일어나거든 다듬어 줘."

"예. 더우니 창은 그대로 두고 가리개만 드리우겠습니다."

가꾸미가 가리개를 드리워놓고 술병이며 접시들이 놓인 쟁반을 들고 나갔다. 아사나는 침상에 누웠다. 열린 창에 드리운 쪽빛 가리개가 여름 바람결에 살몃살몃 나부꼈다. 굵은 모시베를 잿물로 탈색시켜 하얗게 만든 뒤 거기다 연한 쪽빛 물을 들인 가리개천은 이구림에서 생산된 여누하 옷감이었다. 봄, 여름, 가을, 겨울용의 여누하옷감은 한성에서 대방의 것들보다 유명하다고 했다. 한때 부황의 정인이었던 여누하. 황제의 딸을 낳고서도 황실여인이 되기를 마다하고 홀로 딸아이 키우며 이구림을 꾸려가는 그의 삶은 어떠했을까. 문득 의문이 들지만 궁금하지는 않다. 그는 그 자신에게 주어진 한세상을 살고 있고 나는 내게 주어진 한세상을 살았지 않은가. 그보다 좀 짧게 산 것일 뿐.

아사나는 누운 채 머리에서 머리꽂이를 뽑아냈다. 천계(天鷄) 장식이 달린 은제 머리꽂이 끝이 원래 새까만 색깔이었던 듯 새까매져 있다. 아까 독병의 뚜껑을 열고 머리꽂이를 뽑아 병 안에 넣어본 것은 그게 진정 독인가 궁금해서였다. 금강이와 사루사기와 부여부가 그로 인해 저세상으로 갔지만 정말 그 때문이었는지 문득 의심스러웠다. 그때 나무젓가락을 병 안에 넣어 휘저었으나 묻어나온 것이라곤 좁쌀만 한 정도의 희멀건 알갱이였다. 금강이에게는 그걸 고기완자에 찔러 넣은 뒤 먹였다. 《태산수렵관람기》와 《목지형검주조연사》에 그걸 바를 때는 병에다 물 몇 수저를 흘려 넣어 흔들었다. 나무젓가락으로 책장 하단에 그걸 발랐을 때 종이에 습기가 배기는 했어도 물 젖은 손가락으로 만진 책장 같았을 뿐이었다. 그나마도 금세 말라 아무 흔적이 없었다. 그래서 때때로, 그때 내가 한 짓이 맞는가, 그게 진정 독이긴 했던가 싶었다. 그들은 정말 우연히 그렇게 된 것이 아니었던가. 실험을 해볼 참이었다. 규명이라고 해야 할지. 머리꽂이 끝이 새까매졌어도 믿기지 않았다. 아사나는 머리꽂이를 입에 넣어 한참 맛을 보았다. 아무 맛이 없었다. 아니 자신의 머릿내가 약간 느껴졌다. 아침에 목욕을 했음에도 여름이라 땀을 흘린 탓이었다.

"땀 탓이네."

중얼거리며 머리꽂이를 머리에 되꽂던 아사나는 픽 웃었다. 홀로 죽는 자리에서, 스스로에게, 웬 변명을 이렇게 해대는가. 사실 그게 독임을 한 번도 의심해 본 적이 없었다. 머리꽂이 끝을 병 안에 흠뻑 담갔다 빼낸 뒤 말려서 머리에 꽂고 독병을 가꾸미에게 건네주었다. 버릴 것들에 섞어 함께 버리라고 했던 건 그 한 번으로 족할 것을 알았기 때문이었다. 역시나 족한 것 같다. 어느새 어지러워지면서 아득해지지 않은가. 아사나는 숨을 한껏 깊이 들이마셨다가 내뱉었다. 하아. 크게 숨을 쉬고 나니 괜찮아졌다. 잠이 편해질 듯했다. 아사나는 몸을 뒤척여 반듯하게 누웠다. 반듯하게 누웠다 여겼는데 몸이 모로 누운 그대로였다. 아사나는 픽, 웃고 아무려면 어때, 중얼거리곤 눈을 감았다. 잠이 쏟아졌다.

다시 대륙으로

아사나의 죽음은 아사나다웠다.

아사나는 잠든 듯 누워 있었다. 그의 머리맡에 검게 변한 머리꽂이가 떨어져 그의 자진을 증명했다. 그의 시녀 가꾸미는 아사나의 죽음을 백세전에 알리라 수하들에게 명해놓고는 상전의 침상 아래서 자진하였다. 그 곁에 푸른 독병이 구르고 있었다. 공주의 자진을 강 건너 다목궁에 전하자 그쪽의 신료들이 건너와 주검을 확인했다. 아사나가 자진함으로써 볼모 노릇을 못하게 되었으므로 그의 지아비 비류군도 볼모에서 제외되었다. 고을나 공주와 그의 지아비 공거군(供據君) 해균이 그 자리를 메웠다. 고을나와 해균에게는 마른하늘의 날벼락 같을 것이나 아사나를 대신할 인물이 고을나뿐인지라 그렇게 되었다.

한수에서 고구려 마지막 수군 선단 백 척이 떠서 서해 바다 쪽으로 향했다. 그와 함께 아사나 공주와 가꾸미의 상여행렬도 인황문(人黃門) 앞을 떠나 인황대로(人黃大路)로 나섰다. 인황문은 백성과 임금이 함께 드나드는 문을 의미했고 인황대로는 임금과 백성이 함께 쓰는 길을 뜻했다. 지금 백성들에게 임금은 아사나였다. 크고 흰 종이꽃들에 덮인 아사나의 상여는 처연하게 화려했다. 뒤따르는 가꾸미의 상여도 작고 흰 꽃에 싸여 소박하면서도 엄숙했다. 가꾸미는 아사나의 묘원에 묻힐 것이었다. 아사나의 장례식에 오만은 될 듯한 백성들이 인황문과 인황대로에 모여들어 곡을 했다. 통곡 소리가 땅을 가를 듯이 모서고 비서졌다. 선황들의 붕어에도 모여서 울지는 않은 백성들이었다. 그들의 통곡이 한수 이북에 둔 혈육과 재산의 상실에 대한 것이든, 아사나가 대자원을 통해 풀었던 구휼에 대한 값이든 왕인에게는 뜻밖이었다. 나라를 아주 잃은 것은 아니로되 임금이 고구려왕 앞에 나아가 신하의 예를 갖췄다는 것을 아는 백성들은 그동안 숨죽이며 울음을 참고 있었던 것이다. 아사나의 장례를 핑계로 비로소 그 울분을 터트리고 있는 것이었다. 아사나의 상여행렬은 인황대로를 따라 고천능원을 향해 나아갔고 백성들은 그 뒤를 따라 걸었다. 거대한 물결이었다. 왕인은 인황문 위 문루에서 능원으로 떠나가는 아사나의 상여행렬을 오래도록 지켜보았다. 임금의 이름은 모를지라도 슬픔을 알고 표현할 줄 아는 저들이 있어 백제는 오래 계속될 것이었다.

마침내 인황문 앞이며 인황대로가 한산해졌다. 유월 삼십일이었다. 고구려에서는 대승을 거둔 이번 전쟁을 병신년대원정(丙申年大遠征)이라 부르는 모양이었다. 백제에서는 병신년의 대참극이라 부르게 될 전쟁이 아사나의 장례와 더불어 끝났다. 고천원의 아사나 묘역에서는 신궁 사람들이 나와 아사나를 하늘로 올려 보내는 제의를 치를 터였다. 오늘과 같은 날을 대비하여 서장각에 필사본 책들만 남겨놓았다는 설요. 아사나를 죽은 것으로 만들고 왕인을 볼모에서 제외시켰다는 그 사람. 그 덕분에 아사나는 깨어날 것이라 했다. 미하수가 서비구를 찾아와 알려준 것이었다. 하지만 설요에게서는 만나자는 말이 없었다. 왕인도 당장은 그를 만날 수 없었다. 끝내 정을 못 주었을망정 지어미였던 아사나가 그와 같은 모습으로 잠들어 있는 참에 설요를 만나 무슨 말을 나눌 것인가. 남은 평생 설요를 다시 만나지 못할지라도 지금은 그에게 만나자고 청할 수 없었다.

"주군, 가시지요."

서비구의 채근에 왕인은 성루를 나와 말에 올랐다. 큰나루 선창에 다다른 인은 말을 탄 채 곧장 월나호로 들어갔다. 인은 대방성으로 가서 좌현왕 찬의 세력을 움직여 고구려를 치라는 명을 받았다. 담덕왕 앞에서, 황상이 금세 잃어버린 백제 영토를 탈환하려 애쓰지 않을 걸 믿는다고 말할 때, 왕인도 스스로의 말을 믿지 않았다. 담덕이 왕인의 말을 믿지 않는다고 했듯이 황상은 자식과 아우들이 고구려로 떠나기 전에 이미 고구려를 치라는 명을 내렸다. 승자와 패자 사이에 믿음은 필요 없었다. 승전국과 패전국 사이에서는 더욱 그렇다. 피차 그걸 알기에 상대를 신뢰하지 않거니와 그걸 바라지도 않는다. 양쪽의 이해득실을 맞추고 물러설 수 있는 명분만 갖추면 되었다.

비류군에 대한 황상의 사사로운 마음이 어떠하든 황상에게 진단과 대방을 잇는 교두보는 왕인이었다. 황상의 밀명으로 비류군 호위대가 열두 명에서 서른세 명으로 늘었다. 태자측위대에 버금가는 호위대였다. 태자뿐만 아니라 누구든 어느 한 사람을 중심으로 서른 명이 넘는 호위대가 구성되면 그 순간부터 호위대는 자체로 전쟁을 행할 수 있는 부대가 된다. 첩보와 전략과 전술과 암살과 전투 등, 전쟁에 필요한 모든 일을 스스로 수행하며 움직이는 최정예 진영이 되는 것이었다. 황상은 비류군에게 호위대를 안김으로서 새로운 백제를 준비했다. 서비구는 황상에게 불려가 십이품 문독 품계를 제수 받고 비류군 호위대장에 임명되었다.

— 비류군의 행보에 필요한 모든 것을 짐이 뒷받침하리니 호위대를 꾸리고 그에 필요한 것들을 그대가 꾸리도록 하라.

서비구는 한성수비군에 있던 무절들 중에서 스물한 명을 소집하여 비류군 호위대에 합류시켰다. 그들을 한성 병마장(兵馬場)으로 데려가 제 맘에 드는 병마들을 뽑아 타게 하였다. 황상은 스스로도 모른 채, 은밀히 움직이는 무절들에게 힘을 실어준 것이었다. 한성 무절수인이셨던 좌평 사루사기가 서거함으로써 비류군 왕인이 한성 무절수인이 되었다. 이제 한성에 있는 무절들과 대방에 있는 무절들을 연결하는 고리는 사루왕인이었다. 황명에 의해 조직된 비류군 호위대는 무절대의 외피일 뿐이었다.

호위들이 다 승선하고 맨 나중까지 남은 서비구는 큰선창 안쪽에 있는 귀부객점을 건너다보았다. 북한성까지 점령되는 바람에 한성의 각 나루들이 한산해져 버렸다. 귀부객점 근방에도 사람이 드물었다. 간밤에 미하수가 비류군이 언제 어떻게 한성을 떠날 것인지를 물었다. 서비구는 아사나의 장례식 직후 큰나루 큰선창에서 월나호를 탈 것이라 대답했다. 그뿐 왜 그걸 묻는지는 되묻지 않았다. 신궁께서 먼발치로나마 사루왕인을 배웅하려는 것인가. 혹은 그저 알고나 계시려는 것인가. 짐작만 해볼 뿐이었다. 귀부객점 근방에 미하수 일행이라 짐작할 만한 사람들은 눈에 띄지 않았다. 대면치 않을 사람의 얼굴을 먼발치에서라도 보기 위해 그님이 오셨다면 그님은 귀부객점 안의 한 창가에 서 있을 터였다. 큰선창에 이른 사루가 순식간에 월나호 안으로 들어가 버렸으니 신기루처럼이나 보았을까. 지금이라도 왕인에게 그님께서 귀부객점에 와 계실지도 모른다는 말을 해야 하는가. 오늘 아니 보면 또 언제 만날지 모르는 두 사람이 아닌가. 아사나 공주가 죽지 않고 살아날 것이므로 두 사람은 앞으로도 만나기가 어려웠다. 아니, 정말 만나고자 하면 만났을 사람들이다. 서비구는 도리질하고는 월나호에 올랐다.

월나호는 칠월 초사흘 새벽 인초시에 상대포구에 닿았다. 예고 없던 월나호의 등장에 포구 관망대의 불빛이 급작스레 밝아지고 포구의 수비대들이 쫓아나와 도열했다. 누왕인은 호위들을 월나호에 둔 채 서비구에게만 자신을 따르라 하였다. 그 얼굴에 표정이 없는지라 해리조차도 따라가겠다고 나서지 않았다.

서비구는 황상의 밀명을 받은 누왕인이 왜 대방으로 가기 전에 이구림을 들르겠다 하는지 이유를 몰랐다. 느닷없이 호위들을 다 떼어놓고 혼자서만 따르라 하는지도 몰랐다. 하지만 묻지 못했다. 홀로라도 따르게 해주니 오히려 고마웠다. 지난달 누왕인이 항복사자가 되어 다목궁으로 건너갈 때 백기 들고 찾아가는 자들은 무장을 해제해야 했으므로 서비구는 따르지 못했다. 그 이틀간 서비구는 주군을 놓치고 반정신을 놓던 지품을 비로소 이해했다.

운무대 아래까지 말을 타고 오른 두 사람은 횃불 하나씩을 밝혀들고 운무봉으로 올랐다. 운무봉 동굴 앞에 이르니 새벽이 검푸르게 열리기 시작했다. 주변을 둘러보던 왕인이 서비구에게 지렛대로 쓸 쇠물푸레나무의 곧은 가지를 자르라 하였다. 서비구가 굵고 긴 지렛대를 만들어주자 그걸 받아든 인은 이십 년 전의 부친처럼 지렛대로 바위를 굴려 동굴을 찾아냈다. 입구가 좁아 허리를 수그리고 들어서야 하지만 안에는 큰 방만 한 공간이 있었다. 왕인은 서비구에게 횃불을 들려주고 몇 개의 작은 바위를 치운 뒤 목지형검이 든 궤를 들어냈다. 궤 속에 든 나뭇가지 형상의 검집과 그 안의 목지형검. 왕인은 입구에서 찾아온 기왓가루 주머니를 바닥에 쏟고는 가루를 무명수건에 묻혔다. 그 모든 일을 누왕인이 스스로 하는데 서비구는 말릴 수가 없었다. 목지형검이 여기 있었다! 백제와 고구려의 왕들이 찾아 헤매는 그것이 바로 여기 사루왕인에게. 오직 구해국의 사루들만 알고 있었던 여기에. 상상도 못했던 일이라 서비구는 목지형검 앞에서 전율했다.

가운데 가지(枝)의 아래부터 위로, 한 가지 한 가지, 일곱 가지(七枝)를 공들여 닦은 뒤 검을 들고 동굴 밖으로 나서니 월나봉을 넘어온 해가 운무봉에 비추었다. 왕인은 아침 햇빛을 향해 목지형검을 들어올려 보았다. 마한 구해국의 잔영이 붉은 햇살 속에 파르스름하게 빛났다.

持此劍者逐百災而致萬全 永傳我後裔哉.

이 칼을 지닌 자 백 가지 재앙을 물리쳐 만사형통케 되리니 나의 후세에 길이 전하노라. 그리 쓰였지만, 과연 그러했던가. 스스로는 아무 힘도 없으면서, 칼 노릇도 못하면서 어쩌라고. 그렇게 오랜 세월 동굴 속에만 갇혀 살면서도 어찌 녹조차 슬지 않았는가.

목지형검을 두 손으로 떠받치는 누왕인의 마음에 우박 같은 게 쏟아졌다. 더 이상 구해국이 없으므로, 앞으로도 없을 것이므로 이 푸른빛을 어하라나 누한얼에게 심어주고 싶지 않았다. 목지형검이 칠지도가 되어 백제 곳곳에 퍼졌거니와 그 백제의 절반이 고구려에 넘어갔는데 구해국을 모르는 아이들에게 목지형검을 품고 살라 할 수는 없었다. 목지형검의 푸른빛은 한 번도 이루지 못한 꿈이었다. 슬프고 아픈 허상이었다. 하여 검을 품는 순간부터 그건 족쇄였다.

왕인은 동굴 안으로 들어와 목지형검을 검집에 넣고 검집을 다시 궤에 넣어, 있던 자리에 놓았다. 그 위에 바위들을 굴려다 쌓고 동굴을 나와 이십여 년 전의 부친처럼 동굴을 폐쇄했다. 아니 왕인은 동굴을, 목지형검을 봉인했다. 그 모든 일을 같이하는 동안 서비구는 묵묵했다. 그는 아무것도 묻지 않았고 왕인은 아무것도 설명하지 않았다. 동굴을 등지고 내려오는데 왕인의 몸속에 또 우박 같은 게 쏟아져 쌓였다.

산을 내려오니 포구에 여누하와 아직기가 나와 있었다. 이림으로 들지 않고 그냥 갈 것을 짐작했는가. 구메구메 들려나온 온갖 물건들이 월나호로 들어가 쌓인 참이었다. 왕인이 서운한 얼굴로 바라보고 있는 여누하에게 말했다.

"지금 집으로 들어가면 못 나올 거 같아 그냥 가는 거요. 누이한테 모든 걸 떠맡기고 다니는 나를 용서하오."

"괜찮소. 언제든 돌아오기만 하면 되오."

왕인이 아직기에게 말했다.

"네가 있어 아무 걱정 없이 또 떠난다. 백성들 잘 보살피고 대모님 잘 모시고, 누이를 부탁한다."

"걱정 마시고 다녀오십시오, 형님."

인사를 마친 왕인이 월나호로 들어가자 여누하가 서비구에게 다가왔다.

"사루 표정이 왜 저러한지 모르겠으나 내 물을 일이 아닌 것 같고 시간도 없으니 말겠소. 대신 돌아와서 개똥이 앞에서 이야기해 줘요. 알겠어요?"

"예."

"이뻐해 줄 테니 살아오란 말이에요."

"그러지요. 다녀오겠습니다."

인사하고 몸을 돌리려던 서비구가 뒤늦게 물었다.

"방금 뭐라고 했습니까? 개똥이?"

"내년 봄쯤에는 이림에 당신 자식 개똥이가 있을 테니까 꼭 돌아오라는 말이에요. 당신 돌아올 때까지 애 이름은 개똥이에요. 그러니 아들 이름 지어서 와요. 하여간 느려 터졌다니까. 저리 느려서 주군을 어찌 모시나 몰라."

빈정거린 여누하가 획 돌아서서 선창을 걸어 나갔다. 마기 등의 여누하 수위들이 웃음을 참으며 그 뒤를 따라갔다. 저만치에 해리의 아내 다예가 아기를 안고 있다가 여누하를 따라갔다. 뿌우우. 월나호에서 출항을 알리는 호각소리가 길게 울렸다. 서비구는 월나호로 뛰어올라서도 선창을 걸어 나가는 여누하에게서 시선을 떼지 못했다.

회생

　독약을 먹고 자진했던 아사나 공주가 되살아났다는 소문이 신궁 천혜당으로부터 흘러나와 도성 안에 퍼졌다. 고구려군이 철군하고 아사나의 장례를 치른 날로부터 사나흘 지났을 무렵이었다. 고천원에서 공주의 하관의식을 지켜보던 제일신녀가 관 속에서 생기(生氣)가 느껴진다며 하관의식을 정지시켰다고 했다. 곧장 관 뚜껑이 열렸고 관은 신궁으로 옮겨졌으며 신궁의절들이 공주에게 해독제를 먹여 회생시켰다는 것이었다. 그 소문이 다른 곳도 아닌 신궁에서 시작되었으므로 소문이 아니라 사실일 것이라고 백성들은 믿었다.

　고구려에 항복함으로써 백제가 죽었다고 여겼던 백성들 사이에서 죽은 공주가 되살아났다는 전언은 이른 봄 훈풍처럼 도성을 맴돌았다. 공주의 회생과 더불어 백제가 부활하리란 희망이 봉화인 양 도성을 넘어 퍼져나갔다. 공주를 되살려낸 제일신녀의 영험함에 대한 우러름으로 고천원 일대가 저잣거리인 양 북적였다. 동시에 신궁에서 서장각의 서고를 웅진주로 미리 옮겨놓음으로써 고구려에 다 빼앗긴 줄 알았던 서책들이 반의 반분이나마 남게 되었다는 사실이 알려졌다. 태학이나 황궁이나 신궁에 서고들이 있는 것이 봄에 꽃피는 것만큼이나 당연하여 귀한 줄 몰랐던 백성들이었다. 서장각과 서장고와 장서고 등이 자신들과 무슨 상관인가 여기며 살아왔는데 고구려왕이 일만의 포로를 고스란히 내주면서까지 탐냈다지 않는가. 그걸 앗겨버림으로서 비로소 백성들은 책자의 귀중함을 깨달았던 것이다. 서고를 채우자는 바람이 파랑처럼 일었다. 백성들이 제 집에 있던 한 권 책일지라도 신궁으로 가져다 바치는 행렬이 생기기 시작했다. 태학의 학사들과 속종들, 황궁 장서고의 서리들과 속종들이 옛 소야궁에서 백성들이 가져온 책들을 받아 쌓는 진풍경이 연일 벌어졌다.

정작 아사나가 미혼독으로부터 깨어난 것은 칠월 보름 즈음이었다. 미음이나마 받아먹을 수 있을 정도의 기운을 찾은 것은 팔월도 다 지났을 때였다. 기운이 도니 정신도 돌아왔다. 기운을 찾고 정신을 찾은 아사나가 겨울 나뭇가지처럼 말라붙은 자신의 손을 내려다보며 처음 느낀 것은 회생의 감격이 아니라 막막함이었다. 음독 당시 독 묻힌 머리꽂이를 입에 물 때 삶에 대한 미련이 털끝만치도 없었다. 할 일 다 했고 더 이상 하고 싶은 일도 없었다. 그런데 어떻게 다시 산단 말인가. 곧이어 자신을 되살려놓은 자들에 대한 분노가 찾아왔다. 왜, 대체 왜 살려놔! 무엇에 써먹으려고.

혼수였던지 가사(假死)였던지에서 깨어났을 때부터 아사나는 의지대로 움직이지는 못했지만 주변의 소리들은 이따금 들었다. 무저갱에서 울려나오는 듯 아련한 소리들이었다. 알아들을 수는 없었으나 소리가 울릴 때마다 숨을 쉬려 애썼다. 맨 처음 들은 목소리가 설요의 것임을 알아챈 게 어느 날 어느 때였는지는 모른다.

　—깨어나셨는가?

　누군가에게 묻는 소리였다. 누군가가 대답했다.

　—예, 성하. 하오나 공주께서 기력을 되찾으시기까지는 다소 시일이 걸릴 듯하여이다.

　이후 황후 해우슬의 목소리와 모후의 목소리, 황상의 목소리까지 가려 들을 수 있게 된 뒤에는 그들이 하는 말의 내용을 알아들었다. 아사나를 뒤따라 음독한 가꾸미는 되살아나지 못했다. 아사나의 회생에 대한 소문이 온 도성에 퍼져 백성들이 신궁으로 몰려드는데 그들의 손에 책들이 들려 있다. 한편으로 고구려에 앗긴 한수 이북의 영토를 되찾아야 한다는 백성들의 목소리가 높아지고 있다는 등의 말을 알아들었다. 알아들으니 제일신녀 설요의 명성이 높아지는 것이며, 황상이 누이의 회생을 고구려를 치기 위한 명분으로 삼아 백성들을 조종하고 있다는 것까지 짐작할 수 있었다.

　알아듣고 짐작했으되 모든 일들을 자신과 무관하게 느꼈다. 나는 죽었으므로 혼으로서 살아 있는 저들의 목소리를 듣고 있는 것이다. 그리 여겼다. 신궁에서 황궁으로 옮겨질 무렵에야 자신이 죽은 게 아니라 살아 있다는 것을 실감했다. 들것에 들리고 마차로 옮겨져 뉘이고 마차 바퀴가 구르는 소리를 들었다. 느리게 구르는 바퀴소리가 굴굴굴 아리랑 고개를 넘어가는 행렬 같았다. 저만치 아라리 강을 건너가 있는 내 혼을 쫓아 몸이 옮겨가는 듯했다. 그리고 어느 결에 익숙한 내음이 배인 자신의 처소였다. 낙엽이 말라 풍기는 듯 무덤덤하고 고집스런 냄새. 강물 냄새 같기도 했다. 이게 내 삶의 냄새, 나의 냄새였구나. 그런 생각을 했던 것 같았다.

공주궁으로 돌아온 지 한 달여가 지났다. 한 달 내 홀로 분노했으나 그 분노는 자신을 되살린 자들에 대한 것이기보다 부끄러움의 다른 표현이었던 것 같았다. 이제 다시 머리 들고 살아야 할 것에 대한 아득함이기도 했다. 창에 드리워진 가리개가 자홍빛으로 바뀌었고 이부자리는 도톰해졌다. 거리가 아사나의 침상 발치에다 자그만 좌대를 가져다놓고 수틀에 엎드려 바늘을 움직이고 있었다. 거리는 스물일곱 살이었다. 호리호리하고 활달했다. 생김새가 어여쁘거나 움직임이 조신하지는 않아도 명랑하고 기민했다. 내경각이며 대자원에서 일할 때 문서를 대신 읽어보라 할 수 있을 정도의 글눈을 가진 아이였다. 그런 그가 수틀을 붙들고 있으니 어쩐지 낯설다. 정답기도 하다. 가꾸미는 수틀을 아사나의 침소 안으로 들여온 적이 없었다. 전실에서도 책을 읽건 내경고 업무를 보고 있건 아사나가 있으면 가꾸미는 수를 놓지 않았다. 아사나도 가꾸미도 그걸 당연하게 여겼다. 거리는 그 당연함의 경계를 쉬이 넘어와 수틀을 들고 가꾸미의 자리에 앉아 있다. 생각해보니 신궁에서 옮겨온 뒤 눈을 뜨면 그곳에 늘 거리가 앉아 있었다. 가꾸미라 여겼다가 아니 거리다, 생각하며 잠들곤 했다. 발치에 가꾸미와 거리가 있어 다행이라 여겼다.

"무얼 수놓는 게냐."

"예? 예, 각하."

"뭘 수놓느냐고 물었다."

거리가 대답 대신 수틀을 들어 보여주었다. 네모난 수틀 밖으로 늘어진 천 자락이 꽤 넓다. 무명으로 배접한 흰 비단에 온통 꽃이 피어 있었다. 꽃밭에서 두 마리의 황금빛 천계가 막 날아오를 채비를 하고 있었다. 가꾸미가 일 년 전쯤부터 수놓던 것이다. 가꾸미가 마치지 못하고 떠나버리자 겨리가 뒤를 이어 수를 놓고 있는 것이다.

"가꾸미 그 사람은 그걸 무엇에 쓰려고 그리 공을 들였다니? 그리고 그대는 그걸 무엇에 쓰려고 그리 공을 들이고 있어?"

"가꾸미 형님은, 아 황송하와요, 각하. 가꾸미 수위께서는 이것으로 각하의 금침을 만들려 하였나이다. 조금만 더 놓으면 될 듯하여 소인이 대신 바늘을 잡았사온데, 솜씨가 가꾸미 님에 턱없이 미치지 못하여 진땀을 흘리고 있사옵니다. 용서하시어요, 각하."

"그 사람을 생각하는 그대 맘이 어여쁘구나. 계속하여라. 허나 아까워서 내 이불로 어찌 쓰겠어? 수를 다 놓으면 여러 사람이 볼 수 있는 벽에다 내어 걸도록 해."

아사나는 모로 누웠던 몸을 일으켰다. 황급히 수틀을 내려놓은 거리가 다가와 아사나를 거들어주었다. 앉혀놓고는 뒤에 앉아 어깨를 가만가만 문질러준다. 손은 억세고 손길은 부드럽다. 그 매만짐이 다정하여 아사나는 누워 있는 동안 자신이 얼마나 외로웠는지를 깨달았다. 아니 강물에 몸을 잠근 듯 몹시 추웠다. 누군가 나 좀 꺼내 주었으면. 누군가 나 좀 안아주었으면. 누군가 나를 안고 나를 데워 주었으면. 내 몸에 생기를 나누어 주었으면. 그리고 그럴 때 누군가가 만져주고 안아주었다. 이 손, 거리의 손이었다. 거리의 품이었다.

"오늘이 며칠이지?"

"열이틀이옵니다."

"열이틀? 초이틀이 아니고?"

"예, 각하. 시월 열이틀 맞나이다. 영고제 준비로 궁 안이 떠들썩한걸요."

아사나는 말문이 막혔다. 구월 초이틀쯤이라 여겼더니 시월 열이틀이라 하지 않는가.

"창을 좀 열어보아."

"바람이 찹니다."

"괜찮아. 잠깐 열어보아."

겨리가 침상을 내려가 가리개를 올리고 창을 열었다. 과연 그랬다. 키 큰 이스라지나무와 야광나무에 노랗고 발간 이파리 몇 잎들이 애처롭게 매달려 흔들리고 있었다. 시월 열이틀이 맞는 것이다. 한 달 열흘쯤의 시간이 달아나 버렸다. 아니 석 달여 동안 죽어 있었다. 그런 내가 어떻게 살아났을까. 내가 살아났는데 가꾸미는 어찌 못 살아났을까. 꿈속 말인 양 들은 소리로는 가꾸미가 마신 독이 너무 많아 해독제가 소용없었기 때문이라 했다. 하지만 때때로 의문이 들었다. 예전에, 내신좌평과 선황이 손끝에 조금 닿았을 독성분만으로도 일어나지 못했지 않은가. 선황이 그리 오래 혼수에 빠져 있었어도 신궁의절들은 해독제를 찾아내지 못했다. 그런데 나 아사나에게는 해독제를 찾아 먹였다. 어떻게?

"겨리야."

"예, 각하."

"지난 유월 하순에 내 죽던 날, 아니 그전 어느 날에 가꾸미가 신궁과 접촉한 적이 있느냐?"

"아, 예, 각하. 그날, 장대비가 내렸던 날, 비류군 저하를 비롯한 화친 사절단이 한수를 건너가셨을 때요, 각하께서는 내경각에 계셨지요. 그 저녁나절에 신궁사람들이 가꾸미 님을 찾아온 적이 있었사와요. 가꾸미 님이 곽란이 나서 처소로 먼저 돌아간다고 하시고선, 각하께 말씀드리지 말라 하고 그들을 따라 신궁으로 가셨지요. 삼경이 다 되어서야 돌아오셨고요."

"가서 무얼 했는데?"

"말씀해 주시지 않던걸요. 다만 각하를 위한 일이라고만 하셨지요."

그렇다면 신궁에서는, 제일신녀는 부여아사나가 자진을 시도하리란 것까지 내다보았던 말인가. 독병을 바꿔놓은 것이었어? 왜? 왜 나를 살려놓았지? 나는 신궁에 도움 되는 일을 한 적이 없는데? 의혹이 구름처럼 뭉게뭉게 피어나도 당장은 풀 길이 없다.

"그래, 바람이 시리구나. 창을 닫아라."

겨리가 바깥 창을 닫고 안창을 닫은 뒤 가리개를 드리웠다. 바람이 그치자 일순 적막해졌다. 방 안에 붉은빛이 아련하게 차오르면서 안온해진다. 붉은빛에 물든 손은 그러나 파리하다. 온몸의 살이란 살은 전부 죽음에 뜯기고 남은 건 뼈뿐인 듯 앙상했다. 이 손으로 무얼 할 수 있을까. 누구 손을 잡고서.

"태자가 문안을 온 적이 있더냐?"

"예. 사흘에 한 번쯤 다녀가시는데 이틀 전 오전에도 다녀가셨습니다."

"와서 내게 책을 읽어 주었던가? 비류군의 《소학》을?"

"예, 각하. 근자에 《소학》을 다 떼시었다고 자랑을 하시는 중이라 전하께서 각하께 《소학》 문구를 외워 드리지요."

"그래. 생각 나. 태자가 자꾸 울려 해서 내가 최근에 익힌 책을 읽어보라 했지."

"예, 그리하셨습니다."

"허면, 내 누워 있는 동안 우번이 든 적이 있느냐?"

"그럼요. 각하께서 궁으로 돌아오신 뒤로 사흘에 한 번 꼴로는 그이가 들어왔나이다. 잠깐씩 말씀을 나누시기도 했는데, 기력이 약하시어 기억을 놓치신 듯하옵니다."

"그랬어? 내가 우번과 무슨 말들을 했는데?"

"주로 들으셨지요. 백세전이며 대안전 얘기며 내경고, 대자원 일들을요. 들으시고 난 다음에는 그에 관한 사항들을 지시하셨구요."

"내가 우번과 얘기할 때 그대도 함께 있었어?"

"예, 각하. 소인에게 그냥 있으라, 하시어 그냥 있었지요."

우번과는 늘 독대를 했는데, 제정신이 아니기는 했던가 보다. 아니 어쩌면 무의식중에 누군가에게 의지를 하고 싶었는지도 모른다.

"우번이 최근 들어온 게 언제지? 그리고 내가 그와 무슨 얘길 했어?"

"어제 저녁나절에 우번이 왔구요, 그가 와서 한 얘기는, 폐하께오서 이번 영고제 때 문장대로 사냥을 가시겠다는 명을 내리셨다는 것이었어요. 수요산으로 가시는 듯하다가 먼 길을 돌으시어 문장대로 가신다는 것인데, 폐하께서 친위군 오천과 나가시고 도성군 오천은 따로이 움직여 부아악하에서 만난다 하였사와요. 기실은 폐하께오서 화산산성을 되찾으시고, 쌍현성으로 향하실 것이라 하셨다고요. 쌍현성까지 이르는 영토를 수복하신 뒤 쌍현성에다 경계를 치리라, 명하셨나 봅니다."

꿈을 꾸었다 여겼던 모든 것들이 실제였다. 황상이 아들 둘과 두 아우와 그 일족들을 고구려로 보내놓고 돌아서자마자 설욕을 하겠노라 나서는 것에 화를 냈던 것도 꿈이 아니었다. 그래, 내 그럴 줄 알았다. 버린 자식이며 버린 아우들이 아니라 아예 없던 사람들로 치부하고 나설 줄 알았어. 그렇게 화를 낼 제 소리를 냈던가, 생각만 했던가는 기억나지 않는다.

"우번을 찾아오라 해."

"예, 각하. 우번을 불러오라 하고 자실 걸 좀 차려오겠나이다."

"그래."

묽은 죽조차도 권할 때마다 애를 먹이던 아사나가 흔쾌히 그러라 하니 겨리는 마음이 기꺼워서 공주 앞을 나왔다. 문밖에 선 호위들에게 우번을 찾아오라 전하고 스스로는 지미간으로 향했다. 공주궁에는 가꾸미를 비롯한 시위 이십 명과 피문을 대장으로 한 호위 이십 명과 속종 서른 명이 있었다. 내경고를 관장하는 공주궁으로서는 검박한 살림이었다. 공주가 사치하지 않는 단정한 사람이기도 하려니와 부마이신 비류군이 거하지 않는 탓이기도 했다. 지미간으로 들어선 겨리는 저녁 채비를 시작한 지미간 시녀들에게 서둘러 죽 먼저 쑤라 명했다. 시위장으로 임명되지 않았지만 겨리가 가꾸미를 대신하게 되리란 걸 공주궁 사람들은 누구나 알고 있었다. 생전의 가꾸미가 겨리를 그만치 귀애했거니와 회생하시어 환궁한 아사나가 겨리를 노상 침소에 두고 있기 때문이었다.

스물일곱 살의 겨리가 태후궁의 궁녀로 들어간 것은 열세 살 때였다. 그 전에는 신궁 사절부 소속의 예비수녀였다. 예비신녀가 되지 못한 것은 여덟 살에 소도에 버려졌을 때 병에 걸려 있었기 때문이었다. 폐창에 걸려 살지 못할 지경이 되자 조부가 그곳에 내다버렸다. 천혜당으로 데리고 가면 누구 집의 자식인지 부모며 조부모가 누구인지 다 알려야 하는 데다 병이 낫든 낫지 못하든 데려간 사람이 책임을 져야 하므로 겨리의 조부는 한밤중의 소도에다 겨리를 버려두고 갔다. 부모에 대한 기억은 없었다. 신녀들에게 발견되어 병이 다 낫기까지 일 년이 넘게 걸렸다. 사절부의 보모수녀(修女) 연리가 보살펴 주었다. 누워 있기 심심하지 않느냐, 책을 읽어주

마. 오늘은 숨쉬기가 좀 어떠하냐, 약을 먹자. 잘 먹어야 빨리 낫는다, 밥을 먹자. 정갈해야 몸이 잘 큰다, 목욕을 하자. 계절이 바뀌었으니 옷을 갈아입자. 그 일 년여 간에 앞선 팔 년 동안 누리지 못했던 호사를 누렸다. 그리고 그 일 년여 사이에 글눈을 가지게 되었다.

몸이 나았을 때 연리 수녀가 말했다.

―네가 아직 어리지만 네 앞길에 대한 사항이니 네가 대답해야 한다. 네가 갈 길은 두 가지가 있다. 영지로 가는 길과 신궁에 남는 길이다. 영지로 가면 훨씬 자유로우니, 더 자라면 혼인하고 자식 낳으며 여염여인처럼 살 수 있다. 신궁에서는, 네 이미 신녀로 입문할 나이가 지났으므로 신녀가 될 수 없고 나와 같은 수녀가 되어야 할 것인데, 수녀들도 신녀님들과 꼭 같이 천신을 받들고 성하를 모시며 공부하고 일하고 살아야 한다. 어찌 하려느냐.

열 살의 계집아이가 무얼 알았으랴. 일 년여 동안 누린 안온함만이 중요했다. 그 일 년여가 평생이었다. 더구나 신궁으로 인해 살아났으니 자신의 목숨은 신궁의 것 아닌가. 당연히 남았고 사절부 예비수녀로 일을 배우며 자랐다. 이태 뒤에 웃전들이 황궁으로 가겠느냐고 물어왔다. 신궁에 있으나 황궁에 있으나 하누님을 받들고 성하를 모시기는 일반일 것이나 웃전들이 자신에게 그리 물어온 까닭은 황궁으로 가기를 바라서가 아니겠는가. 가겠다고 하였다. 기밀대 수련원에서 일 년여에 걸쳐 황궁 예법이며 황궁에서 하게 될 일들에 대하여 수련했다. 그리고 태후궁의 궁녀가 되었고 아사나 공주가 내경고를 맡게 되었을 당시 공주궁으로 배속되었다.

신궁인인 겨리가 공주궁에 살면서 신궁인으로 할 일은 특별히 없었다. 그저 공주를 잘 모시고 살면서 이따금 신궁에서 질문이 오면 그에 답하면 되었다. 자신이 첩자임을 모르지 않으나 공주에게 해가 될 만한 일들을 신궁으로 전할 일이 없었다. 이번만 하여도 성하께서는 공주를 회생시키지 않았는가. 겨리가 하는 일은 양쪽을 다 살리는 일이었다. 겨리는 그걸 믿었고 사실이 그러했으므로 갈등도 없었다. 더구나 겨리는 공주를 신궁 성하만큼이나 좋아했다. 성하를 처음 뵌 것은 그님이 아직 신이궁이었을 때였고 겨리가 기밀대 수련원에 있을 때였다. 당시 수련원에는 겨리와 같은 예비기밀대원 열 명이 있었다. 어느 이른 아침에 예비기밀대원들에게 지화합으로 오라는 명이 내렸다. 그날 지화합에서 흰 비단으로 만들어진 신녀 정복을 입었다. 그리고 해가 떠오를 때 천신단에 나아가 신녀가 되었음을 천신께 고했다. 그 자리에 신이궁이 함께 있었다. 천신단에서의 신녀 봉임의식이 끝난 뒤 주령합으로 가서 신이궁과 함께 아침 밥상을 받았을 때 그님이 말했다.

─나는 아직 예비신녀이매 나보다 어린 그대들이 나보다 선참신녀가 되었어. 어디로 가서 살게 되든지, 우리 하누님을 잊지 말고 신궁을 부탁해. 그리고 미래의 나도 부탁해.

하누님만큼이나 높아 보이는 신이궁의 그 농담에 킥킥 웃을 때 열두 살의 겨리는 그가 좋아 가슴이 두근거렸다. 그를 지켜주고 싶었다. 그를 지켜주기로 했다. 그리고 이듬해 정월에 태후궁으로 들어갔다. 이후 그님을 일 년에 한두 차례, 그것도 먼발치로만 뵙지만 여전히 그가 좋았다. 하지만 그님은 멀리 있었다. 공주는 가까웠다. 멀리 계신 그님은 닿을 수 없어 어렵되 수시로 그 몸에 닿는 공주는 임의로웠고, 성하는 가엽지 않되 공주는 가여웠다. 성하께서 공주를 되살려 주시어 성하의 은혜가 깊고, 공주가 되살아나 기뻤다. 공주가 되살아나 백성들이 그리 좋아하고 황상께서는 상실한 영토를 되찾으시겠다 작심하셨다니 이보다 좋을 일이 어디 있으랴. 형인 양 정인인 양 의지하며 살았던 가꾸미를 잃고 그 상실감에 홀로 몸부림쳤던 겨리가 스스로를 위무하느라 자신한테 들이댄 핑계들이 그러했다.

아사나가 죽 한 그릇을 먹고 모처럼 몸단장을 했을 때 우번이 들어왔다. 전실에 나아가 맞이한 쉰 살의 우번은 몇 달 새에 머리가 반백이 되어 있었다. 순리대로 희어져 가던 그의 머리를 아사나가 이제야 발견한 것이다. 그가 몇 살이든 아사나는 그를 내칠 생각을 해본 적이 없었다. 스스로 물러나며 제가 후계를 추천할 때까지 그를 곁에 둘 참이었다. 몇 달 넋을 놓았다가 되찾은 지금도 그 생각은 변함없었다.

"거두절미 묻겠소, 우번. 내경각에 내 자리가 있소?"

"예, 각하. 내경각의 각하 자리는 그대로 있나이다. 황후 전하께오선 어린 두 아드님을 떠나보내시고 상심하시어 미처 내경고를 장악치 못하시었습니다. 내경고는 지금껏 각하께서 행사해오신 관례대로 움직이고 있나이다. 각하께서 기운 차리시어 등청하시기를 기다리고 있지요."

"대자원은 어떻소."

"대자원은 지난 난리에 북한성 쪽에서 건너온 백성들로 연일 북새통입니다. 대자원 인근이 온통 움막들로 덮였지요. 폐하께오서 내두부에 명하시어 대자원을 힘껏 지원하라 하셨으나 내두부 예산이 한정되어 있는지라 관원들이 애를 먹고 있습니다. 더구나 각하와 함께 일하셨던 은솔 진광이 볼모로 가시었는지라 그 자리에 은솔 진몽이 들었사온데 그가 일의 가닥을 잡지 못하는 바 내두부에서 대자원으로 나온 구휼금이 헛길로 새고 있다는 풍문이 있나이다."

"내가 아직도 비몽사몽인 듯한데, 그에 대해여 알아보라 하지 않았소?"

"예, 각하. 소인이 지지난번에 들어와 말씀드렸을 때 그에 대하여 알아보라 명하셨습니다. 소인이 알아본 바 헛길로 샌다는 내두부 구휼금은 진몽 은솔의 사저로 흘러가고 있는 듯하옵니다."

진몽은 황비 누리나의 오라비였다. 누리나비는 내신좌평 진두서의 질녀로 해씨 일족이 장악해가는 작금 황실에서 진씨 일족의 첨병 구실을 하고 있었다. 그의 아들 부여혈은 태자보다 한 살 아래로 여덟 살이었다. 더 어린 부여명과 부여구가 볼모로 간 것은 그들이 황후의 소생이기 때문이고 혈이 고구려로 가지 않은 것은 그 존재의 값이 헐한 이비에게서 난 덕분이었다. 어떤 참극의 상황에서든 우는 사람의 반대편에는 웃는 사람이 있기 마련이다. 황후 우슬이 두 아들을 잃고 애를 끓이느라 제 밥그릇조차 놓치는 사이에 이비 누리나는 오라비 진몽을 내세워 굶주린 백성들의 곡기를 끌어다 제 주머니를 채우고 있었다. 장차는 황상의 총애를 빌미로 혈을 태자로 세우려 획책하고 나설 것이다. 언제나 이비들이, 이비의 자식들이 문제였다. 이비의 아들인 선황 부여부가 현황 여해를 앞서 즉위하지 않았다면 오늘과 같은 사태가 일어났을 것인가.

"알겠소. 내 며칠 뒤에 대자원으로 나갈 것이니 진몽에게 흘러들어 가는 자금의 내역을 더 캐고 가능한 한 그 물증을 찾아보도록 하세요."

"예, 각하."

"비류군께서 어디쯤에 계시는지도 알아보라 했던 것 같은데?"

"비류군께오서 처음 떠나셨을 때 대방성으로 가셨다가 가야를 거쳐 왜국으로 가실 것이라 예정되어 있었다는 사실은 각하께 이미 말씀드렸지요. 비류군께서는 폐하의 밀명을 받아 움직이시는지라 그 이후의 움직임은 전혀 알려지지 않고 있나이다. 사흘 뒤 폐하의 쌍현성 출정에는 대방 세력이 합세하지 않는 것 같은지라 유추해 보기도 어렵고요. 다만 이번 쌍현성까지의 수복이 달성된다면 그 이후 우리 백제와 가야와 왜가 연합을 이룰 것이란 추측은 있는 듯합니다. 그러한 연합군 구축에 비류군께서 작용하실 게 분명하니 비류군께서 올해 안에 왜국으로 가시지 않겠나이까? 왜국으로 가시기 전에 가야로 가시기 위하여 먼저 본국에 들르실 수도 있고요. 헌데, 큰나루에 상재하는 소인의 수하가 비류군 저하에 관한 한 가지 소문을 들었다 하나이다."

"비류군에 관한 소문이라니?"

"아니, 비류군 저하에 관한 것이라 단정함은 소인의 섣부른 판단이옵니다. 용서하소서."

"여튼."

"대판섬 난파진에 근거를 둔 왜 상단의 배가 드물게 큰나루에 들어오는데, 최근에 들어온 그들을 통해 들은 말인즉슨, 지난 오월에 왜왕의 어린 왕자가 혼인을 하고 세자책봉을 받았다는 것이옵니다. 헌데 그 세자비가 칠지화를 날개처럼 나부끼며 거대한 잉어를 타고 바다를 건너온 아기님으로, 왜국 전역에 소문이 파다하다고 하나이다. 그 아기님의 신체에 선천적으로 칠지화가 새겨져 있는 바, 예전에 오래도록 왜국을 통치했던 신공대비의 현신이라 알려져서, 어린 세자 내외가 어느새 신이한 존재들로 추앙받는다 하고요."

"세자 내외가 몇 살이나 되었는데?"

"동갑내기로 다섯 살이라 하나이다."

"헌데 그와 같은 허황한 이야기에 어찌 비류군이 끼어 있다고 보신 게요?"

"그 아기가 큰나라 백제 태생이거니와 그 부친이 왜국에서 와니미코토라 불리는 왕인 님, 즉 비류군 저하로 알려져 있다 하기 때문입니다."

"뭐요?"

"황공하옵니다, 각하. 원래 그러한 소문들이라는 게 아무렇게나 엮이고 부풀어 휘몰려 다니는지라 그리 소문이 난 듯하나이다. 비류군 저하에 대하여 알아보라 하시었기로 소인이 들은 대로의 이야기를 전해 올리는 것이옵니다."

"알겠소. 내 대자원에 가기 전에 알아보시라 한 사항들 수집하게 되면 내게 미리 알려주세요. 그대에게 늘 신세를 많이 지오. 그대의 은공을 내 죽어서도 잊지 않으리다."

"망극하나이다, 각하. 소인이 각하께 입은 은혜야말로 살아 있는 동안 다 갚지 못할까 저어할 따름이옵니다. 부디 하루라도 빨리 추스르시고 예전처럼 거둥하시기를 비나이다."

"고맙소. 이제 곧 일어나리다. 내 잠시 쉬어야겠으니 오늘은 이만 물러가시오."

왜왕의 세자비가 칠지화를 날개처럼 달고 잉어를 타고 바다를 건너온 와니미코토의 딸이라고? 우번이 나가는 모습을 지켜보며 아사나는 긴 혼잣말을 속으로 뇌까렸다. 비류군이 응신을 왜왕으로 세운지 여섯 해째이다. 그동안에 비류군이 왜국에 머문 기간이 얼마나 되던가. 시일을 다 합쳐도 일 년이 채 못 될 것이나 비류군이 그곳에서 여인을 보아 자식을 낳았을 수는 있다. 그 자식의 나이가 높이 잡으면 다섯 살쯤 된다. 다섯 살짜리들을 혼인시키는 무도한 짓은 미개한 왜국이니 가능할 수도 있다. 아니 권력 유지와 계승에 대한 욕심은 하늘 아래 어디에서나 똑같은 것이니 무도하다 폄훼할 수만도 없다. 칠지화는 왜국에서 보면 큰나라인 백제의 칠지도를 가리키는 것일 터이고 잉어는 배를 의미할 것이니, 칠지화를 나부끼고 잉어를 타고 바다를 건너왔다는 신이한 이야기쯤 허황하다 치부할 필요도 없다. 지금의 부여아사나만 하여도 저승에서 되돌아온 사람으로 백성들 입에 오르내리고 있지 않은가.

하지만 와니미코토, 비류군이 개입되었다. 응신왕이 자신을 왕으로 세워준 비류군의 은혜에 값하기 위하여 그와 같은 이야기를 날조하였다? 그럴 수도 있긴 할 것이다. 응신왕이 왕권 확립의 필요성에 큰나라 백제를 등에 업고 그 현시적 존재인 비류군을 이용했을 수도 있다. 얼마든지 가능한 이야기다. 아사나는 그 가능함을 납득하기 위하여 애써 고개를 끄덕였다. 납득치 않으면 머릿속에서 운무처럼 피어나는 의혹에 질식할 것만 같았다. 비류군의 자식이라니? 내가 낳지 못한 그의 자식을 다른 여인이 낳았다고? 누가? 어디서? 대방의 처처, 이구림, 왜국 등, 세상은 넓고 세상 사람 절반이 여인이니 그건 중요하지 않은가? 그러면 무엇이 중요하지?

"겨리야, 누워야겠다. 내일은 태자하고 신궁으로 갈 테니 대안전에 연통을 해두어라. 신궁에도."

우번과의 만남으로 오늘 기운은 다 쓴 듯했다. 겨리에게 부축되어 침상에 이른 아사나는 무너지듯 누웠다. 겨리가 아사나의 가슴 띠를 풀어 겉옷을 벗겨냈다. 한 시진 전에 의장수발시녀를 불러들여 다듬었던 아사나의 머리채에서 장신구들을 뽑아내고 머리를 풀어내렸다. 두피를 어루만지며 긴 머리카락을 가만가만 쓸어준다.

"대안전과 신궁에 연통해 두겠습니다. 소인이 이리 만져드릴 터이니 한 시간만 쉬시어요, 각하. 한 시간쯤 뒤에 일어나시어 저녁 진지 드시고 약 드신 뒤, 하실 일이 계시면 그때 다시 하시어요."

"그러자꾸나."

그러자고 대답하는데 눈시울이 더워지며 가슴이 막힌다. 막힌 가슴에서 눈물이 흘렀다. 육 년 전 단옷날이었던가. 그날 핏물로 흘러버린 아기가, 그리되지 않았더라면 지금 다섯 살일 터였다. 자신이 낳지 못한 자식이 비류군에게는 있었다. 아사나가 낳지 못하는 한 비류군도 아이를 낳지 못할 것이라 여겼다. 사내인 비류군이 처처에서 계집들을 안는다 해도 자식은 아사나를 통해서만 낳을 것이라고 믿었다. 어이없게도.

하지만 누가 낳았을까. 대체 누가?·비류군은 아무 여인에게서나 자식을 낳을 사람이 결코 아니다. 길가에 핀 꽃들에게서 낳은 자식을 일국의 세자비로 밀어 넣을 사람도 아니다. 꽃, 칠지화. 칠지화? 가물가물 졸음에 겹던 아사나가 발딱 몸을 일으키며 외쳤다.

"그래, 칠지화!"

"예? 칠지화라니요?"

"신궁신녀들한테 칠지화 문신이 있다는 말 들어보았느냐?"

"그거야 만인이 다 아는 것 아니옵니까."

"칠지화는 신궁에서만 새겨지는 것이지?"

"그렇겠지요?"

"헌데 신궁 밖에서 태어난 계집아이에게 칠지화가 있다면 그건 무슨 뜻이겠느냐?"

"좀 전에 우번님이 하신 말씀 때문이시군요. 그이는 각하, 잉어 타고 칠지화를 나부끼며 바다를 건넌 아기에 대해 이야기했지 않나이까? 그건,

용이 구름을 타고 하늘을 날아다니는 것과 같은, 붕새가 한 번의 날갯짓으로 구만 리 장천을 난다는 것과 같은 이야기입니다. 아무도 용을 보지 못했어도, 붕새를 못 보았어도 하늘과 땅 사이에 용이 살고 붕새가 산다고 믿고 싶은 이들이 믿듯이, 왜국의 사람들도 잉어 타고 칠지화 나부끼며 바다를 건넜다는 아기를 믿는 것이겠지요. 각하께오서 잠을 앗길 일은 아니신 듯싶은데요, 쉬시어요. 이러시다간 내일 신궁 행차는커녕 자칫하면 누워 계셔야 할 시일이 늘어나십니다."

그런가. 아사나는 머릿속이 아득하여 자신이 왜 일어났는지도 가물가물했다. 한 가지 사라지지 않는 건 신궁이 왜 나를 살렸는가 하는 의문이다. 거리가 아사나의 상체를 안듯이 부축하여 뉘어주었다. 이불을 끌어다 덮고는 다독여준다. 아사나는 졸음에 겨워 중얼거렸다.

"신궁이 왜 나를 살렸을까."

여전히 다독이며 거리가 대답했다.

"내일 신궁 성하 뵈시면 여쭤보시어요."

"대답해 줄 사람이 아니야. 그런데 그이가 왜 나를 살렸을까."

"공주님이 사시어 백성들도 살맛이 난다 하지 않습니까. 하누님께오서 널리 사람을 이롭게 하라 하셨으니 신궁께서 백성들이 살맛 나도록 하신 게지요. 편히 주무셔요."

"나의 회생을 핑계로 백성들이 살맛이 난다면 그래, 그 핑계로 살아야지. 내가 살아 비류군도 살았으니 그래 살자. 아니 비류군은 내가 죽어서 산 것이지."

아득한 졸음 속에서 중얼거리듯 생각하는 아사나에게 한 생각이 가물가물 지나갔다. 비류군이 먼저였다. 아사나는 비류군의 덤이었다. 내가 죽음으로서 비류군이 살았으되 비류군을 비류군으로 살게 하기 위하여 나를 살린 것이었어, 설요가. 그러니까 비류군의 자식은 설요의 자식인 것이다. 그래 그렇게 된 것이었어. 깨달았지만 일어날 힘은 없었다. 설요가 사루왕인의 여인이었다는 것을 오래, 오래전부터 자신이 알고 있었다는 생각을 하며 아사나는 잠이 들었다.

쌍현성은 한수에서 오백여 리 거리에 있는 고구려령 말갈과 접경지에 위치했다. 황상이 쌍현성을 먼저 수복하겠다고 작정한 까닭은 물론 한성과 한수 인근을 적지로 두고는 살기 어렵다는 판단 때문이었다. 한편으로 육 년 전 자신의 태자 시절에 쌍현성이 점령당하면서 백제가 영토의 절반을 잃게 된 불운이 시작되었다고 여긴 때문이기도 했다. 쌍현성을 넘지 않고는 아무것도 할 수 없을 것 같았다. 하여 쌍현성을 되찾고 쌍현성에다 방책을 세움으로써 한성을 보호하는 동시에 수복 전쟁의 전초기지로 삼을 참이었다.

지난 유월 고구려와의 화의문서에 쓴 조약들은 처음부터 안중에 없었다. 두 자식과 두 아우들과 그 일족들은 고구려의 배에 실린 순간 모조리 한수에 빠져 죽은 것으로 쳤다. 그랬지만 수시로 체하고 밤마다 잠을 설쳤다. 술을 마시기도 싫고 정욕도 생기지 않았다. 안중에는 잃어버린 영토들만 들어오고 심중에 쌓이는 것이라곤 복수뿐이었다. 아무것도 하지 않은 채 세월을 보내다가는 말라 죽거나 울화가 터져 지레 죽을 것 같았다. 아사나 공주의 회생을 기화로 제일신녀 설요를 만났다. 그는 모든 것을 아는 사람이 아닌가. 장서각의 서책들을 수년에 걸쳐 웅진주로 옮겨놓았다는 걸 알게 되었을 때 황상은 지난날 그의 말들을 듣지 않았던 것들을 뼈저리게 후회하였다. 이제 제일신녀의 말이라면 무엇이든 따를 참이었다. 하여 근자의 심사며 나라 안팎의 상황을 늘어놓았더니 설요가 말했다.

　─원래 내 것이란 없지요. 사람이 내 것이라 여기는 것들도, 내 것이 영원히 내 것이 아니고 남의 것이 영원히 남의 것도 아님을 아실 텝니다. 폐하의 영토였던 땅들도 옛날에는 그저 자연으로 있었거나 다른 나라에 속해 있지 않았습니까. 지금 고구려의 영토들도 그러하고요. 영원한 것은 없지요. 아주 사라지는 것들도 없구요. 우주 속에서, 천신의 시계(視界) 안에서 순환하고 있을 뿐입니다. 그러니 폐하, 욕심 부리지 마십시오. 욕심으로 되는 일도 있기는 하나 그건 길이 가지 못하지요. 밖으로 눈을 돌리지 마시고 안을 보시려 하십시오. 안이 실하면 밖은 저절로 실해지기 마련입니다.

　설요의 말은 지극히 신녀다웠다. 황상은 그의 말에 승복할 수 없었다. 나의 욕심이 상대에게 분노를 일으키고 결국 또 큰 전쟁으로 비화될 것임을 모르지 않으나 어쩌랴. 이대로 지내다가는 지레 죽을 것 같다고, 무슨 짓을 저지를지 스스로를 알 수가 없노라 하소연하며 길을 물었다. 아니 우선 쌍현성이라도 되찾아야겠는데 출병해도 되겠는지, 출병을 한다면 언제가 좋겠는지 터놓고 물었다. 황상을 가만히 응시하던 설요가 대답했다.

　─정히 그러시다면 시월에 출병하십시오. 폐하께서 욕심만 부리시지 않는다면 크게 피 흘리지 않고 소기의 목적은 달성하실 수 있으실 텝니다. 하지만 시월에 출병하시되 시월에 되돌아서셔야 합니다. 즉, 쌍현성까지만 가셔야 한다는 뜻입니다. 그곳에서 멈추시고 되돌아오신 다음에는 내실을 기하시며 세월을 보내셔야 합니다. 더불어 드릴 말씀은, 죽이지 않아도 되는 상대라면 죽이지 마시고 폐하의 사람으로 만드시라는 것입니다. 적을

제거함에 반드시 적이 목숨을 없이 하는 것만이 능사가 아니지 않습니까. 살리어 내 편으로 만들면 적을 제거하는 동시에 내 사람이 느는 것이지요.

화산산성을 접수하고 나니 눈이 내리기 시작했으나 황상은 쌍현성까지의 진격을 명했고 지나는 길목의 영토들에 다시 천계깃발을 꽂았다. 지난 유월 고구려군이 지남으로써 고구려가 되었던 땅이었으나 수백 년 백제였던 곳이었다. 석 달 남짓 꽂혀 있던 고구려 깃발을 백제황제가 뽑아내기는 일도 아니었다. 그저 지나기만 하면 되었다. 백성들은 당연한 듯 황상 앞에 엎드렸으므로 황상은 닷새 만에 쌍현성 앞에 도착했다.

쌍현성이 고구려 영토가 된 지 육 년이 지났으므로 화산산성처럼 쉽게 문 열고 나올 것이라는 기대는 애초에 하지 않았다. 쌍현성에는 원래의 백성 일만 여와 군사 삼천여 명이 있고 고구려군 일천 명이 주둔하고 있었다. 삼백여 리 밖 고드늑주에 삼천의 고구려군이 주둔하고 있었다. 영토의 넓음은 곧 국력이지만 병력이 그만큼 나뉘어야 하는 바 고구려는 중앙군으로 이 진단을 다스릴 수는 없었다. 그들이 고드늑주에 하평양성을 건설하겠다고 나선 것은 그들이 그만큼까지의 진단을 감당할 수 있으리라고 여겼기 때문이었다. 고드늑주에 남겨놓은 삼천의 군사가 그걸 말하고 있었다. 백제군이 들이닥친 것을 발견한 쌍현성에서 지금 파발을 띄운다 치면 파발이 가는 데 이틀이 걸리고 고드늑주에서 쌍현성까지 오려면 아무리 빨라도 닷새는 걸린다. 설요는 이번 출정에 쌍현성 더 너머까지 가려 하지 않아야 함을 극구 강조했다. 욕심을 버릴 것.

쌍현성 건너에 도착하여 성의 삼면을 에워싼 진을 치며 전열을 정비하고 나니 새벽이었다. 성안이 소란스러워지고 있음을 이편에서도 충분히 느낄 수 있었다. 저들에게 전투를 대비할 시간을 주고 있는 것이지만 황상은 서두르지 않았다. 어차피 급습도 아니지 않는가. 쌍현성은 동남향으로 앉아 있었다. 황상군(皇上軍)은 동남풍이 불기를 기다렸다. 꼭 동남풍이 아니라도 바람의 방향이 아군 진영 쪽으로만 불지 않으면 되었다. 쌍현성 안의 전력이 최소한 오천은 되는 것으로 가정하고 준비한 전투였다. 일만과 오천. 두 배의 전력을 가졌지만 황상은 이번에는 신중했다. 대장군을 해지무로 삼았고 상장군 겸 중군장을 진가모로, 좌군장에 진하무, 우군장에 사두를 세웠다. 수십 년을 전장에서 살아온 이들이거니와 황상의 즉위 이후 내내 함께 전장을 누볐던 막료들이었다. 목숨이 아니라 자존이 걸린 전투였다. 황상만큼, 아니 더 승리에 목이 마른 그들이었다. 무리하지 말자고, 당장은 작은 전투로 만족하자고 서로 다독이면서 몇 달 내 이 전투를 준비해왔다.

쌍현성주는 은격으로 백제 안에 많지 않은 성씨 중 하나인 국씨였다. 태수황제 시절에 왜국으로 이주해 간 견부군 고련이 쌍현성의 국씨였다. 황실과 혼맥을 맺을 정도로 오래전부터 쌍현성을 다스려왔던 국씨 집안이 은격에 이르러 고구려에 쉽사리 투항하고 고구려의 속령으로 살고 있었다. 육 년 전 고구려의 기밀부대인 조의들에게 먼저 장악을 당한 후에 항복했다니 별수 없기는 했을 터이나 황상으로서는 국은격이 명백한 반역자였다. 제일신녀 말대로 될수록 사람을 살리려 할 터이나 은격은 아니었다.

날이 밝았고 옅은 눈발이 휘날렸고 마침내 바람의 방향이 바뀌었다. 동남쪽에서 바람이 불어와 쌍현성 쪽으로 몰아쳤다.

"시작할 때가 된 듯합니다, 대장군."

황상의 말에 대장군 해지무가 명을 받들었다.

"중군, 공격을 개시하라."

203

대장군 해지무의 명에 호각수가 호각을 불었고 쌍현성 정면에 진을 친 중군에서 삼백 개의 화공탄이 동시에 올라 바람을 타고 날았다. 이쪽 진영과 성과의 거리가 오백여 보였다. 바람을 탄 화공탄은 칠백 보를 갈 수 있었다. 화공탄들은 육칠백 보를 날아가 쌍현성 안에 떨어져 내렸다. 이어 화탄 삼백 발이 다시 날아갔다. 성안에서 석탄이 날아 나오기 시작했다. 바람 때문에 피차 화살들은 소용없었다. 성안에서 숫구쳐 나온 석탄들은 아군 진영에 거의 미치지 못했다. 거의 몇 십 보 앞에 떨어져 쌓였다.

"좌군, 우군, 공격하라!"

해지무의 명에 따라 고고대의 북소리가 울려나가자 쌍현성 왼쪽에 진을 친 좌군과 성 오른쪽에 진을 친 우군이 발석탄을 날려 보냈다. 발석탄을 날리기 위해 쌍현성 전면의 중군보다는 근접했으나 저들의 공격이 직접 미칠 거리는 아니었다. 황상군은 성급히 성문을 열려거나 성벽을 넘으려 시도하지 않고 원거리에서 가능한 공격만 연이어 퍼부었다. 눈발이 거세지니 성 안쪽에 운무가 드리운 듯 연기가 차고 번진 불길들이 연기와 함께 바람을 타고 치솟아 올랐다. 아군 사상자가 거의 생기지 않은 채 성 안이 화염에 휩싸여갔다.

안에서 타 죽기를 기다리느니 접전을 하기로 했는가. 마침내 성문이 열렸다. 석탄의 엄호 속에서 성안에 있던 기마대가 쏟아져 나왔다. 오백 기의 철기병과 일천의 창기병과 이천의 보병과 다시 오백의 철기대. 저들이 나오기를 기다리고 있던 아군의 삼천 궁수들이 화살을 날렸다. 화살을 뚫고 다가오는 그들을 이쪽의 철기병들이 나아가 맞이했다. 좌군과 우군의 창기병들이 저들과 쌍현성 사이로 들어섰다. 사천의 쌍현성군은 일만의 황상군에게 포위되었다. 포위하고 포위된 채 양군이 얽혔다. 철기병은 철기병끼리 창기병은 창기병끼리 뒤엉키다가 피아의 철기병과 창기병과 보병이 마구 뒤섞였다.

저들은 백제가 항복한 지 석 달 만에 쌍현성으로 쳐들어오리란 가정을 하지 않았던 참이라 대비가 없었고, 황상군은 설욕의 전초전으로서 총력을 기울여 나섰으므로 결과는 처음부터 정해져 있었다. 육박전을 시작하고 한 식경 만에 전세가 확연히 기울었다. 고구려 주둔군인 철기병을 불러내어 그들을 집중 공략하였으므로 그들이 먼저 와해될 수밖에 없었다. 그들이 무너진 이상 쌍현성군이 버틸 재간도 없었다. 죽거나 죽지 않은 자들은 무기를 버리고 눈이 내려 쌓인 땅바닥에 엎드려 항복을 표시했다. 항복하지 않은 채 날뛰던 고구려의 철기병들은 눈발처럼 쏟아지는 창기들에 꽂혀 말에서 떨어져 내렸다.

"전열을 정비하라."

둥둥, 둥둥. 전열을 정비하라는 명령이 북소리를 타고 울려나갔다. 각군이 눈을 쓸듯 자신들의 위치로 돌아가 진열을 가다듬었다.

"중군은 전장을 정비하고 좌우군은 성안으로 진입하라."

명을 내린 황상은 와락와락 쏟아지는 눈을 온몸으로 맞으면서 성을 향해 말을 몰았다. 황상이 치세를 시작한 이후 처음으로 맞이한 승리다운 승리였다. 전혀 춥지 않았다. 그렇다고 썩 기쁜 것도 아니었다. 열 개의 손가락을 잃은 뒤 한 개도 채 못 되는 손가락을 되찾았을 뿐인데 기쁘면 얼마나 기쁘랴. 얼마간 이 쌍현성에서 머무를 것이었다. 그런 연후 새로운 백제를 모색할 것이었다. 어떠한 대가를 지불하더라도 나의 치세기간에 상실한 영토를 되찾고야 말리라. 그 대가가 임금의 목숨이라면 기꺼이 내놓을 것이었다.

나들이

대자원은 한성 서북쪽 한수변의 새실나루가 내려다보이는 새실에 있었다. 새실은 태수황제(근초고황) 시절에 생긴 새 마을로 길이 반듯하고 민호(民戶)들도 줄을 맞춘 듯 가지런하였다. 이후 집들이 늘어나고 나루가 만들어지면서 저자가 생기고 새실평으로 불렸다. 원래 큰나루에 있던 한성 대자원이 새실로 옮겨온 게 휘수황제(근귀수황) 시절이었다. 큰나루가 비약적으로 커지면서 저자가 커졌고 대자원 또한 커져야 했으므로 이전했다. 대자원은 새실나루와 새실이 내려다보이는 세봉산 아랫녘의 드넓은 부지에 자리 잡았다.

대자원이 하는 일은 홍수와 태풍과 가뭄과 역질 등의 천재(天災)를 겪은 뒤 굶어 죽는 백성이 없게 하자는 것이되 당장의 끼니를 잇게 하여 품팔이 일이라도 찾을 기운을 주자는 것이었다. 난리가 나기 전에는 하루 일백어 명 정도의 기민(饑民)들이 끼니때면 찾아와 밥을 먹고 기운을 차린 뒤 곡

206

식 석 되씩을 얻어 제 밥벌이를 찾아 나서곤 했다. 석 되 정도면 열흘 땟거리는 되므로 열흘 사이에는 그 스스로 당장의 호구지책은 찾아내는 것이다. 한 식구가 떼로 찾아왔을 때 갓난아이 몫까지도 챙겨주었으나 같은 사람에게 한 달에 두 번씩 줄 수는 없었다. 때문에 어디에 살던 누구이며 왜 집을 잃고 굶게 되었는지 등의 기록을 세세히 했다.

전후(戰後), 난민들이 신궁과 새실평으로 모여들었다. 신궁으로 향한 난민들의 숫자는 밝혀지지 않았거니와 새실평에만 모여든 수가 오천여에 이르렀다가 근자에는 삼천여로 줄었다. 삼천여 명은 그야말로 갈 곳이 없는 사람들이었다. 신궁은 이미 만원인 데다 난리를 겪은 뒤라 한성 백성들의 인심이 각박해져 있었다. 겨울이라 나물이나마 뜯어 먹을 산 속으로도 갈 수가 없었으므로 대자원 일대에 움막을 친 이들이었다. 대자원에서는 더 이상 그들에게 내어줄 곡식이 없는 지라 하루 한 끼니 죽 한 그릇씩을 주는데 그나마도 일천 명으로 한정시켰다. 나머지 기민들은 없는 품팔이 거리를 찾아 온 한성을 헤매거나 동냥질을 하며 떠도는 즈음이었다. 사시경에 주는 하루 한 끼니에 목을 맨 난민들이 새벽부터 줄을 섰다. 하지만 매일 절반 이상이 아무것도 얻어먹지도 못한 채 발길을 돌려야 했다. 내두부 은솔 진몽이 모든 백성들을 무한정 먹일 수는 없으므로 점심 끼니에 선착 일천 명에게만 죽 한 그릇씩을 내어준다는 것으로 방침을 정했기 때문이었다. 어쨌든 이번 겨울을 나야 하는데 예산이 뻔하므로 그럴 수밖에 없기는 하였다.

동짓달 십일일 이른 아침이었다. 대자원 남서문 일대에는 새벽부터 긴 줄이 생겨나기 시작했다. 갓 날이 밝은 묘시경에는 그 줄이 수십 줄로 늘었다. 오천은 될 법한 백성들이 추위 속에서 옹송그리며 모여든 까닭은 어제 대자원 일대에 게시문(揭示文)이 나붙었기 때문이었다.

　　내경각주 아사나가 대자원 인근의 난민들에게 새로운 거처를 알리노라. 전날 신궁의 영지였던 부아악가 비어 있는 바 원하는 자들은 그곳으로 이주할 수 있느니. 그곳으로 이주하는 자들에게는 집을 주고 일 인당 곡식 한 말씩을 내어 겨울을 나게 하겠노라.

게시문과 더불어 내경각주이며 대자원주인 아사나 공주가 막대한 곡식을 대자원으로 실어 보낸다는 소문도 퍼졌다. 과연 그러한가. 백성들은 기대에 들떠서 대자원으로 모여들고 있었다. 과연 그랬다. 날이 밝기 전부터 새실평 큰길에 곡식을 가득 실은 우마차들이 줄줄이 대자원 정문 안으로 들어가 큰마당에 곡식을 쌓았다. 새실나루에도 곡식을 실은 배들이 와 닿았고 짐을 부린 빈 우마차들이 그 곡식들을 대자원으로 실어 들였다. 대체 그 많은 양곡이 어디 쌓여 있다가 나타난 것일까. 기민들은 금세라도 양곡을 향해 달려들고픈 허기진 눈빛으로 대자원으로 들어가는 수레 행렬들을 쳐다보았다. 난동을 방지하기 위한 한성수비군 일천이 대자원 일대에 창검을 세운 채 도열해 있지 않다면 벌써 수레를 향해 달려들었을지도 몰랐다.

　　아사나는 지금까지 늘 소박한 차림새로 대자원에 들렀다. 최소한의 시위와 호위들만 거느렸고 옷차림은 수수했으며 오두마차(五頭馬車) 대신 이두마차(二頭馬車)를 타곤 했다. 행차라고 부를 위용을 갖춰본 적이 없었다. 하지만 오늘 아사나는 흰 가죽으로 둘러진 오두마차에 태자와 함께 타고 붉은 천계가 수놓인 금의(錦衣)를 나부끼며 이른 아침에 대자원으로 들어섰다. 공주호위대와 태자호위대 일백이 공주와 태자가 탄 마차를 둘러쌌다. 아사나가 태자 부여영(夫餘映)을 대동하고 지금까지와 다르게 사뭇 요란하게 행차한 까닭은 짐짓 위엄을 보이기 위함이었다. 모처럼 백성들 앞에 나타나는 것이므로 부여아사나가 분명하게 살아 있으며 아사나가 살아 있는 한 대자원은 이전과 같이 운영될 것임을 선언하려 한 것이다.

죽었다가 살아난 아사나였으므로 무서운 게 없었다. 아사나는 며칠 전에 대황전은 물론 태후궁, 황후궁, 황비들의 궁에다 백 섬씩의 곡식과 스무 명씩의 시녀들을 동짓달 십일일에 대자원으로 보내라고 통문을 돌린 참이었다. 그리고 은솔들의 저택에 서른 섬 이상, 달솔 저택들에 쉰 섬 이상, 좌평저들에는 칠십 섬 이상의 곡식을 대자원에 내어놓으라 파발을 띄웠다. 관직을 가졌건 갖지 않았건 모든 황족과 귀족들의 집에 파발이 닿았다. 이하 덕솔, 한솔, 나솔들의 저택에는 오늘 파발이 띄워질 것이었다. 통문에 표현하기론, 난리를 겪으며 국고와 내경고가 부실해졌으니 백제의 중추이신 귀하들의 도움을 간절히 바란다 하였으나 내용은 명백한 강제였고 엄포였다. 황명을 빌지는 않았으나 황명이 배경에 있음을 파발을 받은 신료들은 누구나 알 수 있었다.

아사나가 무서운 게 없어진 대신 신료들은 죽었다가 살아난 황상의 손위누이를 두려워하였다. 아사나는 아직 스물아홉 살이었다. 한번 죽었다 살아났으므로 불사신인 양 오래 살 것이라는 속삭임이 파다했다. 황태후는 한 번도 실권을 잡아보지 못한 이였고 황후는 권력욕이 없었다. 죽기 전에도 그러했으나 회생한 뒤로는 한층 더 황상의 비호가 돈독해진 젊은 아사나는 일인지하 만인지상이었다. 더구나 그에게 자식이 없으므로 사심도 없음을 누구나 알았다. 아무도 그 명을 거스를 엄두를 내지 못했다.

하여 대자원 넓은 마당에 양곡 가마니가 줄을 맞춰가며 산더미처럼 쌓이는 참이었다.

"태자 전하와 내경각하 납시오. 예를 갖추시오."

태자호위대장 적계의 긴 선소리가 울렸다. 자신의 어깨만큼 키가 자란 태자 영의 손을 잡고 아사나가 마차에서 내려서자 대자원 큰마당에서 움직이던 이들이 일제히 땅에 엎드렸다. 은솔 진몽이 마차 옆에 엎드려 태자와 공주를 맞이했다. 아사나는 진몽에게 일어나라는 상례의 말을 하지 않았다.

"태자 한 말씀 하세요."

영이 수줍어하면서도 공주의 손을 잡은 채 한 걸음 나서서 말했다.

"어제 내경각하께서 나에게 말씀하시길, 곤궁에 빠진 백성들의 외침을 듣지 못하는 임금과 신료들, 혹은 일반 백성들일지라도 이웃의 곤궁을 외면한다면, 그들은 스스로 곤궁에 빠지고 말 것이라고 하셨어요. 우리 백제 사람들은 너나없이 널리 사람을 이롭게 할 줄 아는 아름다운 성심을 가졌다고도 하셨습니다. 그 아름다운 맘들이, 지난 난리로 곤궁에 처한 백성들이 많은지라 각 신료들께서 십시일반으로 곡식을 보내오신 것으로 알아요. 또 많은 백성들도 이웃을 위해 베풀 것이라 믿고요. 우선은 이 곡식들을 골고루 나누어 백성들이 조금이라도 덜 곯게 애들을 써주세요."

"잘하셨어요. 대견하십니다, 전하."

태자를 칭찬한 아사나가 큰마당에 엎드린 관원들과 황궁에서 나온 시녀들과 서리들과 신료들의 집에서 곡식을 실어온 자들을 쭉 훑어본 연후 말했다.

"방금 태자 전하께서 내가 하려던 말씀들을 다 하셨으나 나의 소견을 덧붙입니다. 내가 지난 난리에 실심(失心)하여 죽으려 하였으나 죽지 못하고 살아났습니다. 그 사실을 만백성들이 다 아는지라 새삼 부끄러워하지 않기로 하였어요. 나의 목숨이 덤으로 생겼으므로 덤으로 생긴 목숨을 황상 폐하의 성심을 받들어 백성들을 살리는 데 쓰기로 했습니다. 각 신료들께서 이렇듯 뜻을 모아 주신 것에 대해 백배(百拜) 고마워함을 전달해 주시기 바라고, 앞으로 덕솔, 한솔, 나솔들 댁에서 모아주실 뜻에도 미리 감사인사를 드리오리다. 어느 댁에서 얼마만큼의 곡식을 이 대자원으로 보내왔는지 정확히 기록하시어 저에게 주세요. 폐하께서도 아셔야 하실 뿐만 아니라 백성들도 알아야 하니 말입니다. 인황대로 광장엔 물론이고 한성 곳곳에 그 내역을 방으로 붙여 백성들을 위하는 신료들의 충심을 만방에 알릴 텝니다. 그리고 우선 끓인 죽을, 바깥에서 떨고 있는 백성들에게 서둘러 나누어 주세요. 최소한 오늘 하루 이 대자원으로 오는 백성들은 몇 그릇이라도 먹이세요. 그리고 일단 일 인당 쌀 한 되, 보리 한 되, 잡곡 한 되 씩의 곡식을 안겨주세요. 연후 원하는 백성들은 부아악하로 이주하게 될 것입니다. 이미 약속하였듯이 부아악하로 이주하겠다는 백성들에게는 일 인당 곡식 한 말씩을 내어줄 것입니다. 자, 모두 일어나서 각자 하던 일들 하세요. 나와 태자가 오늘 내 지켜볼 것이오. 모두 일어나시오."

"전하와 각하의 은혜가 높으시나이다."

진몽이 일어나며 의례적인 말을 했다. 큰마당에 엎드려 있던 이들도 그리 합창을 하고는 일어나 각자 하던 일로 돌아갔다.

"폐하의 성지(聖志)가 높고 깊으신 게지요. 전임이셨던 은솔 진광 이후 진몽께서 대자원을 운영하셨던 바 그 문서들을 보고 싶습니다. 폐하께오서 내두부에 명하시어 구휼금을 지원케 하셨다 들었으니 그 사용 내역도

보고 싶습니다. 내두부에서 대자원으로 보낸 물자 내역은 내 이미 받아 숙지했어요."

"예, 각하. 안으로 드시옵소서."

"그래요. 안으로 들어가지요. 태자, 날이 추우니 안으로 드십시다."

영이 아사나를 올려다보며 말했다.

"고모님, 아니 각하. 저는 이 밖에서 백성들에게 양식이 어찌 나눠지는지 보고 싶습니다."

"그러시겠습니까? 대견하십니다. 언젠가 전하의 백성들이 될 이들이니, 그래요, 지켜보세요. 일기가 몹시 차니 너무 오래 계시지는 마시구요. 아시겠습니까?"

"예, 각하."

공주와 진몽과 시위들이 대자원의 집무실로 들어갔다. 영은 마당 가운데 잔뜩 쌓여가는 곡식 더미를 한 바퀴 돌았다. 호위대장 적계가 큰마당가에 둘러선 호위들에게 진열을 바꾸라 수신호하며 옆에서 걸었다.

"적계대장."

"예, 전하."

"가온누리, 신료들의 저택에서 이리 많은 양곡들을 내어놓았는데, 내경 각하께서는 어찌 저리 사납게, 아니 엄히 말씀하실까요?"

"아사나 각하께서 원하시는 만큼의 양곡에는 아직 못 미치기 때문이 아니겠습니까. 아직 양곡을 보내오지 않는 신료들과 내일부터 양곡을 보내올 신료들의 저택에 폐하와 각하의 의지가 전달되도록 부러 엄히 말씀하셨을 겝니다."

"혹 보내올 양곡을 지니지 못한 신료들은 어찌하지요? 한수 이북에 영지를 가진 신료들도 있을 텐데요."

"그러한 신료가 있을 수도 있겠으나 신료들은 대개 드넓은 영지를 곳곳에 지니고 있는 바 아사나 각하께서 말씀하신 정도의 양곡들은 지니고 있을 터입니다, 전하. 당장 없다면 당겨서 내놓을 수도 있을 것이니 심려치 마십시오. 더구나 아사나 각하께서 그리 요구하신 까닭은 간난에 빠진 백성들을 구하기 위함이시니, 신료들 또한 동참해야 마땅하지요. 기실 신료들은 백성들로 인하여 살고 있기 때문입니다."

"백성들이 폐하와 신료들로 인하여 사는 것이 아니에요?"

"그도 맞는 말씀이겠으나 전하, 소신이 어느 책에선가 읽기로는, 나라의 근본은 백성들이라 하더이다. 임금이 계시어 백성이 있는 것이 아니라 백성이 먼저 있어 임금이 생겨난 까닭이라고요. 백성이 먼저이므로 임금은 백성이 없으면 존재치 못하지요. 신료들은 말할 나위 없구요. 아사나 각하께서도 신료들에게 당당히 양곡을 내어놓으라 하실 수 있는 까닭도 그러한 성지에서 비롯되신 것일 텝니다."

노스승이신 태학의 내지하 박사께서도 그리 말씀하시었다. 천하의 제일 근본은 백성이다. 백성이 없으면 나라도 임금도 없다. 임금은 백성 위에 군림하기보다 백성을 위하여 복무하는 사람이다. 임금이 백성을 지배하는 권력자로서만 존재하면 그 임금은 결국 백성으로부터 버려지고 마는 것이다. 그리 말씀하시었으나 아홉 살의 부여영이 수긍하기에는 어려운 말씀이었다. 태자가 지금까지 보고 느껴오기로는 그 반대였다. 임금이 계시어 백성들이 있었다. 한 임금 아래 백성이 생기고 그리하여 나라가 있는 것이었다. 지금만 하여도 임금이 영토의 일부를 잃으니 그 영토에 살던 백성들이 임금이 계신 한성으로 몰려온 것이고 그리하여 임금께서는 백성들을 위하여 양곡을 내어주시는 게 아닌가. 내경각주나 신궁 성하께서는 임금을 대리하여 일하시는 것이고.

"양곡이 많아 보이기는 하나, 저리 많은 백성들에게 모두 돌아갈 양곡이 되리까?"

"내경각하께오서 그만한 계량은 하시고 신료들에게 할당을 하시었을 겁니다. 혹여 모자랄 경우에 대한 계량도 계실 테고요. 심려 마십시오."

열흘 전 황상이 쌍현성까지 탈환하였다. 수복한 영토에 집이며 전답이 있던 백성들은 돌아갔으나 대자원 주변에 움막을 친 백성들은 돌아갈 곳이 없었다. 오천여 명에 이른다는 이 백성들이 이번 겨울을 어찌 날 것인가. 내두부며 내경각에서는 이들을 신궁 영지였던 부아악하로 이주시킬 계획을 추진하고 있다 하였다. 부아악하는 원래 신궁인 삼천여 명이 거주하던 곳이었으나 부아악하의 신궁인들은 몇 년 전에 웅진주로 집단 이주하여 비어 있다던가. 얼마 전 태자가 아사나를 따라 신궁에 갔을 때 들은 말이었다. 제일신녀와 내경각주의 면담은 대자원 일대에 모여든 백성들에 대한 의논으로 이어졌다. 두 어른의 분위기가 태자는 참 불편하였다. 도저히 사이좋은 분들 같지 않았다. 두 분 사이에 흐르던 그 냉랭함이라니. 그런데도 두 어른들은 뜻을 모아 백성들의 안위를 걱정하였다. 백성들에 대한 아사나의 걱정에 제일신녀가 되찾은 부아악하가 비어 있음을 말하였고 이윽고 난민들을 그곳으로 이주시키자는 결론이 났다. 부아악하의 수용인원이 삼천여 명인 바 그곳에 들지 못하는 백성들은 수요산 인근의 황실 영지에서 받아들이기로 하시었다.

말을 주고받으며 태자 영이 다다른 곳은 대자원 서북문 앞이었다. 스무기의 거대한 가마솥에서 흰 증기가 마구 피어났다. 황궁의 각처에서 나온 궁인들이 가마솥에 엎드려 죽을 젓고 그 밑에서는 불목하니들이 불을 때느라 바빴다. 한쪽에서는 커다란 양푼들에 죽을 퍼서 서북문 밖으로 내갔다. 죽을 퍼낸 솥에는 또 죽이 안쳐지느라 부산했다. 서북문 밖의 광장에는 사람으로 이루어진 긴 줄이 몇 줄이나 이어졌고 앞자리에서부터 죽이 나누어지고 있었다. 동짓달 열하루의 추위 속에서 손목에 식표 한 번 찍고 한 바가지씩의 죽을 받아 돌아서는 백성들의 모습이 몹시도 추워보였다.

태자 영은 대자원의 정문인 대자문(大慈門)에 이르렀다. 양곡들은 아직도 연이어 들어오고 있었다. 소나 말들에 매달린 수레들이 대자문 앞길에 즐비하였다. 서리들이 어느 댁에서 온 얼마만큼의 양곡인지를 큰 소리로 물어대며 기록하고 확인하느라 북새통이었다. 그 와중에 태자는 대자문 안쪽으로 들어와 두리번거리는 한 계집아이를 보았다. 한겨울에 불현듯 솟아오른 붉은 꽃송이 같았다. 두툼한 연홍색 바지저고리에 검붉은 색 도포를 떨쳐입고 이마에 수정을 늘어뜨린 검붉은 아얌을 쓰고 검붉은 가죽 신을 신었는데 태자와 몸피가 비슷하고 나이는 비슷하거나 한두 살 위일 듯했다. 한 늙은이와 호위로 보이는 한 청년과 함께 있는 아이는 처음 보는 얼굴인데 낯이 익었다. 왜 낯이 익은가. 영은 고개를 갸웃하다가 까닭을 알았다. 그는 희한하게도 고모인 아사나를 닮아 있었다.

"대장, 저 아이가 아사나 각하를 닮지 않았어요?"

"전하 말씀을 들으니 그런 것 같기도 합니다만, 소신에게는 그저 새빨간 옷을 입으신 어느 댁의 공녀처럼 보이십니다."

"저 아이, 저 공녀가 저기서 무얼 하는 게지요?"

"곡식을 실어온 어느 신료 댁의 따님이신 듯한데요. 알아보고 오리까?"

"내가 가보겠소."

태자는 성큼성큼 걸어 남문 앞에 이르렀다. 주위에서 일제히 허리를 굽히며 예를 차리는데 붉은 옷의 아이는 제게 다가드는 영을 말똥히 바라보았다. 그의 곁에 있던 늙은이가 계집아이에게 태자 전하라며 고개를 숙이라 속삭였다. 그러자 아이가 겨우 예를 갖추는 시늉을 하였다.

"그대는 어디서 온 누구고, 예서 뭘 하는 거야?"

"저는 가부실 비류군 저택에서 아사나 각하를 뵈러 왔나이다."

"각하를 왜?"

"전하께서는 각하가 아니시니 각하를 뵈면 말씀드리겠습니다."

태자 영은 어이가 없어서 적계를 올려다보았다. 적계가 설핏 미소 지으며 말했다.

"가부실의 비류군 저택은 아사나 각하의 사가이기도 하지요."

아아. 영은 고개를 주억였다. 그러고 보니 비류군은 고모인 아사나 공주와 내외간이 아닌가. 그를 직접 만난 기억이 없는 데다 아사나가 가부실을 거론하는 것도 들어본 바가 없어서 떠올리지 못했던 것이다.

"하면 그대는 비류군 각하와 어떤 사이지?"

"비류군께서는 저의 숙부이십니다."

"그럼 그대 이름은 뭐야?"

"제 이름은 부여라입니다. 그리 말씀하시는 전하의 함자는 어찌 되시어요?"

"그대 이름이 부여라라고? 나는 부여영인데?"

"그게 무슨 상관이세요? 저는 아사나 각하를 뵈러 왔습니다."

"그, 그렇다 했지 참. 따라와. 고모님, 아니 내경각께서는 안에 계셔."

부여라는 집사 유술과 호위 장자기에게 거기 있으라 하고는 태자 영을

216

따라 걸었다. 부여라는 지난여름에 왕인을 따라 이구림으로 돌아왔고, 그와 함께 한성으로 왔다. 장차 신호림을 이끌어 갈 부여라인 바 그 전에 한성에서 살며 문물을 익히라는 게 숙부인 비류군의 명이었다. 난리 통에 비류군께서는 대방으로 떠나셨고 부여라는 가부실 비류군 저택의 어린 주인이 되어 지내고 있는 참이었다.

며칠 전 파발이 연통문을 전하고 갔다. 달솔저에서 쉰 섬 이상의 곡식을 당장 내놓으라는 내용이었다. 가부실 달솔저는 어머니 여누하나 삼촌인 아직기는 물론 이구림 사람들이 한성에 올 때마다 묵는 집이었다. 상대포 상단의 한성 거점이기도 하였다. 가부실에서 소비되는 양곡은 한 철에 한 번씩 이구림에서 배에 실려 올라왔다. 유술 할아범이 쉰 섬이면 가부실 저택의 일 년 양식인데, 당장 쉰 섬의 곡식이 어디서 나느냐고, 이구림에 연락하여 보내와야만 할 것이라고 한숨을 쉬었다. 부여라는 그 말미를 얻기 위하여 대자원으로 아사나를 찾아온 것이었다.

태자 영의 소개에 아사나가 부여라를 보았다.

"네가 이구림 여누하의 따님인 부여라라고?"

부여라는 엎드려 절하고 일어났다. 아이가 일곱 살 때 만난 적이 있는데 그때의 얼굴이 아직 고스란히 남았다. 부황을 닮은, 하여 아사나 자신과도 닮은 아이.

"예, 각하. 소녀의 어미 이름이 여누하입니다."

"그래, 그럴 터이지. 비류군 사루왕인의 질녀. 헌데 이구림에 있을 줄 알았던 어린 네가 이 아침에 대자원에 어쩐 일이냐?"

"저의 외숙이신 비류군께서는 달솔이십니다. 비류군께서는 대방에 가시어 가부실에 아니 계시고요, 저희 상단의 단주인 소녀의 어미는 이구림에 계십니다. 소녀가 가부실의 주인인 양 살고 있사온데, 사흘 전에 각하께오서 보내신 연통문을 받았나이다."

"연통문이 가부실에도 간 게로구나. 내 미처 그 생각을 못했다. 그래, 네가 나를 찾아온 이유는 무엇이냐?"

"현재 가부실 달솔저에는 어른들이 아니 계십니다. 소녀가 달솔저를 지키고는 있사오나 소녀의 힘으로는 쉰 섬에 달하는 곡식을 당장에 마련치 못하옵니다. 이구림의 어미에게 연락하여 쉰 섬의 양곡을 보내라 하자면 최소한 스무 날은 필요하옵니다. 하여 각하께 그 말미를 얻고자 왔나이다."

오래전 아사나는 딸을 낳고 싶었다. 이처럼 당당히 제 뜻을 말할 수 있는 이 아이와 같은 딸이 하나 있었더라면 곁이 얼마나 든든했을까. 이제 자식 낳기는 글렀다. 죽었던 자신이 어떻게 살아났는지 알게 되었듯 한번 죽었던 자신의 몸에서 무엇이 빠져나갔는지 알고 있었다. 자식을 낳을 수 있는 가능성, 몸으로 생산할 능력이 그때 죽었다. 남은 것은 허깨비 같은 몸뿐이었다.

"부여라, 네 몇 살이니?"

"소녀는 열두 살이옵니다."

"헌데 네가 가부실의 주인으로 살고 있어?"

"주인인 양 거하고는 있사오나 주인은 아니옵니다. 주인은 비류군이시지요."

"내가 누군지는 아느냐?"

"아사나 각하이시지요."

"그리고?"

"예?"

"내가 비류군과 내외간이라는 건 모르는 게로구나?"

내외간이라는 말을 내뱉고 보니 물이 찬 듯 몸속의 무엇인가가 출렁였다. 더 이상은 왕인을 기루지 않는다고 여겼는데 스스로 내뱉은 한마디에도 흔들리는 것이다.

"아나이다."

"그런데?"

"들어 알기는 하오나 소녀는 각하께서 아버님, 비류군과 함께 계신 걸 뵌 적이 없는지라 두 분을 함께 생각하기가 어렵나이다."

"비류군을 아버님으로 칭하느냐?"

"소녀는 아비가 없는지라 이구림 주군이신 비류군의 성씨를 따라 사부여라가 되었사옵고, 주군의 명에 따라 그분을 아버님으로 호칭하옵니다."

"그래, 그럴 수도 있겠지. 알겠다. 아, 근자에 네가 왜국에 다녀온 일이 있느냐?"

"예, 각하. 아버님, 비류군을 좇아 왜국에 있는 이구림 영지 신호림에 다녀왔나이다."

이구림의 열두 살짜리 계집아이가 왜국의 다섯 살짜리 세자빈으로 둔갑할 수 있을까. 아사나는 부여라에게 잉어 타고 바다를 건넜다는 아이에 대하여 물어보고 싶었으나 애써 참았다. 실상을 알기가 두려워 참는 것인지도 모른다. 얼마 전 찾아갔던 신궁에서 설요는 왜국의 다섯 살짜리 세자빈에 대하여 들은 바가 없노라 시치미를 뗐다. 그 아이가 비류군의 딸이라는 소문이 있다는 말에도 싱긋이 웃기만 하였다.

"그래, 얼마간의 말미를 주면 양곡을 내놓을 수 있다고?"

"짧게 잡아서 스무 날은 걸릴 것이라 집사가 말하였나이다. 이미 인편을 이구림으로 보내긴 하였사옵고요."

"쉰 섬의 양곡이 아깝지는 않느냐?"

"타인의 아픔을 모르는 것은 중병이라고 학당에서 스승님들께 배웠나이다. 타인을 돌보며 이끌어야 하는 자는 특히 타인, 백성들의 곤궁을 함께 해결해야 하는 것이라고 어른들로부터 들었사옵고요. 가부실로 찾아드는 기민들은 비류군의 저택에서도 한 끼니라도 먹으려고는 하고 있사온데 지금 한성에 그러한 백성들이 많다고 하여 안타까웠나이다. 하온데, 현재 가부실 집에 있는 양곡이 열다섯 섬으로 내년 봄까지 석 달여 동안 가부실 식구들이 먹을 양식이라 하옵니다. 요즘 하루 십 수 명의 기민들이 찾아드는지라 그나마 지니고 있어야 하옵고요. 하와 양곡 쉰 섬을 당장 내놓을 수 없었나이다. 당장 내놓을 수 없음이 안타깝긴 하오나 백성들에게 약간이라도 도움이 되는 일이므로 아깝지 않나이다. 소녀의 어미도 그러하실 것이고요."

타인의 아픔을 모르는 것은 중병이라. 열두 살의 계집아이에게 이러한 심성과 생각을 심어놓은 곳이 이구림이었다.

"갸륵하다. 하면 스무 날, 아니 한 달의 말미를 주마."

"은혜가 높으시옵니다, 각하."

"너의 영민함이 네 어머니와 다를 바 없구나. 장하다."

"황공하나이다, 각하. 소녀, 물러가겠나이다."

부여라가 물러나는데 태자 영이 주춤주춤 다가와 부여라를 막는 듯한 몸짓으로 말했다.

"각하, 저도 이 부여라를 따라가고 싶습니다."

"부여라를 따라가서 무얼 하시게요?"

"이야기를 나누고 싶나이다."

"무슨 이야기를요?"

"이름이 왜 부여라인지, 가부실이라는 곳이 어떤 곳인지, 어찌 홀로 주인 노릇을 하고 있는지, 그런 것을 물어보고 들어보고 싶습니다."

"처음 보는 사람에게 어찌 그러한 것들이 궁금하실까요?"

"그가 신기하고 참 어여쁩니다."

아사나는 태자의 말이 귀여워 웃음이 났다. 두어 살만 더 먹었어도 스스로 내뱉지 못할 말을 아직 아이라서 서슴없이 하고 있지 않은가. 대신 부여라는 웬 난데없는 일인가 싶은지 눈을 동그랗게 뜨더니 몸을 살짝 틀어 달아났다. 영이 부여라를 잡지 못한 채 어쩔 줄 몰라 했다. 아이들이라니! 아사나는 또 웃었다.

"태자께서는 지금 국정을 보러 나오신 겝니다. 놀러 나오신 게 아니에요."

짐짓 해본 소리인데 영은 안절부절못하고 아사나를 바라보았다. 부여라를 쫓아나가고 싶어 동동거리고 있었다. 심약하기보다 마음결이 고운 태자였다. 아우 둘을 고구려로 떠나보낸 뒤 생사를 알 수 없게 된 마당이었다. 한배에서 난 아우들이 사라져도 태자는 태자라서 할 일이 무수히 많았다. 독하디독한 황실에서 치밀한 공부 일정에 따라 쉼 없이 선생들을 만나는 그였다. 그가 미래의 지존이기 때문이었다. 그리 여유 없이 자라면서도 시를 읊고 노래를 할 줄 알았다. 아사나는 그런 영이 어여뻤다.

"그래요, 전하. 부여라를 따라 가부실에 다녀오세요. 거기도 백성들의 삶이 있을 겝니다. 백성들이 있는 곳에 국정이 있고 국사도 있는 법이에요."

"하온데, 부여라가 따라오라 허락할까요?"

"그야, 전하께서 말씀을 잘하시어야지요. 부여라가 가부실의 주인인 바 그가 싫다, 따라오지 말라 하면 포기하셔야 하구요. 일단 쫓아가 보십시오. 부여라가 허락하면 따라가시어 몇 시간 노시다가 이 대자원으로 돌아오세요. 저와 함께 환궁하실 수 있게요. 아시겠습니까?"

"예, 고모."

사실 아사나가 부여라를 붙들고 이야기를 나누고 싶었다. 아이에게 물을 말이 얼마나 많은지. 하지만 아이를 붙들고 물을 수 없는 말들이거니와 상황도 여의치 않았다. 더구나 오늘 대자원에 온 목적의 한 가지는 은솔 진몽이 내두부 자금을 얼마나 착복하였는지를 알아내기 위함이었다. 그의 비리를 캐내어 그를 대자원은 물론 내두부에서도 몰아내어 황비 누리나의 돈줄과 야욕을 잘라낼 참이었다. 진누리나황비는 황후 해우슬보다 원래 기가 셀 뿐만 아니라 황상의 총애를 입고 있는지라 방자하기가 이루 말할 수 없었다. 태자와 황후를 중심으로 한 해씨 일족의 전횡도 못 봐낼 노릇이지만 누리나를 전면에 세운 진씨 일족의 행태도 참기 힘들었다. 무엇보다 양쪽이 백제를 나눠먹기 위해 알력다툼 하는 꼴을 보아줄 수가 없었다. 어쨌든 황권은 아무 탈 없이 태자에게로 이어져야만 했다. 계승 서열이 흐트러지면 나라가 엉망이 되지 않은가.

유술과 장자기와 함께 말을 타고 왔던 부여라는 태자의 마차가 서른 명이나 되는 범 같은 호위대를 이끌고 줄래줄래 따라오는 것에 어처구니가 없었다. 그가 태자이므로 그를 막을 도리가 없거니와 그가 아사나 공주의 질자이므로 그가 비류군 저택에 오지 못할 이유도 없었다. 아니 막으려 들면 막을 수도 있었다. 태자라 해도 아직 어린이인 바 싫소, 한마디만 하면 물러날 것을 알았다. 그럼에도 막지 않고 맘대로 하라 하였다. 그를 핑계로 해결하고픈 궁금한 것이 생겨서였다.

"할아범, 내경각하 함자가 부여아사나이고 태자 전하가 부여영이라는데, 내 이름이 왜 부여라예요?"

이런 날이 올 줄 내 알았다. 유술은 속으로 한숨을 쉬었다. 십오 년 전쯤 당시의 태자였던 부여벽이 가부실에 들이닥쳤을 때부터 만들어진 인연이 아니던가. 악연이라면 악연이었다. 아사나 공주가 좌평을 독살한 이후 사사로운 인연은 끊겼다 여겼더니 부여라가 인연의 근원을 찾고 있었다. 가부실에서건 이구림에서건 부여라의 부친에 대하여선 함구해 온 터였다.

"태자 전하께서는 이름이 영이시고, 라나 님은 이름이 부여 아닙니까. 무슨 상관입니까."

"이름에다 황족 성씨를 붙여놓았는데 아무 상관이 없어요? 백제에 부여라라는 이름을 가진 아이가 또 있을까요?"

"있는지 없는지, 그야 이 늙은이는 모르지요."

"그러지 말고 사실대로 말씀해 주세요."

"그게 그리 궁금하시면 진즉에 단주님한테 여쭤보실 것이지 이제 와서, 소인이 뭘 안다고 소인한테 묻소. 추워서 이 늙은이 입이 꽝꽝 얼었소. 애먼 늙은이 볶지 마시고 얼른 가십시다."

부여라가 말을 척 세웠다. 오른편의 유술이 말을 세웠고 왼편의 장자기도 말을 세웠다. 뒤를 따라오던 태자 행렬이 멈춰 섰다. 행인들이 흰 오두마차와 서른 기의 말에 올라탄 태자호위대의 위용에 놀라 길을 비켜섰다가 줄줄이 얼어붙은 땅바닥에 엎드렸다.

"아씨, 왜 이러시오."

"말씀 아니 해주면 예서 꼼짝도 않을 테예요. 고뿔에 걸려서 열이 펄펄 나고 혼절을 할 때까지 움직이지 않을 테야."

"뒤에 어리신 태자 전하께서 따르고 계십니다."

"누가 따라 오랬나? 난 책임 없어."

어쩌면 어린 날의 제 모친하고 저리 닮았을꼬. 생김새는 사씨족이기보다 부여씨족에 가까운 게 틀림없는데 하는 짓은 갈데없는 사씨족이었다. 고집쟁이들. 주군 사루사기와 마지막으로 나눴던 대화를 떠올릴 때마다 유술의 가슴이 빽빽해졌다. 어저께 뜬 해가 내일 또 뜰지 어찌 아느냐고 동갑내기 주군한테 이죽거렸던 밤. 그를 그리 참혹하게 잃고도 태연히 살고 있는 늙은 목숨이 참으로 비루하였다. 그 비루함을 부여라가 상쇄해주는 참인데 부여라는 수시로 먼저 가신 주군을 떠올리게 하였다. 고집스럽고 그러면서도 명랑하고 영민하고 마음 씀이 넓었다. 딱 그의 손녀였다. 그가 유일하게 손자로 알고 갔던 귀하디귀한 아이.

"태자 전하의 호위들이 무섭지 않습니까? 대관절 어느 누가 감히 태자 전하를 길에 세워놓고 기다리게 한답니까. 얼른 가십시다. 할 얘기가 있으면 집에 가서 하시잔 말입니다."

"아니 싫어요. 내가 왜 부여라인지 듣기 전에는 어디로도 아니 갈 테야."

아니 간다 하면 아니 갈 아이였다. 아이 성정은 제 날 때부터 아는 것이니 그럴 법하다 여길 수 있었다. 문제는 라나 때문에 죄 없이 땅바닥에 엎드려 있는 사람들이었다. 족히 일백여 명은 될 법한 백성들이 태자 행렬의 위용에 얼이 나가 찬 땅에 엎드려 있지 않은가. 유슬은 한숨을 쉬었다. 하는 수 없었다. 태자를 마당에다 예사로 세워놓던 여누하가 아니었던가. 여누하가 들라는 소리 하기 전에는 벌 서는 아이처럼 마당에 서 있던 그때의 태자. 부여라는 그 두 사람의 아이였다. 영원히 숨길 수도 없는 일이거니와 아이 이름을 부여라로 지을 제 숨기자고 지은 것도 아닐 터였다.

"말씀을 드리긴 하겠는데, 이 늙은이한테 들었다고 외고 다니시기 없깁니다."

"아무에게도 말 않을 게요. 말씀하여 보세요. 아, 장자기, 내가 할아범한테 비밀스레 들을 얘기가 있으니 열 걸음 쯤 앞서 가요."

"예, 아씨."

열일곱 살의 장자기가 말을 몰아 앞으로 나아가더니 열 걸음쯤 앞에 멈춰 섰다. 그는 도비 선생의 손자로 지난여름 운무대에서 내려와 부여라의 호위로 한성에 동행했다. 그는 십 수 년 전 이구림 전투 때 어미와 아비를 잃고 운무대로 올라가 조부인 도비 손에서 자랐다. 내년쯤에 무사시를 치를 것이었다. 장자기의 뒷모습을 보며 한숨을 쉰 유슬이 바싹 다가와 말했다.

"아씨는 현재 고천릉원에 계시는, 선선황 폐하 침류대왕의 소생이십니다. 그러니까 아씨는 내경각하의 막내아우님이시고, 태자 전하의 고모가 되시는 셈입니다. 아씨가 어머님의 태중에 계실 때 선선황께서 승하하시어 아씨는 황궁에서 나시지 않고 이구림에서 태어나신 겝니다. 이제 됐습니까? 아이고, 주군. 소인이 너무 오래 살고 있소이다."

유슬이 돌아가신 할아버지를 불러내어 한탄을 하는데, 아아, 아아아! 부여라는 속으로 연이어 영탄했다. 듣고 보니 자신이 부여라인 이유가 참으로 쉽지 않은가. 모친 여누하께서 혼인하지 않고 내도록 홀로 지내신 까닭도 이제야 알 것 같았다. 서비구 아저씨를 연모하시는 것 같은데도 어찌 혼인을 하시지 않는가. 그분이 아버지라면 얼마나 좋을까. 오래전부터 숱하게 가졌던 의문과 소망들이 한꺼번에 해결이 되었다. 어머니는 내년 봄이면 아기를 낳으실 터였다. 서비구 아저씨와의 사이에서 태어나는 아기였다. 수태를 하시면서 어머니는 비로소 서비구 아저씨와의 사이를 내외간으로 공표하시었다. 그렇게 되기 전까지 어머니는 오래 선선황 폐하를 기루셨던 것이다.

부여라는 말을 움직였다. 느리게 걷다가 장자기를 지나쳐 차츰 속력을 내기 시작하였다. 마구 내달렸다. 어린 날 부친의 이름으로 알았던 무영인이 선선황이었다. 무영인이 그림자도 없는, 존재 없는 사람이라는 것을 알게 되었을 때가 언제였을까. 그때 슬펐다. 그림자도 없는 존재의 딸이 아니란 걸 알게 된 지금은 기쁜가. 그건 알 수 없었다. 여전히 슬픈 것 같았다. 아버지가 누구인지 알게 되었으나 그 아버지는 이미 세상에 없지 않은가. 하여 지금까지 아무도 자신을 그 아버지의 딸이라 말해주지 않았던 것이다. 앞으로도 말하는 사람이 없을 것이므로 부여라 스스로도 말할 일이 없을 터였다. 부여라는 눈물이 날 것 같아서 마구 내달렸다.

관미성을 넘어

열두 해 전, 대방백제의 오랜 주성(柱城) 중 하나였던 관미성이 고구려로 넘어갈 때 석 달이 걸렸다. 그 석 달 사이에 양 군영의 이만여 병력이 소진되며 함락당했고, 함락된 뒤 선황의 이비였던 이두나황비와 그의 두 아들 등 관미성주 일족이 척살되었다. 이두나황비의 아들들은 좌현왕 부여찬의 이복아우들이었다. 부황이 중독되어 혼수에 빠져 계실 때 일어난 일이었다. 좌현왕은 당시 본국의 태자와 그 세력들에 품었던 원한을 애써 잊었다. 잊지 않는 한 그들과 한 나라 사람으로 살 수 없으므로 잊기로 하였다.

관미성을 잃을 당시 예상했던 대로 관미성을 넘지 못하고는 백제의 고토를 되찾기가 어려웠다. 조선성과 석성을 되찾고 관미성 주변의 작은 성들 십여 곳은 되찾았고 새로 얻은 성들도 있으나 지도가 들쭉날쭉하였다. 경계선이 확실하지 못했다. 관미성을 탈환하고 관미령을 넘어야 일단의 방어선을 구축할 수 있는 것이다. 백제는 관미성 탈환 전쟁을 오래도록 은밀히 준비해 왔다. 마침내 수복의 기회가 왔다. 올 초 고구려는 신성성과 남소성, 목저성 지역을 후연에 빼앗겼다. 세 성이라고는 하나 세 성이 관장하는 지역이 워낙 넓은지라 고구려는 독이 올랐다. 비단 그 세 성의 문제가 아니라 후연과의 끝없는 영토 다툼이 문제였다. 고구려는 전 영토에 소집령을 내려 후연의 도성인 중산성 공략을 준비하고 있었다. 후연을 멸망시키지 않고서는 끝없는 소모전이 끝나지 않을 것이라 판단한 것이었다.

고구려가 후연과 연이어 전쟁을 치르며 국력을 소비하는 것은 백제연맹군에게 고무적인 일이었다. 관미성 관내에 삼만의 백성이 살고 성내에 이만 오천여 백성이 살았다. 그중 삼만을 병력으로 볼 수 있었다. 관미성 관내 고구려 정예주둔군 일만 중에 오천이 후연의 도성인 중산성으로 불려갔다. 현재 관미성 안에는 삼만 오천의 병력이 있는 셈이었다. 백제 연맹군은, 본국군 이만에 대방군 삼만, 왜군 일만과 가야군 오천으로 이루어졌다. 연맹군은 정예군들로 이루어져 있으므로 평지에서 육박전을 벌인다면 당연히 승리할 수 있는 전력이었다.

성안의 저들이, 백제뿐만 아니라 대륙의 모든 나라 중에서도 가장 높고 튼튼한 성곽 안에 있다는 게 문제였다. 관미성의 모든 성문은 옹벽 속에 삼중으로 박혀 있었다. 성문 자체도 뚫기 힘들려니와 성문을 뚫으려 시도하다가는 성곽 위에서 쏟아지는 공격에 몰살을 당하기 일쑤였다. 원래 높은 지형에 올라앉은 관미성의 성벽은 하늘에 닿을 듯이 높았고 성벽 위쪽이 바깥으로 휜 듯이 쌓여 있어 화탄이나 석탄이 무용하고 불화살도 닿지 않았다. 주변에 큰 강이 없으므로 수공이 불가능하고, 성안의 물자가 풍부하므로 고립을 시킬 수도 없었다. 성을 고립시키려 하다가는 이쪽이 먼저 말라 죽을 터였다. 관미성은 그렇게 튼튼한 성이었다. 성문이 열리지 않는 한 어떤 공격도 무용했다.

연맹군이 관미성 주변으로 집결한 게 칠월 십삼일 초저녁이었다. 백제 연맹군이 집결하고 있다는 소식을 들었을 관미성에서는 관내 백성을 모두 성안으로 불러들이거나 대피시켰다. 관내 백성이 사라진 성 주변에는 육만 오천의 연맹군으로 꽉 찼다. 연맹군 총군장은 좌현왕 부여찬이었다. 대장군 겸 대방군장은 삼 년 전에 서거한 부여설에 이어 대방태수가 된 부여연진으로 그는 좌현왕의 외사촌이었다. 본국군장은 병관좌평인 진가모였고 왜국군장은 응신왕의 최측근 장수인 평군목토였고 가야군장은 가야왕 묘공의 아우 신륵이었다.

육만 오천의 병영의 가운데 지점, 관미벌이 내다보이는 숲 속에 좌현왕의 진영이 세워졌다. 거기에 세 나라, 십오 인의 수장들과 통역관들이 전략회의를 위하여 모였다. 세 나라라고는 하나 대방어와 진단어가 달랐고 진단어에서도 백제말과 가야말이 약간 달랐으며 왜어는 확연히 달랐다. 대방군장 부여연진은 왜어를 못했다. 본국군장 진가모는 대방어가 서툴고 왜어를 못했다. 왜군군장 평군목토는 대방어를 못했고 진단어에 서툴렀다. 가야군장 신륵은 대방어를 못하고 왜어에 서툴렀다. 전략회의를 진행하는데 통역관들조차도 상대의 말을 다 알아듣지 못하는 사태가 생겼다. 어렵사리 알아듣긴 해도 지나치게 더뎠다.

도저히 이대로는 안 될 듯했다. 관미성을 넘은 뒤 그 여세로 조선성 이남의 낙랑성과 요서성까지 수복할 참이었다. 관미성을 잃을 당시 함께 잃었던 대륙백제의 고토 중 절반가량을 탈환한 뒤에는 본국에서 오는 황상군 삼만과 평양벌에서 합류할 예정이었다. 한 달 뒤였다.

황상이 얼마나 절치부심하며 살았는지는 그가 태자 영을 왜국에 볼모로 보낸 것으로 충분히 알 수 있었다. 왜국 응신왕은 연맹군에 합류하는 대신 태자 영을 원했던 것이다. 그게 벌써 칠년 전인 정유년(397년), 처음 연맹을 맺을 때의 일이었다. 응신왕은 태자 영을 왜국에 둠으로써 큰나라 백제의 문물을 끌어들여 왜국 문물을 혁신시키고자 했고 실제 왜국의 문물은 백제를 대거 받아들이면서 어지러울 만치 달라지는 참이었다. 가야국의 묘공왕이 아우인 신륵을 군장으로 삼아 연맹군을 보내온 까닭은 신라 때문이었다. 고구려를 등에 업은 신라는 가야를 병합하고자 기를 썼다. 가야를 병합하여 신라의 영토를 늘린 뒤 백제에 대항코자 하는 것이었다. 가야는 백제에 의지하여 신라를 칠 계획이었다. 그렇게 각 나라들의 온갖 이해득실이 계량된 뒤에 이룩된 연맹군인데 그 정점에서 삐거덕거리고 있었다.

좌현왕은 비류군을 대신하여 작전회의에 들어와 있는 서비구를 가까이 불러 나지막이 물었다.

"서비구 대장은 다 알아듣지요?"

"비류군을 좇은 세월이 오랜지라 얼추 알아듣습니다. 하오나 소신이 나설 계제는 아닌 듯하나이다."

"그래서요, 비류군의 정황을 살펴보고 가능하면 모셔오세요. 끝내 여의치 못하시면 대장이 비류군을 대신하셔야겠어요. 계획된 일은 진행을 해야잖소."

"예, 전하."

서비구가 나가는 걸 진가모와 평군목토와 신륵 등의 군장들이 지켜보았다. 비류군이 편찮아 참석치 못한다 했을 때 중심이 빠진 듯한 표정이 되었던 그들이었다. 이미 세워진 작전을 점검하고 공격 시점을 확인하는 의례적인 자리이기는 하였다. 하지만 이 자리를 만든 사람이 비류군인지라 그를 통한 의사전달을 당연하게 여겼다가 그가 빠지니 맥이 빠질 수밖에 없었다.

좌현왕 진영에 누워 있는 비류군은 관미벌에 도착한 어젯밤부터 신열이 펄펄 끓으며 기운을 찾지 못했다. 서른아홉 살에 이르도록 앓아누워 본 적이 없다는 그가 어젯밤 내내, 오늘 종일토록 거의 정신을 놓다시피 하였다. 비류군으로 하여 조직된 연맹군이며 그로 하여 계획된 이번 공격이매 그가 앓아누운 것은 스물다섯 살의 좌현왕에게 심각한 걱정거리였다. 비류군은 부여찬에게 숙부이거나 부친과 같은 존재였다. 부황께서 그리 붕어하시고 난 뒤에도 여일하게 부여찬을 섬겨주며 귀애해 주었다. 그런 그이기에 진단에서 갈라서 스스로 나라를 세우려던 작심을 돌려먹었다.

―진단과 대방이 갈라섬은 백제가 더 이상 백제가 아님을 의미합니다. 대방국과 백제국으로서 따로 존재할 수도 있겠지요. 둘 다 존재하지 못할 수도 있습니다. 지금은 대방과 진단이 서로의 울타리가 되고 있으나 갈라선 순간 양쪽이 다 작은 나라가 되므로 후연이나 고구려 등의 공격을 받기 쉽습니다. 지금 전하의 영토 안에 사는 백성들은 백제의 백성들입니다. 널리 백성을 이롭게 하라는 천신의 뜻을 받들면서 백성을 아름답게 하는 아름다운 나라 백제를 믿는 백성들이지요. 백제라는 이름 아래서 폐하와 전하의 백성으로 사는 것입니다. 전하께오서 진단에서 갈라서면 그들은 백제 백성이 아닙니다. 그저 임금이라는 권력자에 속한 인민이 될 뿐이지요. 그들에겐 임금이 누구이든 상관없습니다. 근자의 대륙은 열여섯 개의 나라로 나뉘어 다투고 있습니다. 쉼 없이 영토가 나뉘고 변경되고 영토의 주

인이 바뀔 때마다 끊임없이 전쟁이 일어납니다. 전쟁이 일어날 때마다 백성들이 죽어나가지요. 그 백성, 그 인민들에게 나라나 임금의 이름이 중요하겠습니까. 목숨 말고는 아무것도 중요한 게 없겠지요. 고구려든 백제든 후연이든, 후진, 서진, 후량, 북위, 서연 등이든 백성 자신들이 속한 영토의 임금이 누구이든 관계없는 겁니다. 그런 백성들의 임금이 되시어 군림하시고 싶습니까. 무얼 위해서요? 황제라 불리고 싶어서요? 황제가 무엇이기에요. 임금이 무엇이기에요.

그로 하여 또 하나의 임금 되기는 포기하였으나 대륙백제를 지키고 넓히며 경영할 책임은 부여찬에게 있었다. 널리 사람을 이롭게 하는 나라, 하여 백성을 아름답게 살리는 아름다운 나라, 백제. 그렇게 백제를 꾸리자면 우선은 안정이 되어야 하고 안정이 되려면 관미성을 넘어야만 했다. 본국의 황상이 그러하였듯 좌현왕도 비류군에게 그 밑그림을 그리라 명한 참이었다. 그려놓은 밑그림, 그 계획을 실행하기 직전인데 비류군이 드러누웠다. 일시적인 몸살인 것 같은데, 혹시 그보다 중한 환후에 든 것이라면 어찌할까. 좌현왕은 오늘 내내 그게 불안하여 비류군의 막사를 여러 번 들여다보았다. 차츰 나아지는 것 같았는데 아직 그가 지휘소로 들어오지 않으니 심란하고 초조했다.

서비구가 막사로 들어섰을 때 왕인은 자리에서 일어나 몸을 추스르고 있었다. 양교가 비류군의 어깨 등지의 혈을 눌러가며 기운을 돋워주는 참이었다. 아직 기운은 없어 보이나 눈은 맑았다. 하루 밤낮의 몸살이 혹독했던지 몸피가 절반쯤 줄어든 듯했다. 어젯밤에 서비구는 왕인이 신열에 떠서 내뱉는 소리를 들었다. 몇 마디였다.

―설요, 안 돼. 그러지 마오.

만나지 않은 지가 이미 십여 년인데, 아직도 그님의 꿈을 꾸다니. 그간 왕인은 본국에 수차례나 들어갔으면서도 그님을 만나려 시도한 적이 없었다. 하여 서비구는 왕인에게 설요라는 존재가 어느 정도는 가라앉거나 흐릿해진 것으로 여겼다. 어하라가 생겼던 그즈음이 마지막 만남인데, 그로부터 어느새 십여 년이 지나지 않았는가. 서비구는 왕인을 흔들어 그의 꿈을 깨웠다. 그가 눈을 떴는데 눈 속에 고여 있었던가, 두 눈초리로 눈물이 주르륵 흘러내렸다.

―비가 오는가?

왕인이 물었고 서비구는 그의 이마를 짚어보는 듯하며 눈물을 슬쩍 지웠다. 그의 눈물을 그 스스로 의식하게 하고 싶지 않았다. 그가 방금 꾸었을 꿈, 그 질긴 인연을 기억치 못하길 바랐다.

사실 인의 신열은 사흘 전 밤부터 시작되었다. 그 밤에 관미령에서 야영을 할 제 잠이 들었다가 꿈을 꾸었다. 꿈에 설요가 오랜만에 나타났는데 그 큰 눈에 눈물이 그렁그렁한 채 미소를 띠고 인을 바라보았다. 평생 그의 꿈을 꾸었으나 꿈속에서 마주본 적이 없는 그가 인을 바라보며 애처로운 듯 웃었다. 인의 가슴이 미어졌다. 어디가 아프냐고 물으며 설요에게 다가가려 하였다. 만나지 않으면 모를까 만난 순간에는 언제나 만지며 안을 수 있던 그였다. 안을 때마다 웃는 설요. 그 몸피와 그 체취와 그 느린 목소리. 그를 안으면 얼마나 평화로운지. 한데 몸이 움직이질 않았다. 그를 향해 손을 뻗을 수도 없었거니와 목소리도 나오지 않았다. 손가락 한 개 움직일 수도 없는 가위눌림이었다. 그 가위눌림에서 헤어난 것은 빗소리 때문이었다. 서비구가 흔들어준 게 먼저였던가. 천막에 떨어지는 빗소

233

리가 선연하였다. 천막 밖으로 나서서 까마득히 보이는 관미성의 불빛들을 오래도록 바라보았다. 관미성 공격에 대한 불운한 예시처럼 느껴졌다면 외려 편할 듯했다. 설요가, 그 사람이 아프다. 그쯤까지만 생각되었어도 그날 밤의 비를 내도록 맞지는 않았을 터였다. 설요가, 그 사람이 죽어가고 있다는 예감이 문제였다. 설요가 나를 부르고 있다. 저 죽기 전에 돌아오라는 것이다. 한번 그렇게 느껴지니 거기서 벗어날 수가 없었다. 왕인은 설요가 자신보다 앞서 죽을 수도 있으리라는 상상을 해보지 않았다. 스스로는 아무 때 아무 곳에서나 죽기 쉽겠으나, 그는 신궁 그 깊은 곳 지화합에서 머리가 희어질 때까지 살다가 저세상으로 사루왕인을 찾아오려니 여기며 살았다.

"좀 어떠십니까."

"열이 내리니 기동할 만해. 공의소 전략회의는 어찌 되었어?"

"전략은 이미 짜여 있는 것이고 그걸 상통하게 하여 공격 시점을 의논하자는 것인데 소통이 어렵습니다. 통해야 말이지요. 오죽하면 좌현왕께서 신열에 떠 있는 비류군을 살펴보라 하시겠습니까."

"하여 내 공의소에 가지 않고 있었어."

"그들을 부러 기다리게 하신 겁니까?"

"한 시진 전에 생각해낸 거야. 무절들은 어디에 있어?"

"관미단애(斷崖)에 잠복한 채 명을 기다리고 있지요."

비류군 측위대 쉰세 명 중 쉰 명, 대방 무절 사십오 명, 백미르와 취운파가 왜국에서 길러 데려온 이십 명의 무사와 지금 가서 합류할 서비구와 소하니와 날살까지 아울러 백이십 명으로 조직된 비류군 무절대가 관미성 뒤편의 깎아지른 절벽 위에 잠복해 있었다. 일 년여 동안 관미성을 드나들며 탐찰하고 표적들을 정하고 표적들을 제거하기 위한 훈련만 해온 무절대였다.

"용운들께선?"

"무절들 어름에서 하늘이나 올려다보며들 계시겠지요."

"지금 시각이 어찌 되었어?"

"술중시(戌中時)쯤 되었습니다."

"허면, 그대는 지금 관미단애로 가. 삼경에 공격을 개시케 할 테니 나머지는 계획한 대로 하고."

"내일 새벽이 아니라 이 밤 삼경에 합니까?"

"내일 묘시는 연맹군이 계획한 시간이지. 저들도 이미 그걸 인지했을 것이고."

"명을 따르겠습니다. 한데, 주군, 괜찮으시겠습니까? 아직 창백하신데요."

"나야 진영 안에 가만 앉아 있기만 할 사람인데, 무슨 걱정이야. 난 지금 공의소로 갈 테니 염려 말고 가보아. 대신, 서비구. 내일 새벽에는 어떠한 경우에도 반드시, 내 앞에 와 있어야 해."

살아 돌아오라는 명이었다. 어떠한 경우에도 반드시. 그건 사루왕인의 평소 어투가 아니었다. 서비구 앞에서의 그는 무엇도 강조한 적이 없고 강조할 필요도 없었다. 무슨 일이든 지나가는 말인 듯 가벼이 말하면, 그게 곧 결정이고 명이었으므로 서비구는 실행하면 되었다. 그의 결정과 명이 마음에 들지 않으면 대들기도 다반사이지만 왕인이 거듭 말하지 않고 묵묵히 있으면 저 고집! 속으로 흉을 보아도 이미 명이 내려진 것이므로 그대로 따르면 되었다. 이번엔 사안이 사안인지라, 어쩌면 지독한 몸살을 겪고 난 뒤여서 감상이 깊은지도 몰랐다.

"알겠습니다."

주군의 감상에 전염되었는지 양교가 일어나 서비구에게 군례를 갖추는데, 그 또한 사뭇 예의바르다. 평소 같으면 다녀오십시오, 대장, 그 한마디면 될 것이었다. 양교는 열여덟 살에 비류군의 호위대에 들어와 서른세 살이 되었다. 그의 손길은 섬세하고 부드러웠다. 바느질을 잘하였고 동료들의 수염이며 머리손질도 잘했다. 검을 쓸 때도 그는 부드러웠다. 동작이 보이지 않을 정도로 기민하여 살기가 엿보이지 않으매 부드럽게 보이는 것이다. 그만큼 고수였다. 무엇보다 그는 왕인을 제 목숨보다 아꼈다. 하여 서비구는 양교를 늘 비류군의 옆자리에 두었다. 이 밤에 양교만 왕인 곁에 남겨두고 갈 것이었다. 서비구 일생의 마지막 밤일 수도 있었다.

"주군을 부탁하네."

양교에게 그 한마디를 남긴 서비구는 왕인의 막사를 먼저 벗어났다. 관미성을 넘어야 하는데, 전면적인 공방전으로 역부족이라면 암수를 쓰는 방법밖에 없으리라는 결론이 난 게 일 년 반 전이었다. 왕인은 해리에게 백미르와 취운파를 찾아 모시고 오라 하였다. 전언은 간단하였다.

―관미성을 넘어야겠습니다. 오시어 무절대를 조련하여 주십시오.

왜국의 숲 속에서 신선처럼, 은자인 양 살고 있는 그들을 찾을 수야 있을 테지만 과연 와줄까. 임금도 나라도 백성조차도 허망하기만 하다며 스스로 쌓은 모든 것을 다 버리고 떠나간 그들이었다. 세상에 원하는 것이 없어 스스로 할 일도 없다 여겼으므로 떠났을 것 아닌가. 하였더니 그들은 제자들을 데리고 해리에게 실려서 바다를 건너왔다. 그리곤 놀러 왔노라 하였다. 제서 노나 예서 노나 놀기는 같으므로 왕인의 부름에 응했다는 것이었다. 백미르와 취운파는 그렇게 자유로웠다. 신(神)이라는 무형의 존재가 자유로움에서 비롯된다면 그들은 무신(武神)이라 부를 만한 존재들이었다. 그들은 스스로 무예의 경지에 이르렀을 뿐만 아니라 무예에 관한 한 천생 스승이었다. 왕인은 그들의 스승으로서의 자질을 모셔온 것이었다.

서비구와 소하니와 날살은 어둠 속을 달려 관미성을 에두른 뒤 관미성 뒤편의 절벽 위에 닿았다. 관미단애라 부르는 절벽은 관미성의 북쪽 성벽이었다. 그 높이가 일백칠십여 척이나 되고 길이는 족히 오 리에 달했다. 비류군 무절대는 관미단애 위에 있었다. 일기가 청명한 날의 낮이면 백 리 밖까지 내다보이는 지점이었다. 열사흘의 달빛 속에 불을 켜지 않은 연맹군의 진영들은 보이지 않았다. 어림짐작만 할 수 있을 뿐이었다.

백미르와 취운파는 관미단애의 끝에 앉아 돌멩이들을 가지고 장기를 두는 참이었다. 단애의 가장자리, 편편한 바위에다 근방에서 주웠음직한 잔돌들을 장기말 삼아 펼쳐놓고 놀고 있었다. 자신들이 하는 일을 늘 논다고 하는 그들이었다. 그들의 장기두기는 그렇지만 그냥 놀이가 아니라 이번 전투에 대한 예상일 터였다. 그들에게는 보이는 장기판이겠으나 서비구에게는 장기판은커녕 장기 말도 보이지 않았다. 그들의 손조차도 흐릿했다. 백미르는 올해 예순 살로 길게 늘어뜨린 머리털이 눈처럼 하얬다. 그보다 네 살이 적을 뿐인 취운파는 흰머리가 한 올도 없는 흑발이었다. 두 사람의 긴 머리가 바람을 따라 나부꼈다.

"삼경에 공격 개시입니다."

서비구의 알림에 취운파가 장기판에서 고개를 들어 달을 쳐다보고 물었다.

"지금 시각이 어찌 되는데?"

"이경 가운데쯤입니다."

"그러면 시간이 빠듯하겠는데?"

"두 분의 승부 말씀이십니까?"

"그대 주군의 외숙께서 말이지, 돌 두시는 속도가 뭍에 나온 거북이 형상이시라."

"신중하신 게지요."

"신중은 무슨. 패배를 인정하시기 싫어 고집을 부리고 계시는 것뿐이야. 그대는 그대 스승을 잘 모를 게야. 한 점 승부 앞에서 얼마나 졸렬하신지."

취운파의 놀림에 백미르가 돌을 단애 밖으로 내던지며 말했다.

"어쩌다 한 번 잡은 승기로 기고만장하기는. 그래 오늘은 내 졌어. 내일 다시 하자고. 그리고 서비구 대장."

"예, 스승님."

"그대 주군이 편찮으신가?"

"어제오늘 편치 않으셨나이다. 약간 나으신 걸 보고 왔습니다."

"허면 되었고, 공격개시까지 한 시간 남았는데, 우리는 어찌해야 할까?"

"지금 내려가야지요."

"그럼 명을 내려. 이왕 하는 일, 제때 해야지. 아, 몇 숨참만 기다리게."

기다리라 한 백미르가 자신의 긴 머리카락을 한 가닥으로 감는 듯 정수리 부근에서 거머쥐더니 어느 결에 꺼내든 단검으로 싹둑 잘라냈다. 잘라낸 머리를 단애 건너 허공을 향해 내던졌다. 머리카라이 너울처럼 퍼져서 날아갔다.

"에이, 그 아까운 걸 단숨에 자르다니. 에이."

탄식한 취운파가 기지개를 켜는 듯 자신의 머리카락을 휘감았다. 그리고는 백미르와 똑같이 잘라내어 허공으로 내던지며 말했다.

"너무 길어 귀찮기는 했어. 간만에 가벼워졌으니 이제 시원하게 몸 좀 풀어보자, 서비구 대장. 명해."

오늘 비류군 무절대의 대장은 서비구였다. 서비구는 휘익, 휘파람을 불어 무절대를 집결시켰다.

"착복하라."

서비구의 명에 따라 일백이십 인의 무절대들은 관미성의 일반 병사 옷을 덧입고 두건을 뒤집어썼다. 표적들을 제거하고 성문을 연 뒤에 무절 복색으로 돌아가게 될 터이나 몸이 굼뜨므로 갑주를 덧입을 수는 없었다.

"지금부터 단애를 내려가 관미성으로 들어간다. 각자의 위치를 찾아 은거한 뒤 삼경에 시작될 아군의 첫 화공탄 공격을 전후하여 각 소대별로 표적들을 제거한다. 표적 제거에 성공하든 실패하든 자정에, 백미르의 우군 중대는 남동문 앞, 서비구의 중군중대는 남정문 앞, 취운파의 좌군중대는 남서문 앞의 각 지점으로 집결한다. 집결 후 각 중대장의 명에 따라 각 성문을 개방한다. 무운을 빈다. 지금 시작한다."

"존명!"

복창과 동시에 백칠십 척 길이의 밧줄들이 단애 아래로 드리워졌다. 무절대가 탐찰과 훈련을 겸하여 일 년여에 걸쳐 관미성을 드나들 때 사용했던 통로가 이 단애에 드리워진 밧줄이었다. 내려가기는 쉽되 올라오기는 몹시 어려운 길이라 훈련도 그만큼 고되었다. 훈련이 곧 실전이었다. 일년 내내 목숨이 백칠십 척 단애에 걸려 있었다. 하지만 오늘 밤에 단애 위로 되올라 갈 일은 없었다. 성문을 열고 아군 진영에 합류하거나 관미성 안에서 목숨을 버리거나, 그 두 길뿐이었다. 열두 줄의 밧줄을 타고 일백이십 명의 무절들이 거미인 양 단애를 내려 걷기 시작했다.

관미성주는 고구려 왕족인 고도선이었다. 그는 쉰 살로 그들의 왕 담덕에게는 숙부쯤 되는 자였다. 십여 년 전 관미성을 점령했던 전쟁에 참여하였다가 성주로 눌러앉았다. 그는 백미르와 그가 이끄는 중대에 의하여 제거될 것이었다. 고도선의 큰아들 고인칙은 스물아홉 살로 성안에 주둔하는 고구려군을 이끌었다. 그는 본토의 소집명을 받고 오천의 군사를 이끌고 후연의 중산성으로 간 참이었다. 성주의 작은아들 고암사가 성안에 남은 오천 고구려 정예군의 수장이었다. 형인 고인칙이 술사(術士)로서의 자질이 우수하다면 스물여섯 살의 고암사는 무예가 특출 났다. 취운파와 그의 중대가 고암사를 없앨 것이었다. 서비구 중대가 제거할 자는 관미성군의 수장인 유육상이었다. 그는 고도선과 함께 관미성에 입성한 뒤 관내 오십육 촌(村)의 촌장들을 장악하여 관미성군을 재조직하고 키워냈다.

성주 고도선과 그의 부장, 고암사와 그의 부장, 유육상과 그의 휘하 장수 일곱 명 등, 관미성 안에 있는 주요인사 열두 명이 오늘 밤 무절대의 표적이었다. 수장이 사라지면 부장이 수장이 되고 부장이 사라지면 부부장이 부장이 되어 전투를 지휘한다지만 그 전투가 제대로 될 수는 없었다. 성주를 비롯한 열두 명을 제거하여 관미성군의 지휘력과 조직력을 와해시키고 성문을 열어 연맹군을 성안으로 끌어들이는 게 무절대가 지금 할 일이었다.

단애를 내려온 서비구와 그의 소대는 유육상을 찾아 성의 남쪽 성곽으로 향했다. 숱하게 탐찰했던지라 성 안의 지리에 이미 도통하였다. 유육상의 평소 동선도 알고 있었다. 서비구 소대뿐만 아니라 각 소대는 일 년여의 훈련 기간 동안 오직 자신들의 표적이 된 한 사람만을 겨냥하여 일거수일투족을 연구해왔다. 어느 날의 유육상은 이경 즈음에 처소로 들어간다. 부인이 셋인 그가 밤에 자신의 처소로 번갈아 불러들이는 여인들은 열이 넘었다. 여색을 몹시 밝히는 그는 하룻밤에 세 여인을 품기도 하려니와 때로는 세 여인을 동시에 품기도 한다. 오늘은 여느 날과 다른 날이므로 그가 있어야 할 곳은 남쪽 옹벽성루 위여야 마땅하다. 하지만 아직 전투가 시작되지는 않았다. 내일 새벽쯤 공격이 시작될 것이라 예감한 채 성안은 만반의 전투 준비를 갖추고 연맹군의 동향을 주시하고 있었다. 긴박하면서도 지루한 이런 시간에 유육상은 어디에 있을까. 그가 관미성군의 수장인 바 지휘루에서 멀리 있는 처소에 있지는 않을 터였다. 하지만 사람이란 족속은 짐승과 흡사하여 늘 다니던 길에서 크게 벗어나지 않는다. 아무리 긴박한 상황에서도 거의 본성이나 습관을 따라 움직인다.

유육상이 지금 있을 곳이 어딘가를 생각하며 서비구는 소대원을 이끌고 남쪽 성곽이 건너다보이는 정향루(正向樓)에 다다랐다. 정향루는 양쪽에 누마루를 거느리고 가운데에 방을 두고 있는 전각으로 유육상의 집무소이기도 하였다. 서비구는 손짓으로 정향루 양 측면 수비병 넷을 처치하고 누마루 밑으로 몸을 숨기라 지시하였다. 소대원들이 측면 수비병 넷을 제거하는 동시에 주검을 누마루 밑으로 끌어들였다. 주검들에서 수비병 옷을 벗겨낸 네 사람이 그 옷을 걸치고 수비병들이 서 있던 위치로 나아갔다.

정향루 앞쪽 저만치에 스무 명의 수비병이 성곽을 향해 도열해 있었다. 그들 너머 멀리에 철갑을 뒤집어 쓴 육중한 남문이 건너다보였다. 그 문을 지키면서 정면으로 적군을 살필 수 있는 장소가 남정향의 옹벽(擁壁) 위에 위치한 성루였다. 남정향 성루가 곧 총 지휘루이기도 했다. 성루는 불을 켜지 않은 채였다. 열사흘 달빛만 어슴푸레 드리워져 있었다. 성루에 선 이십여 사람들도 그림자인 양 누가 누군지 구분하기 어려웠다. 유육상은 작고 강단 있는 몸피를 가졌다. 그는 작은 몸피를 치장하기 위함인지 자못 요란한 갑주를 즐겨 입었다. 갑모(鉀帽)에 난 두 개의 뿔 끝에 황금방울을 달고 있는 것도 그 자신이 결점이라 여기는 작은 몸피를 위장하기 위함이다. 지금 황금방울이 달린 갑모를 쓰고 갑주를 입은 사람은 성루에 없는 게 분명했다. 성루에 유육상은 없어도 그의 부장 차개무는 있는 모양이다. 차개무 제거를 맡은 우무로 소대가 성곽 근방으로 바싹 다가들고 있는 것이 그 증거였다.

서비구는 누마루 밑에서, 달빛 아래서 고요히 분주한 성문 주변을 찬찬히 살폈다. 그러자 유육상이 어디에 있는지 보였다. 아니 들렸다. 그는 정향루 안에, 서비구의 머리 위에 있었다. 집 주위에 호위병들을 둘러 세워놓은 채 그는 방 안에서 여인을 품고 있는 참이었다. 때가 때인지라 바깥을 의식하는가. 교성인지 비명인지, 발정난 암괭이의 신음 같은 울림이 누각의 마룻장에서 떨려 나왔다. 희열에 달뜬 여인의 숨소리와 절정으로 치달아 올라가는 사내의 거친 숨소리의 조화. 전투 직전의 긴장을 해소하기에 색정보다 적합한 것이 있으랴. 그 쾌감 또한 유난할 터이지. 서비구는 수하들을 향해서 유육상이 머리 위에 있음을 알리느라 고개를 끄덕였다. 수하들도 이미 알아듣고 고개를 끄덕였다.

한 식경 뒤에는 공격이 시작될 터였다. 공격이 시작되면 유육상이 누각의 방을 나와 지휘루로 갈 것이다. 그리되면 상대해야 할 숫자가 얼마나 될지 알 수 없었다. 당장 상대할 숫자는 누각 앞쪽의 스무 명과 누각 뒤쪽에 있는 열 명과 누각 반대편의 수비병 넷이다. 서비구는 조원 넷을 마루 밑을 통해 반대편 누각으로 가게 한 다음 측면 수비병 넷을 먼저 처치하고 그들의 옷을 입고 뒤편으로 오라 지시했다. 모든 움직임에는 소리가 없어야 했다. 원래 무예를 갖추어 무절이 된 그들은 지난 일 년여 간 소리 없이 걷고 소리 없이 말하며 소리 없이 사람 죽이는 연습을 했다. 미풍처럼 다가들어 미풍처럼 베어라. 백미르의 무절대 조련법이 그러했다. 무(武)란 창(戈)과 그침(止)의 합일이다. 즉 무기를 멈추게 한다는 뜻이다. 폭력을 멈추게 할 만한 술(術)을 겸비해야 진정한 무인 것이다. 자신의 무술이 세상을 평화롭게 하리라는 사실을 믿어라. 믿은 뒤에는 의심하지 마라.

반대편 누각으로 나아가 측면 수비병을 제거하고 그들의 복색을 한 네 사람이 정향루 뒤편으로 돌아왔을 때 서비구를 비롯한 여섯 명은 이미 뒤편에 있던 열 명을 모두 넘어뜨려 담장 그늘에 들여놓은 뒤였다. 모두 수비병 복색을 한 뒤 서비구는 소대를 사 인 이 조로 나누어 누각의 양쪽에서 마당에 있는 자들을 유인하여 들인 뒤 각개 처치하라 지시했다. 날살의 조가 오른편 누각쪽으로 돌아갔다. 서비구 조는 왼편 누각 쪽으로 나왔다. 서비구는 단검을 누각의 기단에 부딪쳐 소리를 냈다. 마당에 있던 자들이 돌아보았다. 유육상의 호위대장은 생록이란 자였다. 그인 듯한 자가 두 수하에게 소리 나는 쪽으로 가보라 시키고 있었다.

"무슨 소리야?"

다가온 한 놈이 같은 복색을 한 서비구들에게 물었다.

"바장거리다가 부딪쳤소."

서비구가 대답하는 사이에 조원들이 다가온 유육상의 호위 둘의 목을 그으며 어둠 속으로 끌어들였다. 반대편 날살의 조에서는 꽹이 소리를 내고 있었다. 방 안에서 나오는 여인의 교성과 흡사한 소리였다. 괭이 소리보다 왠지 모를 불온한 공기를 느꼈을 생록이 비로소 주위를 두리번거렸다. 서비구는 또 단검 소리를 내었다.

"무슨 일이냐?"

방 안에서 재미보고 있을 상전을 조심하느라 생록의 목소리가 낮다. 이쪽에서 대답이 없자 그가 수하 넷을 데리고 서비구가 있는 쪽으로 왔다. 그들이 다가오는 걸 보고 서비구는 조원들을 뒤로 물려 달빛도, 마당의 불빛도 미치지 않는 어둠 속으로 들어갔다. 설마 살수들이 들어와 있을 것이라는 예상을 못할 그들이라 어둠 속으로 들어오는 걸음걸이가 스스럼없다.

"뒤에서 다들 뭘 하는 게야? 또 대장군 침소를 엿듣고 있는 것이야?"

생록의 질문이 채 끝나기 전에 서비구가 고개를 숙인 듯이 그 앞으로 나섰다. 상대가 이쪽의 살기를 느끼기 전에 움직여야 하는 법이었다. 서비구는 속엣말을 속삭이려는 듯 생록의 옆으로 다가들어 그의 목을 휘감고는 단검을 그었다. 조원들도 동시에 움직였다. 속절없이 다섯 목숨이 스러지는 사이에 마당에 남아 있던 호위들이 두 편으로 갈라져서 누마루의 양쪽으로 향했다. 서비구는 수하들에게 나아가 그들을 맞이하라 신호하고 스스로는 누마루로 뛰어올랐다. 정향루엔 양쪽 누마루에 달린 방이 있고 가운데 큰방이 있으며 필요하면 세 방이 한 방이 될 수 있게 세 공간에 사이에는 벽 대신 밀문들만 설치되어 있다. 전각 뒤에 달린 세 개의 외짝문은 덧문까지 달려 다 잠겨 있지만 대장군이 든 방의 앞문들이 잠겨 있을 까닭이 없었다. 서비구는 누마루에 달린 방의 문을 거침없이 당겨 안으로 들어갔다. 이미 전각의 양쪽에서 접전이 시작되었으므로 더 이상은 조심할 필요가 없었다. 늦여름 밤인지라 누마루 방과 가운데 방 사이의 문은 열려 있었다.

"웬 소란이냐?"

불이 환히 켜진 가운데방의 침상에서 여인을 엎어놓고 힘을 쓰고 있던 유육상도 바깥의 심상찮은 동향을 느끼고 막 몸을 물리려던 참이었던 것 같았다. 상의를 입은 채이고 하의는 벗은 채 유육상의 손은 자신의 속바지를 잡고 있었다. 서비구가 호위복을 입었으매 제 호위 중 무례한 놈이라 여겼다가 낯선 얼굴임을 발견한 그의 손이 대번에 칼을 잡아 올렸다. 그가 칼집에서 칼을 빼낼 때 서비구의 장검이 그의 목을 쳤다. 유육상의 머리통이 침상 아래 바닥으로 날아가 퉁 소리와 함께 떨어졌다. 알몸의 여인이 비명을 지르려다가 소리를 내지 못하고 입을 벌린 채 혼절했다. 서비구는 침상 맡 양쪽에 매달린 등불들을 떨어뜨려 불을 끄고는 밖으로 나섰다. 바깥의 상황은 정리되어 있었다. 날살을 비롯한 아홉 명의 무절들이 마당가의 유육상 호위들이 서 있던 자리에 서서 하늘을 올려다보며 시각을 가늠하는 중이었다. 서비구도 그들 곁으로 다가들어 달을 올려다보았다.

"삼경이다. 성문을 향하여 개별 전진한다."

서비구의 말이 끝남과 함께 성곽 저 너머에서 화공탄이 피어올랐다. 그걸 신호로 일만 발의 불화살이 하늘을 향해 날아올랐다가 성곽의 안팎으로 떨어져 내렸다. 일만 개의 불화살도 관미성 안에 있는 단 한 사람을 맞추지 못하였다. 하지만 수만 사람의 마음을 뒤흔들 수는 있었다. 성내 사람들이 전투가 시작되었음을 깨닫고는 전투 시 자신이 있어야 할 자리를 찾아 이동하느라 일대 소란이 벌어졌다. 소리를 조심할 필요가 없으므로 서비구 소대뿐만 아니라 나머지 열한 소대의 움직임이 비로소 임의로워졌다. 지휘루에서도 소란이 일고 있었다. 우무로는 유육상의 부장인 차개무를 향해서 화살을 사용했는가 보았다. 연맹군이 불화살을 날릴 때 우무로들도 차개무를 향해 근거리에서 화살을 쏘았을 터였다. 남정향루에서 대장군을 기다리고 있던 일군의 장수들이 화살이 어디서 날아온 줄 몰라 몸을 엎드렸고 그들의 호위들이 화살의 방향을 찾아 두리번거렸다. 다시 일만 발의 불화살이 하늘에 띄워졌다. 첫 번째 것들보다 훨씬 근거리에서 쏘아올린 불화살들의 절반 이상이 성안으로 낙하하였다. 기와 전각에 떨어진 불화살들은 아무 힘도 쓰지 못하고 스러지지만 초가들에 떨어진 불화살들은 불을 붙였다. 곳곳에서 작은 불길들이 시작되었고 불을 끄기 위한 소란이 벌어졌다.

투두두두. 일천 기의 화공탄이 성곽 안쪽의 하늘에서 불덩이로 떨어져 내렸다. 연맹군의 화공차가 성벽으로 근접하여 쏘아올린 것이었다. 성안의 소란이 커질 수밖에 없었다. 화공탄이 떨어졌다는 것은 화공차가 성벽에 근접하였다는 의미였다. 모든 연맹군의 진이 성 쪽으로 옮아오고 있다는 뜻이었다. 성안에서는 일사분란하게 반격하여 연맹군의 접근을 저지해야 한다. 해야 하는데 반격의 명을 내리는 사람이 없었다. 성주 고도선이며 그의 아들 고암사, 대장군 유육상과 그 휘하 지휘관들이 나타나지 않기 때문이었다. 상위 명령자들이 사라진 것을 아직 모르는 관미성군의 장수들이 저희들의 수장들을 찾고 있을 때 우무로와 그의 조원들이 눈에 띄었다. 유육상의 부장 차개무를 제거한 그들이 일찌감치 성문 쪽으로 와 있었던 것이다. 그들과 함께 비류군 무절대의 중군 소대원 사십 명은 남문 건너편에 집결했다. 네 조의 조원이 빠짐없이 모인 것은 각자 맡은 표적을 제거하였다는 뜻이었다. 중군이 이러하매 좌, 우군에 속한 소대들도 자신들의 표적을 모두 제거하였을 터였다.

이제 성문을 열고 나가야 했다. 또 일만 발의 불화살이 눈보라처럼 내렸다. 바깥에서 성벽을 타고 넘으려 애쓰지 않고 불만 지르고 있는 것이었다. 아직까지 성안에 큰 피해는 없었다. 하지만 세우에도 옷이 젖는 법이라 성내 백성들은 불끄기에 매달렸고 군사들은 모두 성곽 위로 올라가 반격의 명을 기다리고 있었다. 성곽 위에서의 반격을 준비하느라 성곽 아래 성문 근방은 외려 한산한 편이었다. 옹벽으로 이루어진 삼중의 성문이라 밖에서는 성문 부수기가 거의 불가능했다. 성문을 깨려 다가드는 연맹군을 성문 위 성곽에서 공격할 수 있기 때문이었다. 때문에 관미성군은 아직도 방심하고 있었다. 성문 안쪽의 광장에 겨우 오륙십 명의 수비군만 보일 뿐이다. 성문 수비군을 가늠하고 무절들을 다 확인한 서비구는 남문 개방을 맡은 중대장이 되어 명했다.

"세 번째 화공탄이 터질 때 성곽의 그늘에서 접전한다. 삼 조와 사 조는 일이 조의 엄호 속에 수비군을 뚫고 들어가 성문을 개방한다. 일 조와 이 조는 성문수비군을 제거하며 삼사 조를 계속 엄호한다. 삼사 조는 성문을 개방한 뒤 일이 조에 합류하여 아군이 들어올 때까지 성문을 방어한다."

낮은 목소리로 명을 내린 서비구가 성문수비군을 향하여 나아갔다. 서른아홉 명의 무절들이 그를 따라 움직였다. 성문수비군들은 자신들과 같은 옷을 입은 무절들을 경계치 않았다. 저들의 시선은 온통 하늘에 쏠려 있었다. 저들의 시선 위에서 세 번째 화공탄이 불꽃놀이하듯 피어났다. 빛이 밝으면 어둠은 한층 짙어지는 법이었다. 한층 짙어진 성곽의 어둠 속에서 서비구의 중대원들이 쥐 잡는 괭이들처럼 민첩하게 움직였다. 수비군들을 어둠 속으로 끌어들여 눕혔다. 성문 앞에서 벌어진 상황이 알려지기 전에 문을 열지 못하면 무절대는 성벽과 성안의 군사들 사이에 갇힐 수밖에 없었다. 그 갇힘은 곧 무절대의 몰살을 의미했다. 어지러운 살육전이었다. 임금에 대한 충성도 백성에 대한 애민도 아닌 오직 살아남기 위하여 방어하며 죽일 수밖에 없었다.

일 조와 이 조가 수비군들을 상대하는 사이에 삼사 조가 성 안쪽의 철문 빗장을 벗겨냈다. 그 소리가 컸으나 하늘에서 화공탄이 또 터졌고 불화살이 날아들었으므로 아직은 성문 쪽으로 달려오는 무리가 없었다. 성곽 위에서는 근접하여 오는 연맹군을 맞이하여 산발적인 반격을 가하고 있었다. 삼사 조가 옹벽 안쪽의 두 번째 성문의 빗장을 벗겨낼 즈음, 수비군을 모조리 눕힌 이 조가 옹벽 안으로 들어가 합세하였다. 이, 삼, 사 조가 세 번째 성문 빗장을 열 때 서비구의 일 조는 밖에 있었다. 그 사이 남문 앞에서 벌어진 상황이 주위에 알려졌다. 성곽 위에서 수백의 군사들이 내려오고 있었고 성 안쪽에서도 수백의 군사들이 몰려나오는 참이었다.

"대장, 성문을 열었습니다."

우무로가 되돌아와 소리쳤다. 서비구가 모두 되돌아온 무절들을 향해서 명했다.

"두건을 돌려쓰라."

성문을 중심에 둔 반월형 진을 지으며 무절들이 두건을 뒤집어 썼다. 바깥에서 아군이 열린 성문 안으로 들어올 때까지 버티기 위한 진인데, 이미 관미성군들에게 침입자들로서의 존재가 알려졌으므로 무절대로 바뀌어야 했다. 아군들에게 적군으로 오해받는 사태를 방지해야 하는 것이다. 연맹군 진영에서 고고대의 웅위한 북소리가 연이어 울렸다. 기마병들에게 성안으로 진입하라는 명령이었다. 더불어 성안에서의 비명 같은 명령들이 쏟아졌다.

"침입자들이 있다."

"남문이 열렸다. 남문으로 향하라. 남문을 닫아라."

"남서문이 열렸다. 남서문으로 향하라. 활을 쏘아라."

"남동문을 닫아라. 닫아라. 활을 쏘아라."

"활을 쏘아라. 쏘아라."

어디에선가 단속적으로 내지르는 소리가 연이어 들렸고 화살들이 마구 날아들었다. 수백의 적군들이 창검을 앞세우고 남문 앞으로 달려들었다. 지휘체계가 흐트러진 적군들은 저희 병사들이 접전하고 있는 가운데로도 화살을 쏘아 보냈다. 무절들은 적군들의 몸을 방패 삼아 화살을 피했다. 적군들이 바람에 쓸린 볏짚 단처럼 아무렇게 쓰러졌다. 화살이 장대비처럼 쏟아졌으므로 무절들도 이따금 비틀거렸다. 아무리 막는다고 막아도 수백의 적군을 검으로 상대하며 팔방에서 날아오는 화살을 모두 피할 수는 없었다. 서비구도 십 수 개의 화살을 맞았다. 어깨와 팔과 허벅지와 가슴팍 등. 서비구는 화살들을 뽑아 던지며 계속 움직였다. 몇 숨참만 버티면 될 것이었다. 그 몇 숨참 동안 무절들은 수백의 적군들 사이에서 한껏 뛰었다. 몇 숨참이 영원처럼 길었다. 마침내 성문으로 아군의 기마병들이 쏟아져 들어왔다. 다른 성문들도 열렸는가. 아득한 곳에서 아득한 함성들이 지진처럼 울렸다.

"일군, 무절대를 엄호하라. 황명이시다. 무절대를 엄호하라. 이군, 일군을 엄호하라. 삼군 성안으로 진격하라. 사군, 오군 진격하라! 진격하라! 진격하라!"

기마대장이 연이어 소리쳤다. 기마병들이 방패로 무절들을 엄호하면서 무절들을 자신들의 말에 태웠다. 부상으로 쓰러진 무절들은 부축하여 말에 실었다. 부상을 입은 서비구는 말에 실렸다. 화살을 뽑아냈던 가슴팍에서 연해 피가 흘러나오고 있었다. 온몸 곳곳의 통증보다 호흡이 가빴다. 심장을 다친 것 같았다. 까마득하게 느껴지는 이십여 년 전 이구림 전투 때가 떠올랐다. 누왕인이 가슴팍에 화살을 맞고 혼절하였을 때, 손가락을 베어 그의 입에 피를 흘려 넣다가 그의 가슴팍을 마구 짓누르며 그의 입술에 숨결을 불어 넣었다. 그때 누왕인이 죽지 않고 살아났으므로 이후 서비구도 살았다. 이후 누왕인보다 오래 살지 않기만 바랐다. 뜻대로 될 것도 같다. 몸에서 피가 쿨럭쿨럭 빠져나가고 있었다. 이구림 와장촌에서 태어나 와장장이로 살았을 서비구가 사루왕인을 만나 세상을 주유하며 살았으니 그만하면 충분히 출세한 것이었다.

구하인.

서비구는 일곱 살이 되었을 아들의 이름을 읊조려 보았다. 개똥이 구하인. 여누하는 구하인이라는 멀쩡한 이름을 두고도 여전히 제 아들을 개똥이라 불렀다. 서비구와 여누하와 누왕인의 이름 끝자를 따서 아들의 이름을 지을 때 세상이 환하였고 가슴이 따뜻하였다. 그러니 일평생이 따뜻했던 것이다. 여누하가 보고 싶었다. 지금 그의 품에서 죽을 수 있다면 더할 나위 없으리라. 그 고집스런 생각을 담은 부드러운 몸. 늘 이뻐해 주겠다 말하는 그 입. 때로 한 번씩 조건이 걸리기는 했던가. 이뻐해 줄게, 그놈 머리통을 끊어다 줘요. 이뻐해 줄게, 살아만 와. 지금 그가 있다면 말할 것이었다. 이뻐해 줄게, 죽지 마. 평생 이뻐해 주던 여누하는 서비구의 임금이었다. 거기까지 생각하며 미소 짓던 서비구는 정신을 놓았다.

내일 새벽에는 어떠한 경우에도 반드시 내 앞에 와 있으라.

그렇게 서비구에게 명령할 때 왕인은 서비구의 생사를 염려했던 게 아니었다. 관미성 점령에 성공하든 못하든 내 앞에 와 있으라는 뜻이었다. 사실 관미성 공략이 성공할 것을 의심치 않았다. 그만치 충분히 준비했지 않은가. 관미성만 넘으면 이후 조선성과 낙랑성과 요서성 넘기는 일도 아니었다. 그에 대한 계획도 이미 세밀히 세워져 있거니와 그 계획들에는 비류군 무절대가 관미성에서와 같이 작용하지 않아도 되었다. 관미성을 점령한 뒤라면 더할 나위 없으나 설령 그렇지 못하더라도 일단 서비구와 함께 한성을 다녀올 작정이었다. 가서 신궁에 알현을 청하든 신궁 성벽을 넘든 기어이 설요를 보려 했다. 설요가 어떤 상태인지 알지 못하고는 아무것도 못할 것 같았기 때문이었다.

그럴 제 혹여 관미성을 넘지 못할 수는 있을지라도 서비구가 온몸에 피칠갑을 한 주검으로 돌아오리란 예상은 하지 않았다. 서비구는 왕인이 죽은 뒤에 그 머리통을 해부해 보겠노라 허락을 바랐던 위인이었다. 내 죽은 뒤 머리통을 해부하든 심장을 가르든 무슨 상관이야. 그대 맘대로 하라. 그리 허락한 이후 언제나 내가 먼저 죽는 것으로 정해져 있었다. 설요보다 오래 살고 싶지 않듯 서비구보다 오래 살지 않는 걸 숨 쉬는 것처럼 당연한 것으로 여기며 살아왔다.

그랬는데 서비구가 시신으로 돌아왔다. 새벽에는 내 앞에 와 있으라는 명을 어기지 않으려 했던지 새벽 묘시 무렵에 왕인의 막사에 닿았다. 십여 년 넘지 못한 관미성을 하룻밤 새에 탈환한 뒤였다. 살아서 돌아오라고 못을 박지 않아 이리 된 것이지. 그런 어처구니없는 생각을 했지만 그다음에 무슨 생각을 하고 무엇을 느꼈는지는 기억이 없었다. 사늘히 식은 서비구의 몸을 옆에 두고 앉아 있는데 시간이 얼마나 지났는지도 알 수 없을 만치 멍멍했다. 막사에 비쳐드는 햇살이 환해졌다는 것 정도만 느꼈다. 그 햇살 아래로 나설 일이 까마득하였다. 서비구를 처음 만난 게 여섯 살 때였던가. 그가 호위로 온 게 열다섯 살 때였고 이후 그는 왕인과 한 몸이었다. 왕인은 서비구 없이 사는 날에 대한 아무 대비가 없었다.

"주군, 좌현왕 전하께서 찾으십니다."

양교가 다가와 아뢰었다. 아까도 그 말을 들었던 것 같은데 왕인은 의식치 못했다. 지난 하룻밤 새에 아군이 이천여 명, 적군이 육천여 명 죽었다. 양쪽 부상병들 중에 얼마나 되는 사람이 더 시신으로 변할지는 아직 모르나 일만여 명은 죽은 것으로 봐야 할 것이다. 하룻밤 전투로 끝났기에 그 정도에서 살상이 멈췄다고 할 수 있었다. 그렇다고 위안이 되는 것은 아니었다.

"무절들 중 사상자가 얼마나 된다고?"

"현재 부상 사십이 명, 사망 이십오 명, 행방불명 십이 명입니다."

"용운들께선?"

"남동문과 남서문에 아군이 진입하였을 때까지 각 성문을 방어하고 계셨다 하온데, 이후 아니 보이신다 합니다. 아군이 진입한 뒤 얼핏 성 밖으로 나가시는 걸 뵈었다는 무절들이 있습니다. 행불된 열두 명이 두 분과 두 분을 따라왔던 대판 무절들이었던지라 행불자들은 두 분과 함께 나간 것으로 추정하고 있습니다."

서비구를 잃었듯 그들도 다시 볼 수 없을 터였다. 그들이 이번 전쟁을 위하여 대방으로 건너왔을 때 백미르가 사루왕인을 향해 말했다.

─저 관미성이 백제의 것이든 고구려의 것이든 후연의 것이든, 설혹 왜

국의 것이라 해도 나한테는 의미가 없다. 모든 세상의 소통과 상생을 꿈꾸는 너, 사루왕인을 위해 왔을 뿐이다. 너의 꿈이 참으로 허망하고 무망한 것이되 이생에 남은 나의 마지막 인연이 너 누왕인인 바 그걸 정리하기 위함이다.

백미르와 취운파는 자신들의 마지막 인연을 정리하고 떠나간 것이다. 나는 무엇을 해야 할까. 연맹군을 따라서 또다시 조선성과 낙랑성과 요서성을 수복하고 그런 뒤엔 평양성을 향하여 나아간다? 그런 뒤엔?

"그런 뒤엔 뭘 하지?"

서비구의 양손을 그의 가슴팍에 사려놓으면서 왕인은 양교에게 물었다.

"응? 뭘 하지, 양교?"

"책을 쓰시면 되시지 않겠나이까."

"책을 쓰라고? 무슨 책을?"

"소인은 알 수 없으나, 전쟁을 하지 않고도 살아갈 수 있는 그러한 삶, 그러한 세상을 그리는 책을 주군께오선 쓰실 수 있지 않으시리까.《군주론》,《신군주론》을 쓰셨듯이요."

"그러한 책은 아무도 쓰지 못해. 하여 이제껏 존재치 않은 것이야. 그 많은 고학들의 아름다운 뜻을 담은 책들이 세상에 널려 있으나 그 책들은 전쟁을 더 잘하기 위한 도구로 소용되고 있지. 내가 쓴 군주론들도 헛된 것일 뿐이고."

"저는 그리 생각지 않습니다. 삶의 지혜를 담은 그 많은 책들이 전쟁을 위한 도구로 전략하기 일쑤임을 모르지 않으나 그러한 책들이 있기에 어쩌면 이만큼이라도 전쟁이 억제되는 것이라 여깁니다."

그런가. 과연 그런가. 중얼거린 왕인은 서비구의 몸에 덮인 검은 천을 머리 위까지 끌어올렸다. 책은 나중이었다. 황상으로 하여금 전쟁을 멈추게 하는 게 우선이었다. 멈추지 못한다면 줄이게라도 해야 할 것이다.

"정오에, 서비구 대장을 아울러 우리 무절들의 장례식을 이 들판에서 화장으로 따로이 치르겠다. 중상자들을 제외한 무절대를 소집하여 장례 준비를 하게 하라. 연후 우리는 한성으로 간다."

"존명."

사초시였다. 좌현왕을 비롯한 각 군장들의 호위군만 남긴 채 연맹군이 거의 관미성 안에 들어가 있는지라 관미벌이 휑했다. 벌판에 초가을 땡볕이 시리게 쏟아졌다. 왕인은 막사 앞에 선 채 멀리 백제의 천계깃발을 나부끼고 있는 관미성을 건너다보았다. 막막했다. 어린 날 부친께서 아들에게 무술을 가르치지 않으신 까닭은 전쟁판에서 멀리 떨어져 살라는 뜻이었다. 피 묻히지 않은 손으로 서책을 넘기며 이구림이나 거닐면서 살아라. 그리 살기가 불가능함을 부친께서는 처음부터 아셨을 터였다. 아시면서도 고집을 부리셨던 까닭은 지금 왕인이 느끼는 이 막막함 때문이었을지도 몰랐다. 해도 해도 끝나지 않고 밀려드는 온갖 전쟁들.

좌현왕은 관미성으로 입성할 채비를 끝낸 채 왕인을 기다리고 있었다.

"함께 입성하자고 오시라 하였습니다."

좌현왕 찬의 말에 왕인은 고개를 저었다.

"전하께서 입성하시어 성내의 상황을 정리하시매 당장 소신이 없어도 될 줄 아옵니다. 소신은 예 머물러 무절대의 장례를 따로 치르고자 하오니 허락하소서."

비류군 사루왕인은 아무 때 아무 곳으로라도 스스로 움직일 수 있었다.

팔 년 전에 내린 황명이 그러했다. 좌현왕에게 허락을 바란 것은 그저 일상적인 예절이었다.

"무절대의 피해가 커서 상심하신 것을 압니다. 이번 전투에서 무절들이 이루어낸 업적이 얼마나 큰지 우리 군에서 모를 사람이 아무도 없고요. 그러니 비류군께서 당당히 입성하시어 무절들의 공훈을 높이 치하하셔야지요."

"그건 전하께오서, 또 폐하께오서 충분히 해주실 것이라 믿나이다. 소신은 한동안 한성을 다녀오려 하니 그 또한 윤허하소서."

"당장요?"

"예, 전하."

"허면, 조선성, 낙랑성, 요서성을 비류군 없이 진격하라는 말씀이십니까? 그다음 평양성으로 갈 것인데요?"

"조선성 등의 진격에 굳이 소신이 가담치 않아도 됨을 전하께서도 아시지 않나이까."

"연맹군 군장들이 비류군 없이 움직이려 하겠습니까."

"그들은 전하, 저 때문에 움직이는 사람들이 아닙니다. 각각의 목적에 따라 이곳에 온 것이고 그 목적에 따라 움직이는 겁니다."

"평양성 공략을 반대하시는 비류군의 뜻이 여전하신 겁니까?"

상대의 기세가 충천할 때는 건드리지 않아야 하는 법, 작금 고구려는 대륙의 최강국이었다. 왕인은 관미성을 넘고 이후 세 성을 수복하여 경계를 그은 뒤에는, 요동의 평양성보다 고드늑주에 들어선 하평양성을 먼저 쳐야 한다고 주장해왔다. 좌현왕과 부여연진을 비롯한 대방 세력들이 그에 반대했다. 연맹군의 위세를 몰아 평양성을 친 뒤 대륙의 백제 고토를 모두 회복하고 아울러 진단으로 밀고 내려가자는 것이었다. 이번 기회에 고구려로 인해 끊겨 있는 대륙과 진단을 잇겠다는 황상과 좌현왕의 의지가 부합되었다. 황상이 평양성으로 삼만의 친위군을 이끌고 직접 출정하여 합류할 터였다. 하지만 왕인에게는 불가능해 보이는 계획이었다. 고구려의 담덕왕이 후연과의 전쟁에 골몰해 있다고는 하나 자신의 도성이 위험할 제 두 손을 놓고 있을 턱이 없었다. 또다시 전면전으로 치달을 위험이 다분했다. 그렇게 강조했건만 황상에게 통하지 않았다. 좌현왕에게도 마찬가지였다. 더욱이 이제 관미성을 넘었으니 사기가 충천해진 마당에 평양성 공략을 포기할 리 없었다.

"소신의 생각은 변함이 없습니다. 황상께서는 하평양성까지만 취하고 일단 멈추셔야 하고, 전하께서도 이후 세 성까지만 취하신 뒤 일단 멈추셔야 합니다."

"그 때문에 한성으로 가시려는 겝니까? 황상 폐하를 설득하시기 위해서요?"

"그렇습니다."

"모처럼 일으킨 대군, 게다가 연맹군인데 어찌 그 정도에서 멈추자 하시는지, 과인은 이해하기 어렵습니다. 더구나 관미성을 수복한 즈음인데요."

"욕심이 지나치면 화를 부르기 때문이지요."

"아국의 영토를 되찾자는 것뿐입니다. 되찾은 영토를 굳건히 하기 위해서 영토에 근접한 평양성을 취하자는 것이고요. 그게 어찌 지나친 욕심입니까."

누누이 의견을 나누었으나 합의하지 못한 대목이었다. 한성으로 가서 황상을 만난다 해도 같은 말만 되풀이하게 될 터였다.

"지금은 거기까지 나아갈 때가 아니다, 소신에게는 그리 느껴지니 어쩝니까. 그러니 전하, 조선성, 낙랑성, 요서성을 수복하신 뒤 숨을 고르고 계십시오. 소신이 폐하를 알현한 뒤 혹여 다른 명이 있을지도 모르지 않나이까."

"이미 결정되어 우리 모두가 황명에 의해 움직이고 있는 중입니다. 폐하께서 변치 않으실 걸 경도 잘 아시지 않습니까."

"알지요. 하오나 전하께 이리 말씀드리듯, 폐하께도 다시 말씀드려 보렵니다. 전하께서도 부디 숙고하여 주시고, 지금은 관미성으로 입성하십시오. 군장들이 전하를 기다리고 있지 않나이까."

하는 수 없다 싶은지 좌현왕은 막사를 나가 말에 올랐다. 좌현왕 일행이 벌판을 건너가는 모습을 왕인은 한참 바라보았다. 좌현왕의 부친이었던 부여부를 처음 만났던 즈음이 떠올랐다. 그때 우현왕이었던 부여부는 스물네 살이었던가. 태산 아래서 등태산이소천하를 논할 때 현재와 같은 앞날을 전혀 몰랐다. 그때는 공부하며 이따금 설요를 만나는 것 이외에 어떤 소망도 없었다. 지금은 어떤가. 좌현왕이 들어간 성문으로 한 무리의 기병들이 나오고 있었다. 비류군 무절대들이었다.

버선코 맞추기

　신이궁 다님은 스무 살이었다. 신이궁 시절의 설요가 닿으면 베일 듯이 서늘한 성정이었던 것에 반해 다님은 다감다정했다. 신이궁이 지나는 곳마다 훈풍이 불었다. 웃기 잘하는 신이궁은 울기는 더 잘했다. 설요가 몸져눕는 나날이 많아진 뒤 백성들 접견을 대리케 하는 일이 잦았다. 신궁을 찾아오는 백성들이란 한결같이 기가 막힌 사연을 가지고 있기 마련이라 다님은 그들을 접견할 적마다 울었다. 제일신녀인 줄 알고 알현하여 제 사연을 늘어놓던 백성들은 다님의 눈물에 함께 울었다. 울다가 제일신녀인 줄 아는 다님을 위로하기까지 했다.

　─성하, 소인을 위하여 울어주시니, 소인이 나아갈 바를 알겠나이다. 울지 마소서.

　이십여 년 간 냉철하게 궁무를 처결하던 설요에게 익숙해 있던 신녀들이 수시로 터지는 다님의 울음에 당황하여 어찌할 바를 몰라 하였다. 심지어는 황상 앞에서조차 울어 황상을 달아나게 한 다님이었다. 황상이 한 달이 멀다 하고 설요를 찾아다니던 즈음이었다. 신궁에 와봐야 울보 신이궁만 만나게 된다는 걸 알게 된 이후 황상의 신궁행차가 뜸해졌다. 신기한 것은 다님이 그리 울면서도 제 할 일은 다 해낸다는 것이었다. 그 덕에 울보 다님을 미심쩍게 바라보던 중로원이며 원로원 신녀들이 다님의 울음을 신기(神技)로 인정하게 되었다. 그런 다님에게 설요가 신궁위(神宮位)를 물리겠다는 명을 내린 지 한 달째였다.

—내 몸이 부실하여 더 이상 제일신녀로서의 소임을 수행할 수 없는 바, 오는 한가위에 신이궁 다님에게 제일신녀위를 물리겠노라.

한가위 새벽에 모든 신궁인들이 정복을 입고 천신단과 그 주변에 도열하였다. 설요는 성장하고 천신단에 나아가 천신제를 올렸다. 사절신녀 둘이 내내 설요를 거들었다. 천신제가 끝난 뒤 설요가 신궁인들 앞에 섰다. 갓 날이 밝기 시작한 때였다. 병이 든 설요는 온몸의 터럭이 하얘졌다. 살빛도 밀랍인 양 희었다. 어명 속에 선 그는 푸른 빛깔 유리로 빚은 인형 같았다. 영롱하되 금세라도 산산이 흩어져 스러질 빛이 응집되어 있는 듯했다. 신궁인들이 그 앞에 엎드렸다.

"다들 알고 계실 것이오. 이 시각 이후 제일신녀는 나 설요가 아니라 다님이오. 다님을 섬기며 다님과 더불어 우리 하누님의 아름다운 말씀을 널리 실천해가기 바라오. 다님은 일어서서 칠지화를 받으라. 칠지화!"

인사가 너무 짧았다. 미하수가 신음을 삼키는데 사절부장신녀 치리가 안고 있던 칠지화를 설요에게 건넸다. 설요가 칠지화를 받아 일어선 다님의 품에 안겨주었다. 곳곳에서 흐느끼는 소리가 났다.

"치리 신녀, 새로운 성하를 향해 예를 올리셔야지요."

설요의 말에 치리가 외쳤다.

"다님 성하가 나셨다. 북을 울려라."

둥, 둥, 둥, 느린 북소리가 울리기 시작했다. 북소리에 맞춰 삼천여 신궁인들이 다님을 향하여 절을 했다. 설요도 다님을 향하여 절했다. 다님이 기겁하여 설요를 말리려다 포기하며 징징 울었다. 다님의 울음에 맞춰 흐느낌 소리가 파도처럼 일었다.

미하수는 다님을 향하여 간신히 칠 배를 마친 설요를 부축하여 천신단 큰마당으로 내려가는 계단참에 이르게 하였다. 호위장 범어로 하여금 업고 내려가라 할 참인데, 아흔아홉 계단을 내려다보던 설요가 양쪽에서 부축하는 미하수와 범어를 향해 말했다.

"나 홀로 걸을 수 있어. 그리하고 싶어."

삼십 년 전 일인각에서 아흐레를 굶고 나와 신이궁 시험에 임하러 내려갈 때의 아이처럼 위태로웠으나 미하수는 설요를 홀로 걷게 하였다. 내려걷기는 같아도 삼십 년 전에는 오르기 위한 길이었고 지금은 내려가는 길이었다. 큰마당의 마차에 이르기까지 시간이 몹시 가파르게 흘렀다. 설요가 홀로 저 계단을 다 걸을 수 있을지 신궁인들이 흐느낌을 참으며 숨을 죽인 채 지켜보았다. 그리고 느린 물결처럼 계단 주변을 걸어 큰마당으로 움직였다. 아슬아슬한 이별의식이었다. 설요가 계단 아래 이르렀을 때 모든 신궁인들이 이미 큰마당으로 옮겨와 엎드려 있었다. 설요는 돌아보지 않고 이두마차 안으로 들어갔다. 미하수는 단호히 마차의 문을 내리 닫았다. 범어가 마차를 몰기 위해 올라앉았고 여섯 호위들이 제각기 말에 올라 마차 주변을 에워쌌다. 미하수는 오래 참았던 숨을 터트리듯 큰 소리로 외쳤다.

"범어 신녀, 출발하라. 우금신궁으로 간다. 설요 성하께서 나가시니, 길을 여시오."

지화합은 이제 설요의 거처가 아니었다. 신궁 안의 원로원이나 중로원도 아니고 벽수골 안가도 아니었다. 웅진 영지의 안가로 내려간다고 신궁에 알려진 설요가 머무르겠다는 곳은 거믄골의 호천려였다. 설요는 얼마 못 살 거라 하였다. 그 얼마가 얼마인지 알 수 없으나 그 스스로 그리 말했으니 틀림없을 것이었다. 미하수는 자신의 짐을 호천려로 옮기지 않았다. 얼마나 살지 알 수 없는 설요의 마지막 순간까지 미하수는 신궁무절부장 자리와 기밀대장 자리를 유지할 참이었다. 역대 제일신녀들은 대개 죽어서야 제일신녀 자리를 벗어왔으므로 살아 퇴역한 경우에 대한 전례가 없었다. 전대 제일신녀 효혜가 유일했다. 그는 잠시 원로원에 들었다가 퇴역 신녀 몇 사람만 거느리고 신궁을 나가 이구림에서 긴 여생을 보내고 있었다. 그는 그곳 태생이었다. 원향으로 돌아가 대모로 불리며 말년을 살고 있었다. 설요는 아직 마흔도 되지 못했다. 설요가 얼마나 살지 알 수 없으되 미하수는 그를 제일신녀로 계속 모실 참이었다.

신궁을 나온 마차와 호위대는 곧장 거믄골로 향하지 않고 큰나루를 한 바퀴 돌아 이목을 피한 뒤 호천려에 닿았다.

"오랜만에 왔네."

호천려에 닿아 마차에서 내린 설요가 싱긋이 웃으며 중얼거렸다. 막 아침 해가 떠오른 참이었다. 설요는 아침 햇살 속에 세워진 눈사람 같았다. 금세라도 녹아내릴 듯했다. 미리 와 있던 깃브미가 설요를 부축했다.

"방에다 불을 살짝 넣었답니다. 색 고운 이불도 깔아뒀지요. 안으로 드시어요, 성하."

261

"오늘 한가윈데, 떡 좀 빚었어?"

"빚었지요. 올벼쌀로 송편을 빚었구요, 곱게 간 팥가루를 얹어 찰시루떡도 쪘답니다. 성하 좋아하시는 무지개떡도 쪘구요. 어떤 걸 드시고 싶사와요?"

"수수경단은?"

"그게 드시고 싶사와요?"

"호금 님이 그 떡을 잘 빚으셨지 않아?"

"그래서 소녀도 잘 배워놨지요. 금세 해드릴게요."

"금세 하지 말고 며칠 뒤에 해. 며칠 뒤에 수수경단 좋아하는 손님이 오실 거야."

"예?"

반문하는 깃브미에게 미하수가 입 다물라고 손짓했다. 깃브미는 제 여덟 살 때 신이궁의 심부름을 나갔다가 사루왕인의 두건을 벗겨왔던 아이였다. 그때 진주가 박혀 있던 두건을 설요는 여태 간직하고 있었다. 이제 서른 살이 된 깃브미가 그때의 일을 기억하는지는 알 수 없으되 미하수의 손짓은 잘 알아듣는다. 대문을 들어서고 마당을 걸어 토방 아래에 이른 설요가 후, 한숨을 쉬고는 웃었다. 두어 뼘 높이의 토방을 오를 기운이 없는 것이 쑥스러운 것이다. 그걸 눈치 챈 깃브미가 설요 앞에 등을 대며 말했다.

"소녀가 업어드릴게요, 성하. 자요, 업히셔요."

서른 살이나 먹었으면서 설요 앞에서 여전히 자신을 소녀라 칭하는 깃브미의 말투에 그의 수하 사절들이 웃음을 참느라 고개들을 돌렸다. 설요가 깃브미의 등에 엎드렸다. 깃브미가 가뿐히 업고 일어나서 토방을 오르고 섬돌을 오르고 마루로 올라 방으로 들어갔다. 미하수는 범어에게 방으로 들어가 보라 한 뒤 여섯 명의 시위사절과 여섯 명의 호위무절들에게 아래채로 모이라 수신호 했다. 아래채의 큰방에 호천려의 식구가 된 열두 명의 젊은 신녀들이 모였다.

"범어를 중심으로, 타지, 꽃님, 도알, 채운, 반디, 수리치. 깃브미를 중심으로 다진, 더미, 가가, 언더기, 난별, 은소리. 새삼 그대들의 이름을 불러보는 까닭은 이제 그대들이 이 호천려의 식구가 되었기 때문이다. 우리 설요 성하께서는 제일신녀에 임하시는 동안, 역대 어느 제일신녀보다 많은 백성을 만나셨다. 제일신녀 알현을 청하는 백성들이 유례없이 많았기 때문이다. 성하께서 이루신 업적들 또한 내가 예거할 필요도 없이 많으매, 백성들 사이에 우리 성하가 얼마나 사무치는 존재가 되어 계시는지 그대들도 잘 알 터이다. 때문에 성하께서 이곳으로 오신 사실이 알려지면 백성들이 이곳으로 몰려들 것이다. 그건 다님 성하께 크나큰 실례가 될 사태일뿐더러 설요 성하께도 전혀 이롭지 못하다. 다들 알다시피 우리 성하께서는 더 이상 백성을 만날 기운이 없으시다. 이 말이 무슨 뜻인지도 다들 알터이다. 하니 그대들은 이곳이 백성들에게 알려지지 않도록 단속하고 잡인이 범접치 않도록 경계해야 할 것이다."

호위 타지가 말했다.

"좀 전에 성하께오서 며칠 내로 손님이 드신다 하셨습니다. 손님이 드시오리까. 어떤 손님이요?"

범어를 대장으로 한 설요 호위대는 삼 년 전에 꾸렸다. 예전 호위들은 나이에 걸맞은 직분들을 수행하고 있었고 스물다섯 살이 넘지 않은 현 호위대는 설요의 과거사에 대해 몰랐다. 호위대와 비슷한 무렵에 꾸려진 시위사절들도 마찬가지였다. 그때 미하수는 설요가 제일신녀 자리를 이렇게 쉽게 내던지고 나설 줄 몰랐다. 그의 생이 이만큼에서 멈출 것도 몰랐으므로 설요를 오래 수행할 수 있는 젊은 신녀들로 바꿔 둘러놓았다.

"그 얘기를 하기 위해 모이라 한 것이야. 범어와 깃브미가 그대들에게 따로이 설명하는 것보다 내가 한꺼번에 설명하려 함이다. 지난달, 대방의 관미성을 탈환하는 데 있어 비류군 무절대의 전공이 컸다는 사실을 그대들도 알 터이다. 비류군 무절대가 귀환하였다는 사실도 알 것이고. 성하께서 좀 전에 말씀하신 손님이란 아마도 비류군이실 것이다. 그분이 아사나 각하의 부군이심을 모르는 한성 백성이 없겠지. 아사나 각하의 부군이신 비류군이 왜 이곳에 오시는가, 의문이 생길 터이다. 이 호천려가 원래 비류군 사루왕인 저하의 사저였기 때문이다. 비류군의 옛집에 어찌 우리 성하께서 드시었는가. 두 분은 우리 성하가 아기신녀였을 적에 처음 만난 동무이셨다. 비류군이 옛 소야궁의 주인이셨던 소야황비님의 질자이셨는지라 소야궁에서 첫 대면을 하시었다고 한다. 이후 두 분은 평생 서로를 그리는 정인이 되시었다. 그리되 만날 수는 없는 정인들이셨지. 한 분은 지화합의 주인이라서, 한 분은 내경각하의 부군이라서 서로 만나지 못한 세월 동안, 이 호천려는 두 분이 따로 한 번씩 들리시어 홀로 머물고 가신 곳이다. 우리 성하께서 당신의 마지막 순간을 이곳에서 보내시겠다 결정하신 건, 비류군께서 한 번은 들리실 걸 아시기 때문일 터. 비류군께서 이곳으로 오신다면, 그 또한 밖으로 알려져서는 아니 되는 사안이 된다. 물론 그분도 고요하게 들르실 것이다. 그분이 오실 제 그대들은 고요히 그분을 맞이하면 된다."

무절 반디가 고개를 숙인 채 훌쩍였다. 열일곱 살에 무절신녀 봉임을 받으면서 설요 호위가 된 반디는 일곱 호위 중 가장 어렸다. 사절 더미도 눈물을 훔치고 있었다.

"반디와 더미, 왜 우는 게냐?"

더미가 대답했다.

"우리 성하가 너무 가여우시지 않나이까."

"가여우시지. 그 맘이 어여쁘구나. 우리 성하를 가여워하는 그 어여쁜 마음이 우리 신궁인들에 대한 연민으로, 또한 백성들 전체에 대한 연민으로 넓어진다면 우리들 삶이 아름다워질 터이다. 그 맘으로 우리 성하께서도 평생 동안 스스로를 버리고 사셨던 게다. 이제 얼마나 남았는지 알 수 없는 기간 동안 우리는 우리 성하를 고요히 돌보아 드려야 하는 것이고. 다들 알겠는가?"

"예, 미하수 님."

"무절 타지와 도알은 아침을 먹은 뒤 가부실의 비류군 저택으로 가보라. 그곳에 가서 시녀장 병이를 만나 내가 보냈다 하더라 하고 현 비류군의 호위대장이 누군지 알아보고 그와 만날 방법을 찾아보아. 비류군의 호위대장을 만나면 비류군의 향후 일정이 어찌 되는지 알아보고. 사절 가가와 언더기는 아사나궁으로 가서 은밀하게 아사나 각하의 시위장 거리를 만나보아. 아사나궁에서 우리 성하의 동향을 어느 정도까지 알고 있는지를 알아보되 무리하지는 말라. 거리와의 접촉이 어려우면 포기해도 된다는 뜻이야. 대신 거리와 접촉하게 되면 설요 성하께서 우금신궁이 아니라 이 거믄골의 호천려에 들어와 계시다는 것을 알려주도록. 그는 알고 있어야 할 것이야. 다른 호위들은 범어를 도와 집 안팎의 경계 지점들을 살피도록 하고 시위들은 깃브미와 더불어 성하의 아침상을 차려보아. 성하께서 뭐라도 드실 수 있는 방법을 좀 찾아보란 말이지. 백 가지 약보다 한 그릇의 음식이 진정한 보약이라고 의절들이 노상 말하지 않아?"

"예, 미하수 님."

젊은 신녀들이 제각기의 소임을 위해 흩어졌다. 미하수는 툇마루에 걸터앉아 안채를 바라보았다. 한가위 날의 창창한 아침햇살이 대청까지 닿아 있었다. 깃브미와 범어가 살금살금 걸어 나오는 참이었다. 설요가 잠이 든 모양이다. 온몸이 하얗게 마르면서 기운이 밭아가는 설요의 병이 무엇인지 의절들은 알아내지 못했다. 기운이 밭으니 제대로 먹지 못하고 먹지 못하니 기운이 더욱 없어 설요는 하루의 절반을 잠으로 채웠다. 나머지 반도 누워 지내는 시간이 태반이었다. 설요가 잘 때 미하수는 가끔 그의 곁으로 다가가 코를 대어 숨결을 살피곤 했다. 숨을 쉬고 있지 않으면 어쩌나. 그때마다 속이 떨리면서 가슴이 옥죄었다. 요즘은 설요의 머리맡에서 서비구를 떠올렸다.

한성에 돌아올 때마다 미하수에게 왕인이 한성에 얼마나 머물지, 이후 어떻게 움직일지 알려오던 서비구였다. 직접 찾아오거나 수하를 보내거나. 비류군이 귀환한 지 열흘이 되었는데 서비구에게서 아무 소식이 없었다. 비류군이 황궁과 태학과 가부실을 오가고 있다는 사실은 기밀대가 알아왔다. 서비구는 지난 관미성 전투에서 스러진 게 분명했다. 그의 스러짐이 애석한 한편으로 주군보다 앞서 떠나, 주군의 죽음을 지켜봐야 하는 것보다는 다행일 것이라 여겼다. 그가 스러졌음이 분명할 제 그의 생사를 따로 알아보지는 않았다. 젊은 한때 그를 마음에 들였고 그 마음이 어디로 사라지지 않은 채 미하수의 가슴속 어딘가에 있었다. 유일하게 맘에 들였으나 한 번도 마주보지는 못했던 그의 맘은 처음부터 여누하에게 가 있었다. 여누하를 질투하지 않았으나 부러워했던 적은 있었을 것이다. 그리움이라는 것, 기룸이라는 것을 알게 했던 유일한 사내. 그의 죽음을 확인하는 것이 두려웠던 것인지도 몰랐다.

　백이십 명이었던 비류군 무절대는 관미성 전투를 겪은 뒤 마흔아홉 명이 되었다. 그나마 부상자 중 경상을 입었던 여덟 명이 함께 귀환하여 사십구 명이었다. 왕인은 서비구가 비운 대장 자리에 우무로를 명했다. 귀환 첫날 우무로에게 신궁에 성하 알현을 청하라 했더니 이튿날 우무로가 알려오길 신궁이 비상상태에 돌입해 있다고 했다. 한가위 날에 신궁위 양위식이 예정되어 있는 바 한가위까지 아무도 제일신녀를 알현할 수 없노라 하더라는 것이었다. 한가위 날 오후쯤에는 제일신녀가 바뀌었다는 사실과 퇴역신녀가 된 설요가 웅진주의 우금신궁 안에 있는 안가로 이거하였다는 사실까지 한성 백성들 사이에 파다해졌다고 하였다. 왕인은 그 말을 믿지 않았다. 설요가 신궁위를 내놨다는 것은 중환을 앓고 있다는 뜻이었다. 미하수는 그런 설요를 웅진주까지 데리고 갈 사람이 아니었다. 벅수골 안가나 호천려로 모셨을 것이었다. 그리 짐작하고 있는데, 미하수가 보내온 무절들이 설요가 호천려에 들었다는 사실을 알려왔다고 했다.
　설요가 호천려에 있다는 걸 안 날로부터 닷새째였다. 날마다 황상을 배알하고 아사나궁에 들러 차를 마시고, 날마다 태학에 가서 학인들을 만나거나 책을 읽거나 무술원에 들러서 무절대의 훈련을 지켜보고, 날마다 가부실의 뜰을 거닐었다. 황상은 이달 말의 출정을 포기하지 않았다. 아사나는 차 한 잔을 마시러 오라고 날마다 사람을 보내왔다. 서장고엔 종수로는 예전에 미치지 못하나 부수로는 예전에 버금가는 서책들이 들어찼다. 새 태학감인 두류 박사는 인에게 과거의 서장고를 어떻게 되살릴 수 있을 것인지를 의논해오곤 하였다. 무절대는 지난 전쟁으로 잃은 동료들을 값하려는지 비지땀을 흘리며 훈련에 몰두했다. 비류군 왕인만 한가하였다. 그럼에도 왕인은 지척의 호천려로 가지 못하고 맴을 돌고 있었다. 호천려로 가면, 가서 설요를 만나면, 그게 설요와의 마지막 만남이 될 것 같아서였다. 그가 호천려로 들어간 까닭이 무엇이랴. 설요는 죽기 위해서 사루왕인을 기다리고 있는 것이었다. 하여 왕인은 오늘도 날이 저무는 것에 맞춰 양교만 대동한 채 가부실로 돌아왔다.

대문 앞에 등불이 내어걸린 참이었다. 그 등불 아래 두 필의 말이 젊은 여인들을 태운 채 서 있었다. 낯선 얼굴들이나 그들이 신궁무절들임을 대번에 알 수 있었다. 인의 말이 다가들자 두 무절이 말에서 뛰어내려 인사했다.

"사루 님이십니까?"

"그렇소."

"소인들은 반디와 수리치로, 설요 님의 호위들입니다. 미하수 님의 심부름으로 사루 님을 뵙고자 왔나이다."

왕인의 가슴이 툭 무너졌다.

"그, 그분께 무슨 일이 생긴 게요?"

"미하수께서 사루 님께 이리 전하라 하셨나이다. 당장 호천려로 아니 오시면 살아계신 그님을 영영 뵙지 못할 것입니다."

"위, 위중하신 게요?"

"미하수께서는 그 말씀만 전하라 하셨나이다. 하오면 소인들은 물러가옵니다."

누가 반디인지 누가 수리치인지 알 수 없는 두 무절이 말에 사뿐히 오르더니 삽시간에 어둠 속으로 사라져버렸다. 사라진 그들의 말발굽 소리가 집 안으로 들렸는지 대문 안에서 집사 마로와 부여라와 사미니가 나왔다. 마로는 시녀장 병이의 지아비로 유술이 세상을 떠난 뒤 가부실의 집사가 되었다. 부여라는 상단 일로 이구림으로 왔다가 한성에 온 지는 두 달쯤 되었다. 스무 살인데 아직 혼인을 시키지 못했다. 혼인 이야기가 나올 때마다 고개를 젓기 때문이었다.

"아버님, 이제 오시어요? 왜 아니 드시구요?"

"집 앞에 이르니 불쑥 가야 할 곳이 떠올라 망설이고 있던 참이다. 집으로 들어갈까, 그곳으로 가야 할까."

"그곳이 어딘데요?"

"먼 곳이다."

"먼 곳임에도 가셔야겠다는 생각이 드셨으면, 가보셔야 하지 않나이까?"

"그렇겠지."

"먼 곳이시라면 저녁을 자시고 출발하시어요. 그리고 그 먼 곳이 재미난 곳이라면, 저도 데리고 가시어 세상 구경 좀 시켜 주시고요, 아버님."

일 년 한 차례씩 진단과 왜국을 건너다니며 제 뜻대로 살면서도 더 넓은 세상을 보고파 하는 부여라는 제 어미 여누하의 젊은 시절과 참 많이도 닮았다. 그 여누하에게 화장한 서비구의 유해를 내려 보낼 때 할 말이 없었다. 그를 지키지 못하여 면목이 없노라. 짧은 편지를 동봉하여 서비구의 유해를 내려 보내면서도 여누하를 볼 염치가 없어 이구림에 갈 생각조차 못하는 즈음이었다.

"가보긴 해야겠다. 헌데 그리 재미난 곳이 아닐 게 분명하여 널 데려갈 수는 없겠다. 집 안에서 재미를 찾아라. 요즘 한성은 밤에 돌아다닐 곳이 못 돼요. 특히 처자들은 아니 돼. 사미니, 라나를 내보내서는 아니 될 것이야."

"예, 주군."

사미니가 대답했다. 사미니는 지품의 딸로 두 해 전에 한성으로 와서 도비 선생의 손자인 장자기와 혼인했다. 부여라가 한성에 머무는 동안에는 사미니가 호위했다. 황상의 출정이 예정되어 있는 바 한성은 이미 전쟁 중이었고 전쟁터로 나가게 된 병사들이 밤이면 처자들을 마구잡이로 겁간하고 다닌다는 흉흉한 소문이 범람하고 있었다. 실상보다 부풀려진 소문일 터이나 순라군들의 한성 경계가 삼엄하였다.

"소녀가 한성에 올 때마다 전쟁을 하고 있으니 어찌된 노릇인지 모르겠사와요."

그건 크든 작든 늘 전쟁을 하거나 전쟁을 준비하고 있기 때문이었다. 왕인은 부여라에게 그 말을 하지 않고 딴소리를 했다.

"마로, 그대 안사람이 근간에 아기를 낳는다고 하지 않았어?"

"오늘내일 하고 있지요."

"잘 돌봐줘. 라나, 너도 병이를 잘 살펴주고."

"걱정 마시고 다녀오시어요. 병이 아주머니는 벌써 아이를 다섯이나 낳아 끄덕도 없다고 하잖아요."

하기는 그랬다. 병이가 벌써 다섯 명의 아이를 낳았고 그 큰아이 야고가 이구림으로 내려가 운무대에 오른 지 육 년이나 되었다. 구하인이 어느새 일곱 살. 이리 어지러운 세상 속에서도 아이들이 끊임없이 태어나 자란다는 건 신기한 일이었다.

"양교, 가자."

의지라는 건 이렇게 타의에 의해 생기기도 하는 것인가 보았다. 왕인은 가부실 대문 앞에서 말머리를 돌려세웠다. 타의에 의해 생겼을망정 한번 세워진 의지는 사람을 조급하게 몰아붙였다. 거믄골로 내달려 호천려 대문에 이르까지의 한 식경가량이 영원인 듯 길었다. 호천려 바깥마당에 이르러 말고삐를 양교에게 건네주는데 서슬 푸르게 나와 맞을 줄 예상했던 신궁무절들이 일체 반응하지 않았다. 왕인은 빈집 같은 호천려의 대문 안으로 들어섰다. 샘가에 불이 밝혀져 있었다. 안채 큰방에도 불이 환했다. 나와 맞는 사람은 없었다. 미하수가 왕인이 올 것이라 예상하고 만들어 둔 상황일 터였다.

왕인은 인기척을 내기 위해 애쓰지 않고 곧장 대청으로 올라가 큰방의 문을 열었다. 설요는 홀로 있었다. 자고 있지는 않았다. 누운 채 큰 눈을 환히 뜨고 천정에 매달린 등불을 올려다보고 있다가 왕인이 들어서자 느리게 돌아보았다. 너무 야윈, 하얗게 마른 설요의 모습에 왕인은 잠시 숨을 멈췄다. 설요의 머리카락이 하얗게 변해 있지 않은가. 부러 뒤집어쓴 가채 같았다.

"오셨네요, 마침내."

설요가 그리 읊조리며 미소를 지었다. 왕인은 잠시 선 채로 숨을 고르고 난 뒤 방문을 닫고 설요 곁으로 다가들어 앉았다.

"내 형상이 기이하지요?"

"나 놀래주려고 이리 변해 있는 것 같소."

작게 웃은 설요가 제 손이 아닌 듯 힘겹게 손을 뻗었다. 왕인이 그 손을 잡은 채로 설요를 일으켜 자신의 무릎 위로 안아 올렸다. 인의 무릎 위에 올라앉은 설요가 두 팔을 인의 목 뒤로 늘어뜨린 채 잠시 가쁜 숨을 다스렸다. 왕인은 목이 메어 말을 할 수가 없었다. 가슴이 찢어진다는 걸 서비구를 잃으면서 충분히 경험했는데, 더 이상 찢길 것도 없는 가슴이 낱낱이 도려지는 듯했다. 설요가 중얼거렸다.

"그러니 좀 일찍 오시지, 나 죽는다고 해야만 와요? 미하수가 그리 겁박했지?"

"내가 오면 당신이 죽을까봐."

"당신 보고 죽으려고 이 무거운 몸을 견디고 있던 나를 가여이 여겨 주시지."

"당신 죽는 걸 견디지 못할 나를 가여이 여겨 주시구려."

"내 당장은 죽지 않을 테니, 염려 놓아요. 하여 당신께 부탁이 있어요."

"말씀하세요. 무엇이든 다 들어드리리다."

"무엇이든?"

"그 무엇이든."

"그리 큰소리치시는 거 아니에요. 가령 내가 우리 어하라를 당장 내 앞에 데려다 달라면 어쩌시려오?"

"당장은 못해도 한 달 안에 데려다 주리다."

"제가 한 달을 버티지 못할 건데, 아무 짝에도 소용없는 답이십니다."

"그리 마세요. 이리 성성한데 한 달을 왜 못 살아요. 일 년, 십 년도 너끈히 사실 겝니다. 십 년만 살아주세요. 십 년만 같이 살다가 한날에 죽읍시다. 당신 이제 자유롭잖아."

헛소리를 하려니 목소리가 떨렸다. 떨리는 목소리를 따라 울음이 따라

붙었다. 왕인은 자신의 울음을 숨기기 위하여 설요의 이마에 입술을 대었다. 이마에 오래 입술을 대고 있다가 인중과 콧등과 양 볼과 턱으로 옮겨 다닌 뒤 설요의 입술에 자신의 입술을 대었다. 설요의 입술이 사늘했다. 혀는 메마르고 뜨거웠다. 왕인은 설요의 입속을 적시기 위하여 자신의 혀를 깊이 들여놓고 느리게 깊숙이 움직였다. 아랫도리가 살아났다. 홀로 숨 쉬기도 어려운 설요의 몸을 향해서 인의 몸이 마구 팽창했다.

"여, 여보, 다, 당신을 뉘어야겠소. 내, 내가 편치 않은 당신을 범하게 될 듯해."

인의 가쁜 말투에 설요가 옛날의 설요처럼 웃었다. 웃으며 속삭였다.

"범하는 거 아니야. 내가, 원해. 그러니 어떻게든 해봐요."

왕인은 안았던 자세 그대로 설요를 뉘고 그의 옷고름을 풀었다. 입술을 맞대고 상의들을 헤치며 젖가슴을 어루만졌다. 천천히 가라앉아 가는 설요의 몸을 되살리듯 골고루 입술을 대어 숨을 불어넣었다. 그의 하의를 벗기고 자신의 하의들을 벗으며 설요의 샅을 향해 자맥질을 했다. 두 손을 설요의 젖가슴에 둔 채로 그의 몸 한중간을 혀로 파고들었다. 메마르고 건조한 설요의 몸이 부끄러움에 소스라치며 자꾸 달아나려 움직였다. 달아나려는 설요의 몸 깊은 곳을 인의 혀가 헤집으며 파고들었다. 길을 만들고 습기를 불어넣었다. 그러다 어느 순간 고개를 일으켜 설요의 몸 안으로 들어섰다. 만남이 잦았다고 할 수는 없으나 만났을 때는 하루에도 수차례 익숙히 드나들었던 설요의 몸속은 십여 년 만에 낯선 곳이 되어 있었다. 설요에게도 그러한가. 낯선 존재를 받아들인 그의 몸속이 어찌 움직여야 할지 몰라 허둥대었다. 왕인은 그래서 자신의 몸을 설요의 몸 안에 들인 채기다렸다. 숨결을 고르며 기다리노라니 마침내 설요의 몸이 준비되었다는 신호를 보내왔다.

"괜찮아?"

"좋아. 계속해."

십여 년의 기룸을 단숨에 해결하는 방법이 살 섞기였다. 백 마디 천 마디의 말로도 꺼지지 않는 불길을 일단 잡아야 이성적인 사고가 가능했다. 왕인은 서두르지 않으려 기를 쓰면서도 절정을 향해 올랐다. 설요가 숨 가쁘게 속삭였다. 지금, 지금. 그에 맞춰 왕인의 몸이 폭발하듯 터졌다.

설요의 몸 안에서 십여 년의 기룸을 터트린 뒤에야 왕인은 비로소 제정신이 들었다. 자신의 몸이 설요에 얹혀 있음에 놀라 설요를 안은 채 몸을 뒤집었다. 인의 가슴팍에 엎드린 설요가 숨을 다스리면서 웃었다.

"아팠어? 힘들지. 미안해. 당장 안으려던 게 아니었는데."

"어울리지 않게 말씀이 많구려. 수염 때문에 아팠지만 지금은 괜찮아. 참, 참 좋았어. 당신은?"

"나, 나는 언제나 당신 앞에만 서면 정신을 못 차려서. 지, 지금도 마찬가지고."

"또 말을 더듬으시는 걸 보니 그런 것 같네요. 곧 수하들이 올 것이니 날 뉘어주고 옷을 입혀줘요. 당신도 입고."

"아무 일도 안 한 것처럼 시치미 떼자고?"

"응."

"그런데, 수염 때문에 아팠소?"

"응. 가시 같았어. 깎은 지 며칠이나 되면 그리 따가워요?"

"어제 아침에 깎았는데. 아니 그제였나."

"앞으로는 날마다 깎으세요."

274

"응."

"황상께선 이 달 말에 기어이 출정하신다지요? 평양성으로?"

"응."

"취할 것 없는 소모전이 될 것임을 황상께서는 모르시리까?"

"말씀드려도 소용없으시오. 평양성을 치고야 말겠다는 염원이 너무 깊어 아무 소리도 듣고 싶어 하지 않으세요."

왕인이 제 샅을 닦고 속곳을 입혀주며 다리를 이리저리 움직이니 간지러운 듯 부끄러운 듯 몸을 움츠리던 설요가 웃었다.

"뭐가 우습소?"

"스스로 옷 입을 기운도 없으면서 색정을 나누고, 그러면서 평양성을 운운하니 우습지 않아요?"

"우스우면 계속 웃으시구려. 당신 웃음소리 들으니 난 세상이 다 평화로워. 당신 품에서 당신 웃음소리만 들으면서 살았으면 좋겠소."

"태자가 왜국에 간 지 몇 해째지요?"

"칠 년이요."

"우리 어하라와 인덕과 호형호제하며 살고 있어요?"

"그렇소. 라나와 영과 어하라와 인덕과 팔수 공주까지, 동기간들처럼 어울려 자라고 있어요. 우리 어하라가 열세 살이나 되었으니 다 자랐지."

"우리 어하라는 어찌 자랐어요? 어여뻐요? 성정은요? 공부는 많이 해요?"

"어하라는 아주 몹시 총명해. 내 팔불출이라는 소리를 들을까 싶어 드러내놓고 자랑은 못하지만 어하라는 하나를 가르치면 열을 깨치는 아이요. 당신 닮아 어여쁘지. 성정도 당신 닮았나 봐. 내가 보기에는 명랑하고 귀여운데, 다른 이들은 우리 어하라를 어려워하지. 어하라 말에 꼼짝을 못해. 특히 인덕은 어하라한테 절절매지. 어하라가 토라져서 만나주지 않으면 공부도 못하고 무술 훈련도 못해. 어하라한테 밉보이지 않으려 글공부도 무술공부도 부지런히 하고 있다오."

"귀여워라."

"태자를 모셔올 제 어하라와 인덕을 함께 데려오리다. 어하라는 제 모친 이름이 그님인 줄 알고 있소. 아이한테 당신을 보여줘야지. 그님을 얼마나 그리는데, 가엽지 않소? 그러니 당신은 아이를 위해서라도 애써 기운을 차리도록 해요."

"태자를 언제 모셔올 건데요?"

"올해? 혹은 내년에? 응신왕을 만나 태자를 모셔가겠노라 해야지. 그러자면 지금 대방에 모인 연맹군이 흩어져서 자신들의 자리로 귀환을 한 뒤라야 할 것이고. 그리고 태자가 응신왕의 공주에게 장가를 들어야 할 것이오. 응신왕의 셋째 딸 팔수가 태자비가 될 성싶어."

"허면 태자도 혼인을 두세 번은 해야겠구려."

"한성에 척족을 만들어야 하니 하는 수 없겠지."

"어쨌든 태자를 올해 안에 데려오는 게 좋을 듯해요."

"상께서 이달 말에 출정하시면 올해 안에 환도하긴 어려워요. 내년 시국이 어찌될지 가늠하기도 쉽지 않고."

"그러면서 어하라를 한 달 안에 데려다 주겠노라 큰소리치셨소?"

"당신 만날 때마다 그렇듯 제정신이 아니라 그랬지요."

"이제 정신이 드셨고요?"

"응."

"제정신이라니 이제 당장 실행할 수 있는 걸 부탁할게요. 저기 함롱 위에 반짇고리 있잖아요. 그 속에 가위가 있는 거 같았어. 가위 가져다가 내 머리채 좀 싹둑 잘라줘요."

"머, 머리채는 왜, 왜요?"

"무거워서."

"수, 수하들을 부를까?"

"당신이 해줘요."

"그러다가 다치면 어째. 난 가위로 종이밖에 잘라본 게 없는데."

"종이보다 어려울 거 없어요, 한번 해봐요."

왕인은 하는 수없이 가위를 내려왔다. 한 줄로 성글게 땋인 설요의 머리채는 제 무릎에 닿을 만한 길이였다.

"어, 얼마나 잘라?"

설요가 두 손으로 머리채를 사리더니 어깨만큼에서 움켜쥐었다.

"여기서 잘라요. 묶을 수만 있으면 될 것 같아."

왕인은 설요의 손을 풀고 자신이 머리채를 잡고 서너 번에 걸쳐서 머리채를 끊어냈다. 잘라낸 흰 머리채를 보여주자 설요가 사려놓으라는 손짓을 했다. 왕인은 긴 머리채를 또아리처럼 사려 반짇고리 옆에 올려놓았다. 평생 달고 산 머리카락을 싹둑 잘라낸 설요의 얼굴은 심상했다. 짧은 머리를 누운 채 다듬으며 말했다.

"가령 말예요, 태자가 대화성에 있는데 상께서 승하하신다면 어찌 되어요?"

"제제(帝弟) 훈해가 우현왕이니 그 스스로 역심을 품지 않는다면 태자가 돌아올 때까지 상위를 대리하겠지? 그러면 진두서와 진무와 진몽을 필두로 한 진씨 일족이 부여혈을 임금으로 세우려 나서기 십상이지. 와중에 해충을 위시한 해씨 일족이 대거 척살될 것이고. 황실이 또 뒤집어 질 터이지. 헌데 그런 걸 왜 묻소?"

"상께서 내년을 넘기지 못하실 게요."

"발이 이리 작은데 버선이 왜 잘 안 들어가지? 버선을 어느 틈에 벗겼는지 모르겠어. 아, 상이 내년을 넘기지 못하다니? 뭘?"

설요의 버선을 신기며 무심히 묻던 인의 눈이 설요의 눈과 마주쳤다.

"그, 그의 천수가 다한다는 뜻이오? 내년에?"

설요가 대답치 않았다. 큰 눈을 반쯤 감은 채 모르쇠를 하고 있었다.

"여보? 방금 황상의 천수가 내년까지라 말씀하신 게요?"

"신녀한테 되묻는 거 아니에요. 내가 당신 품에 이리 안겨 있지 않았다면 당신을 제일신녀 모독죄로 신궁 옥에 가두었을 거야. 내가 범한 천기누설죄를 모조리 뒤집어 씌워서."

정색한 얼굴이 농담이 아니라는 것을 말하고 있었다.

"미, 미안하오. 묻지 않으리다. 대신 내가 정리하게 도와주시구려. 난 평생 당신 말씀을 의심해 본 적이 없으니 내년의 그 일은 이미 기정사실이오. 당신 아시다시피 작금 황실은 해씨와 진씨가 첨예하게 대립하고 있소. 당신 버선이 왜 이리 안 신기나 했더니, 아아, 양쪽이 바뀌었구나. 당신 발을 이리 자세히 본 게 처음인 거 같은데, 이제 보니 좀 못생겼네. 너무 건조하고. 이따 잘 때 동백기름을 좀 발라둘까? 당신 수하들한테 동백기름이 있겠지? 음, 암튼 칠 년 전, 상께서 태자를 그리 쉽게 왜국에 볼모로 보낼 결정을 내렸던 것은 고구려에 대한 황상의 원한이 워낙 깊어 물불을 가리지 않았던 즈음이었기 때문이지만, 그 배경에 누리나황비가 작용했으리라는 짐작을 누구나 하지. 황상께서 누리나비를 귀애하시는 걸 누구나 아니까. 한 사람에게 가는 맘, 그런 건 어쩔 수 없잖아? 문제는 황상이 임금이라서, 임금 주변에서는 어쩔 수 없이 권력다툼이 생긴다는 것이지. 때문에 태자가 본국에 없는 상태에서 상의 붕어 상황이 생기면 필연적으로 황위계승권 다툼이 발생할 수밖에 없어요. 이미 예정되어 있는 일이니까. 헌데 여보, 내가 그 일에 관여를 해야 할까? 영이든 혈이든 상에게는 똑같은 자식인데 영이 나의 제자라서, 우리 어하라하고 호형호제한다고 하여 영을 편들어 나서야 할까? 응? 여보?"

버선을 다 신기고 불렀더니 설요가 대답이 없었다. 왕인은 가슴이 덜컥하여 설요의 콧김을 맡아보았다. 숨을 쉬고 있었다. 버선 신기다 말고 살아 있음을 확인하다니. 기가 막혀 왕인의 콧속이 매워졌다. 서비구를 잃고도 살아지듯 설요를 떠나보내고도 살기는 할 터였다. 하지만 지금은 아니었다. 십 년만, 아니 일 년만이라도 설요를 끼고 살고 싶었다. 버선을 대번에 바로 신겨줄 수 있게 될 때까지라도.

왕인은 설요의 베개를 반듯이 잡아주고 베개에 늘어진 흰 머리카락을 가만가만 추스렸다. 주름살 한 줄이 없는 얼굴인데 어쩌자고 터럭들이 이리 희어졌을까. 한 생을 마감하는 징표가 이리 나타났단 말인가. 왕인은 수긍할 수 없었다. 죽기로 된 아사나를 되살린 사람 아닌가. 그렇다면 스스로 살아날 길도 알고 있을 터. 살고 싶은 의욕만 가지면 될 것 같은데.

"천기누설죄? 그런 게 어딨어. 다 사람이 하는 일이잖아. 아이를 데려오면 살고 싶겠소? 아니면 당신을 어하라에게로 데려다 줄까? 그래, 그게 빠르겠어."

중얼거린 왕인은 이불을 당겨 설요를 덮어준 뒤 일어나 방 밖으로 나섰다. 양교가 아래채 처마 아래서 권술 자세를 하고 있다가 마당을 건너왔다.

"이곳에 있어야 할 호위들과 시위들은?"

"윗집이 최근에 호천려의 한 건물이 된 듯합니다. 무절들은 두 집의 주변에 있고 사절들은 윗집에 있습니다."

"미하수께서도 계시던가?"

"아니 계셨습니다. 호위장이 범어 신녀이고 시위장이 깃브미 신녀입니다."

"저녁을 먹지 못했군, 그대가."

"수수경단이 놓여 있어 한 접시 먹었습니다. 주군께서는 아직 못 드셨지요."

"그렇지. 저녁을 먹어야지. 먹여야 하고. 기운을 차리게 해야 배를 탈 수 있을 게야. 호위장을 들라 하고, 사절들도 불러 내리도록 해. 저녁을 먹자고. 저녁을 먹은 뒤 그대는 무술원으로 가서 우무로에게 전해. 내일 아침에 해리 선장을 데리고 이 호천려로 오라고."

"예, 주군."

양교가 느린 듯 고요한 걸음으로 대문을 나갔다. 왕인은 마루에서 내려와 샘가로 갔다. 샘을 넘쳐 나온 물이 졸졸졸 도랑을 타고 흘렀다. 왕인은 도랑에서 세수를 하고 단검을 꺼내 수염을 깎은 뒤 다시 세수를 했다. 그리고 묶은 머리를 풀어 사린 뒤 다시 틀어 올렸다. 그때 여염 복색을 한 무절이 들어왔다.

"저는 설요 성하의 호위장 범어라 하옵니다, 사루 님. 이렇게 뵙습니다."

"예, 범어 신녀님. 이리 뵙습니다. 에두르지 않고 여쭙겠습니다. 설요 님을 모시고 왜국을 다녀올까 하는데, 가능하시겠습니까?"

"현재로서는 배를 타실 만한 체력이 못 되십니다. 일각(一刻)도 앉지 못하시고, 스무 걸음도 걷지 못하십니다."

"닷새 전에 천신단 계단을 홀로 걸어 내려오셨다 들었습니다."

"그날보다 훨씬 약해지셨습니다."

"허면 배를 타실 수 있을 정도로 회복하시려면 얼마나 걸리겠습니까."

"소인은 짐작하기 어렵습니다. 의절들도 알지 못하고요."

왕인은 설요의 상태가 그 정도까지라고는 여겨지지 않았다. 열흘쯤만 보양하면, 길게 잡아도 한 달 뒤쯤이면 일각이 아니라 한 시진을 홀로 앉고, 스무 걸음이 아니라 백 걸음 이상 혼자 걸을 수 있을 것 같았다. 한 시진을 앉을 수 있게 되면 반나절을 앉을 수 있게 될 것이고, 백 걸음을 홀로 걸을 수 있게 되면 한두 마장도 걸을 수 있게 될 것이다. 그러면 배를 못 타겠는가. 속으로 궁리하는데 깃브미를 위시한 사절들이 대문으로 들어와 도랑가에 있는 왕인에게 인사를 하였다. 양교가 뒤따라 들어왔다.

"신녀님께 신세를 지게 되었습니다. 저와 저 사람 양교가 저녁을 아직 못 먹었습니다. 방에 계신 설요 님께서도 아니 드셨을 듯한데, 주무시고 계시긴 하나 뭐라도 드시게 해야 하지 않겠습니까?"

"금세 차려 올리겠나이다, 사루 님. 소인들이 상을 차리는 동안 저녁을 드시도록 설요 님을 깨워주시겠나이까?"

"깊이 잠드신 듯한데, 어찌 깨우지요?"

"버선을 살짝 벗기고 발에 간지럼을 태우면 금세 깨십니다."

깃브미의 말에 왕인이 하하 웃음을 터트렸다. 간지럼이라니. 얼마나 쉽고 명쾌한가. 설요를 데리고 못 가면 어하라를 데려오면 되는 것이다. 더불어 태자도 데려다 놓으면 되는 것이고. 한 달, 아니 두 달이면 가능한 일이었다. 가능케 만들면 되는 것이다.

신궁위를 양위한 설요가 우금신궁으로 갔다는 소문이 퍼졌지만 아사나는 처음부터 믿지 않았다. 만인지상의 제일신녀 자리를 내던진 사람이 일개 퇴역신녀로 살기 위해 다시 작은 신궁으로? 그럴 리 없었다. 그럴 사람이 결코 아니었다. 감찰대에 설요의 소재를 알아오라 명했다. 설요의 머리카락이 하얗게 세었다는 소문을 들은 게 일 년 전이었다. 한 달여 간 되게 앓고 난 뒤 그렇게 되었다던가. 이후 그가 신이궁에게 궁무를 대리케 하고 있다는 것도 알고 있었다. 뻔질나게 신궁을 드나들던 황상이 설요를 만나지 못하게 되자 신궁행차를 멈춰버렸지 않은가. 그러니 제일신녀가 바뀐 것은 자연스러웠다. 그 시기가 하필이면 비류군이 환도한 뒤라는 게 미심쩍을 뿐이었다. 관미성 인근의 성들을 수복하는 전쟁판에 있을 거라 여겼던 비류군의 환도는 급작스러운 것이었다. 환도한 그가 날마다 황상을 알현하러 다니며 평양성으로의 출정을 말림으로서 그의 환도 목적은 분명해졌다. 그럼에도 그가 한성에 있을 제 설요가 제일신녀위를 벗은 건 심히 공교로웠다.

의심했던 대로 설요는 다른 곳도 아닌 거믄골로 들어갔다. 제 집인 양 태연히 제 측근들을 데리고 그곳으로 들어가 살림을 차렸다. 거동이 어려울 정도로 병이 깊다면, 신궁의절들 속에서 목숨을 연명해야 할 터인데 왜 거믄골의 비류군 집으로 들어갔는가. 어찌 그리 당당하게. 그곳은 비류군의 집이었을 뿐만 아니라 설요의 집이었던 것이다. 그러니까 두 사람은 평생, 만나지 않고 살면서도 사통을 해왔다. 평생 부여아사나를 기만하고 능

멸해 온 것이다. 그 사실을 오래전부터 알고 있었다. 알면서도 눈으로 확인한 바 없어 나는 모르는 일이라고 외면해왔다. 확인하기 싫어 한사코 외면해왔더니 그들이 직접 보여주었다. 비류군이 그 집으로, 설요에게로 들어갔다고 하지 않은가. 오늘 저녁참에.

멀리서 삼경을 알리는 종이 울렸다. 거믄골 집으로 호위 하나를 달고 들어간 비류군은 나오지 않았다고 했다. 그러니 그들은 잠들었을 터였다. 함께. 얼마 만에 만났는지는 알 수 없으되 오랜만에 만난 건 분명할 것이니 그 다정도 사무치겠지. 그들의 단꿈이 깊을 시각은 아사나에게도 자야 할 시각이었다. 그렇지만 비류군이 거믄골 집으로 들어갔다는 소리를 들은 뒤부터 오늘 밤 못 자리라는 걸 예상했다. 오래전에 품었던 독심, 기어이 실행하고야 말아, 사라졌다 여겼던 독심이 서슬 푸르게 살아났다. 그때는 권력과 황실의 안위를 위한 것이었다. 이번에는 평생 내버려졌던 계집 부여아사나를 위한 것이다.

"세위개가 와 있다고?"

호위대장에게 비번인 수하들까지 모두 이끌고 들어와 명을 기다리라 했다. 거리가 대답했다.

"예, 각하. 한 식경 전에 외각(外閣)에 들어 기다리고 있나이다."

"들라 해."

아침에 황상을 알현하고 나온 비류군을 청하여 차를 냈다. 그가 환도한 뒤 보름째 날마다 하는 일이었다. 그와 한 지붕 아래서 살지는 않아도, 그와 살을 섞지는 않아도 그는 어쩔 수 없이 여인 아사나의 지아비이므로 얼굴이나마 보고자 했다. 그 또한 그리 여기므로 부르면 와서 차를 마시고 이런저런 얘기를 하는 것일 터였다. 내외간이기에. 그가 살아 있는 한 끝나지 않을 내외간. 이제 끝을 내야 했다. 끝내고 말 것이었다.

"소장 세위개, 각하의 부르심 받자와 들었습니다."

"전원이 다 모였는가?"

"예, 소장까지 아울러 쉰둘, 모두 들었습니다."

"거믄골이 어딘지 아시는가?"

"큰나루 위켠에 있는 골이 아니오니까."

"가본 적이 있소?"

"어릴 적에 한산에 올랐다가 그쪽으로 내려온 적이 있나이다. 집이 몇 채 있던 듯합니다만."

"거믄골에 네 채의 집이 듬성듬성 있소. 그 첫 번째 집이 내 사가요. 위 아래채 합쳐 방이 여섯 칸이고 마당 한쪽에 샘이 있지. 물맛이 좋아. 아주 고요한 집이지. 하여 내가 살지 않으면서도 내버려뒀소. 헌데 근자에 그 집에 계집들로 이루어진 한 무리가 무단으로 들어가 살고 있다고 합디다. 아주 사악한 무리들이오. 사악한지라 기척도 없이 들어가 내색도 않고 살고 있대요. 열댓쯤 된다던가. 이따금 그 무리에 손님도 있는 모양이오. 가서 그들을 치우세요. 연후 집을 잿더미로 만들어 주저앉히세요. 아무도 모르게 해야 하오."

"그들을 치우라 하심은, 쫓아내는 게 아니라 죽이라는 뜻이오니까, 각하?"

"그래요. 이 밤에 그 안에 든 것들은 모조리."

"명, 받들겠습니다."

"날이 새기 전에 끝내고 묘시엔 돌아와 보고해요."

"예, 각하."

세위개가 군례를 갖추고 물러갔다. 아사나는 물 한 잔을 마시고 내실로 들어갔다. 겨리가 따라 들어왔다.

"머리채를 풀어드리리까?"

"아니, 잠자고 싶지 않아. 잠이 올 것 같지도 않고. 도아와 조온한테 현금을 가지고 들어오라고 해. 그 아이들 노래를 듣고파. 술도 들여오고."

"예, 각하."

근자의 아사나는 공주궁의 막내 시녀들인 도아와 조온을 귀여워했다. 열일곱 살인 그들이 현금을 켜며 노래하는 모습을 보며 술을 즐겼다. 술이 잦고 잦은 술에 안주가 따르니 자연 몸이 불어 공주의 몸피가 커졌다. 몸이 불으니 젊은 때보다 덕성스러워졌다. 외양은 그러했다. 겨리는 시위들 처소로 가서 도아와 조온을 아사나에게 들여보냈다. 지미간에 술과 안주를 들여가라 하고 스스로는 처소에 들렀다가 가겠노라 하였다. 공주가 잠들지 않았는지라 궁인들도 잠들지 못한 채 각자의 처소 안팎에서 서성거리고들 있었다. 외양과 달리 공주의 성정이 나날이 가팔라져 궁인들이 안절부절못하는 경우가 잦아졌다. 자식처럼 여기던 태자가 왜국에 볼모로 간 이후부터 변하기 시작했던 것 같았다.

외각의 호위들은 거믄골로 향할 채비를 갖추느라 부산했다. 시간을 계량하며 거믄골에 대한 정보를 나누고 있는 것이다. 지금 겨리는 공주 곁을 떠날 수가 없었다. 부호위장 장자기를 어찌 불러낸다? 어둠 속에서 궁리하는데 장자기가 측간에 가는 양 밖으로 나왔다. 그도 조금 전에 아사나가 내린 명령의 어처구니없음에 심상찮음을 느끼고 나온 것이었다. 그는 칠년 전에 무과에 급제한 뒤 한성수비군에 있다가 공주호위대의 부장으로 와서 세 해째였다. 그가 신궁의 작용으로 공주호위대로 온 것을 겨리는 나중에 알았다. 그는 비류군의 사람이었다.

서로를 발견한 두 사람이 어둠 속으로 스며들어 귓속말을 주고받았다.

"지금 호위대가 갈 곳이 어딘지 알지요?"

"자세히 모릅니다. 거믄골의 첫째 집. 몰살 뒤 방화. 대체 그 집에 누가 있기에요?"

"그대의 주군, 비류군께서 오늘밤 게 들어 계신답니다. 나는 나갈 방법이 없으니 그대가 방법을 찾아요. 몸조심하시고."

겨리는 어둠 속을 걸어 자신의 처소에 들렀다. 가꾸미를 대신하여 시녀장이 된 이래 홀로 쓰게 된 처소였다. 뒤늦게 몸이 덜덜 떨렸다. 자신이 한 짓에 대한 두려움이 아니라 처음 목격한 공주의 일면 때문이었다. 비류군에게 다른 여인이 있다는 정도야 누구나 짐작할 수 있는 것. 그 여인이 설요 성하라는 걸 겨리는 방금 전에야 알았다. 그나마 설요 성하께서 신궁을 나오신 뒤 우금신궁으로 가지 않고 거믄골의 호천려에 들었다는 사실을 듣고 있었기에 알게 된 것이었다. 기밀대장 미하수 신녀가 그 사실을 미리 알려준 것은 이러한 사태를 예방하기 위함이었던 것이다.

공주 침소에서 현금 소리가 울렸다. 둥기 둥기둥 둥둥. 아라리 가락, 〈님 보시라〉이다. 〈님 그리매〉 같은 아리랑 노래들이 먼 곳의 님을 축원하는 것이라면 아라리 노래들은 대개 떠난 님을 원망하고 저주하는 것들이었다. 지금 아사나는 아라리를 들으면서 지아비 비류군을 저주하고 있었다. 없는 자리에서 임금도 저주할 수 있으리니, 저주만 하면 될 일이지 죽일 것까지야 있는가. 더구나 설요 성하는 아사나 자신을 살려주지 않았는가. 겨리는 공주를 모시게 된 이래 처음으로 그의 곁으로 다가가기가 싫었다.

장자기는 측간에 다녀온 양 외각의 호위소로 들어가 동료들에 섞였다. 속으로 거리에서 들은 말을 연해 곱씹었다.

주군이 게 계신다? 우리 누께서?

장자기는 한성에 온 이래 내내 가부실에서 살고 있었다. 이구림 사람들의 한성 들락거림이 많아지면서 달솔저에 이웃한 세 집이 달솔저의 별채가 되었다. 장자기는 그 한 채에서 아내 사미니와 주인인 양 살며 이구림에서 오가는 사람들을 맞이하거나 떠나보내거나 했다. 아직 아이가 없는 장자기와 사미니는 살림을 따로 하지 않고 달솔저에 잇대어 살았다. 잠만 별채에서 잘 뿐 나머지는 달솔저에서 해결했다. 오늘 밤 장자기는 비번이라 낮 소임을 끝내고 퇴청하였다. 어스름 참에 집 근처에 이르렀더니 주군께서 호위부장 양교와 함께 쌩하니 말을 타고 지나갔다. 무슨 일이 생기셨나. 집으로 들어갔더니 라나가 반색하며 장자기를 맞이했다. 주군이 집에 들어오시다 말고 급작스레 되돌아 나가셨다고 했다.

라나는 사미니를 대동하고 큰나루며 중간나루 등에 있는 이구림상단의 점포들을 날마다 순회하며 장사를 했다. 물건들을 사서 이구림이나 신호림이나 대수진으로 실어 보냈고 그곳에서 올라온 물건들을 어렵지 않게 팔아치웠다. 단주 여누하께서 생산에 자질이 더 높다면 라나는 판매에 월등했다. 십 년 쓴 바가지도 팔 수 있다고 소문난 라나였다. 실제로 라나는 제 열두 살 때 한성에 처음 와서 제가 쓰던 꽃댕기 쉰 개를 큰나루 저잣거리에서 하루 만에 팔아버린 사람이었다. 그는 혼인에 관심이 없었다. 사내에게도 관심 없는 것 같았다. 라나는 장자기를 친오라비처럼 따랐다. 제 호위 사미니를 친언니처럼 따랐다. 라나는 장자기와 사미니를 친동기간처럼 여기는지라 밤이면 장자기 내외의 집으로 흔히 건너왔다. 장자기가 비번이라 집에 있을 적이면 세 사람이 대련하는 일이 잦았다. 하지만 라나의 나이가 이미 찼거니와 무술을 할 수 있는 자질도 그 몸에 갖춰져 있지 않았다. 라나는 그냥 늘상 하는 일이 아니라 색다른 놀이로서 즐기는 것이었다. 그래도 셋이 더불어 하는 놀이로서는 재미났다.

셋이 그리 노는데 소집령이 떨어졌다. 장자기가 공주궁의 호위소로 왔더니 거믄골 첫 번째 집에 든 사람들을 모조리 죽이고 집을 소각하라는 명이 내렸다. 지금까지 거믄골에 가본 적이 없고 그곳이 주군과 연관이 있는 줄도 몰랐다. 그런데도 어쩐지 등골이 서늘했다. 사람을 죽이라는 공주의 명 때문이지만 그보다 더한 무엇이 작용하는 것 같았다. 뭐지, 싶어 나가본 것이었다.

세위개가 오십이 명의 호위대를 두 조로 가른 뒤 한 조를 장자기에 맡으라 지시했다. 두 조가 각기 움직여 거믄골 입구에서 만나 정찰조를 먼저 띄운 뒤 주변을 엿보고 행동을 개시한다. 거믄골 입구 도착시각은 오경 초시. 한성 순라군들과 마주치는 상황을 절대 피하여 움직여라.

장자기는 스물다섯 명의 조원을 이끌고 공주궁을 먼저 나섰다. 열흘 뒤에 황상께서 대군을 이끌고 출정하실 즈음이라 도성은 이미 전쟁을 겪고 있었다. 밤에 나다니는 사람이라고는 순라군들뿐이었다. 밤길에 얼쩡대다 순라군들에게 걸리면 그대로 전쟁터로 끌려간다는 헛소문까지 돌아 이런 즈음엔 아예 인적이 끊기다시피 했다. 말을 타고 밤거리를 달릴 수는 없었다. 걸어서 거믄골까지 가야 했다. 큰나루까지 가는 길은 숱하게 많았다. 가장 쉬운 길은 신궁으로 향하는 고천대로였다. 삼십여 리 길. 그중 십여 리 참에서 가부실로 가는 길과 태학으로 가는 길이 나 있다. 가부실은 십오 리, 태학은 이십 리. 가부실에 알리면 가부실에서 다시 거믄골에 알려야 한다. 태학 무술원에는 비류군 무절대가 묵고 있다. 거믄골의 그 집에는 누가 있는 것일까. 주군께서 홀로 그곳에 묵으실 리는 없을 테니, 여인이 있을 것이다. 아사나 공주가 그 집을 태워 없애라 한 까닭이 그것이었다. 지아비를 죽이고도 남는 질투. 복수심.

내경각주 아사나는 백성들의 어머니로 추앙받으며 황실을 장악하고 있었다. 그는 총명하고 공명정대하고 사심 없으며 자애롭기로 이름이 높았다. 그의 호위대로 명받았을 때 장자기는 기꺼웠다. 길이 공주호위대에 머물고 싶지는 않아도 한 번 거침에 자부심을 가질 만하였다. 오늘 이후 그 자부심은 느낄 수 없을 터였다. 위시부 십오품 진무 내경각 겸 공주궁 수비대 부호위장 직책도 오늘 밤이 마지막일 수 있었다. 중간에 수하들을 버리고 무술원으로 가서 비류군 무절대에 알리고 그들과 함께 거믄골로 가면 될 것이다. 이후 관직은 가질 수 없을 것이나 사미니와 더불어 이구림으로 돌아가면 된다. 이구림 수비대 노릇을 하거나 운무대로 올라가 조부를 도와 학동들을 가르치며 살아도 무방하다. 하지만 이구림에서 명 받길 관직을 가지고 한성에서 살라는 것이었다. 이구림을 길이 보존하기 위한 울타리로서의 소임이 주어져 있었다. 주군이 비류군으로 살면서 이구림을 지키듯 지금의 장자기는 백제 조정의 말단 관원으로 살아야 할 책무가 있었다. 더구나 버리기는 쉬운 법, 그리 쉬운 길이 진정한 길일 리가 없었다.

황성 뒤편의 큰길에 이른 참에 한 무리의 순라군이 횃불을 밝힌 채 다가오는 게 보였다. 장자기는 조원들을 숲 그늘 속으로 물리고 순라군들이 지나가길 기다렸다.

"순라군을 피하자면 대로로 움직여서는 아니 되겠다. 스물여섯 명이 동시에 움직이는 것도 위험하다. 지금부터 우리 조는 다섯 분대로 나뉘어 움직인다. 각 분대장은 분대원을 이끌고 오경 초시에 거믄골 입구에 도착한다. 최대한 은밀히 움직이되 오경 초시에 어김없이 당도해야 할 것이다. 어두우니 각별히 유의하고."

장자기는 다섯 분대를 나누고 각 분대장을 정해준 뒤 스스로 일 분대를 맡았다. 일 분대는 자신을 포함하여 여섯 명이었다. 각 분대가 각기 다른 방향으로 흩어졌다. 장자기는 태학원 쪽으로 난 길을 택했다. 좀 멀기는 하나 대로들을 피하자면 어차피 골목길로 다녀야 하므로 조장이 먼 길을 택하는 것에 수하들은 의심 없는 눈치였다. 장자기가 정식으로 운무대 학동이 된 것은 아홉 살 때였으나 그는 네 살에도 이미 운무대에서 살고 있었다. 장자기가 네 살 때 이구림에서 전쟁이 났다. 천 명이나 되는 한성군이 이구림으로 쳐들어와 이구림 사람이 사백 가까이 죽었다. 그때 한성군과 맞서 싸웠던 장자기의 부친과 모친이 스러졌다. 장자기는 기억이 나지 않지만 그랬다고 하였다.

하여 장자기는 운무대의 스승인 할아버지 도비의 손 안에서 컸다. 아니 손 밖에서 컸다. 조부는 장자기가 온 월나악을 헤집고 다녀도 내버려두셨다. 등성이 등성이, 골짜기 골짜기. 헤매고 다녀도 제지하지 않으셨다. 물론 언제나 운무대 사람 누군가가 뒤따르고 있다는 것은 어린 날의 장자기도 알고 있었다. 그리하여 더 맘껏 싸돌아다녔는지도 몰랐다. 산세가 험악한 운무대에서 자라난 장자기의 걸음걸이는 수하들이 쫓을 수 없을 정도로 빨랐다. 장자기가 걸으매 수하들은 뛰어야 했다. 수하들이 숨 가빠하는 것을 느끼면서도 장자기는 부러 빨리 움직였다. 그러다간 멈추어서 그들을 기다리고 그들이 도착할 즈음엔 다시 움직였다. 십오 리 정도를 그렇게 움직이고 나자 수하들이 신음을 흘렸다. 잠시 쉬자는 볼멘소리들이 들려왔다. 태학이 오 리쯤 남은 지점이었다. 거믄골까지는 앞으로도 이십 리가량이 남아 있었다. 수하들을 데리고 더 돌아갈 수는 없었다.

"허면 이 숲 그늘에서 잠시 쉰다. 아직 시간이 넉넉하니 반 식경가량 숨을 돌려라."

오줌을 누려는 듯 수하들에게서 떨어져 나온 장자기는 태학원을 향하여 달리기 시작했다. 왕복 십 리, 반 식경 안에 다녀와야 했다. 낮이라면 충분하고도 남았다. 어둠이 문제였다. 보름 지난 지 닷새. 날이 흐려서 쪼그라진 달도 별도 없었다. 하지만 운무대에서 어둠 속을 내달릴 때에 비하면 비단길이었다.

양교는 대장 우무로에게 주군의 명을 전하고 난 뒤 동료들 곁에서 잠시 눈을 붙이고 나온 참이었다. 무술원은 아무나 아무 때나 드나들게 되어 있어 문이 닫히지 않았다. 말에 오르는데 무술원 앞의 광장을 향해 쏜살같이 달려드는 자가 있었다. 뜻밖에도 가부실에서 제 아내를 품은 채 자고 있어야 할 장자기였다. 더 뜻밖인 것은 그가 전해온 말이었다. 말을 전한 그가 큰 숨 한 번 쉬더니 말했다.

"거믄골에서 뵈어요, 양교 님. 절 죽이지는 마십시오. 사미니를 과부 만들지 마시라고요."

그리 말한 장자기가 오던 길로 다시 내달아갔다. 농담이었나 본데 양교는 웃을 틈을 찾지 못한 채 장자기를 떠나보냈다. 그가 보이지 않은 뒤에야 양교의 입속에 말이 고였다.

이봐, 장자기. 내 말 타고 가지 그래?

양교는 무술원으로 되돌아가 우무로를 깨운 뒤 상황을 알렸다. 한성에서야 주군에게 무슨 일이 생기랴, 방심했던 게 사실이었다. 주군이 워낙 소란스런 것을 싫어하는지라 양교만 붙여놓고 지냈다. 그 양교조차 주군의 심부름을 빙자하여 나와 한가롭게 노닥거리다가 잠까지 자고 난 참이었다. 그들이 거믄골에 닿는다는 시각이 오경 초시. 지금이 사경 초시니 늦지는 않을 터였다.

"서비구 대장이 계셨다면 벌써 내 목이 달아났겠구먼!"

우무로의 질문인지 한탄인지 모를 소리에 양교가 혼잣말했다.

"제 목은 열 개가 있었어도 모자랐을 겝니다."

우무로는 양교를 호천려로 앞서 보내면서 무절대에 비상을 걸었다. 아홉 해 전에 황명으로 만들어진 비류군 무절대의 공식명칭은 비류군 호위대였다. 삼십삼 인으로 시작되어 백이십 인에 이르렀다가 다시 마흔아홉이 되었듯 인원수는 필요에 따라 늘었다가 줄었다가 반복되어 왔다. 왕인이 부마 비류군이 되었던 당시부터 계속 남아 있는 사람은 이제 우무로와 양교와 날살과 샛마와 소하니 등 다섯뿐이었다. 그 다섯 명이 나이가 제일 높았다. 그 다섯이 비류군 무절대를 이끌었다.

몇 숨참 만에 무절대 전원이 무술원 광장에 모였다. 우무로는 전원을 이끌고 거믄골로 향했다. 한산을 넘어 신궁 뒤편에 나 있는 숲길을 탔다. 사실 공주궁 호위대를 제압하기 위해 비류군 무절대 전원이 움직일 필요는 없었다. 신궁무절 일곱을 감안하지 않아도 대여섯 명이면 충분히 상대할 수 있었다. 공주의 호위들을 전부 죽이기로 하면 그러했다. 하지만 그들을 죽여 무엇하랴. 더구나 장자기를 그 자리에 곱게 놔둬야 할 필요도 있었다. 그들을 전부 살리고 집 안의 주군께서 눈치 채지 못한 상태에서 상황을 끝내야만 했다. 그건 무절대의 자존심이자 우무로의 자존심이기도 했다.

한산의 가파른 지름길을 넘은 무절대가 호천려 앞에 이르니 신궁무절들과 양교가 나와 있었다. 양쪽의 무절들이 서로를 향해서 고개를 숙였다. 우무로가 양교에게 물었다.

"주군께선?"

"주무십니다."

"다행이군. 다들 들어라. 지금부터 날이 밝을 때까지 우리의 움직임을 주군께서 일체 느끼지 못하셔야 함을 명심하라. 저들이 닿을 곳이 거믄골 입구라면, 사백여 보 하방 지점, 큰 왕벚나무 아래 공터일 터이다. 쉰두 명으로 이루어진 저들의 대장은 세위개다. 세위개는 키가 오 척 반쯤이고, 일백오십 근 정도의 몸피며 위시부 십사품 좌군으로 꿩 깃털이 달린 상모(翔帽)를 쓰고 있다. 저들이 아직 닿지 않았을 터, 지금부터 왕벚나무 아래 공터로 이동하여 매복한다. 혹여 앞서 도착한 저들 분대가 있을 수도 있으니 그림자 동법(動法)으로 이동한다. 이동 뒤 소리 없이, 살상 없이 그들을 제압하여 나무에 묶는다. 양교, 날살 여기 남아 주군을 호위하고. 신궁무절들께서도 물론 에 남으시어 성하를 호위하십시오. 상황이 정리된 뒤 올라오겠습니다. 무절대 이동하라."

날이 밝아오는 듯했다. 창호들이 번했다. 오랜만에 아주 푹 잤다. 간밤 잠들기 전에 또 설요의 하초를 파고들고야 말았다. 설요가 보챈 결과였다. 간지러울 만치 부드러웠던 색정이었다. 설요를 뉘어놓고 옷을 다 벗기고 그의 온몸을 고루 만지고 핥으며 그의 머리카락 사이사이, 발가락 사이사이까지 살폈던 놀이였다. 옷을 입히는 것도 놀이였다. 속곳들을 입히고 겉옷을 입히고 옷고름을 세심하게 묶어주고 버선을 신기고 머리를 묶어 댕

293

기를 드려줄 때 설요는 간지럽다며 연방 웃었다. 버선을 또 잘못 신기자 바보라고 대놓고 흉을 보았다.

—왼발 오른발, 버선의 왼코, 오른코. 그거 맞추기가 그리 힘들어? 날마다 신는 당신 버선코는 어찌 맞추는데? 설마 그것도 수하들이 맞춰 줘?

잠들 때 안고 있었던 설요는 어느새 빠져나가 홀로 반듯이 누워 있다. 설요는 간밤 잠들기 전에 인의 품속에서 속삭였다.

—하루가 참 짧았어. 잘 자, 사루왕인.

왕인에게도 어제 하루는 짧았다. 오늘은 더 짧게 지낼 수 있을 터였다. 어디에도 가지 않고 오직 설요하고만 보낼 하루였다. 오늘만이 아니라 이후의 모든 날도 설요와 함께할 것이었다. 삼십 년을 기루며 살았으니 남은 나날을 함께해도 되지 않겠는가. 그쯤 하누님께서도 용인하시겠지. 설요가 제일신녀가 아니므로, 스스로 그 자리를 벗고 나왔으므로 더 이상은 거리낄 것이 없었다. 무서운 것이 하나도 없는 새날이었다. 왕인은 장난스레 몸을 굴려가 설요의 등 아래로 한 팔을 넣고 다른 한 팔을 가슴에 둘러 담쑥 품어 안았다. 그리고 움찔했다. 움찔하다 얼어붙은 몸의 머리끝에서 발끝까지 섬광이 지나갔다. 몸이 두 쪽으로 쪼개지는 것 같은 아찔함에 왕인은 설요를 안은 채 눈을 감았다. 꿈이라고, 아직 꿈속에 있는 것이라고 믿기 위해서였다.

—내일 날씨 좋으면 우리 한수변에 가요. 아무 일 없이, 아무 생각도 하지 않고 그저 강물 흘러가는 걸 보고 싶어.

고작 그 소망을 말해놓고. 아침밥 먹인 뒤에 데리고 나가렸더니. 떠났을 리가 없었다. 왕인은 눈을 감은 채 숨을 다스리며 기다렸다. 설요가 움직이길. 수염 때문에 아프다고 날마다 수염을 깎으라 했듯이, 당신 팔 때문에 등이 배긴다고 웅얼거려 주길. 발딱 일어나지는 못해도 꼼지락거리기라도 하길. 짧은 머리카락이 목을 간질인다고 고갯짓을 해주길. 설요는 웅얼거리지도 꼼지락거리지도 않았다. 그래서 왕인이 팔을 걷고 일어나 설요를 일으켜 안았다. 살살 흔들며 말했다.

"여보, 설요. 일어나요. 밥 먹읍시다. 밥 먹고 우리 강물 보러 갑시다. 응?"

살살 흔들어도 눈을 뜨지 않았다. 두 눈꺼풀에 입술을 대어도 마찬가지다. 왕인은 설요를 접듯이 안은 채로 손을 뻗어 그의 버선을 벗겨냈다. 발바닥을 살살 간질였다. 어제 초저녁에 깨우느라 간질이자 그가 움찔했다. 몸이 긴장하더니 힘이 생겼다. 그러더니 눈을 뜨지 못한 채 웃음소리를 냈다.

—아아, 하지 마. 간지러워. 그만 해.

이 아침에 설요는 어떤 소리도 내지 않고 움직이지도 않고, 숨도 쉬지 않았다. 뭘 해야 할지 알 수가 없어 왕인은 설요를 안은 채 그냥 있었다.

문밖 대청마루 가운데쯤에 오도카니 앉은 미하수도 그냥 있었다. 오경 초 즈음에 꿈을 꾸다 일어났다. 꿈에 자신이 등 돌려 걸어가는 설요에게 절을 하고 있지 않은가. 꿈에 자신이 꿈꾸고 있음을 의식하는 건 흔한 일이었다. 이건 가위눌림이야. 꿈에서 깨면 돼. 손가락만 움직여도 악몽에서 깨게 된다고. 기를 써서 그 가위눌림에서 깨어났다. 마구간에서 말을 꺼낼 생각도 못하고 내달려왔다. 왔더니 호천려에 비상이 걸려 있었다. 그리고 상황이 정리되어 가는 중이라고 했다. 이 때문이었나? 아아. 그렇다면 다행이었다. 우무로와 범어와 양교들과 더불어 나무에 묶어놓은 포로들을 어찌할 것인가 의논하였고 날이 밝은 뒤에 포로들을 돌려보내기로 합의

했다.

그 모든 상황이 끝났음에도 선연한 꿈이 눈앞에서 사라지지 않았다. 대청마루에 올라앉은 채로 날이 밝기를 기다렸다. 기다리면서 방 안의 기운이 두 사람이 잠든 게 아님을 느꼈다. 두 사람이 잠든 방 안과 살아 있는 한 사람과 한 주검이 있는 방의 기운이 다르다는 걸 어찌 알 수 있는지는 몰라도, 알았다. 자신이 꿈을 꿀 때 설요는 떠났던 것이다. 그럼에도 수긍할 수 없어 고집 부리며 기다렸다. 일 년 전쯤부터 설요는 미하수와 독대한 자리에서 이따금 지나가는 말투로 중얼거렸다.

—미하수, 나 힘들어.

—미하수, 내 기운이 졸아들어.

—미하수, 나 아파.

—미하수, 나 신궁을 나갈래, 응? 미하수, 그만 할게.

—그만 하고 싶어. 그만 하게 해줘. 미하수, 미하수, 미하수, 응? 미하수?

오직 미하수에게만 하던 엄살이었고, 미하수에게만 부렸던 고집이었다.

그리하여 설요는 신궁을 벗어나 닷새 살았다. 그걸 살려고 그 고집을 부렸다. 겨우 그만큼 살게 하려고 미하수는 그 수선을 피웠다. 윗집을 사들이기 위하여 늙은이들에게 턱없는 집값을 치러 이거시켰다. 호천려를 고쳐 다듬었다. 구들을 새로 놓고 장판지를 새로 깔고 벽지를 새로 바르고 창호지를 새로 발랐다. 화단에 꽃나무를 더 심고 큰 나무들을 전지하고 마당에 한수변의 흰 모래를 실어다 깔았다. 함과 궤와 농들을 들이고 새 이불을 꾸미게 하고, 여염여인이 입는 새 옷을 줄줄이 장만시켰다. 온갖 향좋은 차를 준비하고 새 다구를 들였으며 어여쁜 그릇들을 살강 가득 차리게 했다. 꼬박 일 년을 준비했다. 닷새를 살게 하기 위해. 고작.

미하수의 심상찮은 기색에 깃브미가 사색이 되어 마당에 엎어졌다. 사절들과 무절들과 비류군 무절대들이 마당에 모여 대청만 올려다보고 있었다. 대청의 미하수는 홀로, 방안의 사루가 일어나는 기색을 느꼈다. 그가 움직이는 기척을 느꼈고 그가 하는 말을 들었다. 여보, 설요. 일어나요, 밥 먹고 우리 강물 보러 갑시다. 그러더니 사루는 움직이지 않는다. 미하수도 움직이고 싶지 않았다.

꽃처럼 바람처럼 강물처럼

화창한 가을 하늘 아래 초례상이 차려졌다. 오색 천이 깔리고 그 위에 오색 꽃이 꽂혔으며 오색 음식이 차려졌다. 을사(乙巳年) 구월 이십삼일, 대화성 백제궁 큰마당에서 열리는 백제 태자 부여영과 왜국 공주 팔수의 두 번째 혼인식이었다. 영과 팔수는 지난봄에 왜국 식의 혼인을 하였다. 백제식의 혼인을 다시 치르는 까닭은 팔수를 태자비로 봉한다는 황명이 내렸기 때문이었다. 백제에서 해충을 위시한 사자 일행이 왔다. 아사나 공주도 함께 왔다. 왜국의 모든 왕족들이 참석하였고 백제성촌에서 성주 기각이 아들 대유를 데리고 왔으며 신호림에서 상리와 지품 등이 태자의 스승 자격으로 참석하였다. 비단옷으로 성장한 신랑 신부가 서로에 맞절하고 합환주를 마셨다. 이미 수태 중인 팔수는 술잔에 입만 대었다가 떼어냈다. 좋은 날이므로 마당에 모인 사람들의 얼굴마다 희색이 만연했다. 한 사람 신랑 부여영(夫餘映)의 얼굴만 침울했다.

낯색이 어찌 저리 어두울꼬.

아사나는 태자의 낯빛이 밝지 못한 것이 마음에 걸렸다. 사자 일행을 좇아 대화성에 온 지 스무 날째였다. 멀미가 심했던 보름간의 여정이 지루하고 힘겨웠으나 자그마치 아홉 해를 왜국에서 살아야 했던 영에 비하랴, 스스로를 다독였다. 영을 만나고 그를 본국으로 데려갈 수 있게 된 참인지라 설레기도 했다. 그리고 훤칠한 청년으로 자란 영을 만났다. 점잖은 움직임과 온순한 표정의 그가 과묵하게 자랐음을 대번에 알아보았다. 하지만 눈물이 날 만큼 반가운 아사나와 달리 태자는 데면데면하였다. 먼데서 내방한 어려운 손님을 맞이한 듯 예절이 나무랄 데 없이 깍듯할 뿐 태자는 아사나를 향해 웃지 않았다. 묻는 말에 대답하고 웃기는 하는데 웃음 띤 얼굴이 가면과 같았다.

저를 볼모로 보내려는 제 부황을 말려주지 않아서 서운했던 게지, 그때.

아사나는 팔수와 합환주를 나누어 마시고 일어나는 태자를 바라보며 속으로 중얼거렸다. 말리지 않은 게 아니라 말리지 못했다. 당시 황상에게는 자식들이 안중에 없었다. 그 전해에 어린 자식들과 아우들을 볼모로 보냄과 동시에 버렸던 황상에게는 태자의 존재도 다르지 않았다. 스스로 아직 젊거니와 총애하는 이비의 아들 혈과 삼비의 아들 신과 숙이 있으매 황상에게는 태자가 고구려와 백제 사이에 내세운 하나의 방책에 불과했다. 영토 수복은 천천히 해야 한다거나 이미 잃은 영토보다 태자가 더 중하다는 누이 말쯤 귓등으로도 듣지 않았다.

그래서 이제야 데리러 온 것이었다. 황상에게, 태자가 아니면 황실의 정통성이 생기지 않아 또다시 분란이 일어날 것이다, 태자를 데려와야 황실이 안정될 것이고, 연맹을 깨지 않고 태자를 데려오려면 이 혼인을 시키는 방법밖에 없지 않느냐, 설득하느라 오래 걸렸다. 마침내 태자가 본국으로 돌아가게 된 참이었다. 아사나와 사자 일행이 먼저 환도한 뒤 태자는 태자비를 데리고 내년 정초에 환국하기로 결정되었다. 허니 좀 웃을 법하지 않은가. 아사나는 쓸쓸하여 고개를 돌렸다. 십 수 개나 펼쳐진 차일 밑마다 가득히 사람이 차 있었다. 응신왕 부처에 세자 부처와 왕족들, 해충을 비롯한 백제의 신료들과 비류군과 백제성주 기각과 그의 아들 등. 수십 명의 사람 중에 가장 도드라지는 사람은 열네 살의 세자빈 어하라였다.

아사나는 어하라를 처음 만났을 때 잠깐 숨을 쉬지 못했다. 자식이 어버이를 닮는다지만 어하라는 젊은 날의 설요가 돌아온 듯 꼭 같았다. 생김새며 여일한 표정에 깊은 눈빛과 주변의 모든 사람을 아우르는 고요한 기세까지도 어쩜 그리 설요를 뺐는지. 왜국의 세자빈이 비류군의 딸이라는 것을 오래전부터 짐작하고 있었음에도 가슴이 시리고, 시린 가슴이 떨렸다. 작년 팔월 하순에 호위대에 거믄골을 치라 명했던 어리석은 행사가 떠올라 서럽기까지 하였다. 그때 호위대는 고스란히 살아 돌아왔다. 아무도 죽지 않았을 뿐더러 아무도 죽이지 못하고 사로잡혔다가 풀려났다고 하였다. 그리고 그날 새벽에 설요가 세상을 떠났다는 것을 알게 되었다. 아사나가 죽이려 했던 즈음에 설요는 스스로 죽었던 것이다. 살기 위해 호천려로 들어간 게 아니라 죽기 위해 그곳으로 간 것인데, 아사나가 그걸 어찌 알았겠는가. 미리 알았다면 달랐을까. 그건 알 수 없으나 부끄러웠다.

어하라는 아사나가 제 부친의 지어미로 나타났고 제 아비의 거소인 허허당에 들어 있어도 의례만 갖출 뿐 따로 차 한 잔 마시자고 청하지 않았다. 이쪽에서 청할 때에야 마지못해 응했다. 그러면서도 태자 영과는 오누이인 양 자연스레 어울렸다. 영도 어하라를 대함에 누이인 듯 스스럼이 없었다. 아사나를 향해서는 웃지 않으면서 어하라와 인덕을 향해서는 귀여운 아우들을 어르듯 다정하였다.

"풍악을 울려라."

혼인식에 이어진 연회를 알리는 풍악소리와 더불어 초례상이 치워진 마당 가운데로 무희들이 어울어울 들어왔다. 영은 팔수가 가마 타고 제 거소로 돌아가는 것을 본 뒤 장인이 된 응신왕 곁의 자리에 앉았다. 연회는 태자와 공주의 혼인을 축하하는 것이자 사흘 뒤 귀국길에 오를 백제 사자 일행을 송별하는 자리였다. 영은 응신왕에게 술을 올리고 스스로도 받았다. 이 사람 저 사람들이 연하여 태자에게 술을 올렸다. 영은 술잔이 오는 대로 다 받아 마셨다.

라나는 오늘 초례청에 나타나지 않았다. 그가 이 자리에 참석하였더라면 좋았을까. 아닐 것이었다. 그에게 다른 여인의 지아비가 되는 자신의 모습을 거듭하여 보여주고 싶지 않았다. 태자 영은 열여덟 살이었다. 구 년 전 병신년(丙申年)에 고구려에 볼모로 갈 뻔하였다가 면사(免死)되었으나 이듬해 태자를 볼모로 보내야만 연맹군에 참여하겠다는 응신왕의 요구에 의하여 왜국으로 왔다. 왔더니 백제궁에 부여라가 있었다. 대자원에서 부여라를 만난 이듬해였다. 캄캄했던 열 살 소년의 앞날이 부여라와의 재회로 환해졌다. 당시에도 라나는 신호림에서 살았으나 어린 어하라 때문에 한 달에 절반은 백제궁으로 와서 묵었다. 그가 오면 태자 영의 스승들과 어하라의 스승들 밑에서 함께 공부하였고 함께 놀았다. 함께 신호림으로 가서 지낼 적도 많았다. 자라면서 라나는 해년마다 본국을 제 맘대로 오고갔다. 본국에 다녀오면 한성에 관한 이야기를 영과 어하라와 인덕에게 들려주었다. 그는 사남매의 맏이 같았다.

그런 라나가 영에게는 여인으로 자랐다. 날마다 몸이 자라듯 영의 맘속 라나도 날마다 컸다. 열다섯 살이 되었을 때 영은 그에게 혼인하자 말했다. 그때 라나가 깔깔대며 웃었다. 태자가 자기 맘대로 혼인할 수 있다고 생각하느냐. 더구나 이미 짝이 정해져 있지 않느냐. 사실이 그러했으므로 영은 부끄러웠다. 그렇다고 맘이 접히지는 않았다. 그렇기는커녕 부여라를 향한 몸과 맘이 점점 부풀어 태자위를 내던지고 싶었다. 태자 노릇 아니하면 나와 혼인하겠느냐고 말한 건 지난봄이었다. 부여라는 이번엔 웃지 않고 말했다.

—한성이, 백성들이 태자 전하를 기다리고 있습니다. 삼도국에 너무 오래 계신다고 걱정들 하지요. 너무 오래 계시게 하였다고 송구해하는 말도 들었습니다. 큰나루 저잣거리에서요. 내던질 수 있는 태자 자리가 아니거니와 내던져서도 아니 되는 전하의 자리입니다. 그런 말씀 마세요. 머지않아 환국하시게 될 겁니다. 그러니, 그러기 위해서라도 팔수 공주와 혼인을 하세요.

라나의 그 말이 아니라도 사실 영이 할 수 있는 일은 아무것도 없었다. 부여영은 백제가 맡긴 볼모였고 왜국이 잡아놓은 인질이었다. 영은 아무힘이 없었다. 태자위를 내던질 수도, 본국으로 돌아갈 수도, 팔수와의 혼인을 마다할 수도, 달아날 수도 없었다. 응신왕이 팔수와의 혼인을 종용했던 때였다. 영은 팔수와 혼인을 했다. 혼인을 해야만 응신왕이 놓아줄 것이고 부황께서도 본국으로 부르실 것이기 때문이었다. 마침내 그렇게 되었다.

팔수 공주는 태자 영과 동갑이었다. 귀하게 자란 데다 성정이 순하여 누구에게나 귀염을 받았다. 그는 어린 시절부터 백제 황실에서의 삶을 대비해 온 덕에 백제어가 임의로울 뿐더러 백제 풍속에도 익숙했다. 응신왕은 일찌감치 팔수를 백제의 미래의 황후로 만들려 작정했던 것이다. 팔수는 백제궁에도 수시로 나타나 어하라, 부여라와도 자매처럼 지냈다. 그런 팔수는 어릴 때부터 영을 제 지아비로 여긴지라 성년에 이르면서는 지성으로 섬겼다. 백제궁 안 영의 처소인 서궐(西闕)이 팔수로 인하여 늘 반짝였다. 지난봄 혼인을 한 뒤로는 말할 나위도 없었다. 태자가 공주궁으로 옮겨가지 않은 채 서궐에서 살기를 고집하여도 싫은 기색 없이 서궐을 돌보았다.

그런 팔수가 영에게는 어여뻐 보이지 않았다. 지난봄 혼인을 하고 단 한 번 동침을 했을 뿐인데 수태를 하였다는 그였다. 그가 나의 자식을 가졌다는데도 더 멀게만 느껴졌다. 팔수가 수태하였다는 것을 핑계로 그의 몸에 닿지 않고 지내는 참이었다. 부여라를 향해서는 수시로 생기는 색정이 팔수 공주에게는 생기지 않았다. 팔수가 백제여인의 옷을 입든 왜국여인의 옷을 입든, 백제어를 하든 왜어를 하든 몸도 맘도 가지 않았다. 그럼에도 그가 지어미가 되었고 아기를 가졌고 태자비가 되었으며 머지않은 날에 함께 환국케 될 것이었다.

열흘 전 신호림에 가서 만났던 라나가 말했다.

—우린 아무 일도 없었던 겁니다. 아무 일도 없었으니 전하께서도 잊으세요.

아무 일도 없었다니. 몸이 자라면서 허다한 여인들을 흘깃거렸을지라도 지금까지 진실로 품고 싶은 여인은 라나뿐이었다. 마주치는 모든 여인이 태자를 향해 웃지만 라나는 태자를 연민했다. 혼인할 수 없는 사이임을 알면서도 태자의 간절한 심신을 안아주었다. 어떻게 아무 일도 없었다 치고 잊는단 말인가. 눈에서 멀어지면 마음에서도 멀어진다고들 하지만 세상에 보이는 여인이라고는 그뿐인데, 보고 싶은 여인도 그뿐인데 마음에서 멀어지길 바라야 한단 말인가. 태자는 서러움과 분기로 뒤범벅인 얼굴에 가면 같은 미소를 지어 붙이고 앉아 술을 마셨다. 흠씬 취했다. 어쨌든 혼인을 하였으므로 또 신방으로 가야 하고 신방은 팔수의 거소였다. 지난봄 혼인날 밤에 그러했듯이 이 가을밤에도 고주망태가 되어 신방으로 가게 될 터였다.

"어하라가 잘까?"

왕인의 물음이 혼잣말 같은지 양교는 말이 없다. 궁 안 곳곳에 켜진 등불들이 아직 밝았다. 가을이 깊었다. 밤공기가 사늘하였다. 왕인은 동궐로 걸음을 옮겼다. 백제 태자 거소인 서궐이 정온한 데 비하여 왜국 세자비 거소인 동궐은 수려했다. 어하라가 달거리를 시작해 성년이 되면 세자궁으로 이거하게 될 터였다. 계집아이들은 달거리를 시작해야 여인이 된다. 어하라의 몸은 아직 아이였다. 왕인은 어하라가 어서 여인으로 자라나길 기다렸다. 아이가 자라 야문 여인이 되면 마음을 놓을 수 있을 듯했다.

왕인이 들어서자 동궐의 시녀장 두라미가 언이, 나희와 함께 나와 인사했다. 어하라의 시녀들은 신녀가 아니라 수녀들이었다. 늘 설요 주변의 신녀들을 겪어왔으면서도 왕인은 신녀와 수녀들이 어떻게 다른지 어하라의 시녀들을 겪으면서 알게 되었다. 수녀들은 신녀들보다 계율에서 훨씬 자유로웠다. 신녀는 신궁을 벗어나도 신녀나 수녀는 신궁을 나오면 여염 여인이 되었던 것이다. 어하라의 시녀들은 제각기 수하들을 거느리고 타궁 시위들과 교류하면서 백제궁 안의 모든 살림을 꾸려나가고 있었다. 이들은 어하라가 세자궁으로 들어갈 제 세자궁을 꾸리게 될 것이고 언젠가 어하라가 대궁으로 들어가면 왕궁 살림을 관장하게 될 터였다.

"어하라는?"

"빈께서는 여태 아버님을 기다리시다 좀 전에 침수에 드셨나이다."

왕인이 백제궁에 있을 때 밤에는 왕인이 동궐에 들러 밤 인사를 하고 새벽이면 어하라가 인의 거소인 허허당으로 문안을 왔다. 아비에게 문안하고 그 길로 세자궁으로 가서 세자와 함께 대궁(大宮) 문안을 들어갔다. 가끔은 인덕이 동궐로 와서 어하라를 데리고 대궁으로 갈 적도 있었다. 전날에 어하라와 인덕이 다퉜다던가 한 다음 날 새벽 풍경이 그랬다.

"오늘 밤에는 내가 좀 늦었지. 오진께서 계시니 어찌해. 알았느니. 내일 아침에 봐야지."

"아니, 저 안 자요, 아버지."

아비 기척을 들었던가. 자리옷 차림의 어하라가 뛰쳐나왔다. 뛰어와 안긴다. 어릴 때부터 멀리 떠나갔다가 어쩌다 한 번씩 제게 돌아오는 아비를 그렇게 반기더니 커서도 그 버릇 그대로였다. 아이를 안을 때마다 어쩔 수 없이 설요가 떠올랐다. 단 한 사람을 향해서만 보여주는 이 열렬함. 두어 해 뒤의 아이는 이 열렬한 표현을 제 지아비인 인덕을 향하여 하게 될 터였다.

"아이, 술 냄새!"

어하라가 아비 품에서 몸을 뒤척였다. 왕인은 곰실곰실한 살 냄새를 풍기는 아이를 풀어놓았다.

"잠꾸러기 공주께서 주무시다 말고 어찌 나오셨나. 내일 아침에 보면 되지 않아?"

"내일 아침에 아버지 못 뵐지도 몰라요. 또 홀쩍 본국으로 가 버리시면 어떡해. 그래서 나왔지요."

"본국이든 어디든 가게 되면 네게 말하고 가지 그냥 가겠느냐. 오늘 소란한 하루를 치르느라 곤할 터인데, 들어가 자거라."

"아이, 아버지. 차 한 잔만 하시고 가세요."

"잠들 자리에서 차 마시는 거 아니에요, 공주님. 눈이 말똥해지면서 잠이 달아나지 않아?"

"그러면 감주를 드세요. 술 드시어 목도 마르실 거잖아요."

아비를 한사코 붙들어 잠시라도 얼굴 더 보려 하는 걸 보니 내일 또 무슨 일이 생기려는가 보았다. 총명함에 짙은 신기를 지닌 어하라는 제 어미처럼 주변에서 일어날 일을 예감했다. 작년에 왕인이 와 설요의 소식을 전했을 때 어하라는 고개를 끄덕이며 두 손을 내밀었다.

―그님이 돌아가신 걸 알았어요. 아버지가 오실 것도 알았고. 그래서 난 슬프지 않아. 그것만 나한테 주시면 돼요. 그님이 나한테 주신 거. 하얀 거.

아이가 달라는 하얀 건 제 어미의 머리카락이었다. 왕인이 말하지 않았음에도 아이는 제 어미가 남긴 게 무엇인지 알고 있었다. 어하라는 제 어미 머리카락으로 해결된 듯했지만 그 머리카락을 본 호금은 그날로 몸져누웠다. 보름을 앓더니 끝내 일어나지 못하고 설요를 뒤따라가듯 제 세상으로 떠나갔다. 어하라는 그때 비로소 울었다. 감정 내색이 많지 않은 어하라로서는 몹시 격한 표현이었다. 어미 잃은 슬픔이 그만큼 컸던 것이다.

"태자 전하가 약간 가엽지요, 아버지?"

감주를 한 모금 마시고 사발을 내려놓던 어하라가 종알거렸다.

"전하는 오늘 혼인하시고 두어 달 후엔 환국하실 텐데, 왜 가여우서?"

"전하는 라나 언니를 연모하시는데, 팔수 언니하고 혼인을 두 번이나 하니 가여우신 거죠."

"뭐어?"

"아버지는 모르셨사와요?"

"아비는 몰랐다. 전하께서 공주하고 잘 어울리시는 줄로 알았지."

영의 신호림 행보가 잦기는 하였다. 올해는 특히 그러했다. 궁 안이 답답하고 겨레붙이들이 그리워 그러는 것이라 여겼다. 상리와 지품과 무절대가 있어 글공부와 무술 훈련을 계속하기에 열흘씩 신호림에서 지내도 걱정하지 않았다.

"그거야 전하께서 점잖으시니까 팔수 언니한테 내색하지 않아서 그렇지요."

부여영의 성격이 온순키는 하였다. 하지만 그건 제자리에서 자라지 못하고 타지에서 자란 탓에 스스로의 성정을 깊이 다스리는 결과였다. 양 세력의 중간에서 어느 쪽으로도 가지 못하고 갇혀 살아야 하는 존재. 어느 한쪽이 삐끗하면 존재도 없이 버려지고 마는 목숨. 십 년 전 고구려로 간 볼모들은 종적이 없어졌다. 황상이 그들을 버렸기 때문이었다. 친자식도 얼마든지 내버릴 수도 있는 게 권력이고 임금이었다. 그런 영을 제자로 둔 왕인은 이따금 막막했다. 태자의 스승인 바 임금의 도리, 사람의 도리를 함께 가르쳐야 하는데 임금의 도리는 사람의 도리와 상충되기 일쑤였다. 제자 앞에서 자주 말문이 막혔다. 그런 스승의 고충을 영은 스스로 깨쳐 알았다. 영은 왕인에게 도리에 대하여 깊이 따지고 들지 않았다. 태자는 글만 읽고 왕인은 그걸 지켜보기만 해야 했다.

"라나도 전하를 좋아하는 것 같더냐?"

왕인은 부여라가 어릴 적에 어울렸던 백제성촌의 대유를 맘에 들였나 걱정했던 때가 있었다. 부여라의 짝으로 잠시 탐을 냈었던 당시의 대유는 이미 가야촌장의 손녀와 정혼을 하고 있던 참이었다.

"라나는 모른대요. 라나는 스스로 혼인하기 싫은 것만 알겠대."

"혼인이 어찌 그리 싫을까?"

"여인이라 그렇대요. 집안을 경영하든 나라를 경영하든 여인은 혼인하면 한곳에서만 살아야 하는 경우가 많잖아. 라나는 그러기가 싫은 거지요. 지금처럼 이구림, 신호림, 한성을 돌아다니고 싶은 거예요. 대방에도 가보고 싶고요. 혼인하기 싫으면 아니 해도 되는 거지요, 아버지?"

"정 하기 싫으면 아니 해도 될 터이지. 허나 혼자 몸으로 사는 것보다는 내외간으로 짝을 지어 다정하게 사는 게 훨씬 좋아. 다들 그래서 짝을 짓고 사는 게야."

"다정한 사람하고 내외간으로 살지 못하고 다른 사람하고 내외간으로 살아야 하니까 전하가 가엽지요. 아버지하고 그님처럼요."

제 어미를 어머니라 하지 않고 그님이라 하는 아이였다. 제 어미에 대해 묻지도 않았다. 그건 제 어미에 대해 알고 느끼며 자랐다는 뜻이었다. 삶을 아직 모를 뿐이었다. 근래 아사나를 만나게 되면서 제 부모의 삶을 어렴풋이나마 짐작하게 되었을 아이에게 왕인은 할 말이 없었다. 변명은 하고 싶었다.

"아버지하고 네 어머니는 남에게 알리지는 못했어도 내외간으로 살았다. 어쩌다 한 번씩밖에 못 만났지만 평생 동안 서로 기루면서 다정했어. 그랬기에 너처럼 이리 어여쁜 자식도 갖게 되지 않았어? 그러니 너는 어미아비는 가여워하지 않아도 돼. 태자 전하도 팔수 공주하고 잘 사시게 될 게야. 라나가 전하를 마음 깊이 새겨두지 않았다니 다행이고, 팔수가 어여쁜 데다 전하의 마음 씀이 깊으시니, 어울려 사시게 될 게다. 더구나 내년 봄에는 아기씨도 태어날 것이니, 걱정 마라."

태자와 팔수에 대한 걱정은 하지 않았다. 라나에 대한 걱정은 남았다. 그 아이 속을 어찌 알랴. 혼인하고 싶지 않다고 강조하고 다니면서 오늘 태자 혼인식에 오지 않은 그 속내를.

"알겠어요, 아버지. 저 이제 잘래요. 졸려요. 아버지도 허허당으로 가시어요. 내일은 신호림에 가서야 할 거예요. 신호림에 아버지 찾는 사람, 아마도 해리 아저씨겠죠, 사람이 온 거 같아요."

"그래, 자거라. 헌데 오늘 보니 네가 인덕에게 새침하더구나. 왜 그러했어? 또 다퉜더냐?"

"둘이 있으면 자꾸 제 몸을 만지려고 하잖아요. 제가 웃어주면 그 손버릇이 더 나빠져요. 어제 새벽엔 대궁에 문안드리러 가는 참에도 집적대구요. 미워서 사흘간 저한테 말 걸지 말라고 했답니다."

왕인은 어하라를 슬쩍 외면하며 웃었다. 몸이 자라고 있는 인덕의 어지러움이 훤히 느껴졌다. 자신의 열네 살에 왕인은 얼굴도 가물가물한 설요를 그리며 자랐다. 날마다 그를 상상했고 상상 속의 그를 만져보곤 하였다. 인덕은 날마다 이미 제 지어미인 어하라를 보며 자라고 있었다. 날마다 보되 아직 만질 수는 없었다. 얼마나 신기하고 애가 타랴. 하룻밤에도 일 년이 지나가기를 바랄 터이다. 그렇게 열네 살 사내아이의 몸은 짐작하겠는데, 같은 나이 계집아이 몸은 짐작하기가 어렵다. 열일곱 살에 설요를 만났을 때 그를 만지는 게 참으로 좋았다. 그리고 그 또한 나를 만지는 것을 좋아한다는 것을 느끼면서 몸이 자랑스러웠다. 그건 열일곱 살 때였다.

"그가 널 만지는 게 싫으냐? 어렸을 때 너는 인덕과 손 잡고 놀기 좋아했는데?"

"요새는 귀찮아요. 까딱하다 가슴이라도 부딪치면 얼마나 아픈데요. 시녀들이 그러는데 제 몸이 자라느라 그렇대요."

"그래, 그럴 게다. 하지만 어하라, 인덕을 심히 나무라지는 말거라. 무안 주지 말고, 사실은 네 몸이 자라느라 그러는 것이라고, 부딪치면 아파 그런다고 작은 소리로 말을 해줘. 그러면 인덕이 알아듣고 조심할 게야. 사내는 노소에 관계없이 제 여인이 속삭이는 뜻을 잘 알아듣는 법이야. 특히 여인이 아프다 하면 같이 아파하면서 보살피게 돼. 인덕은 너희들 다섯 살에도 이미 너 어하라를 보살필 줄 알았던 사내아이였어. 기억하느냐? 신호림의 이림지에서 있었던 일을?"

"알아요, 아버지. 인덕이 그랬어요. 괜찮아, 어하라, 괜찮아."

"그래 괜찮은 것이다, 어하라. 네 몸이 자라고 있듯이 사내인 인덕도 자라고 있는 게다. 사내들은 자라면서, 자란 후에도 늘 여인을 만지고 안고 싶은 법이야."

"왜요?"

"왜긴. 여인들이 아름답기 때문이지. 꽃을 보면 만져보고 싶지 않으냐. 바람결이 고우면 손을 펼쳐보고 싶지 않아? 강물이 유장하면 손을 넣어 나를 적셔 함께 흘러가고 싶고. 그와 같은 것이야. 그때의 꽃, 바람, 강물은 사내건 계집이건 똑같아. 인덕도 그렇다. 너 어하라가 꽃 같고 바람 같고 강물 같아서 함께하고 싶은 게야. 너도 곧 인덕을 꽃처럼, 바람처럼, 강물처럼 만지며 함께 흘러가고 싶은 때가 오게 돼. 그때가 너보다 인덕에게 아주 약간 앞서 온 것이야. 그러니 네가 인덕에게 말해야지. 너 어하라는 아직 덜 핀 꽃이고, 미약한 바람이며 얕게 흐르는 강물이니 참고 기다려 달라고."

딸아이에게 짐짓 아비로서의 어엿함을 과시하고 있으려니 그가 떠올랐다. 그 스스로 이름 지었다는 여우바위, 그 밑에 묻어둔 딸아이의 어미. 설요의 유해를 묻을 때 함께 묻히고 싶었다. 몸을 묻지는 못했으되 자신 속의 무엇인가는 뭉텅 빠져나가 설요 곁에 묻혔다.

"그리 말하면 인덕이 기다려 줄까요?"

"그럼, 당연하지. 인덕은 높은 기상과 섬세한 자질을 지닌 진정한 사내로 자라고 있어. 우리 어하라가 어여쁜, 결이 아름다운 여인으로 자라고 있듯이. 너희들은 아름다운 한 쌍이야. 둘이 함께, 널리 백성들을 위하면서 오래 치세하며 살게 될 것이야. 이제 들어가 푹 자거라."

"예. 아버지도 안녕히 주무세요. 그리고 혹시 본국에 가시려거든 라나 언니를 꼭 데리고 가세요. 꼭이요."

라나는 제 알아서 잘만 다니는데 왜?

물으려던 왕인은 고개만 끄덕이고 어하라의 처소를 벗어나왔다. 설요의 예시를 의심해 본 적 없듯 왕인은 어하라의 직관도 무시해 본 적이 없었다. 어하라는 신궁에서 자라지 않아 자신의 직관과 예시 능력을 어떻게 해석해 매번의 현실에 적용시킬지를 모를 뿐이었다. 라나를 데려가라고? 또 무슨 일이 만들어지고 있기에? 왕인은 스스로에게 던지려던 질문도 털어버리려다 배웅 나온 두라미를 돌아보았다. 큰마당으로 열린 동궐 문 앞이었다.

"두라미."

"예, 저하."

"어하라가 좀 전에 라나에 대해 한 말이 무슨 뜻이지? 왜 내게 라나를 데려가라 하는 게야?"

두라미가 대답치 않고 검은 땅만 내려다보았다. 아니 치마폭 밑에서 어두운 제 발만 움직거렸다.

"어하라를 돌봄에 있어 그대와 내 몫이 같지 않아? 아니 그대가 어하라의 모친을 대신하고 있으니 그대 몫이 더 크지. 그러니 내가 모르는 사실이 있으면 내게 말을 해주어야 하지 않아? 더구나 라나 일임에 내게 알려야지."

"저하, 라나 아씨는 수태를 하셨나이다. 태중의 아기씨가 석 달쯤 되신 듯하여이다."

왕인은 말문이 막혀 밤하늘을 쳐다보았다. 별들이 난분분 피어난 꽃들처럼 엉켜 빛나고 있었다. 아이들을 뒤섞여 자라게 한 장본인이 누구인가. 백날을 궁리하여도 왕인 자신일 수밖에 없었다. 볼모로 온 영이 홀로 자라는 게 가여워 아이들을 한자리에 붙여놓았다. 응신왕이 팔수를 영의 짝으로 염두에 둔 것을 알게 된 뒤로는 팔수까지 학당으로 불러들여 아이들과 어울리게 만들었다. 이왕 짝으로 맺어져야 한다면 다른 사람을 맘에 들이기 전에 나의 짝이 될 이를 맘에 들이며 자라기 바라서였다. 그리하여 왕인이 대방이나 진단으로 건너가 전쟁판을 전전하며 지내었던 허구한 날에 아이들은 제각각으로 자랐다. 태양을 향해 뻗는 해바라기꽃들처럼. 달을 향해서만 피어나는 달맞이꽃들처럼 제 뻗고 싶은 대로 뻗고, 제 피고 싶은 대로 피어나다 엉켜버렸다.

"태자의 아기씨이시고?"

"예, 저하."

왕인은 두라미를 그 자리에 둔 채 동궐 문을 넘었다. 가운데 넓은 연못을 둔 큰마당 건너편이 태자의 처소 서궐이고 북편으로 공의당과 허허당이 있었다. 왜국에 도착한 지 스무날 째인 아사나가 허허당에 들어 있는 참이었다. 해충을 비롯한 사자 일행은 왕성 안 영빈관에 숙소를 두었으나 아사나는 비류군과 내외간이라 저절로 백제궁으로 들어왔다. 왕인은 아사나에게 허허당의 침소를 내주고 스스로는 건너에 있는 책실에서 생활했다. 설요를 만나기 전에 아사나를 만났더라면 그를 마음에 들였을까. 지난 시간들은 돌이켜 가정해 볼 필요가 없다지만 아사나에게 끝내 마음을 주지 못한 것은 인연의 시작부터 꼬였기 때문이었다. 태자가 라나를 품고 살지 못하면 팔수는 아사나와 같은 삶을 살아야 할지도 몰랐다. 제 지아비를 원망하면서 끝내는 적으로 간주하고야 마는.

왕인은 쉽게 허허당으로 들지 못하고 어둠에 잠긴 연못을 돌았다. 열네 해 전 대낮에 천지가 어둠에 잠겼던 일식 때, 이태왕자가 독침을 맞고 떨어져 내렸던 연못이었다. 둘을 제거하여 수백 수천을 살리는 것이므로 그때는 그걸 대의라고 여겼다. 과연 그러했는가. 응신이 이태보다 대의에 적합한 인물이었던가. 응신은 왕권을 위협할 소지가 있는 세력들을 걷어내어 진단과 대륙으로 내보내 소진시키는 임금이었다. 권력과 임금들의 속성이 그러하므로 응신왕을 대의에 어긋나는 사람이라 책할 수도 없다. 대의가 무엇인가. 이태의 주검이 담겼던 연못을 밤마다 맴돌게 된 이제는 알 수 없다. 대의가 무엇인가.

"저하, 이제 오시옵니까?"

공주의 시녀장 겨리가 제 수하들과 함께 인사를 했다. 왕인은 고개를 끄덕이고 책실로 들어섰다. 양교가 옷을 받아준 뒤 세숫물을 들여왔다. 자신의 거처에서도 남의 집에 든 사람처럼 왕인은 간단히 양치하고 세수했다. 제대로 씻자면 침소 쪽에 붙은 소세간으로 가야 하는데 그게 불편해졌기 때문이었다.

왕인이 근래 들어 주로 읽는 책이 《역경》이었다. 〈상경(上經)〉〈하경(下經)〉〈계사상전(繫辭上傳)〉〈계사하전(繫辭下傳)〉〈설괘전(設卦傳)〉을 돌아가며 다시 읽었다. 《역경》을 읽으면 재작년에 외숙 백미르가 하던 말이 생각나곤 했다. 허망하고 무망한 너 사루왕인의 꿈! 허망하고 무망한 삶이라는 것을 깨닫고 보니 꿈이 무엇이었는지 모르게 되었다. 수천 권의 책을 읽었을 터이고 열여섯 권의 책을 썼다. 읽은 책과 쓴 책에 그 꿈들이 있었을 텐데 그걸 잃어버렸다. 태자에게 할 말이 없는 것도 그 때문이었다. 허망하고 무망한 것들을 이겨낼 만한 꿈, 도리, 명분들. 왕인은 요즘 그걸 찾는 중이었다.

"주군, 양교입니다."

나갔던 양교가 방문 밖에서 불렀다.

"들어오지 않고 왜."

"공의당에 해리 선장이 와 있습니다."

어하라가 신호림에 해리가 온 것 같다기에 내일 가보렸더니 먼저 찾아왔다. 무슨 일이 생기긴 한 것이다. 왕인이 공의당으로 가니 해리뿐만 아니라 우무로가 함께 와 있었다. 왕인은 왜국에 온 뒤 육갑산에 무절당을 마련하고 무절대를 그곳에서 지내게 하였다.

"해리 자네, 언제 왔어?"

"낮에 신호림에 도착해 우무로를 만나고 함께 곧장 오는 길이오. 차치하고, 한성에 또 난리가 났소."

난리라는 말에 왕인은 퍼뜩 작년 설요의 말을 떠올렸다. 상께서 내년을 넘기지 못할 게요. 설요가 그리 말했는데 까맣게 잊었다.

"상께서 붕어하셨는가?"

"에구, 김빠지게 벌써 알고 계시오? 지난 초사흘에 상께서 급서하셨소. 사흘 뒤에 상을 대리하고 있던 제제 훈해가 백세전으로 들어가던 길에 화살을 맞았는데 그게 독화살이었던지 그날 밤으로 죽었다 하고. 같은 날 해지무를 비롯한 해씨 성 가진 신료들과 그 일파가 열 명도 넘게 죽었고, 황후와 삼비(三妃)가 공주 도원과 황자 신과 숙을 데리고 신궁으로 피신했답니다. 십일에, 병관좌평 진무가 진씨 일족 신료들과 함께 부여혈을 임금으로 세웠다 하고요. 큰나루에 있다가 거기까지 듣고 부리나케 건너왔소. 이레 만에 대진에서 난파진까지 도해했으니 완전히 신기록이오. 헌데 어찌 아셨소? 나보다 먼저, 날아온 자가 있소? 내 이제 월나호를 내놓고 쪽배 몰며 물고기나 들여다보고 다녀야 하리까?"

설요에게 버선을 신기다 들은 말이었다. 천기누설죄. 설요가 일생동안 저질렀다는 죄목이 그러했다. 설요는 죽기 전에 또 그 죄를 범했다. 스스로 그리 여겼다. 왕인은 그 말에 수긍하지 못했으므로 설요의 떠남과 함께 상이 내년에 죽으리라는 그의 말도 잊었다. 혹시는 잊어버리고 싶었는지도 몰랐다. 태자를 볼모로 보내고라서도 영토를 넓히려는 황상의 욕심과 그의 목숨, 황위 계승 다툼 따위. 그 순간의 인에게는 설요의 버선짝이 더 중요했다. 왼발에 왼코 버선을, 오른발에 오른코 버선을 신기는 게.

지금도 다르지 않았다. 허망하고 무망한 삶 속에서 여인의 버선 짝보다 중한 게 무엇이랴. 그의 머리카락보다 중한 것, 그의 웃음보다 중한 것. 그런 것은 없었다. 여인들을 웃게 하고 백성들을 웃게 하는 것보다 중한 것은 없었다.

왕인이 잠잠하자 해리가 채근했다.

"주군? 어찌 하시려오?"

왕인은 설요가 천기누설죄를 범하는 스스로를 자책하면서 황상 부여여해의 천수를 말했던 까닭을 생각하는 참이었다. 황상이 진씨 일족에 의하여 독살당한 것인지 그 자신의 울화에 치어 급서한 것인지는 알 수 없었다. 황상과 연맹군은 지난해 평양성 공략에서 소득 없이 돌아왔다. 이후 신라로 들어갔다가 서라벌을 거의 점령하였으나 선단을 꾸려 신라로 뒤쫓아 온 고구려와 또 한바탕의 일전을 치르고 물러났다. 신라와 가야가 결딴나기 직전까지 갔던 그 전쟁에서 백제와 고구려는 얻은 게 없었다. 이후 황상에게는 울화가 생겼다고 하였다.

어차피 황상의 급서를 막을 수는 없었을 터이다. 당신 삶이 내년까지라니 미리 후계를 정리해 놓으시오. 그리 말할 수도 없었을 것이다. 상에게 그의 천수에 대하여 말하지 않은 채로 태자 영을 미리 데려다 놨더라면 백제 황실에서 일어난 파란을 막을 수 있었을까. 그도 모를 일이었다. 사실 군이 그걸 막아야 할 까닭을 몰랐기에 모른 체했는지도 몰랐다. 어차피 누군가는 임금 노릇을 하려 하고, 그 임금이 누가 되든 백성들에게는 상관이 없지 않은가.

하지만 다시, 설요가 제 생의 마지막 날에 그 말을 한 까닭을 생각해야 했다. 태자 부여영 대신 부여혈이 임금이 되면 백제는 이제야말로 진단과 대방으로 확실하게 나뉜다. 부여혈에게 정통성이 없는 바 좌현왕 부여찬과 부여연진은 진단과 확실히 갈라서려 할 터이다. 또는 찬이 스스로 임금이 되지 못할 까닭이 없으므로 대방 세력을 이끌고 진단으로 건너올 수도 있다. 대방군과 진단군 사이의 내전이 벌어지기 십상이다. 제 딸을 백제로 보내어 상국을 사위국으로 삼을 요량을 했던 응신왕도 군대를 일으켜 또 다시 진단으로 건너가려 할 것이다. 내내 상하국 관계를 유지하며 우호적 으로 지내온 두 나라 사이에도 본격적인 전쟁이 일어난다. 그 틈에 고구려 가 또다시 한성으로 밀고 내려올 수가 있다. 모든 가정은 결국 백성들이 목숨으로 치러야 하는 전쟁으로 귀결된다.

"주군!"

해리의 부름에 탁자를 내려다보고 있던 왕인이 고개를 들었다.

"우무로."

"예, 주군."

"현 상황을 정리해보게."

"대방의 좌현왕 전하께서 수긍치 않으실 테고 응신왕께서도 수긍치 않 으실 테지요. 임금이 새로 들어설 때마다 전쟁을 벌이기 쉽지만 특히 정통 성 없는 군주는 대대적인 전쟁을 일으켜 반대세력을 거세하는 기회로 삼 지요. 작금 황궁을 장악한 세력은 선황의 유지를 받든다는 명분하에 필연 적으로 고구려를 치려 할 것입니다. 어찌하여도 전쟁이 벌어집니다."

"그렇지. 양교!"

"예, 주군."

"내가 어찌해야 할까?"

"큰 전쟁을 막으시려면 움직이서야지요."

"그렇겠지. 해리! 내가 어찌 움직여야 할까?"

"지금 한성의 그것들이 그랬듯 똑같이 그것들 머리를 솎아내 버려야지.

당연한 걸 뭘 자꾸 묻소?"

넌더리가 나서 그럴 터이다. 또, 또다시 그 짓을 해야 하는 게. 또 그 짓을 해야 하는 것에 대한 명분을 찾고 싶어서. 측근들에게서라도 동의를 얻어 독단으로 벌이는 일이 아님을 스스로에 증명하고 싶어서.

"해리, 선황의 측위대장 발하사에 대하여 들은 게 있나?"

"그에 대하여는 듣지 못했소."

"우무로, 한성에서 그대가 소집할 수 있는 무절이 얼마나 되지?"

"소집 시간이 얼마냐 되느냐에 따라 다르겠으나 한성 무절수인이신 비류군의 명으로 하루 정도 만에 소집할 수 있는 무절은 이백 명쯤 될 것입니다."

"사나흘쯤이면?"

"한성과 인근 군에서 소임에 임하고 있는 무절들 대개를 소집할 수 있을 것입니다. 오백쯤은 가능하겠지요."

"그 정도면 응신왕의 힘을 빌지 않고 가능하겠지?"

"가능토록 해야지요."

"그러면 일단 그대는 월나호를 타고 대원들과 함께 한성으로 출발해. 월나호가 올 제 이레 걸렸으니 갈 때도 그 정도 소요된다 가정하지. 늦어도 다음 달 초하루에는 한성에 닿는다 치고. 한성에 도착하는 대로 무절들을 최대한 소집하면서 정변의 상황을 세밀히 파악하고 계획을 세우도록 해. 선황 측위대장 발하사와 예전 태자 전하의 호위대장 적계를 찾아보도록 하고. 그에 따라 조직을 꾸려놓고, 필요하다면 미하수 님과 연계하여 움직일 수 있도록 해. 나는 이삼일 뒤 태자를 모시고 신호림호를 타고 출발할 것이야. 신호림호는 초아흐렛날까지 새실나루로 입성키로 하지. 그날 자정에 가부실에서 만난다. 연후 작전 시간은 따로 정할 것이되 이변이 없는 한 그날 자정을 기하여 작전을 개시하는 것으로 정한다."

"존명!"

"나는 내일 아침 사절단장 해충을 만나 그와 한성 상황을 의논한 뒤 웅신왕을 만나 설명하고 태자를 모셔갈 의논 또한 할 것이니 그대들은 지금부터 움직이도록 하라. 해리, 오자마자 되돌아가는 것이 안 되었네만 부탁해."

"무슨 말씀을. 존명!"

해리와 우무로들이 나가자마자 아사나가 들어왔다. 심상찮은 기색을 느끼고 있다가 참지 못하고 나온 것이었다. 그렇잖아도 그를 불러낼 참이었다. 내외간으로서는 나눌 말이 없을지라도 그가 내경각주인 바 이번 일은 그도 알아야 하고 함께 도모해야 할 일이었다.

"무슨 일이 일어난 것입니까?"

"그렇잖아도 찾아가 뵐 참이었어요. 앉으세요."

왕인은 아사나에게 한성에서 벌어진 사태에 대하여 차근히 설명했다. 설명을 듣는 동안 여러 번 표정이 변했던 아사가나 고개를 떨어뜨렸다. 단한 사람, 임금의 죽음으로 나라가 이렇듯 꼬일 수도 있었다. 하여 임금이 임금이었다. 고개를 드는 아사나의 눈에 눈물이 그렁그렁 맺혀 있었다. 왕인은 슬몃 아사나를 외면했다. 그의 눈물이 민망하여 감당키 어려운 것이다. 작년 설요의 마지막 날 또다시 지아비를 해하려 했던 아사나였다. 그를 책망할 마음이 없는 대신 평생 그에게 지녔던 미안한 마음도 그때 비로소 사라졌다.

"태자가 환도한다 하니 저들이 일을 친 것이로군요. 설마 저들이 황상을 해친 것이리까?"

측근들이 한 짓인 거 같으냐. 아사나가 물어놓고 아차 하듯이 왕인도 듣
는 순간 손을 어찌해야 할 줄 몰라 포개 쥐었다. 아사나의 질문은 같은 일
을 해본 사람만이 할 수 있는 것이었다. 측근이 아니면 할 수 없는 게 그것
이었다. 독살.

"그건 알 수 없으나 일이 급하게 되긴 하였습니다. 무절대에 먼저 한성
으로 가라 했어요. 저는 내일 이른 아침 오진을 뵙고 태자를 모시고 귀국
하겠다고 말씀드리려 합니다. 연후 사자 일행과 더불어 신호림호를 타고
한성으로 들어갈 것입니다. 잠입이 되겠지요. 상황이 이러하니 태자 내외
와 공주께서 저와 함께 한성으로 들어가는 것은 위험합니다. 공주께서는
황실호로 태자 내외를 데리고, 이구림으로 들어와 계세요. 내가 해충공 등
과 함께 한성에서 일단의 상황을 정리한 후에, 공주께서는 태자 내외와 함
께 한성으로 오시는 방향으로 하지요."

"황성뿐만 아니라 도성이 이미 저들에게 장악당해 있을 터인데, 공의
휘하 무절들만으로 가능하시겠습니까."

"가능토록 할 것입니다. 그리고 응신왕은 물론 해충공을 비롯한 해씨
일파의 힘도 빌지 않으려 합니다."

"태자 즉위 이후 그들이 새 황상을 저들 뜻대로 움직이려 할 것을 경계
하시는 거로군요."

"그렇습니다. 황상께서 오래도록 저 비류군에게 큰 호위대를 떠안겨 놓
으셨던 연유가 무절들에 있으니 공주께서도 그들을 믿으시면 됩니다. 그
들은 대의를 위하여 움직입니다. 대의란 임금에 대한 충성이 아니라 백성
들의 안위이지요. 저들은 임금이 되기 위하여 백성들의 안위를 저버린 자

들입니다. 그러므로 무절들은 백성들을 위하여, 백성들이 전화에 휩쓸리지 않게 하기 위하여 움직일 것입니다."

"공께서 지금 말씀하시는 무절들은 제가 아는 보통 무사들과 다른 게지요?"

아사나는 늘 그게 궁금했다. 십 수 만의 군사가 있고 어지간한 지위의 사람들에게 호위니 측위들이 달려 있을 제 그들 모두가 무사인데 따로 무절이라 불리는 이들은 어떤 이들인가. 황권 아래 있으면서도 황권에서 벗어나 있는 듯한 그들. 어디에나 있으면서 그 실체는 알 수 없는. 비류군 무절대가 관미성을 넘었다는 소식을 들었을 때도 그들이 그저 호위무사로만 부를 수 없는 존재들일 것이라 짐작은 했다. 짐작뿐이었다.

"그렇습니다. 그러니 태자께서 무사히 등극하시게 될 겝니다. 연후 공주께서 태자가 성군이 되실 수 있도록 도우셔야지요. 공주께서 내경각을 운영하심에 사심이 없으신 걸 압니다. 그 마음이 향후 황상께도 그대로 작용하시리라 믿고요. 그리 아시고 오늘은 쉬십시오."

어차피 오늘 밤 할 수 있는 일이 없으니 건너가 잠이나 자라는 것인데, 아사나는 그리 쉽게 물러갈 심사가 아니었다. 한성이 걱정스럽지 않는 바는 아니나 그건 비류군이 해결할 것이라 하니 믿었다. 비류군이 지닌 힘을 다 알지 못해도 황상이 믿었던 사람이고 비류군 스스로 허언할 사람도 아닌 바 한성을 정리해낼 터였다. 다만 아사나는 그와 대화를 나누고 싶었다. 내경각을 맡은 이후 한 번도 한성을 비우지 못했으면서 태자의 혼인을 빙자하여 사자 일행을 쫓아온 까닭도 실상은 비류군을 만나기 위함이었다. 이대로 영영 그를 만나지 않은 채 늙어 죽을 수는 없지 않은가. 하여 왔는데 비류군은 시선조차 마주하려 않는다. 아사나가 내경고를 운영함에 사심 없는 것을 안다, 칭찬을 하고서도 그는 탁자 위에 놓인 자신의 손을 내려다보고 있다.

오래전에 보았으나 잊어버렸던 그의 손이었다. 손이 크고 손가락이 길고 손톱은 짧게 깎았다. 수염도 늘 말끔히 깎는 그였다. 그의 손을 잡고 그의 말끔한 턱을 만져보는 꿈은 오래전에 버렸다. 하지만 버려지지 않는 것들이 있었다. 어떤 말을 해야만 평생 동안 가까워져 보지도 못한 채 엇길만 걸어왔던 그와 나란히 걸을 수 있는 것일까. 아사나는 사실 그에게 용서를 빌고 싶었다. 그 오랜 세월 동안 어리석었던 자신에 대하여. 하지만 용서를 빌기에 이미 늦었음을 다시금 느꼈다. 누군가를 칭찬할 때 시기가 적절해야 하듯 누군가에게 사과를 할 때도 적시가 있는 법이었다. 아사나는 언제나 그때를 놓쳤다. 어쩌면 한 번도 그때를 안 적이 없었을 것이다.

"알겠습니다. 생각하셔야 할 일이 더 계실 테니 제가 먼저 건너가겠습니다. 내일 뵙지요."

아사나는 더 있고 싶은 몸을 애써 일으켜 공의당을 나왔다. 궁 안은 어두웠고 가을 밤바람이 써늘하였다. 허허당(虛墟堂)이 가까웠다. 백제궁에 들어와 허허당에서 하룻밤 묵고 난 뒤 비류군의 처소에 왜 허허당이라는 택호가 붙었는지 어하라에게 물었다.

―허허당은 각하, 월나 이림에 있는 사루들의 처소 당호입니다. 하여 아버님께서 이곳에도 허허당이라는 현판을 쓰시어 걸으신 것입니다. 사사로운 욕심을 비우며 사는 집. 그런 뜻이라 합니다.

다섯 살에 왜국으로 왔다면서 이림의 허허당을 기억하느냐, 아이에게 물었더니 미소 지었다. 허허당뿐만 아니라 그곳의 모든 것을 기억하고 있다는 뜻의 미소였다. 아이는 그곳을 제 속에 따뜻한 원향으로 품은 채 살고 있는 것이었다. 그래서 이림에 가본 적이 없는 아사나는 어하라의 어느 면으로도 끼어들 수 없었다. 이제 그 이림으로 피신을 하게 될 것이라 한다. 사사로운 욕심을 버리려 애쓰는 사람들이 어울려 사는 언덕으로 태자까지 아울러서 한동안 몸을, 목숨을 의탁하게 된 것이다. 아사나는 허허당 앞에서 어두워 보이지 않는 언덕을 찾듯 현판을 한참이나 올려다보았다.

아리랑 아리랑

지난 새벽 태자는 난생 처음 여염집으로 들어왔다. 집의 이름이 여우샘
가 오두막이라는 뜻의 호천려라 하였다. 흰여우들이 살고 있을 듯 고요한
집에 범어를 위시한 신궁무절과 깃브미를 중심으로 한 사절들이 들어 있
다가 태자 영과 라나를 새끼 여우들 품듯이 숨겼다. 그리고 또 한 사람이
찾아왔다. 태자가 볼모로 가기 전에 호위대장이던 적계였다. 비류군의 명
으로 왔다는 그가 말했다.

―폐하께오서 입궁하실 때까지 소신이 폐하를 모실 것이옵니다.

적계를 만나니 본국에 돌아온 실감이 나기는 하였다. 더구나 그와 함께
있을 때 라나를 처음 만난 터라 정겨운 감회가 새로웠다. 하지만 한나절이
지나고 밤이 이슥해져도 호천려에는 등불이 켜지지 않았다. 하늘과 땅은
알지라도 적은 몰라야 하는 숨은 자의 집이기 때문이었다. 마당과 집 주위
에 적계와 그의 수하들, 신궁무절들이 포진해 있음을 알면서도 영은 세상

에 자신과 부여라 단둘만이 존재하는 듯했다. 오늘 밤 비류군과 그 휘하 무절들이 일을 성사시키지 못하면 부여영과 부여라는 이 호천려에서 생을 마감케 될지도 몰랐다. 불안하지는 않았다. 나의 존재를 세상에 드러내지 못하고 인적 드문 산속 마을의 한 집에 은거한 하루일지라도 라나가 곁에 있어 든든했다.

사방의 창호에 검은 가리개를 드리우고 등불 두 점을 건 방 안이었다. 두 사람은 저녁상을 물린 참이었다. 낮에는 잠깐씩 마당을 거닐며 화단 구경이라도 할 수 있었지만, 날이 어두워지자 두 사람은 방 안에 있어야 했다. 신녀들이 두 사람을 위해 주전부리며 자리끼, 요강까지 들여놓고는 나갔다. 놀이감으로 바둑판과 장기판 등도 놓여 있었다. 영이 바둑이나 두자 하는데 라나가 손으로 입을 가리며 하품을 했다.

"전하, 저는 졸립니다. 전하께서는 아니 졸리세요?"

라나가 수태 중이란 사실을 태자는 바다를 건너오던 신호림호에서 알았다. 태자가 황실호로 이구림으로 향하지 않고 신호림호에 타게 된 것은 거사 직후 태자가 대황전에 들어서야 하기 때문이었고 라나가 신호림호에 오른 것은 아기 때문이었다. 이 밤에 스승이신 비류군께서 태자 곁에다 라나를 붙여주신 까닭도 단순하였다. 살든 스러지든 함께하라. 비류군은 태자와 라나와 아기의 현재와 미래를 함께하는 것으로 결정한 것이다.

"졸리지 않습니다. 이렇게 숨어서 어떤 일이 결정 나기를 기다리느니 스승님을 따라 움직였더라면 좋았을 듯싶어요."

십여 년 동안 무술 훈련을 했지 않은가. 신출한 재주는 타고나지 못했을지라도 수하들에게 짐이 되지 않을 정도의 검술은 익혔다. 신호림의 스승 지품께서는 이따금 칭찬도 해주셨다. 내 한 몸 지킬 자신은 있었다. 하여 오늘 밤, 비류군에게 함께 움직일 수 있게 해달라고 청했다. 스승께선 고개를 저으셨다. 라나도 고개를 젓는다.

"또, 또 그 말씀. 아버님께서 말씀하셨지 않습니까. 전하께서는 전하 한 분의 용체만 지키셔서는 아니 되신다고요. 전하께서는 백성들을 지키셔야 할 분이라고요. 전하의 용체는 무절들이 지켜드릴 것이라고요. 전하께서는 전하 스스로를 지키어 전하를 임금님으로 모시려는 백성들의 마음을 지키셔야 한다는 뜻 아니겠어요? 갑갑하시더라도 참으셔요. 하여 전하의 제일 수비군인 제가 곁에 있지 않습니까?"

제일 수비군이라면서 또 하품을 깨무는 라나의 모습에 태자는 미소 지었다. 피곤키는 할 터이다. 신호림 육갑나루에서 한성 새실나루로 들어오기까지 열이틀이 걸렸다. 그 열이틀 동안 태자를 다독이며 재워준 이는 라나였다. 부황께서 붕어하시고 그 자리를 이복아우 혈이 차지하고 앉았다는데 영은 아무, 아무 힘이 없었다. 그 열패와 자괴감을 어째야 할 줄 몰랐다. 볼모로 살다 급작스레, 반역자인 양 숨어 환국하는 태자 부여영에게는 호위조차 달리지 않았다. 비류군의 보호를 받고 있다고는 하나 의지가지가 없었다. 라나만이 유일했다. 눈 뜰 제, 눈 감을 제. 눈 뜨면 배 멀미보다 지독한 현실이고 눈 감으면 악몽인지라 영은 제대로 잠들지 못한 채 내내 졸음과 불면 사이를 오갔다. 그때마다 라나가 다독여 재워주거나 깨워주었다. 때문에 영은 라나가 자는 것을 본 적이 없었다. 오늘도 종일 자지 않고 말벗이 되어준 그였다.

"먼저 자요, 라나."

"전하가 아니 주무시는데, 제가 어찌 잡니까?"

"눈꺼풀이 반이나 덮였으면서 뭘요. 이리 와요. 오늘은 내가 재워줄게요."

졸음에 겨운 라나의 눈에 웃음이 서린다. 영이 먼저 요 위에 누우니 못 이기는 척 품 안으로 들어왔다. 들어와 엉기며 후, 한숨을 쉰다. 영은 라나를 품고 다독였다.

작년 봄에 처음으로 라나를 안았다. 신호림에서 묵을 때였다. 이레째 되던 날, 육갑산 무절당에서 신호림 무절들과 어울려 시간을 보내다가 이림당으로 내려왔던 밤이었다. 라나에 대한 그리움을 더는 인내치 못하고 도둑처럼 그의 처소 문을 두드렸다. 라나는 소스라치게 놀라면서도 영을 받아주었다. 영은 열일곱 살이었고 라나는 스무 살이었다. 두 사람이 다 처음 벌이는 일이어서 몹시 서툴렀다. 그리고 몇 번이었던가.

영의 신호림 나들이가 잦아졌을 때 라나는 한성을 다녀오겠다고 가더니 가을에 비류군 일행과 함께 돌아왔다. 작년 가을과 이 초겨울 사이에 너무 많은 일이 일어나 어지럽지만 이제 라나는 영의 품속으로 익숙하게 들어와 안길 줄 알게 되었다. 그가 이리 쉽게 잠들 줄은 몰랐다. 제 몸을 어루만지고 있는데도 쌕쌕거리며 자고 있지 않은가.

"벌써 잠들었어요? 진짜 자는 거예요?"

주변에 쌓인 적막의 무게를 견디지 못하여 영은 잠들어 있는 라나의 어깨를 슬쩍 흔들어 보았다. 꼼짝도 하지 않는다. 들릴 듯 말듯 한 숨소리를 색색 내며 연해 잔다.

"그래요, 자요."

영은 라나를 다독이며 중얼거렸다.

"내 곁에서 이리 자주니 되었어요. 난 그대만 있으면 돼요."

이렇게 자그마한 사람이었구나. 이 자그만 몸에 부여영의 자식을 담고

327

있다니. 영은 잠든 라나의 머리를 가만가만 쓸어보았다. 비류군과 무절대가 오늘 밤에 황궁을 장악치 못하면 부여영은 내일 새벽 날이 밝기 전에 월나호를 타고 대방성으로 가야 한다고 했다. 이림에 있는 아사나와 팔수는 왜국으로 돌아가야 한다고. 태자 스스로 왜국으로는 결단코 돌아가지 않겠노라 선언하였기에 그리 결정되었다. 임금이 되지 못하고 평생 이름 없는 떠돌이로 살게 된다 하여도 왜국으로 돌아가지는 않을 것이었다. 라나와 어하라와 인덕과 더불어 대화성과 신호림과 백제촌을 자유로이 오가며 살았을지라도 왜국은 태자에게 감옥이었다. 자신이 볼모라는 것을, 부황으로부터 버려진 존재라는 것을 한시도 잊지 못했다. 잊지 못하니 태자로도 사람으로도 사내로도 자신의 존재를 떳떳이 여길 수 없었다. 역사를 공부하여도, 글을 읽어도, 무술을 익혀도 이게 다 무슨 소용인가, 늘 스스로가 바보 같고 허깨비 같았다.

"다시 그렇게 살 수는 없어요. 알지요, 라나?"

대방으로 갈 것이었다. 가기는 할 것이나 만난 적도 없는 제제 부여찬에게 얹혀 꼭두각시 태자로 살지도 않을 것이었다. 임금 노릇 안 하면 그만이었다. 누가 임금이 되든 상관하지 않고 아무것도 모르는 범부로 살아갈 터였다. 라나만 데리고 가면 되지 않는가. 헌데 라나는 따라가겠다는 말을 하지 않았다. 라나는 비류군을 믿는다고, 그런 걱정은 하지 않으므로 그런 생각도 하지 않는다고 자신 있게 말했다. 또한 라나는 태자가 즉위하게 될 것이매 자신을 후비로 만들어 황실 안에 앉혀놓을 생각은 하지 말라고 못을 박았다.

─난 그리 살기 싫어요. 그리 살기 싫은 나를 가두어두려 하면 난 달아날 것이에요. 달아나지도 못하게 되면 난 말라 죽게 될 것이고. 난 지금처

럼 살 거예요. 내가 그리우면 전하가 나를 보러 오시면 되죠. 아기는 내가
잘 키우지요.

라나의 그러한 결심들이 가능한 것인지 아닌지, 더구나 비류군이 함께
살라 명한 마당에 라나가 그리 고집을 부려도 되는 것인지 영은 알기 어려
웠다. 내일 아침이 어찌 열릴지도 모르는 처지라 까마득해 보이는 미래까
지 염려할 겨를도 없었다.

라나를 쓰다듬다가 깜박 잠이 들었던가. 영은 소스라쳐 일어났다. 잠깐
잔 것인지 길게 잔 것인지 알 수가 없었다. 등불이 여전했다. 시각이 어찌
되었을까. 잠결에 삼경 종소리를 들은 게 조금 전인 것도 같고, 한참 전이
었던 것도 같다. 이 막막하고 기나긴 밤을 어찌 보낼까. 태자는 주위를 두
리번거리다 라나 곁에서 몸을 일으켰다.

벽장 안에 책이 있노라 하던 깃브미 신녀의 말이 생각나 벽장을 열어보
니 책이 십 수 권 쌓여 있었다. 등잔 하나를 들어다 비춰본다.《대방성풍물
기》,《태산수렵관람기》,《발해연안기》,《논어 신역본》,《중용 이해본》,《대
학 역주》,《대학 신해》,《대방백제약술》,《목지형검주조연사》,《소학》,《마
한사》,《신소학》,《대화국이해》,《병신년전쟁사》,《군주론》,《신군주론》.
모두가 스승이신 비류군의 저작들인데 태자가 아는 한 스승의 저작이 다
있었다.

"라나, 그대가 이 집이 스승님과 관련이 있을 것이라 하더니 과연 그런
모양이에요. 스승님 저작들이 다 있어요. 어떤 걸 읽을까?"

태자는 라나를 향하여 물은 뒤 혼자 고개를 끄덕이고 읽어본 적 없는
《대방성풍물기》와《신군주론》두 권을 집어냈다. 집어내어 불빛 아래 표
지를 다시 보니 공교롭다. 내일 아침에 대방을 가게 될지, 임금 노릇을 하

게 될지 모르는 처지에 손에 잡힌 책이 그 두 방향을 따로 가리키고 있는 것 같지 않은가. 스승께선 《군주론》에서 임금은 임금으로 태어나는 게 아니라 임금으로 만들어지는 것이며 진정한 임금은 백성들을 섬길 줄 알아야 한다고 하셨다. 백성들은 임금을 위하여 태어나는 것이 아니라 그 자신들로 살기 위하여 태어난다. 그 자신들로 살기 위하여 태어난 백성들의 임금이 되려면 임금 노릇을 제대로 해야 하는 것이다. 비류군의 《군주론》은 임금이 백성들을 섬기는 방법을 논한 책이었다. 태자는 스승의 《군주론》을 백 번도 넘게 읽었다. 하지만 스스로가 임금 노릇을 하게 될 것이라는 확신이 없었기에 백 번을 읽고도 그 내용을 다 이해하지는 못했다. 앞으로 임금 노릇을 하게 되리란 확신도 없었다. 임금 노릇도 못하고 대방으로 가 범부로 살지도 못한 채 이 방, 이 호천려에서 스러질 수도 있는 밤이었다. 태자는 《신군주론》을 방바닥에 놓고 《대방성풍물기》를 먼저 펼쳤다.

가부실은 황궁과 진씨 일족의 마을 밝실이 가까웠다. 황궁은 오천의 황궁수비군에 싸여 있고 밝실도 삼천의 도성수비군에 둘려져 있는 밤이었다. 시월 초아흐렛날 자정, 불이 켜지지 않은 가부실 달솔저에 오백이십 명의 무절들이 그림자들처럼 모여들었다. 우무로가 이끄는 한성무절들과 미하수가 이끄는 신궁무절들이었다. 가부실에 모인 인원이 오백이십 명이고 황궁 안팎과 밝실 안팎, 자신의 소임처에서 대기하고 있는 무절이 이백여 명 더 있었다. 무절이 아니면서 이번 거사를 함께하기로 한 이들은 삼백여 명 되었다. 지난 사태를 일으킨 저들이 무절들의 움직임을 포착하지 못했다는 것을 확인한 터였다. 그만큼 신속히 진행된 결집이고 작전이었다.

어제 낮에 새실나루에 도착해 가부실로 들어와 있던 왕인이 큰마당 가득히 도열한 무절들 앞에 나섰다.

"각기의 소임을 맡아 살던 그대들을 이리 소집한 까닭을 다들 이미 알고 계실 겝니다. 한차례 흔들렸던 우리 백제는 오늘 밤을 기화로 다시 안정하게 될 것입니다. 우리 무절들의 소임이 그것인 바, 우리들의 힘으로 백제와 백성들의 삶을 떠받치기 위하여 이 자리에 선 것이지요.

태자 전하는 온유하며 영명하신 분입니다. 사람의 마음, 백성들의 아픔을 아시는 분이지요. 전하께서는 백성들의 살이를 고루 살피시는 임금이 되실 겝니다.

새삼 말씀드릴 것 없으나 다시 말씀드립니다. 살생은 최소화합니다. 죽이기 위한 전투가 아니라 살리기 위한 전투임을 잊지 마세요. 마지막 당부는, 사력을 다하시되 태자 전하께서 등극하실 때 예 계신 무절들께서 한 사람도 빠짐없이 그 자리에 계시길 바란다는 것입니다. 이제 출정합니다. 무운을 빕니다."

"존명!"

외침 대신 무절들이 일제히 허리를 굽혔다가 일어나 한 조씩 달솔저를 빠져나갔다. 이백칠십 명이 황궁으로 들어가고 이백오십 명이 밝실로 갈 터였다. 주표적은 부여혈을 위시한 열일곱 명이었다. 황궁에서는 부여혈과 그의 측위대장과 시종장, 황비 누리나와 그의 측근 두 명과 황성수비대장 등이 제거될 것이고, 밝실에서 진무를 비롯한 핵심 인물 열 명이 제거될 터였다. 열일곱 명을 제거하기 위하여 죽이게 될 사람, 죽게 될 무절이 얼마나 될지는 아무도 몰랐다.

왕인까지 아울러 쉰 명으로 이루어진 우무로의 본대는 황궁 남동문을 통하여 잠입한 뒤 아사나궁을 거쳐 대황전으로 들어갈 참이었다. 이미 장례를 치러 황상의 주검을 고천원에 가매장하였으나 능원을 조성하고 봉분을 봉인해야 국상이 끝나는 법이었다. 측근들에 의하여 보위에 올려진 부여혈은 현재 상중이었다. 태자가 버젓이 있으매 보위에 올려진 열일곱 살의 그는 신료들과 백성들 앞에서 떳떳해야 하는지라 부황의 초상치레에 엄숙히 임했다. 그는 부황 봉인제를 치르고 난 뒤라야 자유로워질 수 있었다. 그전에는 대황전의 빈청에서 지내야만 했다. 빈청에 있을 부여혈이 오늘 밤 우무로 본대의 표적이었다.

부여혈과 그 척족들이 우현왕 부여훈해를 제거하고 황태후를 거소에 연금시킨 채 대황전(大黃殿)으로 들어간 지 한 달여였다. 병권을 장악한 병관좌평 진무가 위시좌평에 진몽을 앉히고 황궁에 오천의 수비군을 둘러놓고는 두 달여 전에 왜국으로 간 아사나와 사자 일행이 돌아오길 기다리고 있었다. 자신들이 일으킨 정변이 아직 왜국에 전해지지 않았을 것이라 믿고 있으면서도 대비는 사뭇 철저했다. 황궁나루와 큰나루와 중간나루까지 은밀한 경계가 펼쳐져 있는 즈음이었다. 아사나 공주와 사자들이 돌아오면 그들을 제거하기 위해서였다. 이후 선황봉인제를 치르고 나면 부여혈의 치세를 본격화할 참이었다. 태자는 내년 정월에 돌아오기로 되어 있는 바 그는 그때 가서 제거하기로 계획한 채 부여혈 세력은 황궁과 도성에 어떤 소요도 일어나지 않도록 신료들과 백성들을 고요히 겁박하며 부여혈이 새 황제임을 받아들이게 하고 있었다.

한 달은 누구에게나 길 수도, 짧을 수도 있는 시간이었다. 아무 일도 일어나지 않은 채 어떤 일이 끝나기를 기다리는 황성수비군들에게는 아주 긴 시간이었다. 성벽으로 둘러진 황성 안에는 숲이 많았고 삼십여에 달하는 궁들이 있으며 그 궁들에 속한 크고 작은 전각들이 오백여 소에 달했다. 궁 안에서 나서 궁 안에서 죽는 황족들과 속종들도 황궁을 다 돌아보지 못한다고 했다. 경계태세를 유지하기에 수비군 오천은 많은 숫자가 아니었다. 수비군들은 사나흘에 한 번 교대로 서던 번을 날마다 서고 있었다. 그게 언제까지 지속될지는 아무도 몰랐다. 군기가 흐트러질 수밖에 없었다.

주인 없는 아사나궁을 둘러싸고 있던 수비군들도 마찬가지였다. 아사나는 작년 호천려 습격에 실패한 이후 자신의 호위대를 해산시켰다. 아사나궁에는 아사나가 왜국에서 돌아오길 기다리는 시녀들과 속종들뿐이었다. 호위들이 사라져 비어 버린 공주궁의 외각들을 차지한 수비군들이 하룻밤에 한 번 지나가는 상전들의 눈을 피해서 먹고 마시고 놀다가 포개져 잠이 들기 일쑤였다. 사경(四更)에 이르자 깨어 있는 자는 고작해야 네댓 명인데 그들마저도 서리를 피해 처마 밑만 시늉으로 오가고 있었다. 담장 위에서 컴컴한 그림자들이 날아다니는지, 밤새가 날개를 치고 다니는지 그들은 눈치 채지 못했다. 늦가을 추위에 오스스 떨며 처마 밑을 오가던 수비군들이 어느 결에 다가든 그림자들에 제압당하여 재갈 물린 채 곳간에 버려졌다.

우무로는 장자기에게 공주궁의 남문을 열게 하고 왕인과 본대들이 들어오게 하였다. 장자기를 길잡이로 황성 남동문부터 공주궁의 남문까지 다섯 개의 문을 고요히 통과했다. 대황전까지 다섯 개의 문이 더 남아 있었다. 숲이나 담 그늘을 통해 이동하고 문을 만나면 지붕이나 담장을 넘어가 근방의 수비들을 제압한 뒤 문을 열었다.

대황전의 경계는 완연히 달랐다. 대황전 앞쪽에만 하여도 일백 명의 수비가 있었다. 오늘 밤 대황전은 전후좌우를 합쳐 삼백 명의 수비가 있고 부여혈의 측위대 삼십 인이 수비들을 살피며 주변을 돌고 있을 것이라 하였다. 황상 승하 뒤 위시좌평에 앉은 진몽은 일백 명으로 이루어진 발하사의 선황측위대를 해산시키고 각처로 나누어 배속했다. 선황 세력을 그런 식으로 정리해 나가는 진몽의 어리석음에 의해 측위대장 발하사는 직위 해제된 뒤 위시부 황성수비대의 한 부장(部將)으로 전속되었다. 위시부 삼품 은솔에 해당하던 황제측위대장을 십이품 문독이 감당할 만한 수비대 부장으로 만들어 내쫓은 것이었다. 발하사는 그 처사를 묵묵히 받아들여 그 자리에 임했다. 그리고 우무로가 찾아가 비류군의 거사에 대해 알렸을 때 동조하였다. 오늘 밤 발하사의 부대 일백이 대전수비대 삼백에 섞여 있었다. 한 달여 전까지 발하사의 휘하에 있던 측위대원 일백 명은 황성 안 곳곳에서 제 나름의 수하들을 거느린 채 수비군에 섞여 발하사처럼 무절들을 기다리는 중이었다.

무절대가 진입하였다는 신호는 무절들이 부여혈의 측위대장을 향해서 화살을 날리는 것이었다. 어둠 속에서 무절들이 대황전 담장 위로 올라 포진했을 때 왕인은 동문 그늘에서 부여혈의 측위대장을 향하여 활을 겨누었다. 부여혈의 측위대장은 진규로 진씨 일족이었다. 발하사가 무사시를 치르던 이십여 년 전에 진규는 무사시를 치르지 않고 병관부 위장(衛將)으로 입신하였고 현재 위시부 오품 나솔로 부여혈의 측위대장에 임하고 있었다.

그가 수비대 사이를 누비며 시야에 들어왔을 때 왕인은 그의 미간을 향하여 화살을 쏘았다. 어둠을 가르며 날아간 화살이 그의 미간에 떡, 소리를 내며 박혔다. 그 소리에 맞춰 무절들이 대황전 주위에 산발적으로 흩어져 있던 측위들을 향해 뛰어내렸다. 진규가 제 미간에 박힌 화살의 충격에 비틀거릴 제 서른 명의 무절들이 서른 명의 측위들을 동시에 제압하고 있었고 발하사의 부대원과 장자기가 거느린 아사나의 호위들이 수비들과 맞붙었다.

우무로가 스무 명의 무절들과 함께 길을 가르며 대황전을 향하여 날듯이 진입했다. 왕인은 양교와 함께 우무로들을 따라 들어섰다. 대황전의 내관들이 놀라 대항하다 베이거나 서둘러 엎드려 목숨을 구했다. 부여혈은 제 부황의 빈청에 있지 않았다. 무절들이 내관들에게 부여혈의 소재를 물었고 그중 몇이 그의 소재를 가리켰다.

부여혈은 침소에서 궁녀를 안고 잠들어 있다가 깨워졌다. 왕인이 침소에 들어섰을 때 열일곱 살의 부여혈은 자리옷 차림으로 덜덜덜 떨고 있었다. 그는 비류군을 알아보지 못했다. 다 장악했다 여겼던 황궁과 한성 안에, 대황전에 이렇게 난입할 수 있는 세력이 있을 수 있다는 걸 아직 어린 그는 알지 못했다. 그건 그를 대황전에 들여놓은 위인들의 잘못이었다.

"누구냐, 어떤 자들이 감히 대황전을, 선황 폐하의 빈청에 난입하느냐?"

혈은 덜덜 떨면서도 그리 소리쳤다. 한편으로는 매무새를 다듬고 있었다. 아직 상황파악을 다 못하였지만 한 달여에 걸친 임금 노릇이 끝났을 뿐만 아니라 목숨이 경각에 처했다는 것은 깨달은 것이다. 왕인은 혈이 몹시 안쓰러웠으나 그를 살려두면 수백, 수천의 목숨을 대신 죽여야 하리라는 것을 아는지라 어찌할 수 없었다.

"혈 저하, 저는 비류군 사루왕인입니다. 제가 이 밤에 여기 들어온 까닭은 말씀드리지 않아도 아실 것입니다. 저하께서 아직 어리시어 스스로 큰

실책을 범하셨다 하기는 어려우나, 태자 전하가 버젓이 계시고, 전하께서 곧 환도하시게 되어 있으매 황상위를 탐내신 잘못이 작지 않습니다. 또한 저하를 상위에 옹립하려 한 자들의 중심에 저하가 계시므로, 어쩔 수 없이 저하께서 그 책임을 지셔야겠습니다. 이 대황전의 주인이 둘이 될 수 없는 바, 대황전을 태자 전하께 돌려주셔야겠어요. 태자 전하께서 이미 입성해 계십니다."

"그, 그가 어찌?"

왕인은 대답치 않았다. 죽여야 할 자와 말을 섞는 것은 언짢은 일이었다. 누구나 자신의 필요와 명분에 의해 움직이고 그 결과에 따라 살거나 죽게 되는 것이었다. 네가 죽어야 하는 까닭이 이러하다 할 때 그걸 수긍하며 죽을 자가 누구이겠는가.

"요, 용서를 구해도 어찌할 수 없는 것이겠지요?"

"예. 저하와 저하를 옹립하려 한 중심 인사들은 어찌할 수 없습니다. 그들은 이미 처결되었습니다."

"모, 모후께서는?"

누리나황비며 그의 측근들은 미하수와 그의 휘하 신궁무절들이 맡았다.

"황비께서는 저하보다 한발 앞서 떠나시었습니다."

측근들이며 모후가 죽었다는 말을 들은 혈의 떨림이 가라앉았다. 눈물을 흘리면서도 살려달라, 목숨을 구걸치는 않았다. 왕인은 엎드려 떨고 있는 내관에게 혈의 의관을 챙겨주라 명하였다. 혈이 겉옷을 입는 것는 것을 본 뒤 왕인은 우무로에게 그를 척살하라 신호하고는 침소를 벗어났다. 왕인이 대황전 바깥문 앞에 닿았을 때 엎드려 있던 한 내관이 고개를 들고 비류군을 불렀다.

"비류군 저하, 저는 류사라 하옵니다. 기억하시옵니까."

류사는 선선황 부여부 시절에 대방성에서부터 부여부를 따라와 대황전에 임했다. 몇 대에 걸쳐 황제들을 모셨던 부차가 몇 년 전에 세상을 떠난 이후 류사가 그 자리를 대신했는데, 부여혈 일당이 일으킨 변란으로 하여 그는 대황전의 말석으로 밀려나 있었던 것이다. 부여부를 형처럼 여겼기에 류사 또한 다정하게 느꼈는데 그를 까맣게 잊고 살았다. 부여혈의 시종장은 어린 부여혈을 수위하던 내관 가새였다. 가새는 부여혈이 대황전에 입전할 제 동시에 입전하였다. 오늘 밤 무절들의 표적이 된 가새이므로 그는 제 처소에서 이미 최후를 맞이했을 터였다.

"류사, 내, 오래 그대를 잊고 있었소. 미안하오."

"기억해 주시니 감읍할 따름이옵니다."

"그대가 새 임금님을 위하여 해주실 일이 많습니다. 일어나시어 대황전 내관들을 수습하세요."

"예, 저하."

대황전 앞마당의 불이 수백 점으로 늘어나 대낮처럼 환했다. 상황은 거의 정리되어 가는 참이었다. 산 자와 다친 자와 죽은 자들의 경계가 분명했다. 포로가 된 일백여 명, 부상당한 백 수십 명, 죽은 자는 대여섯 명 정도 되었다. 왕인이 나서자 양교가 호각을 불었다. 길게 세 번. 대황전 상황이 정리되었다는 신호가 울려나가자 황궁 안 곳곳에서 응답하는 긴 호각 소리가 울려 퍼졌다. 십 리 밖 밝실 쪽의 상황도 정리되어 갈 것이었다.

을사년(405년) 시월 십일 아침, 갓 날이 밝은 진초시에 황성 종루의 대종이 서른세 번에 걸쳐 울렸다. 동시에 한성 동서남북의 종루에서도 서른세 번의 종소리가 퍼졌다. 서른세 번의 종소리는 황상의 붕어를 알리는 조종이거나 새 황제의 등극을 알리는 축하 타종인지라 갓 잠에서 깨어난 한성 백성들은 또 무슨 변고가 났는가 하여 집 밖으로, 거리로 나와 보았다. 달포 전쯤 조종이 울리고 그 며칠 뒤 우현왕이 돌아가고 또 그 며칠 뒤 황자 부여혈이 등극하여 타종소리를 들었던 백성들이었다. 그때 새 황제가 났음을 실감치 못했던 백성들은 이날 아침에도 기연가미연가 서로의 눈치를 살폈다. 날마다 순라군이 시커멓게 무리를 지어 거리를 순회하였고 나루마다 수비군이 진을 치고 있던 지난 달포 간, 선황의 붕어에 대해서도, 신황의 등극에 대해서도 말하기가 조심스러웠기 때문이었다.

겨울이 시작되었으매 하얗게 내린 서리가 아직 걷히기 전이었다. 곳곳에 방이 나붙었다는 속삭임들이 거리마다 골목마다 일기 시작했다. 왜국에 계시던 태자가 이미 한성에 입성해 계셨고, 오늘 입궁하시어 등극하실 것이라는 방문(放文)의 내용이 소문이 되어 아침햇살처럼 번져나갔다. 간밤에 황궁과 밝실에서 벌어진 변란을 주도한 세력이 비류군의 무절들이며 부여혈과 병관좌평과 위시좌평 등이 모두 척살되었다는 소문도 덩달아 퍼졌다. 점심참에는 신궁에 피신해 있었던 해우슬황후가 태후가 되어 환궁하였고, 조정대신들이 모조리 입조하였으며 내경각주 아사나가 환궁하고 있다는 소문이 퍼졌다. 저녁참에는 새 황상께서 시월 보름 영고제 날에 황성 남대문인 인황문(人黃門) 쪽 성루에서 백성들 앞에 나서실 것이란 소문까지 돌아 있었다.

새 황상이 입궁하시었다는 소문과 달리 태자 영은 아직 호천려에 있었다. 대방으로 도망가지 않아도 된다는 소식을 들었던 닷새 전 그날 태자는 라나와 함께 큰나루 저잣거리에 나갔다. 적계 휘하의 호위들을 멀찍이서 따르게 한 뒤 두 사람은 갓 혼인한 젊은 내외인 양 한성을 활보하였다. 아무도 태자를 알아보지 못했으므로 라나를 따라다니는 태자는 자유로웠다. 처음 만나는 자유였다.

라나는 태자를 데리고 이구림상단의 점포들에 들렀다. 점주들이며 점포 일꾼들에게 태자를 부군으로 소개하고 근래 저잣거리의 동향이며 점포 운영 상황들을 보고받고 지시했다. 큰나루에 있는 이웃상단의 단주당에도 거침없이 찾아들어 단주를 만났다. 그 과정에서 태자는 한성 큰나루에 본거를 둔 상단이 이백여 수나 되며 그중 가장 규모가 큰 상단이 대진상단이고 그다음이 모슬라상단이며 이구림상단이 열 순위 안에 든다는 것을 알게 되었다. 저잣거리에서의 라나는 자신만만하였으며 위엄이 있었다.

이튿날엔 신궁 천혜당과 새실 대자원에 들렀다. 천혜당 대중방의 천신도 밑에서 향을 피우며 기도를 올리고 난 뒤에 백성들에 섞여 몇 식경을 보냈다. 삶의 막다른 지점에서 마지막 용기를 내어 신궁으로 찾아든 백성들에게 제일신녀를 향한 우러름이 하누님에 못지않다는 것을 느꼈다. 제일신녀가 수시로 그곳에 나타나 아픈 백성들의 하소연을 듣는다는 것을 들었다. 대자원에서는 기민들이 늘 오백 명 정도 찾아든다는 사실과 내경 각주이자 대자원주인 아사나 공주가 백성들에게 어떤 존재인지를 느꼈다. 임금은 한 사람이 아니었고 임금 노릇은 홀로 하는 것이 아님을 태자가 깨달았던 날이었다.

셋째 날에 영과 라나는 태학원에 갔다. 예전 태학감이셨던 노스승 내지하 박사는 세상을 떠나셨고 새 태학감은 박사 두류였다. 그가 태학원 곳곳을 안내해 주었다. 학사들이 공부하고 연구하는 학사원에는 일백여 인의 학사들이 있었다. 박사들의 방이 있는 박사원에는 왕인 박사의 방이 주인을 기다리듯 정리되어 있었다. 기술사들이 새로운 문물을 연구하는 기술원의 풍경은 다양했다. 필사사들이 책을 만들어내고 있는 필사원은 숨 가쁜 듯 고요했다. 아홉 해 전 책을 고구려에 모조리 내주었던 태학 서장고는 신궁이 서장각을 피란시켜 놨던 덕으로 외형상으로는 어느 정도 복원되었다고 했다. 책자의 부수가 그러할 뿐 예전만큼의 내실이 채워지려면 몇 십 년으로도 부족할 것이라고 했다. 한번 잃은 것은 그 원형을 되찾을 수 없는 법입니다, 폐하. 두류 박사가 그리 말했다.

넷째 날 영과 라나는 내법부와 내경각 관원인 체 고천원의 부황 묘원에 들러 읍했다. 연후 묘실 공사가 얼마나 진척되었는지를 살피면서 공사하는 석공들이며 미장이들의 말을 들었다. 정초나 되어야 묘실이 완성되어 봉인제를 치를 수 있다고 하였다.

다섯째 날인 오늘 이른 아침 영과 라나는 한수를 건너가 부아악의 천신단에 올랐다. 산세가 험하였고 라나가 홀몸이 아니었으나 젊은지라 두 사람은 가뿐히 산길을 올라 천신단에 이르렀고 천신을 향하여 칠 배를 올렸다. 천신단에서 내려온 두 사람은 호천려가 아니라 가부실 달솔저로 들어왔다. 저녁상을 물리고 난 뒤 라나가 자신의 처소로 잠시 물러가고 영은 비류군의 처소로 향했다.

비류군 처소에는 왜국 백제궁에서와 같은 허허당이라는 현판이 걸려 있었다. 이구림에도 있다는 허허당. 허허당들을 옮겨 다니시는 게 스승의 삶이셨던가. 얼마나 허허롭기에. 스승의 필체가 분명할 허허당 현판을 올려다보던 태자가 비류군의 처소로 막 들었을 때 밖이 소란해졌다. 이후 황성 수비대장에 임하게 될 적계의 알림소리가 들렸다.

"폐하, 비류군께서 드시었습니다."

비류군이 들어왔다. 엿새만의 만남인데 그가 바닥에 엎드리더니 좌대에 앉은 영을 향해 절했다. 영이 놀라 좌대에서 내려가 맞절을 하였다. 비류군이 먼저 일어나 영을 좌대로 앉게 하더니 스스로는 선 채로 말했다.

"폐하, 이제 입궁하실 때가 되시었습니다. 만조백관들이 백세전에서 폐하를 기다리고 있사옵고, 폐하의 측위대장 우무로와 대황전 내관수장 류사가 폐하를 모시러 와 있나이다."

"내일 아침이 아니라 지금 가는 것입니까, 스승님?"

"백성들은 폐하께오서 이미 대황전에 게시는 것으로 알고 있지요. 내일 아침에는 인황문 앞에 폐하를 먼발치에서라도 뵙고자 하는 백성들로 넘칠 것입니다. 그 전에 입궁하여 계셔야지요. 이제 입궁하시어 황태후 폐하와 태후 폐하를 뵈시고 선황 폐하의 빈청에서 상주로서의 예를 올리시고, 백세전으로 옮기시어 용상에 앉으신 뒤 신료들의 예를 받으시면 백제국의 황제가 되시는 겝니다."

"저는 두렵습니다, 스승님."

"두려우실 겝니다. 암요, 두려우셔야 마땅합니다. 임금에게 두려움이 없으면 백성들을 하시하게 되지요. 백성들이 임금을 위해 살다 죽는 게 마땅하게 여기게 되고요. 하지만 그렇지 아니함을 아셨을 것입니다. 백성들은 그 스스로를 위해 살아야 합니다. 임금은 백성들이 그 스스로를 위해 살 수 있도록 해주어야 하는 존재이지요. 지난 며칠, 길다면 길고 짧다면 짧은 시간이었습니다만, 폐하께서는 백성들 속에 계셨습니다. 임금이 되시기 전 며칠이나마 백성들 사이에서 지내보시라고 호천려에 그냥 계시게 하였던 것입니다. 폐하께서는 영명하신 분입니다. 그 며칠로도 많은 것을 보시고 깨치셨을 줄로 믿습니다. 어찌하여야 백성들을 편히 살 수 있게 할지 생각하셨을 것이라 믿고요."

"앞으로도 스승님께서 계속 제 곁에 계셔주실 거지요?"

"소신과 같은 자들, 새 임금의 등극에 직접 관여한 자가 임금 곁에 머물면 거기서 필연적으로 병폐가 생기게 됩니다. 그와 같은 자들 사이에도 파당이 지어지지요. 그 파당이 사실 임금의 힘이기는 합니다. 가령 제가 내신좌평이라도 되어서 오래 폐하 곁에 머무를 제 폐하께서는 의지가 되시겠지요. 그렇듯 임금이 한 파에 둘러싸여 그들의 힘을 기반으로 나라를 운영하면 편할 수 있습니다. 문제는 그 파당들이 한사코 제 일파 중심으로만 조정을 채우려 하고 제 잇속들을 챙기려 한다는 것입니다. 그게 사람의 본성이고 일파의 본성이기 때문에 저절로 그렇게 흘러가기 마련입니다. 소신 또한 다르지 않습니다. 어떤 욕심이 생기고 그 욕심을 채우기 위해 소신 또한 무슨 짓을 하려들지 모를 일입니다. 폐하께서 앞으로 가장 크게 경계하셔야 할 것이 그 점입니다. 어떤 일을 처결하심에 그 일이 백성을 고루 위하는 일인지, 폐하와 황·귀족의 사사로운 것들을 위하는 것인지를 생각하셔야 합니다. 인재를 고루 등용하시려 애쓰셔야 하는 것도 그런 까닭입니다. 하여 소신도 스스로를 경계하고자 합니다. 당분간 폐하 곁에 머물겠으나 조정에 입조하지는 않으려 합니다. 지금까지 그래왔듯이 폐하의 글선생으로 폐하 곁에 한동안 있겠습니다."

"내내 원지에서 볼모로 살았던 제가 무엇을 알아 임금 노릇을 하겠습니까. 스승님께서 제 곁에 오래 계셔주셔야지요."

"황궁 안의 일들이나 나라 안팎의 정황에 대하여서는 며칠이면 들으실 수 있습니다. 그리고 그런 것들은 언제나 아뢰는 사람들이 있을 것입니다.

때로 듣기 싫으실 때조차 끊임없이 들으셔야 할 것입니다. 하오니 그 점은 심려 마십시오. 폐하께서 잊지 않으셔야 할 것은 임금 노릇을 두려워하시는 지금의 그 마음이십니다. 어떤 소임에 처음 임할 제 가진 마음, 그걸 초심이라 불러도 좋겠지요. 어떤 여인을 처음으로 마음에 들일 때의 설렘과 조심스러움, 그에게 어여삐 보이고 싶고, 그를 위해 무엇이든 할 수 있을 듯한 그 마음이라 해도 좋을 겝니다, 초심이란. 헌데 폐하, 초심이란 참으로 잊기 쉬운 것입니다. 처음 가졌던 그 마음은 아주 작은 욕심, 하다못해한 차례 색욕조차도 이길 수 없을 정도로 미약한 것입니다. 그건 소신이 폐하 곁에 있으나 없으나 같습니다. 하오나 소신은 폐하께서 심지가 곧으신 성군이 되시리라는 걸 의심치 않습니다. 볼모로 지내시었던 세월이 폐하께 그와 같은 의지를 다지게 하는 것을 지켜보았기 때문입니다. 스스로를 굳게 믿으세요, 폐하. 스스로를 믿어야 의지가 굳건해집니다."

"명심하겠습니다, 스승님. 하온데 라, 라나와 함께 입궁하는 것이지요?"

영의 철없는 질문이 귀여워 왕인은 웃음이 났다. 모처럼의 웃음이었다. 스승의 웃음에 영의 얼굴이 붉어졌다. 그의 성정이 그렇게 맑았다. 어여쁘고 대견한 제자이자 아들 같아 왕인은 또 웃는데 영이 다시 물었다.

"라나와 함께 입궁하는 것이지요, 스승님?"

"아닙니다, 폐하. 라나가 지금 폐하와 함께 입궁하는 것은 백제의 전도, 폐하의 전도를 어렵게 하는 일입니다. 라나에게도 이롭지 못하지요. 하여 라나는 당분간 이 가부실에 있어야 합니다. 이구림으로 황후 전하와 내경 각주를 모시러 보냈으니 이달 말이면 입궁하시게 될 겝니다. 황후께서 먼저 입궁하시고 폐하와 황후께서 황궁에 익숙해지신 연후 라나는 황명으로 불러들이시면 됩니다."

"라나가 서운치 않겠습니까. 저는 잠시라도 그의 맘을 아프게 하고 싶
지 않습니다."

"라나가 서운할 수 있고 마음 아플 수도 있겠지요. 폐하께서도 그러하
시지 않습니까. 하지만 잠시입니다. 서로 잠시 참으셔야 합니다. 라나는
현명한 아이입니다. 지금 폐하와 함께 입궁하는 게 옳지 않은 일임을 알
것입니다. 하여 지금도 건너오지 않고 있는 것이지요. 폐하께서 홀로 나서
실 수 있도록 하기 위해서요. 그 마음을 어여삐 연민하시면서 폐하께서는
홀로 궁으로 가셔야 합니다. 이제 가시지요."

왕인의 말에 태자가 약간 상기된 얼굴로 일어섰다. 달솔저 바깥마당에
서 대문 밖까지 우무로를 대장으로 한 일백 명의 황상측위대와 일백 명의
내관들과 일백 명의 궁녀들이 도열해 있었다. 태자가 그 사이를 걸어 나가
대문 밖에 대기한 연에 올랐다. 가부실에 사는 백성들이 모조리 나와 연도
에 엎드려 있었다.

일 년 농사를 마감하고 동짓달과 섣달과 정월의 긴 겨울로 접어드는 시
월 십오일은 백제의 영고제 날이었다. 그날 하늘에 지난 일 년을 감사하며
내년 일 년의 무사안녕을 기원하였다. 신궁에서 천신제를 지내는 것은 물
론이요, 해마다 황상이나 태자가 사냥을 나가 몸소 제물을 잡은 뒤 영고제
를 지냈고 영고무사시를 치러 백제 최고수 무사들을 무관으로 뽑았으며
각 성과 군에서도 각기 같은 방식의 제천의식을 치렀다. 전국이 잔칫날과
같았다.

올해는 선황의 붕어와 새 임금의 등극 사이에 사변이 끼어들어 새 임

금께서 멀리 사냥을 나가시지 못하는 바 그 모든 행사가 인황대로와 신궁에서 벌어질 것이라는 사실은 엿새 전부터 널리 알려져 있었다. 임금께서 인황대로를 거쳐 신궁에 이른 뒤 신궁 천신단에서 제를 올릴 것이라고.

인황문을 중심으로 인황대로 양쪽은 육부의 관서들이 모여 있는 곳이었다. 인황대로는 고천원으로 나 있는 삼십 리 고천대로로 이어져 한성 백성들은 어느 곳에서나 황성 앞으로 쉽게 모여들 수 있었다. 인황문 앞 인황대로에 새벽부터 사람이 슬금슬금 모여들기 시작했다. 수비군들이 띄엄띄엄 일정하게 서 있을 뿐 아무 일도 일어나지 않을 듯 거리는 정적에 싸여 있었다. 사초시에 인황문이 열렸다. 열린 문을 통해 백세전까지 일렬로 서 있는 모든 전각들의 문이 훤히 열려 있는 게 보였다. 인황문 안에서 큰북과 작은북들이 수레에 실려 나와 수비군들처럼 인황대로에 띄엄띄엄 자리 잡았다. 그즈음 인황대로의 절반가량이 백성들로 덮였다. 한 식경 뒤 가슴에 흰 띠를 사선으로 두른 일백 명의 무리들이 인황문으로부터 날듯이 뛰쳐나와 인황대로 양쪽의 벽면에다 수백 장의 포고문을 내붙였다. 백성들이 그 포고문 앞으로 몰려들었고 글을 읽을 줄 아는 자들이 앞 다투어 잘난 체하며 그 글을 큰 소리로 읊었다.

"대백제국 십팔대 임금에 오른 나 부여영이 백성들에게 알리노라. 나, 영은 임금으로서 백성들의 안위를 먼저 생각할 것인 바 그 방법으로 외국의 침략에는 철저히 대비하되 나 스스로 전쟁을 먼저 일으키지는 않을 것이며 이웃나라와 친화하며 상생할 것이다. 더불어 십 인 일 가구 일 인 이외에 징집은 없을 것이며 징집 연한도 삼 년으로 한할 것이다. 또한 일반 백성의 세역은 현재의 칠 할로 낮출 것이며 노역은 일 가구 일 인 이십 일

345

로 낮출 것이다. 위와 같은 나의 말은 곧 황명인 바 모든 신료와 관료들이 따라야 할 것이며, 나 영 또한 나의 약속을 지켜나갈 것이다."

임금이 백성들 앞에서 약속을 하다니? 임금이란 명하는 사람이지 약속하는 사람이 아니지 않는가. 그건 아침 해가 서쪽에서 뜨는 것만큼이나 이상한 일이었다. 백성들은 고개를 갸웃거리고 웅성거리다가 환호하기 시작했다. 생각해보니, 생각할수록 좋은 일이었다. 임금이 전쟁을 일으키지 않을 것이라니. 징집을 줄이고 세역과 노역을 낮춰줄 것이라니. 백성들 사이에서 노래가 나오고 덩실덩실 춤이 번져 나가는데 인황문루 위에서 긴 호각소리가 울렸다. 뚜우우.

긴 호각이 끝나고 짧은 호각이 뚜, 불고 나자 곳곳에 자리하고 있던 큰 북이 동시에 울렸다. 둥둥 울리는 북소리에 맞춰 인황문 안에서 군사들이 진군하듯 사열종대로 열을 지어 나왔다. 가운데 두 줄은 황성수비군이고 양쪽 두 줄은 한성수비군이었다. 그들의 걸음을 따라 인황대로에 아무렇게나 서 있던 백성들이 차츰차츰 양쪽으로 나누어졌다. 물결이 갈라지듯 사람 물결 사이에 길이 생겨났다. 길을 내며 걷던 수비군들이 북소리가 그치자 멈춰 서서 가운데를 향하여 마주섰다. 오초시였다. 인황문루에서 호각소리가 나자 두둥두둥 숨 가쁜 북소리가 울리다가 뚝 그쳤다.

"황상 폐하 납시오!"

인황문 안쪽에서 선소리가 울리자 인황문 쪽에 가까이 선 수비군들부터 연이어 복창하며 한 무릎씩을 꿇었다. 황상 폐하 납시오. 오 리에 걸쳐 늘어선 수비군들이 연해 복창하며 군례를 갖추어가자 수비군 뒤쪽에 있던 백성들도 따라 한 무릎씩을 꿇으며 앉았다. 인황대로에 모여든 십만여 인파가 모조리 예를 갖추고 나자 사위가 고요해졌다. 다시 호각소리가 났고 북소리가 느리게 울렸다.

백세전에서 첫 조정을 열었던 황상은 신료들과 함께 인황문 안쪽까지 나와 있었다. 인황대로의 끝까지 백성들 사이를 걸어 나가겠다는 생각은 황상 스스로가 한 것이었다. 우무로가 호위의 난감함을 들어 반대하였으나 황상은 고집했고 왕인은 그리하시라 찬성하였다. 황상이 걷기로 하니 일백여 신료들도 따라 걸을 수밖에 없었다. 그리하여 전례에 없던 황상의 도보행차가 시작되었다. 둥, 둥, 연하여 울리는 북소리에 맞춰 황상이 백성들 사이로 걸어 나갔다.

왕인은 인황문루에서 황상의 행차를 바라보았다. 고개 들어 폐하를 부르는 백성들에게 고개를 끄덕이고 그 백성 곁에 서 있는 어린아이의 머리를 쓰다듬기도 하며 십만여 백성 사이를 의젓이 걸어 나가는 황상은 아침 햇살처럼 젊었다. 왕인은 모처럼 긴 한숨을 내쉬며 중얼거렸다.

"소야궁 인근에 들렀다가 신궁으로 가지."

"그러시지요."

곁에서 양교가 답하였다. 소야궁과 신궁 사이의 숲길에는 여우바위가 있고 여우바위 옆에는 설요의 유해가 묻혀 있었다. 작년 이맘때 그의 주검을 태운 뒤 그의 유해를 수습하여 거기다 깊이 묻었다. 그 위에다 미하수가 옛 소야궁에서 장미화 몇 그루를 옮겨 놓았다고 했다. 왕인은 아직 그 장미화를 보러가지 못했다.

아직도 설요만 떠올리면 그를 처음 만났을 때가 떠오르면서 가슴이 아리고 콧날이 매웠다. 늘 열 살의 설요가 묻는 듯했다. 그대는 누구야? 어디서 왔어? 예서 뭐해? 평생 그 질문에 대답하기 위해 살아온 것 같았다. 하지만 아직, 나 이렇게 살았노라고 그 앞에서 떳떳하지는 못했다. 지금도 다르지 않았다. 때문에 지금 설요에게 가려는 것은 언제나 그랬듯이 그에 대한 그리움 때문이었다. 그 곁에서 잠시 쉬기 위하여.

(끝)

소설《왕인》주요 인물 가계도

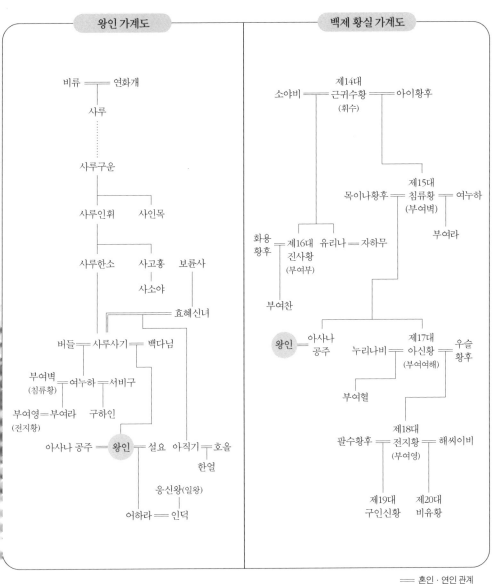

왕인 가계도

백제 황실 가계도

비류 ═══ 연화개

사루

사루구운

사루인휘   사인목

사루한소   사고홍   보류사

사소야

효혜신녀

버들 ═══ 사루사기 ═══ 백다님

부여벽   여누하 ═══ 서비구
(침류황)

부여영 ═══ 부여라   구하인
(전지황)

아사나 공주 ═══ 왕인 ═══ 설요   아직기 ═══ 호올

한얼

응신왕(일왕)

어하라 ═══ 인덕

제14대
소야비 ═══ 근귀수황 ═══ 아이황후
(휘수)

제15대
목이나황후 ═══ 침류황 ═══ 여누하
(부여벽)

부여라

화용
황후 ═══ 제16대   유리나 ═══ 자하무
진사황
(부여부)

부여찬

왕인 ═══ 아사나   제17대
공주   누리나비 ═══ 아신황 ═══ 우슬
(부여여해)   황후

부여헐

제18대
팔수황후 ═══ 전지황 ═══ 해씨이비
(부여영)

제19대   제20대
구인신황   비유황

═══ 혼인 · 연인 관계
─── 부자 · 형제 관계

소설《왕인》대백제 영토 지도

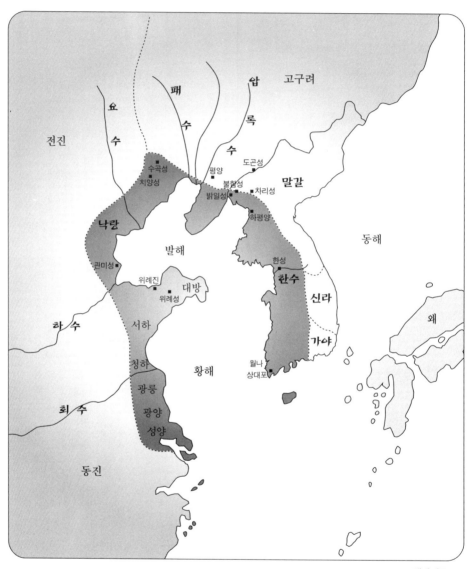

■ 백제 영토